KAT MARTIN

Esencia de rosas

Editado por Harlequin Ibérica.
Una división de HarperCollins Ibérica, S.A.
Núñez de Balboa, 56
28001 Madrid

© 2006 Kat Martin. Todos los derechos reservados.
ESENCIA DE ROSAS, Nº 37
Título original: Scent of Roses
Publicada originalmente por Mira Books, Ontario, Canadá
Traducido por Sonia Figueroa Martínez

Todos los derechos están reservados incluidos los de reproducción, total o parcial. Esta edición ha sido publicada con permiso de Harlequin Enterprises II BV.
Todos los personajes de este libro son ficticios. Cualquier parecido con alguna persona, viva o muerta, es pura coincidencia.
El logotipo TOP NOVEL es marca registrada por Harlequin Enterprises Ltd.
®™ son marcas registradas por Harlequin Enterprises Limited y sus filiales, utilizadas con licencia. Las marcas que lleven ™ están registradas en la Oficina Española de Patentes y Marcas y en otros países.
I.S.B.N.: 978-84-671-4785-8
Depósito legal: B-2778-2007

Prólogo

La mujer se despertó de golpe. Sus ojos se enfocaron de inmediato, mientras sus oídos intentaban volver a captar el extraño sonido que la había arrancado de un profundo pero inquieto sueño.

Otra vez. Allí estaba de nuevo, una especie de crujido raro y distante, parecido al que hacían las tablas del suelo bajo la alfombra de la sala de estar. Cambió ligeramente de posición, intentando oír mejor, pero el sonido había cambiado y se había convertido en un gemido extraño que podría haber sido el viento; sin embargo, sabía que aquello era imposible, ya que fuera de la casa la atmósfera era cálida y calmada, y la noche veraniega estaba sumida en una oscuridad densa y muda. Intentó oír el familiar canto de los grillos en el campo cercano, pero estaban extrañamente silenciosos.

Los sonidos volvieron a aparecer; primero un crujido ominoso, seguido de un gemido que nunca antes había oído en la casa. Se sentó en la cama con el corazón martilleándole en el pecho, y se apoyó lentamente contra la cabecera con la mirada fija en la puerta, mientras intentaba decidir si despertar o no a su marido. Pero Miguel tenía que levantarse muy temprano para ir a trabajar, y sus jornadas eran largas y agotadoras. Fuera lo que fuese lo que había oído, seguramente era sólo fruto de su imaginación.

Centró su atención en el silencio y se esforzó por escuchar algo más, pero no oyó nada. Se recordó que debía respirar, tomó aire para intentar tranquilizarse y notó que el ambiente del dormitorio se volvía más denso. María inhaló más profundamente, intentando introducir aire en sus pulmones mientras un enorme peso le apretaba el pecho. El corazón se le aceleró aún más, cada latido parecía golpear contra el esternón.

«Madre de Dios, ¿qué está pasando?».

Consiguió volver a introducir con dificultad aquel aire espeso en sus pulmones, y después lo expulsó lentamente. Se dijo que debía mantener la calma. «No pasa nada... son imaginaciones tuyas. Es sólo el calor, la oscuridad y el silencio». Volvió a inspirar. Tras expulsar el aire volvió a inhalar otra vez, pero aunque la profunda y pausada respiración debería haberla calmado, no logró mitigar la creciente sensación de temor.

Y entonces lo olió... un ligero aroma a esencia de rosas que fluyó hacia ella, que la envolvió y empezó a oprimirla. El olor fue espesándose tanto como el mismo aire, cada vez más intenso y penetrante, tan dulzón que casi mareaba. Aunque los campos que rodeaban la casa estaban llenos de rosas casi la mitad del año, su aroma era suave y ligero; era una fragancia agradable, que no tenía nada que ver con el olor pegajoso que impregnaba el aire... el olor a flores marchitas que empezaban a descomponerse.

María sintió que la bilis subía por su garganta, soltó un gemido y alargó una mano temblorosa hacia su marido, que seguía durmiendo apaciblemente a su lado; sin embargo, se detuvo antes de tocarlo. Era consciente de que si lo despertaba, a Miguel le costaría mucho volverse a dormir, y sabía que él necesitaba descansar. Aun así, deseó con todas sus fuerzas que se despertara.

Recorrió frenéticamente la habitación con la mirada en un intento de encontrar el origen de los ruidos y del olor, sin saber qué esperaba encontrar exactamente. Pero allí no había nada que pudiera explicar el terror que seguía creciendo en su interior, que se intensificaba con cada frenético latido de su corazón.

Tragó con dificultad el miedo que le bloqueaba la garganta y volvió a alargar la mano hacia Miguel, pero en ese mismo momento el olor empezó a desvanecerse. La presión en su pecho empezó a aliviarse poco a poco, y la atmósfera de la habitación fue aligerándose gradualmente. Tomó una bocanada de aire, lo soltó lentamente y repitió el purificador proceso varias veces más. Oyó el familiar canto de los grillos que entraba por la ventana desde el exterior, y se desplomó contra la cabecera de la cama.

No había sido nada, sólo la calurosa y seca noche y su propia imaginación. Miguel se habría enfadado con ella, y la habría acusado de portarse como una niña.

De forma inconsciente, posó una mano sobre el estómago. Ya no era una niña, tenía diecinueve años y estaba esperando un bebé. Miró a su marido y deseó poder dormir tan profundamente como él, pero sus ojos permanecieron abiertos y sus oídos alerta.

Se dijo a sí misma que ya no tenía miedo, pero sabía que no podría volver a conciliar el sueño en toda la noche.

Elizabeth Conners estaba sentada tras la mesa de su despacho en la Clínica de Psicología Familiar. Era una habitación confortable, con una mesa de roble y su silla, un par de archivadores con cuatro cajones cada uno, dos sillas más y un sofá tapizado color verde oscuro.

La habitación tenía un cierto aire antiguo, con unas fotografías enmarcadas de la ciudad a principios del siglo XX en las paredes y una lamparita de cristal verde descansando sobre la mesa. Era una oficina pulcra y perfectamente ordenada; debido a la cantidad de casos que Elizabeth manejaba, una buena organización era imprescindible.

Sobre la mesa había un montón de carpetas, que correspondían a los diferentes casos que tenía entre manos en ese momento. Llevaba dos años trabajando en aquella pequeña clínica privada de San Pico, su ciudad natal. Era una población principalmente agrícola de California, situada en el extremo suroeste del valle de San Joaquín.

Tras graduarse en el instituto de San Pico, había conseguido una beca que la había ayudado a costearse la universidad. Se había licenciado en Psicología por la Universidad de California en Los Ángeles, y había hecho un máster de Trabajo Social mientras ganaba un dinero extra trabajando a tiempo parcial como camarera, igual que cuando estaba en el instituto.

Dos años atrás había regresado a San Pico, ya que era un lugar tranquilo en el que podía refugiarse y además era donde vivían su padre y su hermana; sin embargo, el primero había fallecido un año después y la segunda se había casado y se había ido a vivir a otra parte. Elizabeth había ido allí para intentar recuperarse de un divorcio bastante difícil, y la vida tranquila alejada de la gran ciudad la había sacado de la depresión que había sufrido tras el fracaso de su matrimonio con Brian Logan.

A diferencia de la bulliciosa Santa Ana, donde trabajaba antes, San Pico era una ciudad de unos treinta mil habitantes, y la mitad de la población era hispana. La familia de Elizabeth se remontaba a los fundadores originales de 1907, que habían sido granjeros en su mayoría. Durante su infancia, sus padres habían regentado una pequeña tienda de barrio, el Supermercado Conners, pero tras la muerte de su madre su padre había vendido el negocio y se había retirado, y ella se había ido a estudiar.

Elizabeth agarró la carpeta que estaba encima de todo el montón, con la intención de prepararse para la sesión que llevaría a cabo esa tarde en casa de la familia Mendoza. El informe hablaba de problemas con la bebida y de violencia familiar que incluía un incidente de agresión a menores, pero los niveles de violencia parecían haber descendido desde que la familia había empezado a recibir asesoramiento varios meses atrás.

Elizabeth estaba convencida de que las sesiones estaban ayudando a que los Mendoza aprendieran a relacionarse entre ellos sin recurrir a la violencia física.

Mientras leía el informe, apartó a un lado un molesto mechón de pelo caoba y se lo colocó tras la oreja. Como todos los Conners, era morena, esbelta y un poco más alta que la media, pero al contrario que su hermana, ella había tenido la suerte de heredar los claros ojos azules de su madre... por lo que cada vez que se miraba al espejo, pensaba en Grace Conners y la echaba de menos.

Su madre había sufrido una muerte dolorosa por cáncer cuando ella tenía quince años; estaban muy unidas, y los difíciles meses en los que la había cuidado y que habían desembocado en su muerte la habían dejado destrozada. Sus ojos azules eran el legado que le había dejado su madre, pero los recuerdos que despertaban en ella eran tan dolorosos que a veces le parecían una condena en vez de una bendición.

Al terminar de leer el informe, Elizabeth lo cerró con un suspiro y se reclinó en la silla. Nunca había esperado volver a su ciudad natal, un sitio polvoriento y demasiado caluroso la mayor parte del año; sin embargo, el destino había decidido que acabara en un apartamento alquilado de la calle Cherry, desempeñando el trabajo para el que se había formado. Aunque vivir en aquella pequeña ciudad no era algo que le gustara especialmente, al menos se sentía satisfecha con su trabajo.

Aún seguía pensando en la sesión de aquella tarde, cuando alguien llamó suavemente a la puerta. Levantó la mirada, y vio entrar a uno de los chicos a los que asesoraba. Raúl Pérez tenía diecisiete años y había ingresado dos veces en un centro de menores, pero había conseguido un permiso especial de trabajo. Aunque era beligerante, huraño y difícil, también era muy inteligente, además de cariñoso y leal con sus amigos y con sus seres queridos, especialmente con María, su hermana.

Al ver lo mucho que Raúl se preocupaba por los demás, Elizabeth se había dado cuenta de que aquel chico tenía potencial, y había accedido a ocuparse de él sin cobrarle nada. Estaba convencida de que Raúl podía llegar a tener una vida productiva con una motivación adecuada, siempre y cuando lograra convencerlo de que su vida nunca mejoraría si seguía involucrado con las drogas y el alcohol.

Como solía ocurrir en aquellos casos, Raúl había recurrido al robo. Los chicos que entraban en aquella dinámica necesitaban dinero para comprar la droga, y estaban dispuestos a hacer lo que hiciera falta para conseguirlo.

Sin embargo, hacía aproximadamente un año que Raúl no se drogaba. Él le había dicho que estaba decidido a seguir por aquel camino, y al ver la mirada decidida en sus intensos ojos negros, Elizabeth le había creído.

—Hola, Raúl. Me alegro de verte —le dijo con una cálida sonrisa.

—Lo mismo digo. Está usted muy guapa —dijo él, tan correcto con ella como siempre.

—Gracias —contestó Elizabeth.

Sabía que la ropa que se había puesto ese día le sentaba muy bien; llevaba unos pantalones color crudo y una camisa verde de seda y manga corta, y el pelo suelto le enmarcaba la cara en suaves ondas que le llegaban hasta los hombros.

Raúl se sentó en una de las sillas que había frente a la mesa, y Elizabeth decidió empezar la sesión preguntándole sobre su trabajo. El chico había conseguido un empleo de media jornada como chico de los recados y repartidor en una tienda, pero eso terminaría en cuanto Ritchie Jenkins se recuperara de su accidente de moto. En una semana Raúl volvería a estar desempleado, y si no encontraba otro trabajo tendría que volver al centro de menores.

—¿Cómo te va en la tienda?

—Me gusta la música... menos cuando ponen country —dijo él, encogiendo sus enormes hombros.

Raúl no era demasiado alto, pero era fornido y musculoso y desde pequeño había sido grande para su edad. Tenía el pelo negro y liso, la piel morena, una calavera tatuada en el dorso de la mano y sus iniciales en azul debajo de la oreja izquierda. Elizabeth supuso que las iniciales debía de habérselas hecho él mismo en el colegio, y que se había tatuado la calavera en su última estancia en el centro de menores.

–Sé que el trabajo se acaba a finales de semana, pero tengo muy buenas noticias para ti –le dijo ella con una sonrisa.

Él la contempló con cierto recelo desde el otro lado de la mesa, y le preguntó:

–¿Qué noticias?
–Te han aceptado en Visión Juvenil.
–¿Visión Juvenil?
–Sí, ¿te acuerdas de que lo mencioné hace un par de semanas?

Él asintió, con los ojos fijos en su cara.

–Como las instalaciones de la granja son bastante nuevas, de momento sólo tienen sitio para veinticinco chicos, pero hay un par de plazas vacantes y han aceptado tu solicitud.

–Yo no he enviado ninguna solicitud –dijo Raúl con voz tensa.

La sonrisa de Elizabeth permaneció imperturbable.

–Ya lo sé, fui yo quien lo hizo. Cuando te mencioné la granja hace unas semanas pareciste interesado, así que decidí enviar una solicitud en tu nombre.

Él frunció el ceño, y Elizabeth supo que aquello no era una buena señal. Los chicos que participaban en el programa de rehabilitación de Visión Juvenil lo hacían por voluntad propia, y si Raúl no quería implicarse, estar allí no le serviría de nada.

–El curso dura un año. Hay que tener entre catorce y dieciocho años, y no te admitirán si no aceptas quedarte la totalidad de los doce meses.

–Dentro de seis meses se cumple mi condena y podré salir del centro de menores.

—Tienes que cambiar tu vida si no quieres volver a reincidir.

Raúl no dijo nada, y ella añadió:

—Empezarías la semana que viene. No tendrías que pagar ni alojamiento ni manutención, incluso dan un pequeño sueldo por el trabajo en la granja.

—Sé muy bien lo poco que se cobra en una granja, mi familia se ganaba la vida así.

—Esto es diferente a ser un temporero, Raúl. Tú mismo me dijiste que te gusta trabajar en el campo y estar al aire libre, y ésta es una buena oportunidad para aprender un oficio y sacarte el graduado escolar al mismo tiempo. Al acabar el curso, podrías buscar un trabajo a tiempo completo, ya sea en el sector agrícola o en cualquier otro ámbito que decidas que te gusta, para poder ganarte la vida.

Él pareció reflexionar sobre aquello, y al fin dijo:

—Tengo que pensármelo.

—Vale, pero creo que para poder tomar una decisión tendrías que ir a ver las instalaciones y conocer a los profesores. ¿Estarías dispuesto a hacerlo?

—Sí, eso estaría bien —dijo él, sin apartar la mirada de ella.

—Genial. Pero recuerda que un sitio aquí requiere que te comprometas en serio; es un lugar donde puedes cambiar tu vida, y tienes que querer hacerlo de verdad. Es necesario que desees empezar de nuevo, tener un nuevo comienzo.

Raúl no contestó durante unos largos segundos, y Elizabeth esperó en silencio, dándole tiempo para pensar.

—¿Cuándo podemos ir? —preguntó él.

—¿Tienes que trabajar esta tarde? —le preguntó ella, mientras se levantaba de la silla.

—No, estoy libre hasta mañana por la mañana.

—Perfecto —Elizabeth rodeó la mesa y fue hacia la puerta;

al abrirla, se giró hacia él y dijo con una sonrisa–: ¿qué te parece si vamos ahora mismo?

La granja de Visión Juvenil ocupaba quince acres de terreno frente a la carretera 51, a varios kilómetros de la ciudad. Era una tierra fértil que había donado Granjas Harcourt, la empresa agrícola más grande del condado de San Pico.

Fletcher Harcourt había dirigido el negocio hasta hacía cuatro años; sin embargo, cuando un accidente casi mortal había dañado el cerebro del patriarca de la familia y lo había dejado en silla de ruedas, su hijo mayor, Carson, había tomado las riendas de los doce mil acres de terreno. Carson era un hombre generoso y apreciado por todos, y sus donativos habían ayudado muchísimo a la construcción de las instalaciones de Visión Juvenil.

Elizabeth se había encontrado con Carson Harcourt varias veces desde que había regresado a San Pico. Era alto, rubio y atractivo, tenía treinta y seis años, y aunque había tenido varias relaciones breves, seguía soltero... aunque teniendo en cuenta su fortuna y su posición social, muchas de las mujeres de la ciudad estarían encantadas de casarse con él.

Al cruzar la puerta de entrada de Visión Juvenil con su Acura blanco casi nuevo, Elizabeth se sorprendió un poco al ver que el Mercedes sedán plateado del hombre en el que estaba pensando salía de la zona de aparcamiento. Carson frenó al llegar junto a ella, con lo que levantó una gran nube de polvo a su alrededor, pero pareció no notarlo al bajar la ventanilla y mirarla con la famosa sonrisa de los Harcourt.

–Elizabeth, qué sorpresa tan agradable. Parece que he elegido el peor momento para irme.

Carson siempre se había mostrado cordial con ella. Elizabeth sospechaba que tenía un interés en ella que iba más allá de lo puramente social, aunque nunca había hecho ningún intento de acercarse.

—Hola, Carson —Elizabeth señaló con la cabeza a su acompañante, y dijo—: te presento a Raúl Pérez, espero que entre en la granja.

—¿Ah, sí? —Carson inclinó la cabeza para poder ver mejor al chico—. El trabajo que hacen aquí es muy valioso, hijo. Espero que aproveches la oportunidad que te están ofreciendo.

Como Elizabeth esperaba, Raúl no contestó. Carson, con su dinero y su poder, representaba todo aquello contra lo que el chico se rebelaba.

—Has sido muy generoso al ayudar a crear este sitio, Carson —dijo ella, mirando a su alrededor. Un grupo de chicos estaba trabajando con azadas, y dos muchachos reían mientras echaban pienso en un comedero para las cuatro vacas que cuidaban en la granja.

—En Granjas Harcourt nos gusta apoyar a nuestra comunidad siempre que podemos.

—Aun así, lo que estás haciendo aquí es algo muy encomiable. No todo el mundo habría sido tan generoso.

Él sonrió, contempló el campo por unos segundos y se volvió de nuevo hacia ella.

—Tengo una reunión con el sindicato de trabajadores, así que será mejor que me ponga en marcha —agachó un poco la cabeza para poder mirar directamente a Raúl, y le dijo—: buena suerte, muchacho.

El chico lo miró sin decir palabra, y Elizabeth suspiró para sus adentros.

—Ah, se me olvidaba —dijo Carson—. Elizabeth, quería llamarte para hablar sobre la fiesta para recaudar fondos en beneficio de Visión Juvenil. Me gustaría que vinieras conmigo.

Ella se quedó de piedra. Carson siempre se había mostrado cordial, pero nada más. A lo mejor había descubierto el interés de ella en Visión Juvenil. Aunque era la primera vez que iba a la granja, conocía el fantástico trabajo que hacían y creía firmemente en el proyecto.

Lo miró con atención, valorando sus opciones. Desde su divorcio había tenido muy pocas citas, ya que descubrir la infidelidad de Brian la había vuelto muy cautelosa con los hombres; aun así, quizás fuera divertido pasar una velada junto a un hombre tan inteligente y atractivo.

—Estaré encantada de ir contigo, gracias por pedírmelo. Es una fiesta formal, ¿verdad?

—Sí. Te llamaré a tu despacho, para concretar las cosas.

—Muy bien.

Él sonrió, cerró su ventanilla y se fue. Tras contemplarlo unos segundos por el espejo retrovisor, Elizabeth pisó el acelerador, colocó el coche en una de las plazas de la polvorienta zona de aparcamiento y apagó el motor.

—Bueno, ya estamos aquí —le dijo a Raúl con una sonrisa.

Él estaba observando al grupo de chicos que trabajaban en el campo. Un tractor levantaba una columna de polvo en la distancia mientras unas vacas pastaban en una colina, esperando a que empezara el ordeño de la tarde.

Raúl salió del coche con obvio nerviosismo; tenía diecisiete años, pero parecía mucho más joven. En ese momento, Elizabeth vio que el director del proyecto, Sam Marston, se dirigía hacia ellos desde la casa. Era un hombre de unos cuarenta años, de altura y complexión normales; al empezar a quedarse calvo se había rapado la cabeza, lo que le daba una apariencia moderna y refinada, y aunque su tono de voz siempre era suave, tenía un aire de autoridad innato. Los saludó con un gesto de la mano, y cuando finalmente llegó junto a ellos dijo:

—Bienvenidos a Visión Juvenil.

—Gracias —Elizabeth había conocido a Sam Marston al

poco tiempo de volver a la ciudad, y sabía del gran trabajo que aquel hombre desempeñaba con jóvenes delincuentes–. Sé que estás muy ocupado, así que había pensado en volver para una visita oficial otro día.

Sam entendió de inmediato que ella quería que dedicara toda su atención a Raúl.

–Puedes venir cuando quieras, Elizabeth –dijo, sonriente. Miró al chico, y comentó–: tú debes de ser Raúl Pérez.

–Sí, señor.

–Yo soy Sam Marston. Ven, te enseñaré un poco la granja mientras te explico lo que hacemos en Visión Juvenil –haciendo caso omiso de la expresión alarmada en la cara del joven, Sam le dio una palmadita en la espalda y lo guió hacia delante, con lo que Raúl no tuvo otra opción que ir con él.

Elizabeth sonrió al verlos alejarse, mientras rogaba que Raúl aceptara la oportunidad que le estaban brindando, que la granja fuera su salvación como lo había sido para muchos otros chicos.

Fue a cobijarse a la sombra de un árbol frutal para observar a los muchachos trabajar en el campo y esperar a Sam, y entonces vio que un todoterreno Cherokee marrón oscuro entraba en la granja y aparcaba junto a su Acura.

Un hombre alto y delgado, vestido con unos vaqueros gastados y una camiseta azul, bajó del coche; tenía el cabello muy oscuro y la piel bronceada, además de unos hombros anchos, una cintura estrecha y un estómago plano. Al verlo acercarse, Elizabeth se dio cuenta de que la camiseta llevaba el eslogan de Visión Juvenil, «Sólo tú puedes hacer realidad tus sueños», estampado en letras blancas. Bajo las cortas mangas de la prenda, sus sólidos bíceps destacaban claramente.

Aun así, no podía imaginárselo trabajando como asesor en la granja; su corte de pelo parecía demasiado caro, sus pasos demasiado decididos, casi agresivos. Incluso sus vaqueros destilaban estilo y dinero. Elizabeth lo contempló desde debajo del árbol, y aunque el rostro de él estaba parcialmente oculto en sombras y no podía verlo con claridad, notó algo familiar en él.

Se preguntó dónde lo había visto antes, convencida de que si realmente lo conocía, podría recordarlo. Él pasó junto a ella como si no existiera, con la mirada fija hacia delante, caminando con paso firme hacia el nuevo granero en construcción donde unos chicos estaban trabajando poniendo unos clavos. El hombre se acercó a ellos, y tras una breve conversación se puso un cinturón de herramientas y comenzó a trabajar.

Elizabeth lo observó durante un rato, admirando sus eficientes movimientos y su obvia destreza, mientras seguía preguntándose de quién se trataba. Se propuso sacarle la información a Sam, pero cuando éste volvió con Raúl, el rostro resplandeciente del chico y su sonrisa radiante acapararon toda su atención.

—¿Vas a hacer el curso? —le preguntó ella, encantada.

Raúl asintió.

—Sam me ha dicho que uno de los asesores y él me ayudarán a descubrir qué es lo que se me da mejor, dice que puedo llegar a hacer cualquier cosa que me proponga.

—¡Raúl, eso es fantástico! —Elizabeth quería abrazarlo, pero sabía que debía mantener la profesionalidad, y que el gesto sólo serviría para avergonzar al chico—. No sabes lo que me alegra oír eso.

—Puede venir el sábado —dijo Sam—. Le ayudaremos a rellenar los formularios, y firmaremos lo que haga falta.

Técnicamente, Raúl seguiría bajo la tutela de los servicios de acogida hasta el año siguiente, y todo el papeleo tendría que recorrer los canales adecuados.

—Perfecto —Elizabeth se volvió hacia Raúl—. Puedo traerte yo, si quieres.

—Sí, eso sería genial —dijo el muchacho. Su nerviosismo era obvio, pero estaba radiante.

—Tu hermana va a estar encantada.

—María se va a alegrar mucho, y creo que Miguel también —dijo él, con una sonrisa aún más ancha.

—Sí, creo que van a estar muy contentos de que hayas tomado esta decisión.

Tras despedirse de Sam, que le prometió darle una visita guiada de la granja cuando ella quisiera, Raúl y ella fueron hacia el coche.

Elizabeth se sentía muy satisfecha por cómo había ido la tarde, pero al mirar a Raúl vio que la sonrisa del muchacho se había desvanecido.

—Raúl, ¿qué te pasa?

—Estoy nervioso, quiero que esto salga bien.

—Todo irá genial, hay muchas personas que van a ayudarte.

El chico no se relajó a pesar de sus palabras, y Elizabeth supuso que le preocupaba fracasar. En su trabajo se había dado cuenta de que muchos de aquellos jóvenes problemáticos no podían olvidar sus equivocaciones, y que éstas moldeaban sus vidas. Sin embargo, Raúl había conseguido muchos éxitos. Llevaba un año apartado de las drogas, y en ese momento se había comprometido a pasar un año de su vida en Visión Juvenil.

—¿Vas a ir a ver a tu hermana esta noche? Seguro que se pondrá contentísima.

En vez de sonreír, Raúl frunció el ceño y le dijo:

—Iré a contárselo todo, pero estoy un poco preocupado por ella.

—¿Por qué? No está teniendo problemas con el embarazo, ¿no?

Aunque María tenía sólo diecinueve años, ése era su segundo embarazo. El año anterior había sufrido un aborto, y Elizabeth sabía lo mucho que tanto Miguel como ella deseaban aquel hijo.

—No es el niño. A María le pasa algo, pero no quiere decirme lo que es —Raúl la miró, y añadió—: a lo mejor usted podría hablar con ella, puede que le cuente lo que le pasa.

Elizabeth se sintió un poco inquieta. Aunque el marido de María era el típico machito que creía que el hombre era el cabeza de familia, la pareja parecía feliz. Esperaba que no tuvieran problemas maritales.

—Estaré encantada de hablar con ella, dile que me llame para concertar una cita.

—Se lo diré, pero no creo que lo haga —contestó Raúl.

Al entrar en el coche, Elizabeth se movió incómoda al notar el calor del asiento rojo de cuero contra su piel, y lanzó una última mirada hacia el granero en construcción. De momento sólo se habían acabado dos lados del edificio, pero estaban avanzando a buen ritmo. Contempló el grupo que estaba trabajando, pero el hombre ya no estaba allí.

Cuando Raúl se sentó junto a ella y se puso el cinturón de seguridad, Elizabeth encendió el motor. Mientras volvían a la ciudad, el chico parecía a kilómetros de distancia de allí, y ella se preguntó si estaría pensando en la nueva vida que estaba a punto de comenzar, o si estaba preocupado por su hermana.

Elizabeth tomó nota mental de pasarse por la casita amarilla donde vivían Miguel Santiago y su joven esposa; quería hablar con María, para saber si había algún problema y si podía ayudar en algo.

Era muy tarde, y la oscuridad de la noche era casi total; sólo una fina luna rasgaba con un ligero rayo blanco la oscuridad, y el aroma del heno recién cortado y de la tierra acabada de labrar impregnaba el aire. Dentro de la casa, María Santiago apagó el pequeño televisor que descansaba en una mesa de madera de su modesta sala de estar.

La casa, que sólo tenía dos dormitorios y un único cuarto de baño, no era demasiado grande, pero sólo tenía cuatro años y era una construcción sólida. Antes de mudarse a ella la habían pintado, y la moqueta color crudo parecía casi nueva.

A María le había encantado desde el primer momento. Tenía un jardín trasero con césped y lechos de flores llenos de cinias junto al porche delantero, y era el lugar más bonito en el que jamás había vivido. A Miguel también le gustaba mucho la casa, y se sentía orgulloso de poder proveer un hogar tan hermoso para su mujer y el hijo que esperaban.

Miguel deseaba tener un hijo aún más que la propia María, ya que aparte de Raúl y de ella no tenía demasiados allegados cerca. La mayor parte de sus familiares vivían más hacia el norte, cerca de Modesto.

La madre de María había muerto cuando ella tenía catorce años, y nunca había conocido a su padre; su madre le había dicho una vez que se había ido al nacer Raúl, y que nadie había vuelto a verlo desde entonces.

Como no había nadie que pudiera hacerse cargo de ellos, María y Raúl habían ido a vivir con los Hernández, una pareja de temporeros que trabajaban en el circuito agrícola. Habían conseguido empleo recogiendo almendras para Granjas Harcourt, y había sido entonces cuando María había conocido a Miguel. Ella aún no tenía quince años, su hermano tenía sólo trece, y Miguel Santiago había sido la salvación de ambos.

Se habían casado el mismo día que ella cumplió los quince, y cuando los temporeros se marcharon hacia otro trabajo, tanto su hermano como ella se habían quedado con Miguel en la granja. Aunque él apenas ganaba lo suficiente para ir tirando, tenían comida de sobra y Raúl podía ir al colegio. De hecho, el muchacho había ido a clase durante un año entero, pero como estaba tan atrasado en comparación con sus compañeros, al final se había rebelado y se había negado a estudiar.

Raúl había empezado a salir hasta tarde y a relacionarse con un chico que era una muy mala influencia para él, hasta que se había metido en problemas y lo habían enviado a una casa de acogida. Al final había acabado en un centro de detención de menores, pero recientemente había entrado en un programa de rehabilitación supervisada, y pronto iría a vivir a Visión Juvenil.

Era un milagro, como el que había ocurrido dos meses atrás. Miguel había conseguido uno de los cuatro puestos de supervisor que había en la granja, y el ascenso había incluido un aumento de sueldo y una casa en la que vivir.

Mientras pensaba en lo mucho que le gustaba su nuevo hogar, María se desabrochó el cinturón de la bata, la dejó sobre una silla y, vestida con un camisón corto de nailon color blanco que cubría su abultado vientre, fue hacia la cama. Le hubiera gustado que Miguel hubiera llegado ya, pero él tenía que quedarse a menudo a trabajar en el campo y ella había tenido que irse acostumbrando a ello.

Pero últimamente, cuando él tardaba en volver a casa y se iba haciendo tarde, María tenía miedo.

Lanzó una mirada hacia la cama, y sus ojos se iluminaron al contemplar el colchón más cómodo y enorme en el que jamás había dormido. Deseaba con todas sus fuerzas deslizarse bajo las sábanas, apoyar la cabeza en una de las almohadas y quedarse dormida, porque estaba muy cansada. Le dolían la espalda y los pies, y seguramente esa noche no se despertaría hasta que Miguel volviera... seguramente, no volvería a pasar lo que había ocurrido la semana pasada y la anterior.

Ya eran más de las doce de la noche, y el silencio en la casa era absoluto. María apartó la colcha amarilla, se tumbó en la cama y se cubrió con la sábana hasta la barbilla. Podía oír el canto de los grillos en el campo, y aquel suave y rítmico sonido la reconfortó. Sentía la suavidad de la almohada bajo la cabeza, y cuando se movió ligeramente su largo pelo negro le cosquilleó en las mejillas, ya que se lo había dejado suelto porque así era como le gustaba más a Miguel.

Sus ojos se cerraron y durante un rato dormitó apaciblemente, ajena a los crujidos y a los gemidos, al súbito cambio en el ambiente. Entonces el aire se hizo más pesado, más denso, y el arrullo de los grillos se detuvo bruscamente.

María abrió los ojos de golpe. Estaba de espaldas, mirando hacia el techo, y sintió que un gran peso le oprimía el pecho al oír aquellos aterradores gemidos, aquellos crujidos que no tenían nada que ver con el viento. En la oscuridad de la habitación, el sofocante olor a rosas inundó su nariz y sintió que la bilis ascendía por su garganta.

El pútrido olor la envolvió, pareció aplastarla contra el

colchón, aspirar el aire de sus pulmones. Intentó levantarse, pero no podía moverse. Intentó gritar, pero ningún sonido consiguió escapar de su pecho.

«¡Oh, madre de Dios, protégeme!».

Empezó a rezar en silencio, a implorarle a la Virgen María que la salvara, que hiciera que el mal se marchara. Estaba aterrorizada y no entendía lo que estaba pasando, no sabía si lo que sentía era real o si estaba enloqueciendo. Su madre había sufrido un tumor que finalmente la había matado, y en las etapas finales de la enfermedad deliraba y se imaginaba cosas.

¿Acaso era eso lo que le estaba pasando a ella?

María se movió, intentó sentarse, pero su cuerpo permanecía completamente helado y rígido. Algo pareció deslizarse, invadir su mente hasta que sólo podía pensar en las palabras que se arremolinaban en su cabeza.

—Quieren a tu bebé —susurró una vocecilla en su aterrizado cerebro—. Si no te marchas, te quitarán a tu bebé.

María sollozó, mientras la inundaba una oleada de terror. Quería que Miguel estuviera allí, que llegara a casa y la salvara, y en silencio le rogó a gritos a Dios que llevara a su marido junto a ella antes de que fuera demasiado tarde.

Pero Miguel no llegó.

La vocecilla empezó a desvanecerse en el silencio, como si nunca hubiera existido, y el fuerte olor a rosas se disipó en la oscuridad.

María permaneció allí tumbada durante largo rato, sin atreverse a moverse, atemorizada de lo que podía pasar si lo hacía. Finalmente tragó saliva con dificultad, inhaló estremecida una bocanada de aire, y al comprobar que tanto las piernas como los brazos le respondían se movió ligeramente. Siguió allí tumbada, con la mirada fija en el techo y respirando profundamente, y se dio cuenta de que estaba temblando de pies a cabeza y de que el corazón le martilleaba como si hubiera corrido miles de kilómetros.

Extendió las piernas cuidadosamente, movió los brazos, los cruzó sobre el pecho para intentar controlar el temblor que la sacudía, y lentamente se fue incorporando. Su largo cabello negro le cubrió los hombros hasta llegarle casi a la cintura. Encogió las piernas bajo la barbilla, las cubrió con el camisón y apoyó la barbilla en las rodillas.

«Ha sido una pesadilla», se dijo. «El mismo sueño de antes».

Sus ojos se inundaron de lágrimas, y apretó una mano contra su boca para sofocar un sollozo mientras intentaba convencerse de que lo que se estaba diciendo a sí misma era verdad.

Zachary Harcourt abrió la puerta principal de la casa que en el pasado había sido su hogar. Era una construcción grande y blanca de dos plantas con un porche trasero y otro delantero, un edificio impresionante que había sido construido en los años cuarenta y remodelado con el paso de los años.

Los techos eran altos para minimizar el impacto del calor, y unas suntuosas cortinas de damasco cubrían las ventanas. Los suelos eran de roble, y siempre estaban perfectamente pulidos y brillantes. Zach ignoró el sonido de sus botas de trabajo mientras iba por el pasillo hacia el que había sido el despacho de su padre; se trataba de una habitación masculina, con paneles de madera oscura y estanterías llenas de libros encuadernados en cuero.

La enorme mesa de roble donde su padre solía trabajar seguía dominando el despacho, pero en ese momento era Carson, su hermano mayor, quien se sentaba en la costosa silla de cuero.

—Ya veo que sigues entrando a los sitios sin llamar a la puerta —dijo Carson.

La hostilidad en su mirada era obvia, la misma que brillaba también en los ojos de Zach. Ambos tenían una altura similar, cercana a los dos metros, aunque Carson, que era dos años mayor, tenía una constitución parecida a la de su padre y era más corpulento en el pecho y en los hombros. Era rubio y con ojos azules, como su madre, mientras que Zach, un hermanastro nacido fuera del matrimonio, era más delgado y tenía el cabello casi negro y ligeramente ondulado como el de Teresa Burgess, la mujer que había sido la amante de su padre durante mucho tiempo.

Se decía que Teresa tenía ascendencia hispana por parte de una abuela, pero ella siempre lo había negado. Aunque la piel de Zach era más morena que la de Carson y sus pómulos más altos y definidos, nadie sabía si el rumor era cierto o no.

Pero lo que estaba claro era que Zach tenía los mismos ojos marrones con reflejos dorados que su padre, así que no había duda de que era el hijo de Fletcher Harcourt y el hermano de Carson... por mucho que a éste último le molestara.

—No tengo por qué llamar a la puerta —dijo Zach—. Por si lo has olvidado, como siempre, deja que te recuerde que esta casa le pertenece a nuestro padre, así que es tan mía como tuya.

Carson no contestó. Tras el accidente que había incapacitado las funciones motoras de Fletcher Harcourt y que le había distorsionado la memoria, como hijo mayor él se había quedado al cargo de la empresa y de todos los asuntos relacionados con su padre, incluido el cuidado de su salud. Había sido una decisión fácil para el juez, ya que Zach era más joven y tenía antecedentes penales.

A los veintiún años, Zach había sido condenado a pasar dos años en la cárcel de California en Avenal por homicidio, tras ser declarado culpable de matar a un hombre mientras conducía ebrio.

—¿Qué es lo que quieres? —le preguntó Carson.

—Quiero saber qué tal va lo de la fiesta benéfica. Teniendo en cuenta lo bien que se te da estar al mando de todo, supongo que va como la seda.
—Todo está bajo control, tal y como te dije. Me comprometí a ayudar a recaudar fondos para tu precioso proyecto, y eso es lo que estoy haciendo.

Dos años atrás, Zach había apartado a un lado su orgullo y le había propuesto a Carson crear un centro para adolescentes con problemas de alcohol y drogas. En su juventud él mismo había sido uno de esos chicos, y había tenido muchos problemas con su familia y con la ley; sin embargo, los dos años que había pasado en la cárcel le habían cambiado la vida, y quería ayudar a otros chicos que no habían tenido tanta suerte como él... aunque en su momento Zach no se había sentido nada afortunado.

En aquel entonces, él se había mostrado arisco y resentido, y había culpado a los demás de lo que le había pasado y del desastre en que se había convertido su vida. Por puro aburrimiento, y para intentar reducir su condena, había empezado a estudiar derecho y descubrió que era algo que se le daba bien. Se había graduado, y tras pasar las pruebas con notas muy altas, había entrado en la facultad de Derecho.

Su padre se había sentido impresionado por su intento de cambiar, así que le había ayudado a pagar la matrícula; gracias a eso y a lo que había ganado con un trabajo a tiempo parcial había conseguido pagarse los estudios, y había estado entre los mejores de su promoción. Después de eso, Fletcher Harcourt había utilizado su influencia para limpiar su historial delictivo y que pudiera ejercer su profesión.

En ese momento, Zach era un abogado de éxito con un despacho en Westwood, un apartamento con vistas al océano en Pacific Palisades, un flamante y nuevo BMW 645 Ci convertible y el todoterreno que conducía cada vez que iba al valle.

Llevaba una buena vida, y quería dar algo a los demás a

cambio del éxito que había conseguido. Hasta aquel día dos años atrás, nunca antes le había pedido nada a su hermano... había jurado que nunca lo haría, porque Carson y su madre le habían hecho la vida imposible desde el día que su padre lo había llevado a casa y había anunciado que pensaba adoptarlo.

Entre ellos había una animosidad que jamás desaparecería, pero Granjas Harcourt les pertenecía a ambos; aunque Carson tenía el control absoluto, había terreno libre de sobra, y Zach había elegido ya la zona donde quería construir el centro.

Recordaba perfectamente el día que había ido a hablar con Carson, y lo sorprendido que se había sentido cuando su hermano había aceptado de inmediato su propuesta.

—Vaya, por una vez en tu vida has tenido una buena idea —había dicho Carson.

—¿Significa eso que la empresa va a donar el terreno?

—Sí. Incluso voy a ayudarte a recaudar el dinero para lanzar el proyecto.

Zach había tardado unos meses en darse cuenta de que su hermano había vuelto a jugársela. A pesar de que Zach había aportado la mayor parte del dinero, el proyecto había pasado a estar en manos de Carson y la ciudad entera se sentía en deuda con él.

Sin embargo, a Zach ya no le molestaba aquello. Con Carson como portavoz, el dinero había seguido llegando, y la granja había seguido funcionando e incluso se había ido expandiendo. El único interés de Zach era ayudar a la mayor cantidad de chicos posible, y estaba dispuesto a mantenerse en la sombra para conseguirlo. El hecho de que fuera el nombre de Carson, y no el suyo, el que estaba asociado a la fiesta para recaudar fondos del sábado, garantizaba que el evento fuera un éxito.

—Sólo quería asegurarme de que todo va bien —dijo Zach, aunque no pensaba asistir—. Si necesitas que haga algo, dímelo –pensaba pasar el fin de semana ayudando en la construcción del granero, trabajando con los chicos de Visión Juvenil, algo que le encantaba hacer.

–¿Estás seguro de que no quieres venir? –le preguntó Carson.

Zach estaba convencido de que a su hermano no le entusiasmaba nada la posibilidad de que la oveja negra de la familia asistiera a la fiesta, pero se limitó a decir:

–No, gracias, no creo que sea necesario.

–Podrías traer a Lisa, yo voy a ir con Elizabeth Conners.

Zach reconoció el nombre. Liz Conners era cuatro años menor que él, y una vez, antes de que lo mandaran a la cárcel, había intentado ligar con ella estando borracho y colocado, al verla salir de la cafetería donde ella trabajaba a media jornada. Liz le había dado una bofetada, cosa que ninguna otra mujer había hecho, y él nunca había olvidado el incidente.

–Creía que estaba casada, y que vivía en el condado de Orange.

–Eso era antes. Está divorciada, y volvió a la ciudad hace un par de años.

–¿En serio? –San Pico era el último lugar en la tierra en el que Zach querría vivir. Sólo iba para visitar a su padre en la residencia, y para trabajar en la expansión de la granja para los chicos–. Salúdala de mi parte.

Zach sonrió para sus adentros, consciente de que Liz Conners no querría saber nada de él. Habría creído que era una mujer capaz de ver más allá de la fachada de su hermano, pero allá cada cual con sus gustos.

Sin decir nada más, Carson volvió la vista hacia los documentos en los que estaba trabajando. Zach salió del despacho sin despedirse, y fue hacia su coche. Le sorprendía que supiera que se veía con Lisa Doyle, y no le gustaba nada que supiera lo que pasaba en su vida. No confiaba en su hermanastro, y nunca lo había hecho.

A pesar de lo que pudiera pensar Carson, Lisa no era realmente su tipo, pero le gustaba el sexo sin ataduras, igual que a él, y llevaban años acostándose juntos de vez en cuando.

De esa forma él no tenía que molestarse en conseguir una habitación de hotel cuando iba a la ciudad, y Lisa no tenía que ligar con algún desconocido en un bar cuando tenía ganas de acostarse con alguien.

Era un acuerdo que les iba bien a ambos.

Elizabeth levantó la mirada al oír que llamaban a la puerta, y vio que el doctor Michael James asomaba la cabeza. Era un hombre de aproximadamente metro ochenta, y tenía el pelo rubio rojizo, los ojos color avellana y un doctorado en psicología. Había abierto la clínica hacía cuatro años, y Elizabeth llevaba dos trabajando para él. Michael estaba prometido para casarse, pero últimamente parecía tener dudas y ella no sabía si al final cancelaría la boda.

—¿Cómo te ha ido con Raúl? –le preguntó él.

Michael también se había interesado mucho por el chico. Raúl tendía a ganarse el corazón de la gente, aunque en la superficie parecía esforzarse al máximo por conseguir todo lo contrario.

—Ha decidido entrar en el programa.

—Genial, ahora sólo hace falta que se mantenga dentro.

—Creo que le hace mucha ilusión. Sam sería capaz de vender leche agria a las mismas vacas.

—Así que la granja te ha impresionado. Sabía que sería así.

—El proyecto va por muy buen camino, Carson ha hecho un trabajo fantástico.

—Sí, es verdad, aunque a mí me parece que todo lo que hace es en su propio beneficio. He oído el rumor de que quiere un puesto en la asamblea estatal.

—No lo conozco demasiado bien, pero parece preocuparse mucho por la comunidad. Es posible que sea un buen candidato.

—Quizás —dijo Michael, aunque no parecía demasiado convencido.

Tras hablar durante unos minutos, el doctor James volvió a su despacho. El teléfono de Elizabeth empezó a sonar, y al descolgarlo reconoció la voz de Raúl Pérez.

—La llamo por mi hermana —dijo el muchacho—. He ido a verla esta mañana, después de que Miguel se fuera a trabajar, y está muy nerviosa. Ella ha intentado disimular, pero la conozco muy bien y sé que algo va mal. ¿Podría pasarse hoy por su casa?

—De hecho, pensaba ir a verla esta misma tarde. ¿Estará allí?

—Sí, creo que sí. Ojalá supiera lo que le pasa.

—Veré si puedo conseguir que me lo cuente —dijo Elizabeth.

Al colgar el teléfono, se preguntó qué sería lo que le pasaba a María. En su trabajo trataba con violencia doméstica, drogas, robos e incluso asesinatos, así que no era fácil que algo la sorprendiera a aquellas alturas.

Ya eran más de las cinco de la tarde cuando Elizabeth terminó su trabajo y pudo irse. El tráfico en la ciudad no tenía nada que ver con las interminables colas de coches a las que había tenido que enfrentarse en Santa Ana, pero aun así había un atasco en la calle principal que la mantuvo parada unos minutos.

El centro de San Pico se extendía por unos diez bloques, y algunas de las tiendas tenían los letreros en español. En la esquina estaba la tintorería de Miller, que tenía también una lavandería automática, y a continuación se sucedían un supermercado, varias tiendas de ropa y la cafetería de Marge, el establecimiento donde había trabajado cuando iba al instituto.

Al pasar por delante del establecimiento, vio el largo mostrador de formica y las mesas con bancos de vinilo rosa. Tras veinte años en funcionamiento, el negocio seguía funcionando muy bien; de hecho, aparte de El Rancho, un asador que había a las afueras, era el único sitio donde servían una comida decente.

En las aceras que perfilaban el centro de la ciudad crecían unos pocos sicomoros dispersos. Había un par de gasolineras, un Burger King, un McDonald's y un bar bastante sórdido llamado The Roadhouse al final de todo, en la intersección entre la calle principal y la carretera 51. La mayor contribución a la zona había sido la llegada de unos grandes almacenes, que satisfacían las necesidades tanto de la ciudad como de varias comunidades agrícolas de la periferia.

Elizabeth siguió por la calle principal hasta tomar la carretera 51, camino a Granjas Harcourt. La casita donde vivían María y Miguel estaba a un lado de la carretera, en una zona de la granja donde estaban las casas de los otros tres supervisores y media docena de viviendas sencillas para los trabajadores. A cierta distancia se encontraba el enorme edificio blanco de dos plantas del propietario.

El coche de Elizabeth se sacudió un poco al pasar por encima de unas vías de tren abandonadas que había cerca de la casa, y tras aparcar a un lado del camino de entrada, salió del Acura.

Había ahorrado durante dos años para poder dar la entrada de aquel coche que le encantaba. Tenía asientos rojos de cuero y acabados de madera, y al sentarse tras el volante se sentía rejuvenecer; de hecho, lo había comprado porque se había dado cuenta de que no era normal que se sintiera tan vieja con sólo treinta años.

Elizabeth avanzó por el camino de entrada de cemento, flanqueado por lechos de flores llenos de cinias rojas y amarillas, y llamó a la puerta. Al cabo de unos segundos, María Santiago la abrió y sonrió al verla.

—Señorita Conners, qué sorpresa tan agradable. Me alegro de verla. Entre, por favor.

María era una joven esbelta, a pesar de su abultado vientre y de que sus pechos se habían vuelto más voluminosos, y llevaba su largo cabello negro peinado en una trenza que le caía por la espalda.

—Gracias.

Elizabeth entró en la casa, que María mantenía impecablemente limpia. La muchacha estaba tan pulcra como su hogar, y llevaba unos pantalones blancos hasta los tobillos y una blusa ancha con un estampado de flores azules. Lo único que estropeaba la hermosa imagen eran las líneas de tensión alrededor de su boca y las sombras oscuras bajo sus ojos.

—Miguel y yo queremos agradecerle lo que ha hecho por Raúl. Nunca lo había visto tan entusiasmado, aunque él intentó ocultar cómo se sentía, claro —María frunció el ceño—. No ha venido a decirme que mi hermano se ha metido en más problemas, ¿verdad?

—No, claro que no. De hecho, mi visita no tiene nada que ver con Raúl, aunque tu hermano está muy preocupado por ti y me ha pedido que pasara a verte.

—¿Por qué?

—Cree que hay algo que te preocupa, pero no sabe lo que es. Cree que a lo mejor estarías dispuesta a hablar conmigo.

María apartó la mirada.

—Son imaginaciones de mi hermano. Como puede ver, estoy muy bien.

Con sus enormes ojos oscuros y sus facciones clásicas, María era una mujer guapa; además, estaba embarazada de más de seis meses. Elizabeth había conocido al matrimonio Santiago a través de Raúl, y apreciaba a la pareja a pesar de que a veces la irritaba un poco la actitud machista de Miguel.

—Hace mucho calor —dijo María—. ¿Quiere un vaso de té frío?

—Sí, gracias.

Fueron a la cocina, y Elizabeth se sentó frente a la mesa de madera, que estaba cubierta con un mantel de plástico floreado. María fue a la nevera, sacó una jarra de plástico y, tras poner unos cubitos en dos vasos, los llenó de té helado y los llevó a la mesa.

—¿Quiere azúcar?

—No, no hace falta —dijo Elizabeth, antes de tomar un sorbo.

María echó un poco de azúcar en su propio vaso, y al darse cuenta de que la joven parecía más concentrada en la tarea de lo necesario, Elizabeth se preguntó de nuevo cuál sería el problema. Raúl era un chico muy perspicaz, y no la habría llamado sin una buena razón.

—Debe de ser duro estar sola todo el día, y tan lejos de la ciudad —dijo con cautela.

—Siempre hay algo que hacer. Solía trabajar en el jardín antes de que empezara a hacer tanto calor, pero con el embarazo tan avanzado no puedo estar tanto tiempo bajo el sol. Aun así, tengo que arreglar ropa y hacerle la comida a Miguel, porque desde que nos mudamos aquí puede venir a casa a comer todos los días. Trabaja muy duro, y me gusta asegurarme de que come en condiciones.

—Así que las cosas van bien entre vosotros, ¿no?

—Sí, muy bien. Mi marido es un buen hombre, y me da todo lo que necesito.

—Por supuesto. Pero supongo que muchas veces tiene que trabajar hasta tarde, ¿por eso no duermes bien? —se arriesgó a decir Elizabeth. Estaba actuando en base a suposiciones, y una equivocación podía hacer que María levantara sus defensas aún más.

—¿Por qué... por qué cree que no duermo bien?

—María, pareces cansada —Elizabeth alargó la mano, y agarró la de la joven—. ¿Qué es lo que pasa?, cuéntame cuál es problema.

María sacudió la cabeza, y Elizabeth vio el brillo de lágrimas en sus ojos.

—No estoy segura. Está pasando algo, pero no sé lo que es.

—¿Qué quieres decir con «algo»?

—Algo muy malo, y me da miedo decírselo a Miguel —María apartó la mano—. Creo... creo que estoy enferma, como mi madre.

—Tu madre tenía un tumor, ¿verdad? ¿A eso te refieres? —dijo Elizabeth, con el ceño fruncido.

—Sí, tenía un tumor en el cerebro. Antes de morir empezó a ver cosas que no existían, oía voces que la llamaban. Creo que me está pasando lo mismo —María se inclinó hacia delante, abrazó su abultado vientre y se echó a llorar.

Elizabeth se reclinó en su asiento. Lo que la joven estaba diciendo era posible, pero existían otras posibles explicaciones.

—María, no pasa nada, sabes que voy a ayudarte en todo lo que pueda. Dime por qué crees que puedes tener un tumor, como tu madre.

La joven levantó la cabeza para mirarla, y se secó las lágrimas con manos temblorosas. Respiró hondo, expulsó el aire lentamente, y finalmente dijo:

—Por la noche, cuando Miguel está trabajando... a veces oigo cosas. Son unos ruidos que dan mucho miedo, crujidos y gemidos parecidos a los que hace el viento, aunque la noche esté en calma. El aire del dormitorio se vuelve denso, tan pesado que apenas puedo respirar —tragó saliva, y añadió—: y además, aparece un olor.

—¿Un olor?

—Sí, como de rosas, pero es tan fuerte que creo que voy a ahogarme en la cama.

—San Pico es famoso por sus rosas, hace más de cuarenta años que se cultivan aquí. Es normal que las huelas de vez en cuando —Elizabeth volvió a tomar su mano y notó lo fría y temblorosa que estaba—. Estás embarazada, y cuando una mujer va a tener un bebé, a veces sus emociones se descontrolan un poco.

—¿De verdad?

—Sí, claro que sí.

María apartó la mirada.

—No sé lo que pasa. A veces... a veces parece real, a veces creo que...

—¿Qué?

—Que mi casa está encantada.

—María, no puedo creer que hables en serio.

La joven sacudió la cabeza, y sus ojos volvieron a inundarse de lágrimas.

—No sé qué creer, sólo estoy segura de que tengo mucho miedo por la noche.

Lo suficiente para ser incapaz de dormir.

—Pero no has visto ningún fantasma, ¿verdad?

—No, no lo he visto, pero he oído su voz en mi cabeza.

—María, escúchame. Tu casa no está encantada, los fantasmas no existen.

—¿Y qué me dice de Jesús? Él regresó de entre los muertos.

Elizabeth se echó ligeramente hacia atrás. Llevaba haciendo trabajo social desde que había acabado los estudios y se había enfrentado a cientos de problemas poco usuales, pero era la primera vez que encontraba algo así.

—Jesús es diferente. Es el hijo de Dios, y te aseguro que no se está apareciendo en tu casa. ¿De verdad crees que hay un fantasma en tu dormitorio?

—Lo hay... o voy a morir como mi madre —María volvió a echarse a llorar.

Elizabeth se levantó de la silla.

—Claro que no vas a morir —dijo con firmeza—. Pero para asegurarnos de que no tienes un tumor, voy a concertar hora con la clínica para que el doctor Zumwalt te haga un escáner. Él podrá decirnos si te pasa algo.

—No tenemos dinero para pagarlo.

—El condado se hará cargo si el doctor cree que las pruebas son necesarias.

—¿Va a dolerme?

—No, sólo van a tomar una imagen de tu cabeza.

María se levantó de la silla.

—Prométame que no se lo dirá a Miguel.

—No voy a decirle nada a tu marido, esto es entre tú y

yo —Elizabeth no podía ni imaginarse la reacción que tendría Miguel Santiago, si se enteraba de que su mujer creía que su casa estaba encantada.

—¿Iremos mañana a la clínica?

—Tengo que prepararlo todo. Te llamaré en cuanto sepa la fecha y la hora, y vendré a buscarte para llevarte yo misma.

María consiguió esbozar una temblorosa sonrisa.

—Gracias —dijo.

—Raúl va a preguntarme lo que te pasa.

—Dígale que estoy bien.

Elizabeth suspiró.

—Le diré que voy a llevarte a que te hagan un chequeo, para asegurarnos de que no pasa nada.

María asintió, y tras lanzar una rápida mirada hacia el dormitorio, dijo:

—Dígale que no le diga nada de esto a Miguel.

Carson Harcourt paró frente a un edificio de dos plantas en la calle Cherry, bajó del Mercedes y fue hacia el apartamento B de los cuatro que había. Era una zona tranquila, y el vecindario era uno de los más seguros de la ciudad. Llegaba sólo unos minutos tarde, y de todos modos dudaba que Elizabeth ya estuviera lista.

Después de todo, las mujeres siempre tardaban muchísimo en arreglarse.

Llamó a la puerta, y para su sorpresa, Elizabeth Conners la abrió perfectamente arreglada y lista.

Carson sonrió al admirar el largo vestido azul oscuro salpicado de lentejuelas, y se dijo que su improvisada invitación había sido un golpe maestro. Obviamente, se había dado cuenta tiempo atrás de que Elizabeth era una mujer guapa, pero había tenido la corazonada de que sin los aburridos pero profesionales trajes de chaqueta que solía vestir, estaría espectacular.

—Estás guapísima —le dijo con sinceridad.

Era un poco más alta que la media y bastante esbelta, y gracias al entallado vestido Carson pudo admirar sus pechos generosos y sus tersos hombros, además de su estrecha cintura y sus redondeadas caderas.

«Debería haber hecho esto mucho antes», se reprendió.

—Gracias por el cumplido. Tú también estás muy guapo, Carson.

Él sonrió, consciente de que el esmoquin le sentaba muy bien. El color negro resaltaba su cabello rubio y sus ojos azules, y el corte de la prenda enfatizaba la anchura de sus hombros. Era una lástima que hiciera tanto calor; sólo llevaba unos minutos alejado del aire acondicionado del coche, pero ya estaba sudando bajo la camisa blanca.

—Vámonos, estaremos más frescos en el coche.

Elizabeth asintió, y lo tomó del brazo. Carson la condujo hacia su Mercedes plateado, y la ayudó a entrar. En cuanto puso la llave de contacto, el aire acondicionado se puso en marcha al máximo. Hacía bastante desde la última vez que había tenido tiempo para disfrutar de compañía femenina, y con una mirada de reojo hacia Elizabeth se dijo que quizás era hora de que aquello cambiara. Esa noche podría comprobar si había química entre ellos.

La fiesta para recaudar fondos ya estaba en pleno apogeo cuando llegaron. Carson la guió a través del gentío hacia la parte delantera de la sala, mientras saludaba al pasar a varios conocidos. Al llegar a la barra del bar, pidió una copa de champán para ella y un whisky con soda para él, tras lo cual conversaron con el director de Visión Juvenil, Sam Marston, con uno de los mayores colaboradores del proyecto, el doctor Lionel Fox, que había ido con su mujer, y con varios asesores de la escuela.

—¡Elizabeth!, ¡no sabía que ibas a venir! —exclamó Gwen Petersen.

La amiga de Elizabeth había asistido con su marido, Jim, que era el director de la oficina local del banco Wells Fargo.

—No pensaba hacerlo, hasta que Carson tuvo la amabilidad de invitarme. Iba a llamarte, pero he estado muy ocupada.

Gwen miró de Elizabeth a Carson, lo contempló unos segundos como si estuviera valorando si hacían buena pareja, y finalmente sonrió.

—Qué buena idea que hayáis venido juntos.

Carson contempló a Gwen. Era una pelirroja menuda bastante atractiva, y si no recordaba mal, su marido y ella tenían dos niños pequeños. Le devolvió la sonrisa, y dijo:

—Yo creo que ha sido una idea más que buena, ha sido estupenda.

Gwen se volvió de nuevo hacia su amiga.

—Te llamaré a principios de semana, tenemos que ir a comer juntas un día de estos.

—De acuerdo —dijo Elizabeth.

Al darse cuenta de que el acto estaba a punto de empezar, Carson llevó a Elizabeth hacia la mesa principal y se sentó junto a ella.

La sala empezó a aquietarse mientras los últimos invitados ocupaban sus asientos en las distintas mesas. La fiesta se celebraba en el salón de banquetes del Holiday Inn, el lugar donde tenían lugar la mayoría de actos similares.

Tras presentarle a Elizabeth al resto de personas que estaban sentadas en la mesa principal, conversaron amigablemente mientras les servían la cena. El menú consistía en el consabido pollo que parecía caucho en una especie de salsa marrón, acompañado de patatas tibias y brécol demasiado hecho. Al llegar el postre, Carson suspiró con alivio al comprobar que se trataba de un pastel de chocolate, y consiguió saciar el agujero en su estómago que la deplorable comida no había podido rellenar.

A continuación empezaron los discursos. Sam Marston

habló de los progresos que estaban consiguiendo en la granja para adolescentes, y John Dillon, uno de los asesores de la escuela, enumeró las oportunidades que la granja les proporcionaba a los chicos con problemas. Carson fue el último en ser presentado, y los invitados lo recibieron con un gran aplauso.

Se puso bien la chaqueta del esmoquin al colocarse tras el podio, y empezó con su discurso.

—Buenas noches, damas y caballeros. Es muy gratificante ver que tanta gente ha querido asistir para apoyar esta causa tan importante —lo interrumpió otra ronda de aplausos, y Carson disfrutó de aquel sonido que siempre le había encantado—. Sam os ha contado el trabajo que se realiza en la granja, así que yo voy a hablar sobre los chicos que entran a formar parte de Visión Juvenil.

Carson contó brevemente la historia de uno de los muchachos que ya había salido de la granja, y para cuando terminó de describir las desgracias que habían sufrido algunos de los chicos, y cómo el proyecto había cambiado sus vidas, la sala entera había enmudecido.

—Todos habéis sido muy generosos con vuestros donativos, y espero que sigáis apoyando la granja como hasta ahora. Esta noche podéis seguir contribuyendo, sólo tenéis que llevar los cheques a la mesa que hay junto a la puerta, y la señora Grayson os dará un recibo que podréis presentar en la declaración de la renta.

Todo el mundo empezó a aplaudir de nuevo, y Carson volvió a sentarse junto a Elizabeth.

—Has estado fantástico —dijo ella, con ojos brillantes—. Has descrito perfectamente lo que han sufrido algunos de esos chicos.

Carson se encogió de hombros.

—Es un proyecto encomiable, y me alegra poder ayudar en lo que pueda.

Ella lo estaba mirando, sonriente, y Carson se sintió satisfecho. Eso era algo que le gustaba en una mujer, que apreciara las virtudes de un hombre y se lo hiciera saber sin disimulos. Y también le gustaba lo atractiva que estaba con ese vestido, con un aire sexy pero al mismo tiempo elegante, sin estridencias. Con un poco más de dinero para gastarse en ropa, Elizabeth estaría aún más despampanante.

−La orquesta ha empezado a tocar, ¿quieres bailar? −la invitó.

−Me encantaría −dijo ella, con una sonrisa.

Elizabeth se levantó de la silla y lo precedió hacia la pista de baile, y Carson sonrió con aprobación al contemplar el balanceo de sus caderas. Era sexy sin resultar vulgar, tenía buena memoria para recordar nombres, y además su conversación no era aburrida.

Muy interesante.

En ese momento empezó a sonar una balada, y él la tomó en sus brazos mientras las manos de ella le rodeaban el cuello. Bailaron al ritmo de la música como si lo hubieran hecho docenas de veces antes, y Carson disfrutó de la forma en que encajaban sus cuerpos.

−Bailas muy bien −dijo ella.

−Lo intento −contestó él. Recordó las clases de baile de salón a las que su madre le había obligado a asistir de niño. Tal y como ella le había dicho, el esfuerzo había acabado valiendo la pena, pero en aquel entonces él había odiado tener que ir−. Siempre me ha encantado bailar.

−A mí también.

Elizabeth seguía su ritmo con facilidad, y hacía que él pareciera aún mejor bailarín que de costumbre. Ella tenía una cintura estrecha, y su cuerpo era firme bajo sus manos. Siempre la había considerado atractiva, y se sorprendió de no haberla tenido más en cuenta anteriormente.

Lo cierto era que él siempre había visto sus ambiciones políticas como algo lejano, pero eso estaba empezando a cambiar.

Cuando la canción terminó, Carson salió tras Elizabeth de la pista de baile, pero ambos se detuvieron en seco cuando un hombre se interpuso en su camino.

—Vaya, mira quién está aquí —dijo Carson, al mirar a los ojos marrones con reflejos dorados de su hermano. Los tiempos cambiaban, pero había cosas inmutables, y sus sentimientos por Zach... o su falta de ellos... era una de esas cosas.

Elizabeth miró de Carson al hombre increíblemente atractivo de pelo y ojos oscuros que estaba parado frente a ellos, y se dio cuenta de que era el mismo que había visto en el granero de Visión Juvenil. Aunque el rostro de él había estado parcialmente oculto tras unas gafas de sol, estaba segura de que era él, y en ese momento supo por qué le había resultado conocido.

—Creía que no ibas a venir —dijo Carson, con un tono cortante muy distinto al de antes.

Elizabeth sabía por qué estaba tan tenso: aquel hombre era su hermanastro.

—Cambié de opinión —dijo Zachary Harcourt, antes de volverse hacia ella y mirarla con una sonrisa cuya blancura contrastaba con su piel bronceada—. Hola, Liz.

Elizabeth sintió que su cuerpo entero se tensaba.

—Hola, Zach. Ha pasado mucho tiempo.

Pero no el suficiente, pensó ella al recordar la última vez que lo había visto, lo borracho que estaba, lo ofensivo que se había mostrado y lo dilatados que habían estado sus ojos a causa de las drogas que debía de haberse tomado. Ella estaba aún en el instituto, y trabajaba a tiempo parcial en la cafetería de Marge.

—No sabía que habías vuelto a San Pico —añadió.

—No lo he hecho, al menos de forma oficial, aunque tengo entendido que tú vives aquí.

—Sí, volví hace un par de años —no le dijo que lo había

visto en el granero, pero se cuestionó el buen juicio de Carson por dejar que un hombre como su hermano trabajara con un grupo de adolescentes impresionables.

—La fiesta no está mal —dijo Zach, mientras recorría con la mirada el salón—. Si lo que a uno le gusta es el pollo duro y una orquesta que suele tocar en la residencia de ancianos.

—Esto es San Pico, no Los Ángeles —dijo Carson con rigidez. Tras ajustarse la pajarita negra, añadió—: por si lo has olvidado, estamos aquí para recaudar dinero.

—¿Cómo iba a olvidarlo, después de tu conmovedor discurso? Por cierto, deja que te felicite.

El esmoquin de Zach parecía muy caro; a juzgar por la tela, Elizabeth supuso que debía de ser italiano, de Armani o Valentino, diseñadores que se especializaban en ropa para hombres con el cuerpo esbelto y poderoso digno de un modelo de alta costura. Se preguntó de dónde habría sacado el dinero para poder comprarse ropa así, y consideró la posibilidad de que hubiera pasado a vender la droga él mismo. Al menos, ya no tenía la mirada aturdida de un consumidor.

—La señora Grayson estará encantada de recibir tu cheque —lo acicateó Carson.

Zach arqueó una ceja, y contestó:

—Seguro que también le encantará recibir el tuyo.

Carson le lanzó una mirada de advertencia. Los dos hermanos nunca se habían llevado bien, y al parecer las cosas no habían cambiado demasiado.

—Me dijiste que no vendrías. ¿Por qué has cambiado de idea?

Los ojos oscuros de Zach se posaron en Elizabeth.

—Creí que así podría saludar a viejos amigos.

Zach observó a Liz Conners mientras ella bailaba de nuevo con su hermano. Era más guapa de lo que recordaba, un poco más alta, y tenía una figura estupenda. Estaba claro que ella no se había olvidado de él, ya que sus ojos azules se habían mostrado gélidos las pocas veces que lo había mirado.

Era precisamente el recuerdo de aquellos ojos lo que había hecho que asistiera a la fiesta. En el pasado se había sentido atraído hacia Elizabeth Conners, pero ella era demasiado inteligente para dignarse a mirarlo dos veces. Había tenido toda la razón al querer mantenerse alejada de él, porque además de perseguir a cualquier cosa con falda, había sido un perdedor que iba camino de echar a perder su vida. Pero esa noche había sentido curiosidad por ver si Liz Conners había cambiado mucho.

Contempló sus gráciles movimientos en la pista de baile, y concluyó que aunque parecía más segura de sí misma que cuando iba al instituto, y estaba mucho más guapa, seguía siendo muy fácil adivinar lo que pensaba. Su antipatía hacia él estaba clara en cada mirada que ella le lanzaba.

Zach estuvo a punto de sonreír. A Carson le había molestado su interés en Liz, tal y como él había anticipado.

Quizás aquélla era la verdadera razón de que hubiera ido. Se preguntó cuánto tiempo llevaban saliendo, si la relación iba en serio, y se sorprendió al descubrir que no le gustaba nada la idea de que Liz Conners estuviera acostándose con su hermano.

Ella rió por algún comentario de Carson, y Zach recordó haber oído esa misma risa más de diez años antes, cuando ella aún trabajaba en la cafetería. Era un sonido femenino, cristalino, mucho más cálido que sus ojos.

Zach se volvió y fue hacia la puerta. Sólo había ido por curiosidad. Había hecho que su asistente personal fuera a su apartamento a por el esmoquin, y que se lo enviara por mensajería a San Pico para que llegara a tiempo para la fiesta.

Había llegado tarde a propósito, y se había perdido la cena y todos los discursos menos el de su hermano. A regañadientes, admitió para sí que Carson había hecho un buen trabajo; seguramente, los donativos superarían sus expectativas.

No le gustaba estar en deuda en cierta manera con su hermanastro, pero valía la pena por los chicos de la granja.

—Hola, guapo. No sabía que estabas en la ciudad.

Madeleine Fox estaba frente a él, con sus largas y perfectas uñas alrededor de la solapa negra de su chaqueta. Esos días estaba teñida de pelirroja, y el color le sentaba muy bien.

—He venido a pasar el fin de semana, el lunes tengo que estar de vuelta en Los Ángeles.

—Pero aún queda el domingo, ¿no?

—Estoy trabajando en la granja.

Zach había salido con Maddie cuando iba al instituto. En aquellos tiempos había sido una chica alocada, pero se había reformado... más o menos. Estaba casada con un médico, pero siempre que lo veía se paraba a saludarlo, y la invitación que brillaba en sus ojos azules cargados de maquillaje era obvia.

—Si te aburres, sabes dónde encontrarme —le dijo ella, mientras deslizaba un dedo por la solapa de su chaqueta.

Varias semanas atrás, ella le había dado una nota con su número de móvil cuando se habían encontrado en la gasolinera.

—Lo tendré en cuenta —dijo Zach con una sonrisa forzada, antes de alejarse.

Lo último que necesitaba era liarse con una mujer casada, su reputación de oveja negra aún lo perseguía en San Pico. Hacía todo lo posible por no llamar la atención, y eso incluía mantenerse apartado de las mujeres de la ciudad, con la excepción de Lisa Doyle.

Elizabeth no pudo conseguir una cita con el doctor Zumwalt en la clínica de San Pico hasta el martes. Zumwalt, un hombre delgado con el pelo cano, era un profesional que no se andaba por las ramas, y aunque entendió los temores de María, se negó a llegar a conclusiones precipitadas.

Elizabeth estaba sentada junto a la joven en la consulta, que era una habitación bastante acogedora con las paredes cubiertas de títulos y premios enmarcados.

Zumwalt tomó su bolígrafo, y dijo:

—María, antes de avanzar más, me gustaría hacerte algunas preguntas. En primer lugar, me gustaría saber si has estado yendo a tu ginecóloga de forma regular.

—Voy a verla cada tres semanas —dijo ella.

—¿Y tus niveles hormonales son normales?, ¿los análisis de sangre no muestran ninguna anomalía?

—No, la doctora Albright dice que todo va muy bien.

—De acuerdo. Vamos a hablar de las alucinaciones. Según tú, oyes voces en la cabeza. ¿Correcto?

—Sí, pero sólo es una voz, y muy débil. Es suave y aguda, como la de una niña.

—Entiendo —el doctor apuntó algo en una hoja de papel—. Y a veces sientes que no puedes respirar.

La joven tragó con dificultad.

—Sí, eso es —dijo.

—No creo que debamos preocuparnos aún, María. Es muy probable que sea simplemente un caso de trastorno de ansiedad, hay veces en que los síntomas pueden ser bastante fuertes. Pero teniendo en cuenta el historial de tu madre es mejor no arriesgarnos, así que primero haremos un escáner, un TAC. Si encontramos el más mínimo indicio de que algo va mal, entonces haremos una resonancia magnética.

Veinte minutos después, vestida con una bata blanca de algodón atada a su espalda, María siguió a una enfermera por un pasillo hasta una sala llena de aparatos médicos. Elizabeth esperó fuera mientras le hacían el TAC, y aunque le habían dicho que sería más fácil si se tumbaba, se relajaba y cerraba los ojos, la joven fue incapaz de hacerlo y cuando se tumbó en la mesa su cuerpo entero empezó a temblar.

Mirándola con preocupación, la enfermera hizo que se levantara mientras intentaba tranquilizarla, le dio unos calmantes y esperó a que hicieran efecto. Finalmente, pudieron hacer el escáner, pero los resultados tardarían una semana en estar listos.

Elizabeth estaba en el pasillo, esperando a que María se vistiera y se reuniera con ella, cuando el doctor se acercó a ella.

—Hasta que lleguen los resultados, creo que María debería recibir asesoramiento psicológico. Como ya te he dicho, es muy probable que esté sufriendo trastorno de ansiedad, puede que incluso se trate de algún tipo de paranoia. Quizás el doctor James debería hablar con ella.

Elizabeth pensó que aquélla era una buena idea.

—Se lo comentaré al doctor, seguro que aceptará hablar con ella. ¿Nos comunicará los resultados de la prueba en cuanto lleguen?

—Le diré a la enfermera que te llame al despacho.

—Gracias.

María apareció justo entonces, con unos pantalones holgados y una camisa premamá, y parecía más nerviosa que nunca.

—No te preocupes, María —le dijo Elizabeth—. La prueba está hecha, y hasta que no sepamos los resultados, la preocupación no te va a hacer ningún bien.

—Tiene razón —admitió la joven con un suspiro—. Intentaré no pensar en ello, aunque no sea nada fácil.

—Quería comentarte otra cosa.

—¿De qué se trata?

—El doctor Zumwalt cree que deberías hablar con alguien que te asesorara. Es posible que el responsable de lo que te está pasando sea algún tipo de estrés, y quiero concertarte una cita con el doctor James. Es posible que él pueda ayudarte a descubrir el problema.

María asintió, pero estaba claro que la idea no acababa de gustarle. Tener un tumor en el cerebro era muy diferente a sufrir alguna enfermedad mental.

—Si ya hemos acabado, me gustaría volver a casa —dijo la joven—. Si Miguel no me encuentra allí cuando vaya a comer, se preguntará dónde estoy.

Al darse cuenta de la creciente ansiedad de María, Elizabeth se preguntó si su problema estaría relacionado con su dominante marido; en ese caso, era posible que hablar con él sirviera de ayuda.

Pero eso no era posible, al menos de momento. Elizabeth suspiró, y María y ella salieron de la clínica y se dirigieron hacia el coche bajo el caluroso sol de julio.

Elizabeth llegó a su despacho poco antes de la hora de comer. Justo cuando dejó sobre la mesa la bolsa que contenía su comida, un bocadillo y un refresco, el teléfono empezó a sonar.

—¿Elizabeth? Hola, soy Carson. Sólo quería agradecerte la agradable velada que pasamos juntos.
—Yo también lo pasé bien, Carson.
—Perfecto. Entonces, ¿qué te parece si volvemos a quedar? He organizado una pequeña cena en mi casa de aquí a dos sábados, a la que asistirán los representantes del comité de designación para el Partido Republicano con sus mujeres, y he pensado que quizás te gustaría venir. Sé que a ellos les encantaría conocerte.

Así que era cierto, Carson pensaba presentarse como candidato. Aparte de votar en las elecciones, a ella nunca le había interesado demasiado la política. Aun así, era todo un cumplido que la invitaran a una reunión así.

—Suena interesante, aunque soy independiente. Espero que no te importe.

Carson se echó a reír. El sonido era profundo, muy masculino.

—Al menos no eres demócrata. Pasaré a buscarte a las siete en punto.

Elizabeth colgó el teléfono. Carson era atractivo e inteligente, y se lo habían pasado muy bien juntos en la fiesta benéfica, pero la imagen que apareció en su mente fue la de su hermano.

Zachary Harcourt siempre había sido guapo, y a los treinta y cuatro tenía aún mejor aspecto que diez años atrás; sin embargo, había algo diferente en él, algo sombrío y duro. Ya no era un chico, sino un hombre que podía cuidar de sí mismo. Había estado en la cárcel, y eso era algo que se reflejaba en las líneas de su cara.

Elizabeth se preguntó de nuevo qué estaría haciendo él en Visión Juvenil, y decidió preguntárselo a Carson la próxima vez que lo viera.

Era viernes, y la primera semana de Raúl en Visión Juvenil había concluido. Elizabeth quería saber qué tal le iba, y por fin ese día había tenido tiempo de aceptar la oferta de Sam para visitar la granja.

Tras aparcar el Acura, salió del vehículo y fue hacia el edificio principal, que estaba junto a los dormitorios. Supuso que Sam la habría visto llegar; le había llamado con antelación, así que sabía que iba a ir. Lo vio salir del edificio, sonriente, y se encontraron a medio camino.

—Me alegro mucho de que hayas venido —dijo él, mientras tomaba una de sus manos entre las suyas y la apretaba con calidez.

—Yo también, debería haberlo hecho mucho antes.

—No tenías ninguna razón concreta para hacerlo, hasta que empezaste a trabajar con Raúl —la llevó hacia la oficina, y empezó a mostrarle las instalaciones—. Tenemos seis asesores a jornada completa, siempre hay al menos dos personas de guardia a cualquier hora del día.

Tras enseñarle la mesa asignada a cada asesor e indicarle el pequeño lavabo por si necesitaba utilizarlo, Sam le mostró la pequeña sala de conferencias. La habitación contenía una mesa con superficie de formica y sillas de color azul, y era el lugar donde los asesores podían hablar de forma privada con los chicos.

Cuando salieron del edificio, Sam comentó:

—Raúl está en los pastos, se le dan muy bien los animales.

—Puede ser muy tierno, aunque hace todo lo posible por ocultarlo.

Sam la llevó al edificio donde estaban los dormitorios, y le enseñó la sala común con televisor y una de las habitaciones compartidas.

—Todos los chicos tienen cierta privacidad, pero no dejamos que cierren las puertas con llave; además, un par de veces al día hacemos inspecciones aleatorias.

En el tercer edificio estaba el comedor, el principal lugar de reunión del grupo. La cocina era de acero inoxidable y estaba escrupulosamente limpia, y en ese momento había dos chicos trabajando allí.

—Tenemos un cocinero a tiempo completo, pero los muchachos se encargan de la limpieza y ayudan a preparar la comida. Tenemos un sistema de rotación de las tareas, así que todos los chicos pasan aquí el mismo tiempo, y no se aburren demasiado.

—Estáis haciendo un trabajo sensacional, Sam.

Él sonrió con satisfacción, y la condujo hacia el nuevo granero en construcción. Elizabeth miró hacia el grupo de chicos que estaban martilleando, ocupados con la tercera pared de la construcción, y de forma inconsciente empezó a aminorar el paso al ver quién estaba trabajando con ellos.

—¿Qué está haciendo aquí Zachary Harcourt? No sé si es una buena idea tener a un hombre como él cerca de unos adolescentes impresionables —su mirada se clavó en su alta figura. No llevaba camiseta, y su cuerpo parecía duro y poderoso mientras sus músculos se tensaban al martillear.

Sam siguió su mirada, y se echó a reír.

—¿Por qué te parece tan gracioso? —le preguntó ella—. Zachary Harcourt se pasó dos años en la cárcel por homicidio; estaba borracho y drogado, y atropelló a un hombre. Por el aspecto caro de su ropa, debe de seguir involucrado en algo ilegal.

—Deduzco que no te cae demasiado bien —dijo Sam, sonriente.

Elizabeth recordó cómo la había avergonzado delante de los clientes de la cafetería, cómo la había empujado contra la pared de fuera y había intentado besarla, cómo había subido la mano por su pierna, en un intento de deslizarla bajo la estúpida faldita rosa de su uniforme.

—Zachary Harcourt ha sido siempre un impresentable, y dudo que eso haya cambiado.

La sonrisa de Sam se desvaneció, y dijo:

—¿Por qué no vamos a hablar bajo aquella sombra? Creo

que hay varias cosas que deberías saber sobre Visión Juvenil —tras conducirla hacia un enorme sicomoro que había cerca del granero, afirmó—: el Zachary Harcourt que conociste años atrás ya no existe, murió en el tiempo que pasó en la cárcel. Cuando salió de allí, otro hombre había ocupado su lugar, el mismo que ves trabajando con los chicos.

Elizabeth miró hacia el granero. El cuerpo delgado de Zach brillaba de sudor, y su contorno musculoso se perfilaba con claridad. Tenía unos hombros increíblemente anchos que contrastaban con sus estrechas caderas, y los vaqueros desgastados que llevaba cubrían unas piernas largas que sin duda eran tan poderosas como el resto. Aunque Zach Harcourt no le caía bien, tenía que admitir que tenía un gran cuerpo.

—Zach ha estado trabajando aquí al menos dos fines de semana cada mes desde que la granja abrió sus puertas, su dedicación al desarrollo de Visión Juvenil es total. De hecho, Zachary fue quien fundó el proyecto.

—¿*Qué?*

—Te estoy diciendo la pura verdad. Nos mantenemos sobre todo gracias a las donaciones, pero al principio Zach puso mucho de su dinero.

—Pero creía que Carson...

—Así es como Zach quiere que sea. Carson es un hombre muy importante y respetado en San Pico, y con su respaldo el proyecto ha crecido mucho más rápidamente de lo que lo habría hecho si no hubiéramos contado con su ayuda.

Elizabeth volvió a mirar a Zach, que se había vuelto y parecía estar mirándola. Por un momento se quedó sin aliento, y se apresuró a apartar la mirada.

—¿Cómo consiguió Zach Harcourt tanto dinero?

—No es lo que estás pensando. Empezó a estudiar Derecho cuando estaba en la cárcel, y aunque él es el primero en admitir que lo hizo para intentar salir antes, descubrió que le gustaba y que se le daba bien. Para cuando cumplió su condena, había decidido cambiar de vida, así que se puso a trabajar y consiguió licenciarse. Su padre utilizó su influencia para que todo el mundo se olvidara de su pasado delictivo, y en este momento Zach es socio de Noble, Goldman y Harcourt, un bufete muy prestigioso de Westwood.

Apenas capaz de creer todo aquello, Elizabeth miró hacia el granero y vio que Zach Harcourt se acercaba hacia ellos con aquel paso resuelto que había apreciado con anterioridad. Al darse cuenta de que él tenía los ojos fijos en ella, volvió a quedarse sin aliento.

Zach se detuvo frente a ellos, y en su rostro moreno apareció una perezosa sonrisa.

—Bienvenida a Visión Juvenil, señorita Conners.

Ella intentó mantener la mirada fija en sus ojos, pero no pudo evitar que descendiera hacia su pecho sudoroso, que estaba cubierto de una mata de vello oscuro y rizado que bajaba como una flecha hacia la cintura de los vaqueros. Elizabeth se forzó a ignorar un hormigueo de excitación que la horrorizó.

—Lo siento —dijo Zach, al notar la dirección de su mirada—. No sabía que íbamos a tener visita, iré a buscar mi camisa.

Elizabeth se obligó a mirarlo a los ojos.

—No te preocupes por mí, me iré enseguida. Sólo he venido a ver las instalaciones y a saludar a Raúl.

Zach miró hacia los pastos, y dijo:

—Iré a buscarlo.

—Yo iré —dijo Sam—. Quiero hablar con Pete, y están juntos.

—¿Pete? —repitió Elizabeth al verlo alejarse.

—Pedro Ortega. Prefiere que lo llamen por su nombre de aquí. Raúl y él se han hecho bastante amigos.

—Es un buen chico... Raúl, quiero decir.

—Es un poco arisco y desconfiado, pero todos lo son cuando llegan aquí.

—Raúl es diferente, es especial.

—Si te ha conquistado, debe de serlo —dijo él, con una ceja arqueada.

—¿Qué significa eso?

—Que siempre fuiste una chica lista, incluso en el instituto eras capaz de ver cómo eran las personas más allá de la superficie. Lo sé por experiencia propia.

—Eso fue hace mucho tiempo —dijo ella, sintiendo que le ardían las mejillas.

—Te debo una disculpa por cómo me comporté aquel día en la cafetería. En aquellos tiempos no era una persona demasiado agradable.

—¿Y lo eres ahora?

—Me gustaría creer que sí —dijo él, con una sonrisa.

—Lo que estás haciendo por estos chicos es algo muy positivo.

—Bueno, después de todo, yo fui uno de ellos en el pasado.

Elizabeth bajó la mirada hacia el tatuaje que Zach tenía en el brazo izquierdo; era una serpiente, con la frase «nacido salvaje» debajo en letras rojas.

—Pensé en quitármelo —dijo él—, pero lo dejé para no olvidar lo diferente que podría haber sido mi vida.

Elizabeth lo miró con suspicacia; Zach parecía convincente, pero Carson no parecía confiar en él, y ella no quería sacar conclusiones precipitadas.

—Ahí viene Raúl —dijo, aliviada al ver acercarse al chico. Era tan alto como Sam, pero bastante más corpulento—. Me ha gustado hablar contigo.

—Sigo en deuda contigo por lo que pasó en la cafetería, a lo mejor podríamos quedar algún día para que pueda resarcirte.

«Ni hablar», pensó ella, pero se limitó a decir:

—Lo siento, mi agenda está muy llena, pero gracias por la oferta.

Zach esbozó una sonrisa.

—Ahora me acuerdo de lo que me gustaba de ti, Elizabeth Conners. No te da miedo dejar las cosas claras.

Ella no contestó. Cuando iba al instituto había sido cauta, pero después de la traición de Brian lo era aún más.

Se volvió hacia Raúl, lo llevó hacia una mesa que había a la sombra de otro árbol, y se sentaron para charlar. Se alegró de ver tan bien al chico y de oír el entusiasmo en su voz, y sólo en una ocasión su mente se desvió de la conversación para pensar en aquel hombre moreno y misterioso que había vuelto a su trabajo en el granero.

Los resultados del escáner de María llegaron el lunes. Una enfermera llamó a Elizabeth para comunicarle que no había signos de lesiones, hemorragia, tumores ni otras anomalías. Podían realizar más pruebas, por supuesto, pero el doctor estaba convencido de que el problema era mental, no físico.

—¿Llamará a la señora Santiago para decírselo? —le preguntó Elizabeth a la enfermera. Una de las ventajas de su trabajo era la cooperación directa con la comunidad médica, y había querido saber de antemano si había un problema para poder estar junto a María si los resultados revelaban que estaba enferma.

—La llamaré de inmediato —dijo la mujer, antes de colgar.

Elizabeth soltó un suspiro, aliviada, pero la sensación de descanso fue efímera. Fuera lo que fuese lo que le pasaba a María, no había desaparecido, pero al menos parecía ser algo de tipo psicológico y no físico. Esperaba que el doctor James pudiera ayudar.

En cuanto el paciente de Michael salió de su consulta, ella entró a verlo.

—María no tiene un tumor en el cerebro —dijo simplemente. Había mantenido al médico al corriente del progreso de la joven, y él había accedido a ayudar si fuera necesario.

—He tenido una cancelación esta tarde, pregúntale si puede venir a verme a eso de las tres.

—Gracias, Michael.

Él se pasó una mano por el pelo, y dijo:

—Aprecio a los Santiago. Son gente trabajadora y buena, y no lo han tenido nada fácil.

Aquello era cierto. María se había casado a los quince años, y Raúl llevaba años metiéndose en problemas.

—Tienes toda la razón. Veré si puede venir a verte.

María llegó puntualmente, en la vieja camioneta azul de su marido. Elizabeth fue a recibirla a la sala de espera, y se sentaron en el sofá de cuero marrón que había allí. Era una sala pequeña pero acogedora, con una silla a juego con el sofá, una mesita de café de roble sobre la que había algunas revistas, y una mesita auxiliar con una brillante lámpara de latón.

—¿Cómo estás? —le preguntó Elizabeth a la joven, que tenía una mano apoyada sobre el vientre en gesto protector.

—Bien. Un poco cansada, eso es todo —contestó. Estaba muy guapa con unos pantalones rosa, una blusa premamá y el pelo recogido en una trenza.

—¿Has podido dormir mejor?

—Si lo que me está preguntando es si he vuelto a oír más voces, la respuesta es que no. Además, Miguel ha estado llegando a casa pronto todos los días, antes de la hora de dormir.

—Bueno, al menos has podido descansar. Vamos a ver lo que opina el doctor James.

María se levantó del sofá.

—¿Vendrá... vendrá usted conmigo?

—Creo que el doctor preferiría hablar contigo a solas.

—Por favor...

Elizabeth levantó la mirada, y vio al doctor Michael James en la puerta de su consulta.

—No pasa nada, María. Si la señorita Conners está libre, puede sentarse un rato con nosotros.

María lanzó una mirada esperanzada a Elizabeth, y cuando ésta asintió, los tres entraron en la consulta. Ambas mujeres se sentaron frente a la mesa, y Michael lo hizo en la silla de cuero del lado opuesto. Se puso unas gafas y repasó la información del informe que tenía preparado, y cuando acabó volvió a dejar las gafas sobre la mesa y dijo:

—La señorita Conners me ha explicado a grandes rasgos lo que ha estado pasándote, María. Debe de ser muy desconcertante.

María miró a Elizabeth, y el doctor se dio cuenta de que no entendía lo que quería decir aquella palabra.

—Quiero decir que debe de haberte afectado mucho —dijo—. Supongo que soportar una experiencia así es muy difícil.

—Sí, he tenido mucho miedo —dijo María, mientras apretaba las manos con fuerza.

—Antes de empezar a discutir la cuestión en profundidad, empezaremos con algo sencillo. Voy a hacerte dos tests, y sólo tienes que contestar a cada pregunta sinceramente, con un sí o con un no. En función del resultado, determinaré dónde estamos.

María asintió, y pareció hacer acopio de valor. Durante el cuarto de hora siguiente, el doctor fue leyendo una serie de preguntas de la primera hoja de papel, que podían revelar los síntomas de una depresión.

—María, ¿has estado muy preocupada en las últimas semanas por el trabajo, la familia o tu situación económica?

—No. A Miguel le va muy bien en el trabajo, y las cosas van mejorando cada vez más para Raúl.

—¿Has perdido interés en las cosas que sueles hacer?

—No. Estoy muy ocupada en casa, preparándome para la llegada del bebé.

—¿Te has sentido triste o desanimada?

—No.

—¿Has perdido el interés por el sexo?

María se sonrojó.

—Mi marido es un hombre muy viril, pero con el bebé de camino... —apartó la mirada, y finalmente admitió—: yo sigo deseándolo.

Elizabeth contuvo una sonrisa, y Michael bajó la vista hacia el papel.

—¿Sueles llorar?

—Lo he hecho varias veces últimamente, pero sólo cuando tengo miedo.

Michael apuntó algo en el papel.

—¿Estás irritable con los demás?

—No, creo que no.

—¿Has estado pensando en la muerte, o en morir?

—No, paso la mayor parte del tiempo pensando en mi bebé. La ginecóloga me ha dicho que es un niño.

El doctor James miró fugazmente a Elizabeth, dejó a un lado el cuestionario y tomó una segunda hoja de papel.

—Este otro test es para determinar si padeces un trastorno de ansiedad. Responde a cada pregunta como has hecho hasta ahora.

María asintió, y se irguió un poco más en la silla.

—¿Sientes a veces que las cosas a tu alrededor son extrañas, irreales, confusas o desconectadas de ti?

—Sí, por la noche... cuando estoy sola.

—¿Tienes miedo de estar muriéndote, o de que algo terrible va a pasar?

—Sí, y me aterra.

—¿Te cuesta respirar?, ¿sientes que te estás asfixiando?

—A veces.

El doctor hizo varias anotaciones antes de continuar.

—¿Sufres dolores en el pecho, mareos o temblores?

—Sí, pero sólo cuando siento ese gran miedo.

—¿Has sentido alguna vez que se te debilitaban las piernas?

—No fue exactamente eso. La última vez que oí las voces no podía mover las piernas ni levantarme de la cama, no podía escapar.

El doctor James frunció el ceño.

—¿Ha habido ocasiones en las que se te ha acelerado el corazón?

—Oh, sí. Mi corazón late tan deprisa, que creo que se me va a salir del pecho.

El doctor dejó a un lado el papel, y volvió a quitarse las gafas.

—Señora Santiago, por las respuestas que me ha dado, usted sufre los síntomas clásicos de la ansiedad. Lo que siente no está sucediendo, pero el estrés hace que parezca real.

—Entonces, ¿las voces no son reales?

—No, pero no se asuste, porque cuando descubramos las razones de su ansiedad, las voces desaparecerán.

El doctor miró brevemente a Elizabeth, que entendió la indirecta y se levantó de la silla.

—María, el doctor James va a ayudarte. Sólo tienes que hablar con él, contarle tus miedos, ser honesta sobre ti y sobre tu pasado –le dio un ligero apretón en el hombro, y añadió–: si lo haces, muy pronto empezarás a sentirte mejor.

Elizabeth salió de la consulta, y cerró la puerta suavemente. Parecía claro que María tenía ansiedad, pero Michael James era un médico muy bueno y podría descubrir la causa. Cuando el problema saliera a la superficie, lo más seguro era que los síntomas desaparecieran.

Volvió a su despacho, pero aunque se sentía aliviada, se preguntaba qué habría desencadenado los recientes ataques que había sufrido la joven. Era posible que hubiera sido su matrimonio; después de todo, Miguel Santiago tenía veintinueve años, diez más que su mujer.

No era un hombre violento, sólo dominante, y hasta ese momento a María no había parecido molestarle su actitud. La habían educado para que creyera que el hombre era el amo del hogar, y su matrimonio había parecido muy estable.

Sin embargo, después de lo que había oído en el consultorio de Michael, Elizabeth empezaba a tener sus dudas.

—¿Qué crees que debería ponerme?

La semana había llegado a su fin. Era sábado por la tarde, y Elizabeth estaba en su apartamento. Hacía mucho calor, como siempre en San Pico, y el sol daba de lleno en las ventanas del dormitorio.

—El vestido negro es perfecto —le dijo Gwen Petersen mientras se sentaba en el borde de la cama, frente al tocador con espejo.

La habitación estaba amueblada de forma muy minimalista, con un juego de dormitorio de nogal bastante barato que había comprado al acabar los estudios, y unos cuantos adornos en las paredes.

Elizabeth nunca había pensado que volvería a San Pico, y en los dos años que llevaba allí, no se había esforzado demasiado para que el apartamento pareciera un hogar.

—La casa de Carson es muy elegante —siguió diciendo Gwen—. Seguro que la cena la servirá una empresa de cáterin especializada, Jim y yo asistimos a una fiesta allí hace poco. Tienes que ponerte algo elegante.

Gwen contempló los vestidos que había sobre la cama: uno de gasa roja con una falda con vuelo, uno ajustado de seda azul con un escote recatado, y uno sencillo y ajustado de seda negra.

—El negro es perfecto, clásico pero sexy.

—Sí, yo también creo que lo prefiero, es muy cómodo. Normalmente me pongo las perlas de mi madre como complemento, ¿crees que serán adecuadas hoy?

—Sí, serán perfectas —Gwen se levantó de la cama, tomó la percha con el vestido negro y lo colocó frente a Elizabeth—. Menos mal que aún te sienta bien la ropa que trajiste de Los Ángeles, en San Pico sería imposible encontrar algo así.

El ajustado vestido, que le llegaba por encima de las rodillas, estaba confeccionado con una fina seda color negro y tenía un escote que caía a la espalda.

—Supongo que tienes razón, pero en esta ciudad no suele necesitarse ropa como ésta.

—Sí, pero si empiezas a salir con Carson Harcourt, vas a necesitar todo lo que tienes y mucho más.

—No estoy saliendo con él, apenas lo conozco.

—Pero no estaría nada mal que fuerais pareja, ¿verdad? Carson tiene mucho dinero, y es muy respetado en la comunidad. Se le considera un verdadero soltero de oro.

—No estoy interesada en tener una relación seria, ni con Carson ni con nadie. Ya he tenido un marido, y ha sido más que suficiente.

Con el vestido delante, Gwen se miró al espejo. La falda era demasiado larga para su corta estatura, pero el negro le sentaba de maravilla a su complexión pálida y a su corta cabellera pelirroja.

—No todos los hombres son como tu ex, Jim es un marido fantástico.

—Lo sé, pero Jim es uno entre diez mil. Por desgracia, no tengo tiempo de buscar entre los otros nueve mil novecientos noventa y nueve para encontrar a otro como él.

Gwen se echó a reír.

—Venga, que la cosa no está tan mal, hay montones de hombres agradables ahí fuera.

—Quizás —dijo Elizabeth, mientras sacaba un par de zapatos negros de tacón del armario–. Pero no he podido encontrarlos. Además, no todo el mundo necesita a un hombre para ser feliz. Tengo amigos como Jim y tú, mi profesión y una vida perfectamente aceptable, y así pretendo seguir.

–¿Qué me dices de los niños? Supongo que querrás tener hijos, y ésa es una buena razón para casarse... a menos que seas una de esas mujeres modernas que quieren quedarse embarazadas y criar a su hijo ellas solas.

–No soy tan moderna, créeme.

Cuando se había casado con su novio de la universidad, Brian Logan, había deseado tener hijos, pero él siempre había dicho que era demasiado pronto. Según él, primero tenían que centrarse en el trabajo, o no tenían dinero, o no estaba preparado para ser padre... siempre había alguna excusa.

Al final, se habían divorciado antes de que ella tuviera oportunidad de quedarse embarazada. Pero en ese momento, con treinta años y un reloj biológico que avanzaba a toda prisa, había recuperado su apellido de soltera y le repugnaba la idea de volver a estar bajo el control de otro hombre. Por eso, era muy posible que nunca tuviera un hijo.

–Me encantaría tener hijos –dijo–. Pero para eso tengo que conocer a un hombre que quiera comprometerse de verdad. No quiero volver a divorciarme, y ambas sabemos que los hombres así son escasos. No merece la pena correr el riesgo.

Gwen decidió dejar el tema; sabía lo que Elizabeth opinaba del matrimonio, y que era inútil discutir la cuestión con ella.

–Bueno, tengo que irme –dijo. Agarró su bolso de encima del tocador, y añadió con una sonrisa–: llámame mañana para contarme qué tal te ha ido, pero quiero que sepas que aún mantengo esperanzas en lo que a ti respecta, te guste o no.

Elizabeth se echó a reír.

—Te prometo que te llamaré, pero no te emociones demasiado. Es sólo una cita, nada más.

—Sí, claro, lo que tú digas.

Gwen salió del dormitorio, y Elizabeth oyó que la puerta principal se cerraba. Ambas se conocían desde el instituto, y cuando había vuelto a San Pico, se habían hecho más amigas que nunca.

Lo único que realmente le gustaba de aquella pequeña ciudad era que había gente muy buena, y Gwen estaba en ese grupo. Una imagen de Carson Harcourt, alto, rubio y atractivo, apareció en su mente. Él también parecía una buena persona, y ella aún no había descartado del todo la posibilidad de tener a un hombre en su vida. Esa noche podía llegar a ser muy interesante.

Al oír el timbre, Elizabeth cruzó la sala de estar para ir a abrir la puerta. Carson estaba de pie en el pequeño porche delantero, con un aspecto desenfadado pero elegante. Llevaba unos pantalones ligeros color canela, una camisa azul claro y una chaqueta azul marino en el brazo.

–¿Estás lista?

–Sí.

Tras agarrar el bolso negro a juego con sus zapatos, Elizabeth cerró la puerta con llave y Carson la guió hasta su Mercedes plateado.

–Por cierto, estás guapísima –le dijo él, mientras le abría la puerta del coche–. Ese vestido es precioso.

–No estaba segura de qué ponerme; afortunadamente, cuando me fui de Los Ángeles tenía ropa bastante presentable. Mi ex marido era un corredor de bolsa con grandes aspiraciones, y quería que su mujer proyectara una buena imagen.

–La mayoría de las mujeres de la ciudad van en coche a Los Ángeles para comprarse ropa –dijo él.

«Sí, las que están casadas con hombres con dinero», pensó ella. Ya no tenía que preocuparse por su apariencia como cuando estaba casada con Brian, pero debía admitir que se alegraba de haber tenido algo apropiado que ponerse esa noche.

El trayecto hasta la granja fue bastante corto; Carson aparcó en un garaje inmaculado de cuatro plazas, pero la llevó hasta la parte delantera de la casa para entrar por la puerta principal. La enorme estructura blanca, que tenía un enorme porche, parecía impresionante y muy cuidada desde la carretera, y al entrar Elizabeth se dio cuenta de que el interior había sido remodelado hacía poco. La pintura de las paredes parecía reciente, y tanto las cortinas como el mobiliario, una mezcla de sofás mullidos y antigüedades victorianas, eran nuevos; el suelo de roble daba un aire de elegancia, y los techos eran altos. Una antigua araña de luces iluminaba el recibidor.

Elizabeth supuso que todo aquello era obra de algún decorador profesional, probablemente de Los Ángeles.

−Tienes una casa preciosa, Carson. Parece sacada de una revista de decoración, y tiene un aspecto muy acogedor.

−Gracias. Quería un hogar elegante, pero cálido.

Fueron a una pequeña zona de bar que se había preparado en uno de los salones, y un miembro del personal de cáterin, un joven con pantalones negros y camisa blanca impecable, le sirvió a Elizabeth una copa de champán. Ella vio que era un Schramsberg, una marca del valle de Napa bastante cara.

Conversaron mientras Carson le enseñaba la planta baja de la casa, incluyendo la moderna cocina, donde el personal del cáterin estaba trabajando, y el despacho con acabados en madera. Cuando volvieron al salón, una enorme limusina negra se detenía delante de la casa.

−Ya están aquí −dijo Carson−. Tres de las parejas han venido en un avión bimotor, alquilé una limusina para que fuera a buscarlos a Newhall. Los Castenado vienen en otra, desde Los Ángeles.

−Supongo que tienes una pista de aterrizaje aquí.

−Sí. No es lo suficientemente grande para un jet privado, pero es perfecta para aviones más pequeños.

—¿Sabes pilotar?

—Pensé en aprender, pero la verdad es que no tengo tiempo.

Fueron hacia el recibidor, y Carson abrió la puerta principal para recibir a sus invitados. La cuarta pareja llegó minutos después que las tres primeras, y Elizabeth calculó que sus edades oscilaban de los treinta y cinco a los sesenta años. Tras las presentaciones, Carson los condujo hacia la zona del bar, donde se sirvieron las bebidas. Elizabeth se alegraba de haber elegido el vestido negro, ya que las otras cuatro mujeres también iban muy elegantes.

Tras conversar durante unos minutos, Carson posó una mano en el hombro de Elizabeth con gesto posesivo, y dijo:

—Señoras, les ruego que nos disculpen, pero tenemos que hablar sobre unos asuntos relacionados con los negocios. No tardaremos demasiado.

Sin esperar a oír su respuesta, Carson se volvió sin más y fue con los otros cuatro hombres a su despacho.

Elizabeth se volvió hacia las mujeres, adoptando el papel de anfitriona.

—¿Es la primera vez que venís a San Pico?

—Sí, ninguna de nosotras había venido antes —dijo Maryann Hobson, que estaba casada con un constructor del condado de Orange—. Aunque hace tiempo que conocemos a Carson, claro.

—Tiene una casa preciosa —comentó Mildred Castenado, una mujer alta y esbelta cuyos ojos oscuros no parecían perderse ni un solo detalle.

—Sí, es verdad —asintió Rebecca Meyers. Su esposo era directivo de una importante compañía farmacéutica, y ella parecía una mujer muy brillante e inteligente—. Me gustan sobre todo los acabados de los techos —añadió. Las paredes de la casa estaban pintadas en un color crudo, mientras que las molduras eran completamente blancas.

—¿Hace mucho que conoces a Carson? —le preguntó la

cuarta mujer a Elizabeth. Tenía el cabello plateado, los labios delgados y finas líneas alrededor de la boca. Betty Simino era la mayor de todas, y su esposo era también el hombre de mayor edad del grupo.

—Desde hace varios años —dijo Elizabeth, a quien no le gustaba nada la mirada calculadora en los pálidos ojos azules de la mujer—. Es la primera vez que visito su casa, y estoy de acuerdo con Mildred en que es preciosa.

—Carson llamó a un diseñador que yo le recomendé, Anthony Bass —dijo Mildred con satisfacción—. Ha hecho un trabajo fantástico.

—Sí.

La conversación siguió por aquellos derroteros, superficial y educada, con alguna que otra pregunta solapada de la señora Simino sobre la relación que existía entre Elizabeth y Carson, una relación que de hecho era inexistente.

Elizabeth miró con frecuencia creciente hacia la puerta del despacho, preguntándose cuándo volvería Carson, y rogando que no tardara mucho más.

Carson observó a los hombres sentados en los cómodos asientos de cuero de su despacho.

Walter Simino, uno de los líderes del Partido Republicano de California, dejó su vaso de whisky sobre la mesita de café que había frente al sofá y dijo:

—Sabes por qué hemos venido, Carson. Las mujeres nos están esperando y es la hora de la cena, así que no voy a andarme por las ramas. Estamos aquí para convencerte de que presentes tu candidatura para la asamblea estatal.

Ya habían discutido antes la posibilidad, por supuesto, y Carson había reflexionado largo y tendido sobre el tema. Se inclinó hacia delante en la silla, y miró a cada uno de los hombres.

—Sabéis que me siento halagado, pero meterse en política no es algo que haya que tomarse a la ligera. Requiere años de dedicación, y es muy difícil llegar a la cima.

—Tienes razón —dijo Ted Meyers, directivo del laboratorio farmacéutico McMillan. Era un hombre alto, cuyo pelo castaño iba escaseando—. Pero lo que tenemos pensado compensaría el trabajo duro, y puede que no requiera tanto tiempo como crees.

—Estamos hablando de ir más allá de la asamblea, Carter —Walter lo miró directamente—. Un hombre como tú, con tu reputación, podría llegar al Senado. Una vez allí, con el apoyo adecuado, podrías presentar tu candidatura para el Congreso. Sólo tienes treinta y seis años, Harcourt, la edad ideal, además de un físico impecable y de un gran carisma. Tu historial parece intachable, y tienes los contactos que pueden llevarte a la cima.

Carson había estado pensando más o menos lo mismo. Con los movimientos adecuados y el apoyo de las personas acertadas... una imagen de la Casa Blanca apareció en su mente, pero se apresuró a apartarla. Era demasiado pronto para eso, aunque como había insinuado Walter, su carrera hacia la cima no tenía límites.

—Sólo hay un problema —dijo Paul Castenado.

Parecía un poco intranquilo, y Carson supo de inmediato lo que le preocupaba... la persona que se había interpuesto en su camino desde la infancia.

—Mi hermano —dijo.

—Exacto. Necesitamos el apoyo de Zachary; aunque no es ningún secreto que no os lleváis bien, daría muy mala imagen que tu hermano se opusiera a tu candidatura.

—No puedo garantizar lo que Zach decidirá hacer —dijo Carson, luchando por mantener un tono de voz calmado—. Es impredecible, siempre lo ha sido.

—Puede que tengas razón —dijo Walter—, pero quizás podamos convencerlo con la motivación adecuada. Por eso te pedí que le invitaras a venir esta noche.

Sorprendentemente, Zach había accedido a ir, aunque a Carson no le había hecho ninguna gracia. Sin embargo, sus invitados tenían razón; de cara a la opinión pública, la oposición de un miembro de su propia familia daría muy mala imagen, aunque Zach sólo fuera su hermanastro.

Ted Meyers salió de la habitación, y varios minutos después regresó con Zach. Walter le indicó que se sentara en un sofá, pero Zach prefirió hacerlo en una silla más cerca de la puerta.

—He venido, tal y como me pedisteis —dijo—. ¿Qué puedo hacer por ustedes, caballeros?

En la voz profunda de su hermano resonaba aquel tono ligeramente burlón que Carson siempre había detestado.

—Gracias por venir, Zach —dijo Charles Hobson, con una sonrisa cordial. El adinerado constructor del condado de Orange lo conocía bastante bien, ya que a través de su trabajo como abogado, Zach se relacionaba con muchas personas importantes de California del Sur—. Deja que te presente al resto de los presentes, después te contaremos lo que tenemos en mente.

Varios minutos después, Zach se dio cuenta de que lo que tenían en mente era conseguir su apoyo para la candidatura de su hermano mediante promesas de futuros beneficios, una especie de favor por favor. Zach sólo tenía que respaldar a su hermano en su intento de entrar en la asamblea, y a cambio Carson usaría su influencia para conseguirle una judicatura en el condado de Los Ángeles.

No ganaría tanto dinero como en ese momento, pero el poder que tendría sería muy valioso... al menos, eso era lo que creían Walter Simino y los demás. Sin embargo, Zach era consciente de que con una judicatura podría hacer mucho bien.

—Cuando Carson sea elegido, se convertirá en un hombre muy influyente –dijo Simino–.Y si volviera a presentarse al acabar el mandato, si consiguiera un puesto en el Senado, su poder sería mucho mayor. Podría ayudarte muchísimo, Zach. Quién sabe, puede que en el futuro tuvieras al alcance un puesto en la Corte Suprema de California.

Le estaban poniendo delante un cebo muy atractivo, pero Zach sabía que lo que le ofrecían era muy improbable. Conforme la conversación fue progresando, se limitó a escuchar en silencio, mientras le daba vueltas al hecho de que su hermano quisiera meterse en política. Había oído los rumores, pero nunca le había preguntado a Carson si eran ciertos; tras verlos confirmados, no se sintió nada sorprendido.

Incluso en ese momento, sentado al otro lado de la habitación, la sonrisa de Carson era la de un político.

En una pausa de la conversación, Zach se levantó y dijo:

–Creo que ya he oído bastante. Para ser sincero, no hay nada que ni vosotros ni Carson podáis ofrecerme que pueda interesarme lo más mínimo, ni siquiera una supuesta judicatura. En lo que respecta a su candidatura, no voy a prometeros mi apoyo.

Zach vio que la mandíbula de su hermano se tensaba casi imperceptiblemente, y añadió:

–Por otro lado, no voy a hacer nada para perjudicar a mi hermano. No voy a participar en nada que pueda considerarse una oposición a su candidatura, ni voy a apoyar a otro candidato. Eso es lo máximo que puedo ofreceros. Espero que disfrutéis de la velada –sin más, se volvió y fue hacia la puerta.

–¿No vas a cenar? –le preguntó Carson, que parecía asombrado de que se fuera.

–No, gracias. Pero hace mucho calor, así que si no te importa, tomaré algo antes de irme.

Zach salió del despacho, y fue hacia el salón. Al entrar en la casa, había visto a Liz Conners hablando con el resto de invitadas junto al bar, y la curiosidad lo empujó hacia allí.

—Coca-cola light con lima —le dijo al camarero.
—Enseguida.

Cuando el joven le sirvió la bebida, Zach tomó un largo trago con la mirada fija en Liz Conners. Al ver que la conversación de las mujeres terminaba y que se alejaba un poco de las demás, Zach se acercó a ella.

—Zachary Harcourt... debo admitir que me sorprende un poco encontrarte aquí.

—¿Por qué?, ¿no crees que se me pueda dar bien la política?

—La verdad es que no.

—Tienes razón. De hecho, me voy enseguida, pero quería venir antes a saludarte.

Ella lo miró con atención, como si estuviera intentando leerle el pensamiento, y levantó una ceja al ver el vaso que él sostenía en una mano.

—No tiene nada de alcohol —dijo él—. Bebo algo de vez en cuando, pero nunca cuando tengo que conducir. Nunca fui un adicto a las drogas o un alcohólico, sólo un chaval estúpido.

—Así que te has reformado de verdad.

—Sí, aunque espero no llegar a ser nunca tan aburrido como mi hermano.

La boca de ella se tensó por un instante, y Zach no pudo evitar apreciar sus labios carnosos.

—No tenéis una opinión demasiado buena el uno del otro, ¿verdad?

Estaba muy guapa esa noche, incluso más elegante que el día de la fiesta. Zach se preguntó cómo alguien con su trabajo podía permitirse ropa tan cara, y pensó que era posible que su hermano se la hubiera comprado.

—Intento pensar en Carson lo menos posible. Por cierto, ¿sois pareja?

—¿Me estás preguntando si estamos saliendo juntos? —dijo ella.

—Te estoy preguntando si estáis liados, si os acostáis juntos.

Tal y como él había esperado, Liz se puso tensa. La estaba poniendo a prueba, pero por alguna extraña razón, realmente quería saber la respuesta a su pregunta.

–Sabes, Zach, creo que no has cambiado tanto como crees.

–Puede que tengas razón. Bueno, ¿no vas a responder a mi pregunta?

–Mi relación con tu hermano no es de tu incumbencia.

Zach apartó la mirada, mientras intentaba no imaginarse a Liz Conners en la cama de Carson.

–Somos amigos –admitió ella finalmente–. Apenas nos conocemos.

–¿En serio? –dijo Zach, con una sonrisa.

–Mira, Zach, sé que tu hermano y tú no os lleváis bien. No sé si prestarme atención es tu forma de intentar molestarlo, pero...

–Mi interés en ti no tiene nada que ver con Carson –dijo él, y se sorprendió al darse cuenta de que aquello era cierto–. Es que... no sé, siempre pensé que eras diferente al resto. Supongo que quería saber si seguías siéndolo.

–¿Y cuál es tu veredicto?

Por el rabillo del ojo, Zach vio que Carson y sus invitados entraban en el salón.

–Aún no lo sé –tomó otro trago de su bebida, y dejó el vaso sobre una mesa–. Estoy seguro de que disfrutarás de la cena, Carson contrata a los mejores chefs de Los Ángeles.

Zach se volvió y fue hacia la puerta; por un segundo, pensó que Liz Conners lo estaba siguiendo con la mirada, pero se dijo que probablemente era sólo su imaginación.

Elizabeth vio a Zach desaparecer por la puerta, consciente del ligero hormigueo de electricidad que sentía tras su breve encuentro. Aquel hombre conseguía afectarla, desafiarla, y al mismo tiempo mirarla como si la considerara muy atractiva. Era algo que la molestaba... y que la intrigaba.

Era posible que Zach Harcourt hubiera dejado atrás sus problemas con el alcohol y las drogas, pero seguía siendo tan irritante y avasallador como antes. Aun así, no podía negar que lo encontraba atractivo. Había algo en él, algo sombrío y enigmático que la atraía sexualmente. A las mujeres siempre parecían atraerlas los chicos malos, y ella no era ninguna excepción.

Carson fue hacia ella, y Elizabeth lo miró a los ojos. Él debía de haberse dado cuenta de que había estado hablando con Zach, porque su boca parecía un poco tensa.

—Espero que mi hermano no estuviera molestándote, a veces puede ser bastante maleducado.

—Creía que se había reformado —dijo ella, aunque no pudo evitar recordar aquel día en la cafetería de Marge.

—Zach es un abogado, ¿realmente crees que se ha reformado?

Elizabeth se echó a reír. Los abogados nunca eran demasiado populares. Se preguntó si Zach sería bueno en su trabajo, ya que parecía demasiado directo y mordaz para una ocupación que a menudo requería grandes dosis de sutileza.

—La cena está lista —dijo Carson—. ¿Qué te parece si pasamos al comedor?

—Buena idea, estoy hambrienta —dijo ella, sonriente, decidida a dejar de pensar en Zach.

Una hora después, aún no lo había conseguido.

Elizabeth suspiró aliviada cuando acabó la velada; aunque lo había pasado bien, su papel de anfitriona la había convencido de que ser la esposa de un político debía de ser terrible.

Como Carson había bebido vino durante la cena y un licor en la sobremesa, había hecho que la limusina regresara a por ella después de llevar a los invitados a la pista de aterrizaje. Carson fue con ella, y la acompañó hasta la puerta de su casa. Elizabeth pensó en invitarlo a pasar, pero había sido una velada agotadora, y supuso que él tampoco tendría ganas de alargarla más.

—Gracias por todo, Carson, lo he pasado muy bien.

—Yo soy el que tiene que darte las gracias, Elizabeth, porque has estado fantástica. Has hecho que todo el mundo se sintiera cómodo, y has entretenido a las mujeres mientras nosotros hablábamos de negocios. No podría haberlo logrado sin ti.

Ella supuso que había sido el anfitrión de docenas de fiestas él solo, pero se sintió halagada.

—Creo que todo ha ido muy bien, y que todos los invitados han disfrutado de la cena.

—Eso espero —dijo él, sonriente, antes de inclinarse hacia ella y besarla.

Ella le rodeó el cuello con los brazos cuando él profundizó el beso; sin embargo, se sorprendió al experimentar sólo una sensación vagamente agradable. Carson era un hombre atractivo, pero cuando se apartó de ella, Elizabeth no sintió deseos de continuar.

–Te llamaré –dijo él.

–De acuerdo. Buenas noches –contestó ella.

Carson permaneció en el porche hasta que ella entró y cerró la puerta, y una vez dentro, Elizabeth pensó en el beso y se preguntó por qué no la había afectado. Era obvio que entre ellos no había química alguna. Recordó la irritante conversación que había tenido con el hermano de él, la forma en que Zach la había mirado... como si pudiera ver bajo su ropa con aquellos ojos oscuros... e intentó ignorar la extraña sensación que revoloteó en la boca de su estómago.

El canto de los grillos sonaba en el cálido aire veraniego, y las estrellas brillaban como diamantes en miniatura en el cielo oscuro. Zach no podía verlas en Los Ángeles, y supuso que era la única cosa positiva que tenía San Pico.

Subió hasta el porche, y abrió con su llave la puerta de la casa de Lisa Doyle. Estaba en una de las mejores zonas de la ciudad, y tenía tres habitaciones, buenas vistas y una piscina en la parte de atrás. Ella se la había sacado a su ex marido en el acuerdo de divorcio, el segundo de Lisa, que siempre parecía salir victoriosa de aquellas situaciones.

Zach pensó que su ejemplo era una buena razón para permanecer soltero.

La sala de estar estaba a oscuras, aunque no era demasiado tarde, y sabía que Lisa estaría esperándolo en el dormitorio. Ella tenía un enorme apetito sexual, y aunque era algo de lo que él no podía quejarse, la verdad era que no era una mujer demasiado exigente en lo referente a los hombres... lo cual no hablaba demasiado bien de él.

Mientras iba hacia la puerta del dormitorio quitándose la camisa, Zach se dio cuenta de que esa noche no quería estar allí realmente. Era algo que ya se le había pasado por la cabeza la semana anterior, pero esa noche, por alguna extraña razón, lo tenía mucho más claro.

Aun así, le había dicho a Lisa que estaría en la ciudad, y no tenía ninguna buena razón para no acostarse con ella. Además, su encuentro con Liz Conners había hecho que deseara una buena ronda de sexo apasionado, y estaba claro que no iba a tenerlo con ella.

—Pensé que no ibas a llegar nunca —dijo Lisa cuando él entró en la habitación—. Estoy muy cachonda y necesito sexo. ¿Qué me dices?

Cubierta con sólo un tanga rojo, Lisa se acercó a él, hizo que bajara la cabeza para poder besarlo, y él le devolvió el beso. Ella le puso una mano en la bragueta, y lo acarició por encima de los pantalones hasta que su miembro se endureció.

Aun así, Zach no consiguió sentirse excitado. La idea de otra ronda de sexo frío y sin sentido no lo atraía, pero se dijo que así era como a él le gustaba... sin ataduras ni sentimientos.

Sin embargo, mientras Lisa lo llevaba hasta la cama y lo desnudaba, su mente regresó a Liz Conners; recordó lo guapa que estaba esa noche, lo sexy que era... todo lo contrario que Lisa. Sacudió la cabeza para borrar su imagen, e intentó concentrarse en la rubia de ojos verdes y cuerpo exuberante que tenía delante.

Extrañamente, no la encontró nada sexy.

Lisa podía enloquecer a un hombre con los trucos que sabía, pero a esas alturas Zach los conocía todos y hacía tiempo que la atracción se había desvanecido.

«¿Por qué estoy aquí?», se preguntó. Sin embargo, esa vez fue incapaz de encontrar una respuesta satisfactoria.

—¿Qué pasa, Zach?, ¿estás demasiado cansado?

Él permaneció desnudo junto a la cama mientras Lisa abría un preservativo y se lo ponía con habilidad. Después lo empujó para que se tumbara en la cama, y se sentó a horcajadas sobre él.

–No te preocupes, yo haré todo el trabajo –dijo ella.

De modo que él la dejó que lo hiciera. No parecía haber otra opción, y aunque no era el mismo hombre de antes, no era ningún santo. Zach cerró los ojos y dejó que Lisa los llevara a ambos a un fuerte orgasmo, pero cuando ella quiso repetir, él se alejó de ella.

–Lo siento, Lisa, pero tengo sueño.

Ella murmuró una imprecación y se acostó de lado, lo más lejos posible de él. Zach permaneció allí tumbado, pero aunque estaba muy cansado, fue incapaz de conciliar el sueño.

El sábado por la mañana, Zach fue a Visión Juvenil. La construcción del granero avanzaba muy bien, y tuvo ganas de ponerse el cinturón de herramientas y empezar a poner clavos al ver que el esfuerzo de todos estaba dando sus frutos.

Los chicos estaban trabajando, ya que la jornada empezaba muy temprano; la granja ocupaba unos quince acres, y el cuidado de los distintos cultivos requería mucha dedicación. Había huertos de melocotones, albaricoques, naranjas, limones, almendras y pistachos, además de cinco acres de alfalfa para alimentar al ganado.

Los chicos tenían también un terreno bastante grande en el que cultivaban hortalizas, y además producían maíz suficiente para venderlo en las tiendas de la zona. Criaban pollos, y tenían cuatro vacas lecheras y cuatro cabezas de ganado para el consumo de carne. La granja era casi autosuficiente, y los chicos se sentían orgullosos de poder ocuparse con éxito de un lugar así.

Además de realizar las tareas diarias de la granja, asistían a clase y aprendían las consecuencias del abuso del alcohol y de las drogas. Zach daba charlas sobre esos temas varias veces al año, y se había dado cuenta de que ser honesto sobre su pasado le había granjeado una relación especial con los chicos.

Después de la última charla, Raúl Pérez se había quedado atrás para hablar con él, ya que quería saber si tenía posibilidades de ir a la universidad.

–Creo que las perspectivas son muy buenas, Raúl. Tendrías que trabajar duro, pero sé por experiencia propia que todo es posible.

Al ver la sonrisa del chico, Zach había comprendido que estaba dispuesto a esforzarse al máximo, y había pensado que quizás Liz Conners estaba en lo cierto. Raúl tenía algo especial, aunque Zach no habría podido explicar de qué se trataba exactamente.

Al bajar del todoterreno, lo vio caminando por los pastos; era un muchacho de apariencia dura, pero al ahondar más allá de la superficie aparecía la misma necesidad que Zach había sentido en su infancia, el deseo de tener a alguien que se preocupara por él.

Raúl no había conocido a su padre, y su madre había muerto cuando era bastante joven, así que su hermana y su yerno eran toda la familia que le quedaba.

Zach había tenido a sus padres... más o menos. Teresa Burgess, su madre, había estado demasiado ocupada con Fletcher Harcourt para ocuparse de su hijo, y él tenía nueve años cuando sus padres habían acabado su larga relación y su padre había pedido su custodia.

Teresa había accedido... por un precio. Lo había vendido como si fuera un pedazo de carne, por un coche nuevo y las escrituras de la casa que Fletcher había comprado para Zach y para ella. Su padre se lo había llevado a vivir a Granjas Harcourt, y su vida se había convertido en un infierno.

Zach se dirigió hacia el cobertizo donde se guardaban las herramientas, y al verlo Raúl fue hacia él.

—¿Necesitas ayuda? —le preguntó el chico.

—¿No estabas dando de comer al ganado?

—Ya he acabado. Puedo echarte una mano con el granero, soy bastante bueno con un martillo.

Zach se había dado cuenta de que el chico era muy bueno en todas las tareas de la granja, y de que parecía disfrutar del trabajo.

—Vale, cuanta más ayuda tengamos, antes terminaremos. Sam quiere poner la alfalfa a cubierto antes de que acabe el verano.

—Genial.

Entraron juntos en el cobertizo, agarraron un par de cinturones de herramientas y unos clavos, y fueron hacia el granero. Raúl aflojó ligeramente el paso, mientras contemplaba los campos y la superficie de colores brillantes que había más allá.

—¿Qué pasa? —le preguntó Zach.

—Estaba mirando las rosas, están preciosas en esta época del año.

Justo en el límite de la propiedad de Visión Juvenil, comenzaban seiscientos cuarenta acres de terreno cubierto de rosas pertenecientes a Granjas Harcourt. Desde el aire, era una alfombra increíble de amarillo, fucsia, rojo, rosa y blanco. De mayo a septiembre, cuando la brisa acariciaba los campos, el dulce aroma de las rosas inundaba el aire.

A Zach siempre le había encantado aquella fragancia. Quizás San Pico tenía más de una cosa positiva, después de todo.

María no podía dormir. Miguel había tenido que volver a quedarse a trabajar hasta tarde, y la casa parecía extrañamente vacía. Se había hecho amiga de varias mujeres al llegar a Granjas Harcourt, pero la mayoría se habían ido ya a trabajar a otro sitio. Su mejor amiga era Isabel Flores; aunque sólo tenía varios años más que ella, era el ama de llaves del señor Harcourt, y vivía en la casa grande. Se ocupaba de la casa... y de algunas otras necesidades personales de él.

Isabel le había dicho que le gustaba trabajar allí, y que el señor Harcourt la cuidaba muy bien. No le molestaba que a veces se metiera en su cama, y de hecho, ella disfrutaba de sus visitas. Además, Isabel afirmaba que era cuidadosa, y que aunque tenía que confesar su pecado los domingos en la iglesia, tomaba la píldora para no quedarse embarazada.

Apoyada contra la cabecera de la cama, María pensó en ir a visitar a Isabel esa noche para contarle lo que le estaba pasando, lo de las pruebas y las sesiones con el doctor James, pero ya era muy tarde y Miguel no tardaría en volver.

Al menos, eso esperaba ella. Pensó en ir a la sala de estar y ver la televisión, pero estaba muy cansada. Al volver de la sesión con el doctor James, había estado trabajando en su pequeño huerto de hortalizas, y el calor la había dejado exhausta. Era bastante tarde, y tenía sueño.

Se tumbó y se cubrió con la sábana hasta la barbilla, mientras se decía que, como era consciente de lo que le estaba pasando, el sueño no volvería a aparecer. Cerró los ojos e intentó dormirse, pero los minutos iban pasando y no lograba conciliar el sueño.

Estaba alerta al sonido de las botas de Miguel en la entrada, pero lentamente empezaron a cerrársele los ojos. Su cuerpo se relajó contra el colchón, y se quedó dormida.

Fue el frío lo que la despertó, una sensación gélida que penetró en sus huesos como la muerte en una cripta. La noche era muy calurosa, ¿cómo era posible que hiciera tanto frío en la habitación? Empezaron a castañetearle los dientes, y se incorporó un poco para agarrar la fina colcha amarilla, que estaba doblada al pie de la cama.

Sus dedos aferraron la tela con fuerza, y entonces notó los ruidos... los escalofriantes gemidos y los crujidos, como si alguien estuviera andando por el suelo entablado de la sala de estar. El olor a rosas fluyó hacia ella y fue haciéndose cada vez más fuerte, más denso, se volvió casi abrumador mientras inundaba sus fosas nasales y hacía que le ardiera la garganta.

María tragó con dificultad y permaneció sentada en la cama, temerosa de moverse, con los dedos paralizados sobre la colcha. Miró hacia allí, hacia los pies de la cama, y su cuerpo entero se tensó. Allí había algo... una imagen borrosa, blanquecina y casi transparente, algo que tenía vagamente la forma de una persona.

—*Te quitarán a tu bebé si no te vas. Matarán a tu bebé.*

María gimió, y se le puso la piel de gallina; empezaron a temblarle las manos, y los nudillos empalidecieron cuando apretó aún más la colcha.

—*Te quitarán a tu bebé. Matarán a tu bebé si no te vas.*

Cerró los ojos, pero la imagen permaneció grabada en su retina. Era una criatura de unos ocho o nueve años, flotando por encima del suelo al pie de la cama; por su voz parecía ser una niña, pero María no estaba segura.

«No es real», se dijo, repitiendo lo que le había dicho el doctor James. «Sólo está en tu imaginación».

María rezó en silencio, intentó obligarse a borrar la imagen de su mente, y mantuvo los ojos cerrados todo lo que pudo. Susurró frenética una oración a la Virgen, y al abrir los ojos vio que sus ruegos habían sido escuchados.

Los lúgubres sonidos fueron desvaneciéndose y el fuerte olor fue disipándose, suavizándose hasta volverse delicado y casi reconfortante. El frío gélido desapareció, y la habitación recuperó su temperatura normal.

Sin embargo, María sentía el corazón martilleándole en el pecho, las manos temblorosas y la boca completamente seca. Se movió temerosa en la cama al oír otro ruido, pero esa vez se trababa de unos pasos familiares en el porche trasero, seguidos de una llave insertada en la cerradura. Miguel había llegado.

María cerró los ojos y se mordió el tembloroso labio inferior, decidida a no echarse a llorar.

Michael James estaba sentado tras la mesa de su consultorio, escuchando la increíble historia de la mujer que tenía delante. Esa semana había hablado dos veces con María Santiago, pero ninguna de las sesiones parecía haber tenido buenos resultados.

—Lo vi, doctor, ayer vi al fantasma. No me lo imaginé, lo vi con mis propios ojos.

—María, los fantasmas no existen, ayer sufriste un ataque de ansiedad. Es algo bastante común, mucha gente experimenta un ataque de pánico en algún momento de su vida. En condiciones normales te recetaría algo para que te relajaras y algún somnífero, pero con el embarazo tan avanzado...

—¡No necesito medicinas! ¡En mi casa hay un fantasma, y todas las preguntas absurdas que me hace no van a servir de nada!

—Te hago preguntas porque estamos trabajando en explorar tu pasado, María —dijo el doctor, con voz suave y calmada—. Debemos descubrir si te pasó algo durante la infancia, algo que puede no parecer importante, pero que lo es. En estos casos...

—¡No! Usted me pregunta sobre mi padre, si le quería, y le he dicho que se fue cuando yo tenía dos años. Me ha preguntado por mi madre, y le he explicado que nos quería a Raúl y a mí. No teníamos dinero y la vida era dura, pero no era tan malo. Usted me ha dicho que estoy preocupada, estresada, pero yo le he dicho mil veces que Miguel y yo estamos deseando que nazca nuestro hijo, que nunca había sido tan feliz hasta que empezó todo esto. Según usted, tengo miedo de algo que no entiendo... bueno, ¡eso sí que es verdad!

María cerró la mano que tenía sobre su regazo en un puño apretado, y añadió:

—¡En mi casa hay un fantasma que me dice que me vaya, que me advierte que alguien va a matar a mi hijo!

Michael respiró hondo, y soltó el aire lentamente.

—Puede que acabes de dar con la clave de tu problema, y que lo que te pasa es que te da miedo perder a tu hijo. En el pasado sufriste un aborto, a lo mejor lo que te causa la ansiedad es el terror que sientes de que vuelva a suceder.

María se levantó de la silla, temblorosa.

—Usted no me cree, sabía que no lo haría —se volvió y fue hacia la puerta.

—Espera, María, tenemos que hablar de esto —protestó el doctor, mientras se levantaba de la silla.

Sin embargo, al ver que ella hacía caso omiso, la siguió hasta la puerta de la consulta y la vio atravesar la sala de espera y dirigirse hacia el mostrador de recepción.

—Querría hablar con la señorita Conners. Dígale... dígale que María Santiago quiere verla.

—Está a punto de acabar una consulta —le dijo Terry Lane, la recepcionista—. Abrirá la puerta de un momento a otro.

—Muy bien, la esperaré —María se sentó pesadamente en el sofá, con la espalda tiesa como un palo de escoba y la barbilla erguida.

Un minuto después, la puerta se abrió y Elizabeth salió con una mujer rubia y una adolescente.

—Nos vemos la semana que viene —dijo.

La mujer, que debía de tener unos cuarenta años, se limitó a asentir, le hizo un gesto a su hija para que la siguiera, y ambas fueron hacia la salida.

Elizabeth vio entonces a María, que se había levantado y estaba junto al mostrador; Michael seguía en la puerta de su consulta, esperando pacientemente.

—La señora Santiago quiere hablar con usted —dijo Terry, una joven rubia en la veintena con el pelo corto y de punta. Sólo llevaba trabajando allí unas semanas, y estaba claro que estaba un poco nerviosa.

—Elizabeth, María tiene algo que contarte —dijo Michael.

Elizabeth le lanzó una rápida mirada, y vio la muda petición de ayuda en los ojos del médico. A veces era difícil ganarse la confianza de un paciente, y obviamente María confiaba en ella, no en él. Habían considerado si sería mejor que Elizabeth llevara el caso, pero la ansiedad era la especialidad de él; además, Elizabeth había temido estar demasiado involucrada en el caso para poder ser objetiva.

—Tengo unos minutos libres, ¿en qué puedo ayudarte? —dijo con una sonrisa.

—¿Qué os parece si volvemos a mi consulta? —sugirió Michael.

Tras entrar y sentarse, Elizabeth miró a la joven con obvia preocupación.

—María, cuéntale a la señorita Conners la historia que me has explicado.

—No es una historia —dijo ella, a la defensiva—. Mi casa está encantada.

Los ojos azules de Elizabeth mostraron sorpresa, pero mantuvo la expresión inmutable.

—Ya hemos discutido esto, María. No es posible que realmente creas algo así.

—Claro que lo creo, hay un espectro. Lo vi anoche.

—¿Anoche viste un espectro... un fantasma?

—Sí. Era pequeño... por la voz creo que era una niña, pero no estoy segura. Hacía mucho frío, oí los ruidos y olí ese olor tan dulzón. No fueron imaginaciones mías.

Elizabeth miró brevemente a Michael, y reflexionó unos segundos antes de decir:

—Si estás tan convencida de que realmente pasó algo, puede que haya otra explicación. Es posible que la casa sea bastante vieja y que haga ruidos a los que no estás acostumbrada, y que el olor se deba a algún animal muerto.

—Me gustaría creer eso, pero no puedo. Sólo sé que está pasando algo terrible, y que tengo miedo.

Elizabeth y Michael permanecieron en silencio unos segundos. Ninguno de los dos se había enfrentado a algo así antes, pero era obvio que María estaba aterrorizada.

—Quizás debería hablar con Miguel —sugirió Elizabeth—. Él podría investigar, intentar averiguar qué es lo que pasa.

—No, no le diga nada a mi marido —se apresuró a decir María, con expresión de pánico—. Él no lo entendería, pensaría que me estoy portando como una niña. Eso es lo que dice cuando discutimos.

—María, no puedes seguir así —dijo Michael—. Tienes que hablar con tu marido, y yo también debería tener una charla con él.

La joven se levantó bruscamente de la silla.

—¡No! Quiere hacerle las mismas preguntas tontas que

me hizo a mí, pero nada de lo que diga él va a cambiar nada. Ustedes dos están equivocados, no me estoy imaginando nada de todo esto.

María se volvió y fue rápidamente hacia la puerta, y Elizabeth se apresuró a seguirla. Michael las dejó marchar, consciente de que él no podía hacer nada hasta que la joven estuviera dispuesta a afrontar sus problemas y a aceptar su ayuda.

Sólo podía esperar, con la esperanza de que Elizabeth consiguiera hacerla entrar en razón y la convenciera de que regresara a la consulta. Hasta entonces, María estaba condenada a seguir sufriendo la visita de sus fantasmas.

Era viernes. Zach había pasado otra semana en Los Ángeles, y se enfrentaba a otro caluroso día de julio en el valle. Normalmente viajaba hasta allí los viernes por la noche, pero había trabajado hasta tarde durante toda la semana para poder irse pronto y evitar el denso tráfico.

El viaje había ido como la seda, ya que había salido a una hora razonable, pero en San Pico ya hacía mucho calor.

Estacionó el todoterreno en el aparcamiento de la residencia Willow Glen; el asfalto estaba al rojo vivo, y las olas de calor ascendían desde el suelo. Salió del vehículo, tomó una inhalación del aire cálido y fue hacia la puerta del edificio principal, que era una estructura de dos plantas color marrón claro. Mientras caminaba, envuelto en aquel aire sofocante, se alegró de no vivir ya en San Pico.

Había llegado casi al final del aparcamiento cuando vio un Acura blanco último modelo. Al recordar que había visto a Liz Conners con un coche así el día que ella había ido a visitar la granja, aceleró el paso, aunque ver a su padre tumbado mirando el techo o en la silla de ruedas siempre lo deprimía. Los doctores aún tenían pequeñas esperanzas de que algún día mejorara, y aunque no fuera así, Zach no estaba dispuesto a abandonarlo.

Abrió la pesada puerta principal y entró en el edificio, aliviado al sentir el frescor del aire acondicionado. Como iba a la residencia siempre que estaba en la ciudad, la recepcionista, una mujer bajita y morena con gafas, lo reconoció de inmediato y sonrió.

–Hola, Zach. No te olvides de firmar en el registro de entrada.

–Hola, Ellie. Ahora mismo lo hago.

Tras apuntar su nombre y la hora, Zach cruzó el vestíbulo y enfiló por uno de los pasillos donde estaban las habitaciones de los ancianos. Comparada con otras residencias sobre las que había leído, aquélla estaba muy bien equipada; las habitaciones tenían dos ocupantes como máximo, e incluso había algunas privadas, como la de su padre. Después de la terrible caída que había sufrido, Fletcher Harcourt había sido trasladado a Willow Glen en cuanto había salido del hospital.

Zach había querido que tuviera asistencia en casa para que siguiera viviendo en su propio hogar, pero Carson había considerado que en la residencia podrían proporcionarle mejores cuidados. Su padre había establecido en su testamento que Carson, el mayor, quedaría al cargo de todas las propiedades y tomaría las decisiones en lo concerniente a sus cuidados médicos, así que aunque Zach se había opuesto, su hermano había tenido la última palabra y había ingresado a su padre en la residencia. Zach lo había considerado un motivo más para despreciar a Carson.

Zach fue por el pasillo hasta llegar a la habitación C-14, en el ala oeste del edificio, pero se detuvo al ver a la mujer que salía de una habitación varias puertas más allá.

–Hola, Liz.

Ella levantó la mirada al oír su nombre, y se detuvo en seco frente a él.

—Zachary... —miró por encima de su hombro, y le preguntó—: ¿has venido a ver a tu padre?

—Sí, vengo siempre que estoy en la ciudad. ¿Y tú qué haces aquí?

—Estoy dando un curso para el personal de enfermería.

—¿Sobre qué?

—Sobre psicología geriátrica. Básicamente, les enseño técnicas para tratar con los ancianos.

—Parece útil.

—Cualquier pequeña mejora es útil —ella se volvió hacia la puerta abierta, y añadió—: sabía que tu padre estaba aquí, espero que se encuentre mejor.

—Se mantiene más o menos estable. Las piernas no le funcionan demasiado bien, parece que hay algún problema y las señales del cerebro no llegan a su destino. No habla demasiado, y mezcla los recuerdos fragmentados que tiene del pasado con el presente. No se acuerda del accidente, ni de muchas de las cosas que han pasado desde entonces.

—Me enteré de lo del accidente. Se cayó por las escaleras, ¿verdad? Mi padre estaba vivo por aquel entonces, y mi hermana aún vivía aquí. Su marido y ella se mudaron a San Francisco en marzo.

—Se llama Tracy, ¿no?

—Sí, es varios años más joven que yo —Liz miró al interior de la habitación, y vio la forma bajo las sábanas—. Sentí mucho lo de tu padre, siempre me pareció un hombre muy vital.

—A veces se comportaba como un verdadero malnacido, pero se portó bastante bien conmigo. Nunca podré pagarle todo lo que le debo.

—¿Hay alguna posibilidad de que se recupere?

—Los médicos no han perdido todas las esperanzas, dicen que la tecnología avanza, y que se están desarrollando técnicas que podrían hacer posible operarlo y quitarle los trozos de hueso que le presionan el cerebro. Aún no hemos tirado la toalla.

Liz lo observó atentamente, como si fuera un raro espécimen expuesto en una vitrina.

—Eres un hombre sorprendente, Zach. Has venido a visitar a tu padre, Sam dice que fundaste Visión Juvenil, has superado los problemas con el alcohol y las drogas, y eres un abogado prestigioso. Pero también eres autoritario y muy irritante. No consigo entenderte.

—Me alegra saber que estás intentando hacerlo —dijo él, sonriente—. ¿Qué te parece si vamos a cenar juntos?

—Ya te dije que...

—Sí, ya lo sé, estás muy ocupada.

Liz apartó la mirada por unos segundos.

—Será mejor que me vaya, tengo mucho trabajo esperándome en la oficina —se volvió y empezó a alejarse.

—¿Liz?

Ella se detuvo, y se giró lentamente hacia él.

—Ya que no quieres ir a cenar conmigo, ¿qué te parece si quedamos para comer?

Ella tardó tanto en contestar, que Zach sintió que empezaban a sudarle las manos. No recordaba haber reaccionado así ante una mujer desde que era un adolescente.

—¿Cuándo? —dijo Elizabeth.

—¿Qué te parece hoy mismo? —dijo él, con el corazón desbocado—; ya son las once, así que podemos quedar al mediodía, después de que pase un rato con mi padre.

—Vale, pero me niego a ir a la cafetería de Marge.

Zach soltó una carcajada.

—Iba a proponerte El Rancho, su menú está bastante bien.

—Vale, nos vemos en El Rancho a la una —dijo ella, antes de volverse y alejarse de nuevo.

—Sí, a la una, genial. Hasta luego —Zach la observó hasta que ella dobló la esquina y desapareció de la vista. Ese día se la veía diferente, más formal, ya que llevaba un sencillo traje color coral y una camiseta blanca con el cuello abierto.

Se secó las palmas de las manos en los pantalones, mientras el ritmo de su corazón iba calmándose paulatinamente. Era una locura, las mujeres no lo ponían nervioso; de hecho, normalmente era al revés. Quizás era una extraña reacción psicológica, por la forma en que ella lo había rechazado cuando iban al instituto.

Sí, eso debía de ser; aun así, estaba decidido a acudir a la cita, y mientras entraba en la habitación de su padre, se sintió inquieto al darse cuenta de lo impaciente que estaba por volver a verla.

Elizabeth llegó a El Rancho a la una en punto. Solía ser siempre muy puntual, porque tenía una agenda muy llena y siempre había pensado que llegar tarde era de mala educación.

Se sorprendió al ver que Zach ya estaba allí, sentado en un banco de la entrada. Parecía completamente relajado, y no tenía la expresión de superioridad que había visto en otros abogados. Era muy guapo, casi demasiado. Estaba en muy buena forma, y el moreno de su piel no era artificial, sino que se debía al trabajo duro bajo el sol; su cabello era espeso, casi negro y ligeramente ondulado, y tenía un rostro pecaminosamente atractivo.

Tenía buen gusto para vestir, y la ropa que llevaba ese día le sentaba muy bien; la camisa amarilla de manga corta, los pantalones color crudo y los zapatos italianos le daban un cierto aire de sofisticación. Ella jamás habría imaginado que el gamberro vestido de cuero de su adolescencia pudiera cambiar tanto.

Sin embargo, aún quedaban vestigios de aquel duro adolescente, que incrementaban aún más su atractivo. Podían verse en la línea de su mandíbula, en la forma de sus labios y en la postura ligeramente arrogante de sus hombros.

Y por eso Elizabeth habría cancelado la cita si hubiera tenido algún modo de ponerse en contacto con él.

–Hola –dijo Zach, mientras se levantaba de su asiento–. No estaba seguro de si vendrías.

–Si hubiera tenido el número de tu móvil no estaría aquí. La verdad es que habría cancelado la cita, porque esto es una locura. Zach, ¿qué estamos haciendo? No tenemos nada en común, y no tengo ni idea de por qué me has invitado.

Elizabeth apenas podía creer que hubiera aceptado comer con él. Zachary Harcourt era la última persona con la que le apetecía pasar el rato, y además ella había salido varias veces con su hermano. Carson se pondría furioso si se enterara de que había quedado con Zach para comer, y aunque no le debía ninguna lealtad, al menos de momento, se sentía un poco culpable.

–Te he invitado porque no me gusta comer solo; además, tenemos mucho en común.

Elizabeth no tuvo tiempo de contestar, ya que una camarera bajita y algo entrada en carnes apareció en aquel momento. La mujer agarró un par de menús del soporte que había junto a la caja registradora, y les preguntó:

–¿Mesa para dos?

Cuando Zach asintió, la mujer hizo que la siguieran por el comedor; el local estaba decorado con motivos ganaderos, con grabados de diferentes tipos de reses alrededor de las ventanas y de las puertas. Al llegar a su mesa, Zach apartó una silla para Elizabeth y después se sentó.

–¿Qué es lo que tenemos en común? –le preguntó ella.

–Para empezar, a ambos nos interesa ayudar a los chicos para que mejoren sus vidas –Zach se colocó la servilleta sobre su regazo, y añadió–: y además, a ninguno de los dos nos gusta la política.

–¿Cómo sabes que no me gusta la política?

–Venga, Liz, admite que el sábado por la noche estabas aburrida. Lo supe en cuanto te vi.

—No estaba aburrida, lo que pasa es que no conocía demasiado a los otros invitados.

—Si los hubieras conocido bien, te habrías aburrido aún más.

Elizabeth no sabía si sentirse enfadada o divertida, pero finalmente esbozó una sonrisa.

—Si no te gusta nada la política, ¿qué estabas haciendo allí?

Zach abrió su menú, pero no empezó a leerlo. Bajo el borde de la manga de la camisa, sus bíceps se tensaron.

—Walter Simino y sus amigos intentaron sobornarme, en sentido figurado, para que apoye la candidatura de mi hermano si se presenta a las elecciones. Decidí rechazar su oferta.

Elizabeth jugueteó con su menú, mientras intentaba no recordar lo atractivo que había estado aquel día en Visión Juvenil, trabajando desnudo hasta la cintura en el granero mientras sus músculos se tensaban con cada uno de sus movimientos.

—Entonces, ¿piensas unirte a la oposición si Carson presenta su candidatura?

—No, les dije que me mantendría neutral.

—¿Por qué?

—¿Por qué, qué?

—Tu hermano no te cae bien, así que dudo que votaras por él en cualquier caso. ¿Por qué aceptaste mantenerte neutral?

Zach soltó un suspiro, y Elizabeth pensó que tenía unos ojos interesantes; no eran sólo marrones, sino que tenían unas chispitas doradas en la zona del iris que parecían brillar cuando la miraba.

—La verdad es que no lo sé —dijo él—. Puede que intentar herirlo así pareciera demasiado pueril, o que sintiera que se lo debía a mi padre. Además, estoy demasiado ocupado para involucrarme en cualquier sentido.

En ese momento, la camarera volvió para tomarles nota. Los dos pidieron hamburguesa con patatas fritas, aunque Elizabeth normalmente evitaba ese tipo de comida, consciente de la cantidad de calorías que contenía.

—Bueno, ¿en qué tipo de casos sueles trabajar? —le preguntó.

—Normalmente, trato con los que están relacionados con daños personales —contestó él.

—¿Como los que salen en las series de televisión?

Zach se echó a reír, y ella sintió que el sonido la envolvía. Deseó que él no la afectara tanto, pero incluso cuando trabajaba en la cafetería siendo una adolescente, siempre había notado el momento preciso en el que él entraba en el establecimiento. Zach era cuatro años mayor que ella y uno de los chicos más guapos de la ciudad, y sólo con verlo entrar por la puerta había sentido mariposas en el estómago; sin embargo, él siempre estaba metido en problemas y se juntaba con las peores compañías. Elizabeth siempre había creído que era una pena.

—De hecho, estamos especializados en pleitos de acción colectiva. No son acciones a gran escala, porque preferimos trabajar con un número manejable de clientes. En este momento, tenemos un caso relacionado con una empresa farmacéutica y una sustancia llamada temociamina; no solemos enfrentarnos a este tipo de empresas, pero el caso nos llegó a través de un antiguo cliente, y está relacionado con un número de personas bastante reducido.

—¿Cuál era el problema?

—El medicamento causa daños cerebrales en ciertos individuos, y consideramos que el número de incidencias es superior al aceptable. Queremos conseguir que lo retiren del mercado.

—Suena interesante.

—Creo que somos los buenos de la película. Hace un par de años, trabajamos en un caso relacionado con vehículos de tres ruedas. La tasa de accidentes anual con ellos era de casi cincuenta mil personas al año, y muchas de las víctimas quedaban paralíticas o incluso morían. Pudimos probar que la empresa conocía el factor de riesgo, y que en su presupuesto anual incluía el margen necesario para pagar las indemnizaciones a las familias. Al jurado no le gustó nada enterarse de eso, y finalmente conseguimos que los sacaran de la circulación.

—Me acuerdo de ese caso. La indemnización fue enorme, ¿verdad?

—Unos doscientos cincuenta millones.

—Vaya, no me extraña que puedas permitirte vestir de Armani.

Él sonrió, y sus dientes parecieron aún más blancos en contraste con su rostro bronceado.

—Si te has dado cuenta de lo que visto, ha valido la pena comprarlo.

Elizabeth se había dado cuenta de lo que él vestía y de lo atractivo que estaba, aunque no se sintiera cómoda admitiéndolo.

La llegada de la camarera con la comida le proporcionó una oportuna distracción. La mujer dejó los platos sobre el salvamanteles, que también tenía motivos ganaderos, y el olor de la comida hizo que a Elizabeth le hiciera ruido el estómago.

—¿Qué me dices de ti? —le preguntó Zach, mientras tomaba la hamburguesa con ambas manos—. Eres trabajadora social, ¿verdad?

—Asesora familiar independiente.

—¿Estás trabajando en algún caso interesante?

Zach tomó un gran bocado, y ella contempló el movimiento de los músculos de su cuello. Aunque era muy guapo, no había nada afeminado en él; cada uno de sus movimientos destilaba virilidad, y Elizabeth se removió ligeramente en la silla. Para ocuparse en algo, agarró el cuchillo y cortó su hamburguesa por la mitad.

—De hecho, actualmente tengo uno de los casos más interesantes en los que he trabajado... una joven que cree que la visita un fantasma.

Él asintió como si aquello fuera algo normal, y tragó antes de decir:

—He oído hablar de eso. Se trata de María Santiago, y los médicos creen que está loca.

—¿Conoces a María?, ¿te ha contado ella lo del fantasma?

—Conozco a su hermano, ¿te acuerdas? Últimamente hemos hablado bastante, y parece que María le contó a Raúl lo del fantasma, lo de las sesiones con el doctor James y que el médico cree que está loca.

—Eso no es cierto —protestó ella, irguiéndose ligeramente—. Michael opina que sufre ansiedad, y yo estoy de acuerdo con él.

—¿Michael?

—Es mi jefe en la clínica.

—¿Sólo tu jefe, o algo más?

—¿Por qué te interesa tanto mi vida sentimental? —le dijo ella, indignada—. Cada vez que te veo, intentas enterarte de con quién me estoy acostando.

Zach dejó la hamburguesa en el plato, y le preguntó con calma:

—Bueno, ¿quién es el afortunado?

—¡Eso a ti no te importa! —Elizabeth dejó bruscamente la servilleta sobre la mesa y se levantó.

Zach también se puso de pie.

—Elizabeth, espera. Lo siento, ¿vale? Sólo quería saber si tienes pareja.

—Pues no, no la tengo. ¿Estás contento ahora?

—Sí, muy contento —afirmó él, con una enorme sonrisa.

Permanecieron allí de pie hasta que la gente empezó a mirarlos, y Elizabeth tuvo que volver a sentarse.

–¿De qué estábamos hablando? –dijo Zach–. Aparte del hecho de que estés célibe en este momento, claro.

Aquel hombre era imposible, pero Elizabeth no sabía por qué estaba intentando contener una sonrisa.

–Estábamos hablando de María Santiago, y ya he dicho más de lo que debería.

–No es paciente tuya, ¿verdad?

–Bueno, no de forma oficial. Me pidió que estuviera presente en la sesión que tuvo con el doctor James en calidad de amiga.

–Entonces no hay ningún problema. Cómete las patatas fritas, se están enfriando.

Elizabeth tomó una, y la mojó en el ketchup que se había puesto en el plato.

–María se niega a volver a la consulta del doctor James.

–Es comprensible –Zach echó más sal a sus patatas, tomó una y se la comió con obvio placer–. Raúl me dijo que María le había hecho prometer que no le diría a su marido lo que pasa en la casa, pero la chica está convencida de que el fantasma es real.

–¿Por qué te contó Raúl todo eso?

–Ya te he dicho que hemos estado hablando a menudo, porque vengo bastante los fines de semana para ayudar a construir el granero. Trabajar con los chicos me da la oportunidad de conocerlos y de animarlos, y además les doy charlas sobre las consecuencias del abuso del alcohol y de las drogas; les hablo sobre mi pasado, y les explico que es posible cambiar de vida si uno lo desea lo suficiente. Por cierto, tenías razón en cuanto a Raúl, parece un chico realmente excepcional.

–¿Y te ha contado lo que le pasa a su hermana?

–Sí, está muy preocupado por ella.

–¿Qué te ha dicho sobre el fantasma?

—Dice que cree a su hermana, por eso me lo contó todo. Sabe que soy abogado, y quiere que hable con mi hermano para ver si Miguel y María pueden vivir en otro sitio.

—No puedo creerlo. ¿Ella quiere mudarse?

—Parece que sí. Pero sea lo que sea lo que está pasando, mi hermano no va a inmutarse porque uno de sus trabajadores crea en fantasmas.

Cuando una sombra cubrió la mesa, Elizabeth levantó la cabeza y sintió que la sensación de culpabilidad resurgía al ver a Carson.

—Vaya, qué oportuno —dijo Zach, con expresión pétrea.

Carson se detuvo junto a Elizabeth, y le dijo con expresión muy seria:

—Creía que tenías más sentido común.

Ella se ruborizó, y Zach se puso de pie de golpe mientras cerraba una de sus manos en un puño de forma inconsciente.

—Déjala en paz, Carson.

Elizabeth vio en su rostro algo duro, frío y peligroso, incluso letal, que hizo que recordara que ese hombre había estado en la cárcel.

—Quería hablar conmigo sobre uno de sus casos —continuó diciendo Zach—. Tiene que ver con uno de los chicos de Visión Juvenil, por eso quedamos para comer.

—¿Es eso verdad? —le preguntó Carson, con expresión aún desaprobadora.

Elizabeth consiguió mantenerse firme, aunque le resultó muy difícil.

—No importa por qué estoy aquí, Carson. Puedo salir a comer con quien me apetezca, incluso con tu hermano. Que hayamos quedado un par de veces no te da derecho a decir lo que puedo o no puedo hacer.

La mandíbula de Carson se tensó.

Zach pareció sorprenderse de que ella no se aferrara a la

verdad a medias que se había inventado para ayudarla a salir de la situación, pero Elizabeth no necesitaba su protección; además, no le importaba lo más mínimo la opinión de Carson.

—Supongo que tienes razón —dijo Carson, con una sonrisa forzada. Miró a Zach, y le preguntó con sarcasmo—: ¿cómo está Lisa?

—No lo sé, no la he visto desde la semana pasada —contestó él, mientras sus ojos se oscurecían en señal de advertencia.

—Si la veo, la saludaré de tu parte —dijo Carson, antes de volverse y marcharse.

—¿A qué Lisa se refiere? —le preguntó Elizabeth a Zach.

—A Lisa Doyle. A veces nos vemos cuando vengo a pasar el fin de semana.

Lisa Doyle. Elizabeth palideció de golpe, porque conocía a aquella mujer y mantenían una larga enemistad.

—¿Estás saliendo con Lisa Doyle?

—No exactamente. No somos pareja realmente, si a eso te refieres.

Temblorosa, Elizabeth se levantó de la silla con un gran nudo en el estómago.

—¿Que no sois pareja realmente? Lo que quieres decir es que tenéis una relación puramente sexual. ¿Por qué no me sorprende?

Después de todo, aquél era Zachary Harcourt. De joven, había utilizado a las mujeres como si fueran pañuelos de papel antes de dejarlas a un lado, y Elizabeth no estaba dispuesta a permitir que la tratara así.

Abrió su bolso, sacó el monedero y echó sobre la mesa dinero suficiente para pagar por su comida, pero Zach se levantó y le quiso devolver los billetes.

—Te he invitado yo. Además, quiero que sepas que no respondo ante Lisa, igual que tú no lo haces ante Carson.

—Pero yo no me estoy acostando con él —ignorando su

mano extendida, Elizabeth se volvió e hizo ademán de marcharse, pero Zach la agarró de la mano.

—Mira, no he hecho las cosas demasiado bien. Te invité de forma espontánea, y no creí que lo de Lisa tuviera relevancia. Lo siento.

Ella lo miró, y sintió que algo en su interior se retorcía.

—Sabes, lo más gracioso es que yo también lo siento.

No debería permitir que la molestara tanto. ¿Qué importaba si Zach tenía una relación con alguien? Ella había salido varias veces con Carson, ¿no? Además, sólo había sido una cita amistosa para comer.

Pero Zach llevaba dos semanas presionándola para que saliera con él, y no había mencionado en ningún momento que estuviera saliendo con alguien. Que ese alguien fuera Lisa Doyle, la mujer que había destrozado su matrimonio, la ponía enferma.

Las manos de Elizabeth se tensaron en el volante mientras se dirigía hacia la oficina, y la asaltó el recuerdo del fin de semana en que Brian y ella habían vuelto a San Pico para asistir a la reunión de antiguos compañeros del instituto, tres años atrás. Él había insistido en que fuera, quizás porque estaban teniendo algunos problemas en su matrimonio. Él siempre se quedaba trabajando hasta tarde, incluso los fines de semana, y ella había empezado a tener sus sospechas.

Aquella noche había sido fantástica. Se había reencontrado con viejos amigos, y Brian se había mostrado más solícito que nunca. Ni siquiera se había dado cuenta de que él se escabullía de la sala, porque había estado entretenida hablando con Gwen y su marido y bailando con antiguos compañeros.

Cuando la orquesta se había tomado un descanso, lo había buscado sin éxito; Brian había bebido bastante, y ella había temido que hubiera decidido volver conduciendo a casa de su hermana. Cada vez más preocupada, había salido al aparcamiento buscándolo, y había sido entonces cuando había visto el Lexus... meciéndose hacia delante y hacia atrás.

Había ido hacia el coche con las piernas temblorosas y el corazón a cien, con el temor de lo que iba a encontrarse bloqueándole la garganta en un nudo apretado.

El vehículo estaba aparcado bajo la luz de una farola, y al llegar a él había visto a dos personas en el asiento de atrás... Brian y Lisa Doyle, una de las chicas más populares de su clase. Brian tenía los pantalones bajados hasta la rodilla, y la falda de Lisa estaba subida hasta la cintura.

Elizabeth se había quedado mirando petrificada durante unos segundos, mientras oía el sonido de los cuerpos al unirse y los gemidos de placer de ambos, hasta que la voz de su marido la había arrancado de su parálisis.

—Eso es, nena, déjate llevar —había dicho él.

Ahogando un gemido, Elizabeth se había vuelto y había echado a correr hacia el local donde se celebraba la fiesta. Brian debió de oírla, porque la puerta del coche se había abierto bruscamente.

—¡Elizabeth! —había gritado él—, ¡Elizabeth, espera!

Pero ella había seguido corriendo, había entrado en el edificio y había ido directa a los lavabos. Había necesitado esconderse, tener unos minutos para recuperarse, para decidir lo que iba a hacer.

Al final, Gwen había ido a por ella, la había ayudado a limpiarse la cara arrasada en lágrimas y a arreglarse el maquillaje. Al parecer, Brian se había inventado un cuento sobre un malentendido, y su amiga había fingido creerlo; sin embargo, Elizabeth sabía la verdad. Su marido llevaba un tiempo engañándola, tal y como había sospechado, y su matrimonio se había acabado.

Y la imagen de su marido tirándose a Lisa Doyle en el

asiento trasero del coche había quedado grabada para siempre en su memoria.

Esa tarde, Zach volvió a la residencia para estar un rato más con su padre, que parecía un poco más lúcido. Lo llevó en la silla de ruedas al jardín y se sentaron a la sombra, escuchando el sonido del agua de una fuente cercana. Zach hizo que le hablara de los viejos tiempos en la granja, y su padre sonrió ante los recuerdos lejanos que volvían sólo ocasionalmente.

El hombre siguió hablando, pero cuando se fue adormilando una enfermera salió a buscarlo, regañó a Zach por cansarlo, y se lo llevó de vuelta a su habitación.

Zach no hizo caso de la mujer, ya que creía que salir y hablar era bueno para su padre; además, disfrutaba de las horas que compartían, ya que en su infancia nunca habían pasado demasiado tiempo juntos.

Cuando salió de la residencia, el sol estaba escondiéndose ya tras las colinas que había hacia el oeste, y bañaba el cielo con tonos rosados, anaranjados y azulados. El largo día estaba acabando, y mientras conducía por la carretera, pensó en su desastrosa cita con Liz Conners.

Zach soltó un juramento en voz baja. Si hubiera querido emborracharse, ésa habría sido la noche ideal... aunque no pensaba hacerlo, por supuesto. Ya había recorrido ese terrible camino, y no iba a volver a hacerlo.

Sabía que no debería haber presionado a Liz para quedar cuando aún estaba viendo a Lisa, y no estaba seguro de por qué lo había hecho; de hecho, ni siquiera había creído que ella aceptaría. Además, sólo había sido una cita para comer.

Pero siempre había admirado la honestidad de Liz, y sabía que tendría que haber sido sincero con ella. Maldición.

Zach respiró hondo, intentando calmarse. Desde el

principio había habido cierta chispa entre ellos, aunque Liz no quisiera admitirlo. Él la había visto en sus preciosos ojos azules siempre que lo miraba... aunque ella había hecho todo lo posible por ignorar la química que compartían. Y él lo había hecho todo mal.

Aún recordaba lo pálida que se había puesto cuando el imbécil de Carson había mencionado a Lisa, y sospechaba que había algo entre las dos mujeres que su hermano sabía y él no.

Se dijo que no importaba; sólo había sido una cita para comer, y era probable que la cosa no hubiera ido más allá.

Aun así, lo suyo con Lisa se había acabado definitivamente. Fuera cual fuese la atracción que había sentido por ella, hacía tiempo que se había desvanecido. No había querido acostarse con ella la semana anterior, y a la mañana siguiente se había apresurado a irse de su casa y había conseguido una habitación en el hotel Holiday Inn para no tener que volver aquella noche.

Hablaría con ella al día siguiente, le diría que su arreglo se había acabado. No creía que a Lisa le molestara demasiado, ya que tenía un montón de admiradores; Zach sabía que quedaba con algunos de ellos cuando él no estaba en la ciudad, igual que él veía a quien quería cuando estaba en Los Ángeles.

Nunca era nada serio, y las mujeres conocían perfectamente los límites, igual que Lisa. Él siempre había ido por libre; de hecho, su apodo en el instituto había sido Lobo Solitario.

No le gustaba que la gente se acercara demasiado a él, ni bajar la guardia lo suficiente para permitírselo, porque eso siempre acababa mal. Era mejor mantener las distancias, no correr riesgos, y aunque con Lisa había sido fácil conseguirlo, sospechaba que con Liz sería todo lo contrario. Quizás fuera lo mejor para todos que las cosas hubieran ido así.

Al menos, eso fue lo que se repitió una y otra vez mientras iba hacia Visión Juvenil para cenar con los chicos y con los monitores, algo que solía hacer. Aunque las horas de visita y las llamadas estaban restringidas, como fundador de la organización tenía ciertos privilegios. Pasar más tiempo con ellos le daba la oportunidad de charlar e intentar darles ánimos.

Tras aparcar el coche, fue hacia el edificio donde estaba el comedor, pero Sam Marston lo interceptó antes de que llegara.

—¡Zach! Hola, me alegro de verte.

—¿Qué pasa?

—Es Pérez, no lo encontramos. Si no vuelve en un par de horas, tendré que dar parte.

Raúl seguía bajo estrictas normas de supervisión, y no podía salir de las instalaciones sin un permiso expreso.

—¿Cómo ha sido?

—Según su amigo, Pete Ortega, llamó a su hermana como suele hacer los viernes, y volvió a su habitación. Pete dice que parecía nervioso, y poco después desapareció.

—Mantén el teléfono a mano, te llamaré si lo encuentro.

Zach volvió a su todoterreno, y varios minutos después se dirigía a la zona de Granjas Harcourt donde estaban las casas de los trabajadores y de los supervisores y la hacienda principal. Tenía la corazonada de que Raúl había ido a ver a su hermana.

Elizabeth entró en el camino de entrada de la casa de los Santiago, y aparcó junto al garaje. En cuanto abrió la puerta del coche, la golpeó de lleno una oleada de aire caliente; en esa época del año hacía un calor espantoso y la tierra estaba tan dura como el cemento, a excepción de los terrenos cultivados, que proporcionaban la mayor parte de los empleos de la zona.

Echó un vistazo a su alrededor, y contempló los nogales plantados en hileras perfectas y las interminables filas de algodón que se extendían durante millas a lo largo de la carretera. El calor obraba milagros en la producción, pero era un verdadero calvario para los trabajadores que tenían que soportarlo durante cinco meses al año.

Ignorando el sudor que empezaba a cubrirle la parte posterior del cuello, fue hacia el hogar de los Santiago. María la había llamado a su casa, algo que nunca había hecho antes. Elizabeth le daba su número personal a muy poca gente, pero en los dos años que llevaba trabajando con Raúl se había encariñado mucho con María y con él, y estaba decidida a ayudarles.

Recordó el tono frenético de la joven cuando la había llamado.

—Siento molestarla en su casa —había dicho María, con un deje de pánico en la voz—. Pero no sabía qué hacer.

—No pasa nada, María. ¿Qué pasa?

—Es Raúl. Me llamó, como cada viernes, y yo le comenté que Miguel iba a trabajar toda la noche. Me preguntó si me daba miedo quedarme sola, y yo le dije que sí. Desearía haber mentido, pero él se habría dado cuenta de todas formas. Me dijo que iba a venir para hacerme compañía hasta que llegara Miguel, y aunque intenté convencerlo de que no lo hiciera, no quiso escucharme y está de camino hacia aquí.

Elizabeth había suspirado, ya que salir de la granja le acarrearía graves consecuencias al joven.

—Cuando llegue, no dejes que se vaya. Voy ahora mismo.

Tras colgar, había agarrado el bolso y las llaves y había ido a toda prisa hacia la puerta. Si se descubría que Raúl había salido de la granja sin permiso, lo expulsarían de allí, y ni María ni ella querían que eso ocurriera.

Elizabeth estaba a pocos pasos de la casa de los Santiago cuando un todoterreno llegó y aparcó junto a su coche. Apretó los labios cuando Zachary Harcourt salió del vehículo, y aunque sintió una cierta irritación al verlo, su estómago dio un extraño vuelco.

Él la alcanzó justo cuando llegaba al primer escalón del porche delantero, y dijo:

—Supongo que estamos aquí por la misma razón.

—Supongo que sí. Has venido por Raúl, ¿no?

Él asintió, y Elizabeth añadió:

—No sé si ya habrá llegado. Deduzco que no está en la granja, ¿verdad?

—Descubrieron que se había ido justo después de la cena.

Elizabeth miró en aquella dirección, pero la granja estaba demasiado lejos para verla.

—María me llamó para decirme que su hermano iba a

venir a verla, y me preocupaba que se supiera que había salido sin permiso.

—Sam no ha tomado cartas en el asunto de momento, pero tengo que llevar a Raúl de vuelta antes de que pierda la paciencia. Vamos a comprobar si está aquí.

—No tienes que molestarte —dijo ella, sin moverse—. Si está aquí, yo puedo llevarlo a la granja.

—Lo siento, pero esto me concierne tanto como a ti. Vamos.

Sin darle tiempo para protestar, Zach empezó a subir los escalones del porche. Elizabeth lo siguió, porque aunque quería que él se fuera y estaba deseando decirle que no era necesario que interrumpiera su velada con Lisa, sabía que en el fondo él tenía razón. Raúl se había escapado de Visión Juvenil, y eso hacía que Zach se viera involucrado.

María abrió segundos después de que él llamara a la puerta, pero abrió los ojos de par en par al ver a un hombre desconocido junto a Elizabeth.

—No pasa nada, María —dijo ella—. Te presento a Zachary Harcourt, ha venido para llevarse a Raúl de vuelta a la granja.

La joven abrió más la puerta, y se apartó a un lado para dejarlos entrar.

—Mi hermano está aquí —dijo.

Zach dejó que Elizabeth lo precediera, y encontraron a Raúl sentado en el sofá de la sala de estar. Se levantó de un salto en cuando los vio, y ella reconoció la expresión beligerante en el rostro del joven; la había visto antes, y sabía que no presagiaba nada bueno.

—Mi hermana tiene miedo, y no pienso dejarla sola en esta casa.

Zach respondió antes de que Elizabeth pudiera hacerlo.

—Raúl, si no vuelves a la granja conmigo esta noche, te detendrán otra vez, y no podrás proteger a tu hermana si estás encerrado.

—Tengo que quedarme. Es mi hermana, y está asustada —dijo, aunque era obvio que estaba confundido.

—¡No puedes quedarte! —exclamó María, casi gritando—. Ésta es la oportunidad que habías estado esperando, ¡tienes que volver antes de que sea demasiado tarde!

Elizabeth miró a ambos hermanos, y centró su atención en Raúl.

—No pasa nada, yo me quedaré con ella.

Mientras pronunciaba las palabras, se dio cuenta de que era una buena idea. Al ver que no pasaba nada esa noche, quizás la joven admitiría que era posible que el fantasma fuera producto de su imaginación, y accedería a volver a las sesiones con el doctor James.

—Si a María le parece bien, claro —añadió.

—No es necesario que se quede —dijo María—. Estaré bien yo sola.

—Tu hermano teme que pases la noche aterrorizada; si me quedo contigo, estarás más tranquila.

María tragó con dificultad, y lanzó una mirada hacia la puerta del dormitorio.

—He llamado a Isabel, una amiga mía, pero esta noche espera... compañía. No debería haberle dicho nada a Raúl.

—No tengo ningún problema en quedarme, María, de verdad.

Raúl la miró, y su actitud beligerante se desvaneció.

—¿De verdad quiere quedarse?

—Creo que es una buena idea, ¿no? —Elizabeth consiguió esbozar una sonrisa, y añadió—: puede que incluso vea al fantasma de María.

La joven la miró con un brillo esperanzado en los ojos.

—Sí, puede que lo vea. Así ya no creerá que estoy loca.

—No creo que estés loca, y el doctor James tampoco —Elizabeth se detuvo antes de enzarzarse en otra discusión inútil sobre la ansiedad—. Pero si viera a tu fantasma, sabríamos lo que está pasando realmente.

—¿Usted cree en fantasmas? —le preguntó María a Zach.

—Supongo que lo haría si viera uno —contestó él, sonriendo ligeramente.

Al ver lo diplomático que se mostraba, Elizabeth pensó que quizás sí que tenía la sutileza necesaria para ser abogado.

—Puede que la señorita Conners vea uno esta noche —dijo María.

La sonrisa de él se ensanchó un poco más, y al contemplar aquella boca tan sexy Elizabeth sintió una sensación de calidez en la boca del estómago que la horrorizó.

—Puede que sí —Zach miró a Raúl, y le dijo—: creo que es hora de que nos vayamos.

El chico agachó la cabeza, y asintió.

—Ve al coche, ahora mismo voy.

—Siento haber causado tantos problemas —dijo Raúl.

—No pasa nada, sé que sólo querías cuidar de tu familia. Pero tendremos que asegurarnos de que no vuelves a hacer algo así —cuando Raúl fue hacia la puerta, Zach miró a Elizabeth y le preguntó—: ¿puedo hablar un momento contigo?

Ella habría deseado que él se limitara a marcharse sin más, pero ambos tenían trabajo que hacer. Cuando salieron al porche, el brazo de él rozó el suyo, y la recorrió un ligero estremecimiento. Raúl ya estaba esperando en el todoterreno.

—Tienes que convencer a María de que le cuente a su marido lo que pasa; cuando él lo sepa, podrán organizarse para que ella no se quede sola.

—Lo he intentado, pero ella se niega. Miguel no es demasiado comprensivo, es diez años mayor que ella y bastante machito. María cree que él no la creerá, y que se enfadará con ella.

—Entonces, tendrás que ser tú la que hable con él, porque no es justo que Raúl cargue con esto él solo. De todas formas, no sé qué otra opción te queda... a menos que quieras quedarte con ella cada vez que su marido tenga que ausentarse.

—Menos mal que eso no es demasiado frecuente, pero es verdad que debería contarle lo que pasa —Elizabeth se volvió, mientras intentaba pensar en la forma de abordar el tema con Miguel, pero Zach la tomó del brazo y la hizo mirarlo de nuevo.

—En cuanto a esta tarde... sé que me he equivocado, y que tendría que haber sido más honesto. Perdona por lo que pasó.

Elizabeth apretó los labios y se zafó de su mano mientras intentaba ignorar la calidez de sus dedos.

—No importa. Además, no era más que una cita para comer.

—Sí, sólo para comer.

Ella empezó a volverse de nuevo, pero la voz de Zach la detuvo.

—Lo de Lisa se ha acabado, no voy a volver a verla.

—¿Por qué no?

—Digamos que no es mi tipo.

Cuando Elizabeth tomó el pomo de la puerta, él añadió:

—Sólo quería que lo supieras.

Ella abrió la puerta antes de contestar.

—Bueno, pues ahora ya lo sé.

Sin más, entró en la casa y cerró la puerta.

Zach llevó a Raúl de vuelta a Visión Juvenil; cuando aparcó y apagó el motor, el chico abrió su puerta y dijo:

—Zach, muchas gracias por lo que has hecho por mí esta noche.

—Ha sido Sam el que te ha ayudado, no yo. Pero ten en cuenta que una excepción como ésta es algo que no suele darse, y que no volverá a suceder.

El chico asintió.

—¿Hablarás con tu hermano sobre lo de la casa?

Zach sabía que hablar con Carson sería inútil.

—Será mejor que esperemos a ver cómo le va a la señorita Conners esta noche, puede que ayude a María a descubrir lo que pasa —si realmente pasaba algo, cosa que Zach dudaba.

Aun así, con la cantidad de cosas increíbles que pasaban a diario en el mundo, todo parecía posible.

—La señorita Conners me cae muy bien —comentó el chico.

Al recordarla junto a él en el porche, Zach sintió una oleada de calor que fue directa a su entrepierna. Era una locura, y cada vez que la veía, se sentía más atraído por ella.

—Sí, a mí también —dijo, aunque pensó para sus adentros que, por desgracia, el sentimiento no era recíproco.

—Espero que vea al fantasma.

—Yo también —contestó Zach, con una gran sonrisa al imaginarse la cara que pondría Liz Conners si viera un fantasma—. Será mejor que vayas ya, Sam ya está bastante preocupado —añadió, aunque en cuanto se había subido al coche había llamado para avisar de que llevaba a Raúl de vuelta.

—Sí. Hasta mañana —dijo el chico al bajar del coche.

—Hasta mañana. Espero encontrarte martilleando con ganas —dijo Zach, mientras encendía el motor.

Raúl sonrió por primera vez esa noche, pero al ver que volvía a ponerse serio, Zach supo que estaba pensando en su hermana. Deseó que la presencia de Liz sirviera de ayuda... aunque no era demasiado probable que viera a ningún fantasma.

—Yo dormiré en el sofá —le dijo Elizabeth a María en tono tranquilizador, ya que la joven tenía miedo de que no se sintiera cómoda en su casa.

Poco antes María había insistido en prepararle la cena, y Elizabeth había aceptado encantada, ya que estaba hambrienta. No había acabado de comer en El Rancho, y después había estado demasiado ocupada para pasarse a comprar algo. Después de una cena deliciosa consistente en chile verde, tortilla y arroz, Elizabeth había convencido a la joven de que la tuteara y habían ido a la sala de estar.

—Podrías dormir en la cama, aunque no tengo un juego de sábanas limpias de repuesto —dijo María.

—Puedo dormir en el sofá, parece muy cómodo.

La joven contempló el mueble en cuestión, que era marrón y bastante mullido, y se mordió el labio inferior.

—Hay dos dormitorios, pero el que no usamos está vacío. Estamos ahorrando para comprar una cuna, pero aún no tenemos bastante. Pondré en el sofá una colcha muy bonita que era de mi madre, y puedes usar uno de mis camisones.

Elizabeth se quitó los pantalones color caqui y la camisa amarilla sin mangas que llevaba, y se puso el camisón rosa de nailon que le dio la joven. La prenda le llegaba hasta los tobillos, ya que ambas tenían una altura parecida, y no era demasiado revelador.

—Ahora me queda demasiado apretado —dijo María con timidez—, pero pronto podré volver a ponérmelo.

—Debes de estar entusiasmada de que ya falte tan poco para la llegada del bebé.

—Sí, tengo muchísimas ganas de tener un hijo, por eso tengo tanto miedo. El fantasma dijo que matarían a mi bebé si me quedaba.

Elizabeth se acercó hacia ella, y le puso una mano en el hombro. María estaba descalza y también se había puesto ya un camisón, que ondeaba ligeramente por el ventilador que había en la ventana. Sólo había uno en toda la casa, y aunque el aparato estaba puesto al máximo, hacía bastante calor. Estaba claro que el ventilador no explicaba el frío del que había hablado María.

—No te preocupes, todo va a salir bien.

Se sentaron en el sofá, y María utilizó un mando para ver qué ponían en los pocos canales que recibía la televisión de trece pulgadas que había sobre una mesa.

—No dan gran cosa —dijo Elizabeth—. De todas formas, se está haciendo bastante tarde. ¿Por qué no nos vamos a dormir ya?

—Buena idea —dijo María, con un bostezo. Se levantó y fue hacia el dormitorio, pero sus pasos se hicieron cada vez más lentos conforme se iba acercando a la habitación.

Al notar su nerviosismo, Elizabeth fue hacia ella y echó un vistazo en el dormitorio.

—Tengo una idea. Esa silla de la esquina parece cómoda, y aún no tengo sueño. ¿Qué te parece si me siento ahí un rato, hasta que te duermas? Puede que vea al fantasma.

Las posibilidades de algo así eran remotas, pero su presencia tranquilizaría a la joven.

—Qué idea tan buena, es posible que el espectro venga. ¿Estás segura de que no te importa?

—Claro que no.

Con otro bostezo, María se metió bajo las sábanas, y bajo los suaves rayos de luna que penetraban por la ventana, Elizabeth se dio cuenta de lo exhausta que parecía. Las sombras bajo sus ojos parecían aún más pronunciadas, y sus mejillas más hundidas. La joven cerró los ojos, y no tardó en quedarse profundamente dormida.

Elizabeth se sentó en la silla y esperó un rato para no despertarla, aunque se sentía también un poco somnolienta. Apoyó la cabeza en el respaldo del asiento, y no se dio cuenta de que se quedaba dormida hasta que un extraño sonido penetró en su conciencia.

Era una especie de crujido inquietante, aunque supuso que sólo era la casa asentándose. Cuando lo oyó por segunda vez, con mayor claridad, sintió que se le aceleraba el corazón. ¡Eran pasos en la sala de estar! Su pulso alcanzó un ritmo frenético... ¡había alguien en la casa!

La puerta de la habitación estaba abierta. Se levantó con cuidado de la silla y fue sigilosamente hacia ella, deseando tener algún arma. Se apretó contra la pared, y se inclinó un poco hacia delante para echar un vistazo en la sala de estar. La luz estaba apagada, pero gracias a la claridad que se filtraba por las ventanas se dio cuenta de que allí no había nadie.

Con el corazón martilleándole en el pecho, pensó que quizás el intruso estuviera en la cocina, o en la otra habitación. Dudó por un momento, sin saber si despertar a María, pero empezaba a pensar que el ruido había sido fruto de su imaginación. Aun así, tenía que asegurarse.

Tan silenciosamente como pudo, comprobó el pequeño cuarto de baño que había junto al dormitorio, y después cruzó la sala de estar hacia la segunda habitación. También estaba vacía. Comprobó el armario y la cocina... no había nada.

Tanto la puerta trasera como la delantera estaban cerradas, y no había ni un alma en la casa aparte de María y de ella. Elizabeth suspiró, aliviada, al comprobar que se lo había imaginado todo.

Era realmente increíble lo que podía hacer el poder de la sugestión.

Sintiéndose como una tonta, decidió que era hora de acostarse y fue hacia el sofá, pero sólo había dado varios pasos cuando el viento empezó a ulular; era un sonido sordo, un extraño gemido cargado de dolor que pareció filtrarse por el suelo y deslizarse por la ventana. Elizabeth sintió que se le ponía la piel de gallina, y un escalofrío le recorrió la espalda.

Respiró hondo para intentar tranquilizarse, decidida a no volver a portarse como una tonta, y fue hasta la ventana; apartó las cortinas, y miró hacia fuera. La noche era oscura, iluminada apenas por la luna, y en el árbol que había en el jardín no se movía ni una hoja. Las ramas permanecían inmóviles, igual que las flores del porche.

Elizabeth abrió la puerta de entrada y asomó la cabeza; la calidez del ambiente penetró en la casa, pero no había ni pizca de brisa. Cerró la puerta con una mano temblorosa, y puso el cerrojo. El gemido se había detenido, pero la sobrecogedora atmósfera que había inundado la casa aún persistía.

Fue al dormitorio, y comprobó que María seguía durmiendo en medio de la cama, con la sábana hasta la barbilla. Todo parecía estar bien, pero en cuanto cruzó la puerta del dormitorio, sintió un frío tan extremo que se quedó sin aliento. Elizabeth jadeó, intentando respirar con mayor rapidez para introducir suficiente aire en sus pulmones, y se humedeció los labios entumecidos.

«Santo Dios, ¿qué está pasando?», se preguntó.

Empezó a temblar, se rodeó con los brazos y recorrió la habitación con la mirada, para intentar encontrar alguna explicación a lo que ocurría. Se volvió hacia la cama, y vio que María se removía inquieta bajo la sábana y se encogía sobre sí misma por el frío, mientras sus ojos se movían nerviosamente bajo los párpados temblorosos.

Elizabeth intentó controlar el miedo que le corroía las entrañas, y se mordió el labio cuando empezaron a castañetearle los dientes. Su corazón parecía a punto de estallar. Intentó decirse que no había nadie en la casa y que estaba a salvo, pero allí estaba ocurriendo algo inexplicable, algo aterrador.

Y tenía mucho miedo.

Fue entonces cuando entendió los temores de María por primera vez, y supo con total certeza que fuera lo que fuese lo que estaba pasando, no era fruto de la imaginación de la joven.

El frío se apartó de la cama y de ella, que estaba temblando de pie junto a la mesita de noche, pero tuvo la sensación de que permanecía en la habitación y quedaba suspendido como una fuerza invisible.

Sintió una nueva oleada de pavor y volvió a pensar en despertar a María, pero parecía incapaz de moverse.

Y entonces notó el olor. Era pesado, penetrante y muy dulzón, un hedor empalagoso que sólo emulaba vagamente a la esencia de las rosas. Lo sentía de forma tangible, se pegaba a la piel y a la garganta al inhalar. Sintió una presión en el pecho, una sensación de ahogo que empezó a abrumarla.

Su mirada fue hasta la cama, y vio que María se había despertado. Estaba tumbada en la cama, con los ojos muy abiertos y una mano temblorosa en el cuello mientras le devolvía la mirada, aterrorizada. La joven soltó un gemido, que fue el catalizador que Elizabeth necesitaba para obligarse a moverse.

En cuanto lo hizo, notó el cambio en el ambiente. El aire empezó a aligerarse, y pudo empezar a respirar con mayor facilidad. La temperatura fue recobrando la normalidad, y el olor fue desvaneciéndose como si nunca hubiera existido; sólo quedaba un ligerísimo rastro de olor a rosas, que acabó de evaporarse cuando alcanzó la cama.

—¡María! María, ¿estás bien?

—¿La... la has visto? —le preguntó la joven, con los ojos inundados de lágrimas.

—No, no he visto nada, pero...

—Estaba aquí, lo sé.

—María, sé que ha pasado algo, porque he oído los ruidos y he sentido el frío —dijo Elizabeth con voz suave, mientras se sentaba junto a ella en la cama—. Aquí pasa algo, y admito que la experiencia ha sido aterradora, pero no creo que tenga nada que ver con un fantasma.

—Ya te he dicho que la niña estaba aquí.

—¿La has visto? —le preguntó con suavidad.

—No. Sólo la he visto una vez, pero he notado su presencia. Estaba aquí, ha venido otra vez a prevenirme.

—Me alegro de haber estado aquí esta noche, porque ahora entiendo tus miedos y creo que parte de lo que sucede es real. Ahora sólo tendremos que descubrir qué es lo que está pasando.

—¿Qué quieres decir? —le preguntó la joven. La palidez de su rostro estaba acentuada por la luz de la luna que se filtraba por la ventana.

Elizabeth encendió la lámpara que había junto a la cama, y la suave claridad disipó los últimos vestigios de la sensación ominosa que había llenado la habitación.

—Vives en una granja, rodeada de animales y de plantas. Utilizan fertilizantes para la tierra, además de pesticidas y productos químicos, y es posible que cubrieran el terreno con alguna sustancia antes de que se construyera la casa. Hablaré con el señor Harcourt, para ver si él sabe algo, y seguro que descubriremos lo que pasa. Es sólo cuestión de tiempo.

—Quiero mudarme, no quiero seguir viviendo aquí.

—Te prometo que solucionaremos esto, pero mientras tanto voy a hablar con Miguel.

La joven abrió los ojos como platos y abrió la boca para protestar, pero Elizabeth se apresuró a añadir:

—No le diré lo del fantasma, sólo lo que ha pasado esta noche, y que las dos nos hemos asustado mucho. También le preguntaré si puede asegurarse de que no te quedes sola ninguna noche.

—Si es algo relacionado con la casa, ¿por qué no pasa nada de día?

«Buena pregunta», se dijo Elizabeth, pero contestó:

—A lo mejor sí que pasa, pero estás demasiado atareada para darte cuenta. ¿Pasa cada noche?

—No, sólo de vez en cuando, pero cada noche tengo miedo de que se repita.

—¿Pero nunca pasa cuando Miguel está en casa?

—No, a veces pasa cuando él está, pero no se despierta.

—Quizás esté demasiado cansado para darse cuenta —Elizabeth soltó un suspiro—. Supongo que deberíamos intentar dormir un poco.

—Sí, supongo que sí —dijo María, con los ojos fijos en las sábanas—. Pero ya no tengo sueño.

Elizabeth también bajó la mirada, mientras recordaba lo que había pasado, y finalmente dijo:

—Yo tampoco. ¿Qué te parece si vamos a ver la tele?

Al día siguiente, Elizabeth se fue a su casa temprano. Como era sábado y no tenía que ir a la oficina, se puso unos pantalones cortos y una camiseta y fue a la habitación que hacía las veces de despacho y de gimnasio. Tras un rato en la bicicleta estática, hizo cincuenta flexiones, trabajó con las pesas y se subió a la cinta de andar.

Le gustaba estar en forma; además, su trabajo era muy estresante, y el ejercicio físico la ayudaba a relajarse. El complejo donde estaba su apartamento también tenía una piscina, y siempre que podía iba a darse un baño. Tras darse una ducha, se preparó el desayuno y decidió salir a comprar.

Pensaba ir a hablar con Miguel por la tarde, así que llamó a María para comprobar que estaba bien y preguntarle a qué hora podía pasarse por allí.

A las cinco en punto, salió de su casa para ir a ver a los Santiago. Al entrar por el camino de entrada, vio a Miguel asomado a la ventana de la sala de estar; era un hombre moreno, sin un gramo de grasa bajo su piel curtida. Tenía veintinueve años y era bastante atractivo, pero era el típico machito que creía tener siempre razón, sobre todo si la persona que estaba en desacuerdo con él era una mujer.

—No entiendo nada —dijo él cuando Elizabeth terminó

de contarle lo que pasaba–. María y usted creen que a la casa le pasa algo, pero eso es imposible. Éste es un buen hogar, mi mujer tiene suerte de vivir en un sitio así.

Elizabeth se obligó a mantener una sonrisa fija en su cara.

—Es verdad que es un buen hogar, por eso tenemos que averiguar qué problema hay.

—¡No hay ningún problema! Mi mujer y usted... ¡creo que el problema está en las dos!

Elizabeth se dio cuenta de que aquello era inútil, y deseó no haber mencionado la casa. Tendría que haber enfocado el problema desde otro ángulo, aunque conociendo a Miguel, probablemente no había ningún enfoque adecuado.

—A María le gusta este lugar tanto como a ti –le dijo–. Lo único que pasa es que hay varias cosas que deben arreglarse; la casa a veces hace unos ruidos que la asustan, y cuando tú no estás por la noche, tiene miedo. Recuerda que está embarazada.

—Es una niña, y ya es hora de que crezca.

Al ver que la cosa se iba complicando por momentos, Elizabeth lo intentó de nuevo.

—Miguel, lo que quiero decir es que María se siente... se siente segura cuando está contigo, porque sabe que puedes protegerla. Había pensado que quizás podríais encontrar a alguien que se quedara con ella cuando tú tengas que pasar la noche fuera de casa.

—Siempre he cuidado de mi mujer, y voy a seguir haciéndolo. No tiene de qué preocuparse.

—Gracias, Miguel, sabía que lo entenderías –dijo ella, con una sonrisa forzada.

Estaba claro que el hombre tenía el entendimiento de un conejo, y Elizabeth agradeció al cielo no haber mencionado al fantasma. La pareja la observó por la ventana mientras se iba, y rogó que María no sufriera por su intento de ayudarla. Pasara lo que pasase, le había prometido a la joven que descubriría lo que ocurría en su casa, y estaba decidida a cumplir con su palabra. El lunes a primera hora, llamaría por teléfono a Carson para preguntarle si podía pasar a verlo.

Llamó a Carson desde su despacho, pero él no pareció alegrarse al oír su voz.

—Me temo que voy a estar ocupado todo el día —dijo él con cierta brusquedad—. ¿Qué quieres?

—Mira, sé que te molestó que quedara con Zach para comer, pero no tiene nada que ver con esto. Quiero hablar contigo sobre algo relacionado con la granja.

—De acuerdo —dijo él tras una breve pausa—. Estaré en mi despacho casi toda la tarde.

—¿Te parece bien que pase a eso de las dos?

—Muy bien. Hasta luego —contestó él, y colgó sin más.

Elizabeth esperaba sentir cierta tristeza, ya que era obvio que Carson no volvería a pedirle ninguna cita, pero la verdad era que no se sentía atraída por él. Aquello habría pasado tarde o temprano, y era mucho mejor que hubiera sucedido tan pronto.

Aquella mañana tenía tres sesiones seguidas. A las nueve en punto llegarían Geraldine Hickman y su hija, Carol; una hora después le tocaría el turno a Nina Mendoza, una niña de diez años, y finalmente iría a verla Richard Long, un miembro de su grupo de terapia para el control de la violencia.

La señora Hickman iba porque su marido había insistido, al descubrir que su hija de doce años tenía relaciones sexuales con varios chicos de la escuela.

—Mark me pagó la entrada del cine —le dijo Carol a su madre durante la sesión—. ¿De qué otra manera iba a devolverle el favor?

Ver lo poco que aquellas niñas se valoraban, hasta llegar al punto de pensar que su cuerpo no valía más que una entrada para el cine, era algo que enfermaba a Elizabeth.

Las sesiones de Nina Mendoza las pagaba el condado; después de la tercera vez seguida que la policía había tenido que ir a su casa, toda la familia había accedido a recibir terapia. Emilio Mendoza había sido detenido por causar disturbios y resistirse al arresto estando ebrio, y más tarde se había descubierto que le había dado a su hija menor, que en aquel momento tenía ocho años, una paliza que la había mandado al hospital por no comerse toda la comida del plato.

Nina había sido enviada a un hogar de acogida, pero ya había vuelto con su familia y todos estaban empezando a entender que la violencia no tenía que ser un modo de vida.

Richard Long, la última cita de la mañana, era un hombre de cuarenta y dos años que debía recibir terapia por orden judicial. Era un abogado que solía pegarle a su mujer, y había tenido que elegir entre recibir tratamiento o perder su licencia y pasarse el resto de su vida en la cárcel.

Richard también estaba obligado a asistir a las sesiones de grupo que Michael o ella daban los jueves por la noche, pero de momento el hombre parecía ir sólo para pasar el tiempo. Elizabeth se preguntaba si había la más mínima posibilidad de que aquel individuo cambiara.

Se fue de la oficina al mediodía, y tras comerse un bocadillo y hacer varios recados, fue a Granjas Harcourt para ver a Carson. El ama de llaves, una joven hispana, la invitó a entrar.

—El señor Harcourt la está esperando en su despacho. Sígame, por favor.

Elizabeth pensó que la muchacha era muy guapa; debía de tener veintiuno o veintidós años, y los pantalones negros y la sencilla camisa blanca que llevaba no podían ocultar su figura curvilínea. La joven sonrió cuando llegaron al despacho, y se fue en silencio.

Carson se levantó de la silla en cuando Elizabeth entró en el despacho.

—Hola.

—Hola, Carson. Gracias por hacer un hueco para verme.

—Siéntate. ¿En qué puedo ayudarte?

Elizabeth decidió dejar que la brusquedad de él fijara el tono del encuentro, y fue hacia la silla que había frente a la mesa mientras Carson retomaba su asiento.

—Pasé la noche del viernes con María Santiago, y está claro que está pasando algo raro en su casa. Esperaba que pudieras ayudarme a descubrir de qué se trata.

Durante los veinte minutos siguientes, Elizabeth le contó los extraños incidentes y le explicó que sospechaba que tenía que ver con algún defecto de construcción de las cañerías, o con el suelo sobre el que se había edificado.

—Después de todo, esto es una granja —dijo—. Es posible que algo contaminara el suelo antes de que se construyera la casa, y eso al menos explicaría el olor. Lo que me gustaría hacer, si a ti no te importa, es que alguien inspeccione el lugar para ver si encuentra algo anormal.

Carson se levantó de la silla. Elizabeth era consciente de que él había adoptado la posición dominante, pero aunque deseaba levantarse, se obligó a permanecer sentada.

—De hecho, sí que me importa, y mucho. Miguel Santiago es el supervisor más joven de la granja, y se le ha ascendido por delante de otros trabajadores bien cualificados. La casa de la que estás hablando sólo tiene cuatro años, y no le pasa absolutamente nada.

—Pasé la noche allí, Carson, y te aseguro que hay algún problema.

—María es joven, y tiene una gran imaginación; está claro que lo que te dijo te influenció y creíste que pasaba algo, eso es todo.

Elizabeth contuvo su genio, consciente de que si se enfadaba sólo conseguiría empeorar las cosas.

—Entonces, puede que haya otra solución.

—¿Cuál?

—Quizás podrían mudarse a otra casa de la granja, o a algún sitio que esté cerca.

—En la granja hay cuatro supervisores, y todos ellos viven en las instalaciones. Todas las viviendas están ocupadas, y no pienso alquilar otra casa porque la mujer de Santiago esté embarazada y se imagine cosas. Además, quiero que mis supervisores estén a mano por si los necesito.

Era un argumento válido, ya que una granja tan grande debía tener una buena gestión, y los supervisores tenían que estar cerca para resolver los problemas que surgían. Aun así, Elizabeth sabía que no se había imaginado lo que había pasado en casa de los Santiago, y empezaba a comprender la frustración de María al ver que no la creían.

—Bueno, entonces no tengo nada más que decir —dijo, mientras se levantaba de la silla—. Gracias por tu tiempo.

—Siento no haber podido ayudarte.

—Entiendo tu postura.

—¿En serio? Yo creo que no —dijo él. Estaba claro que ya no hablaba de la granja—. Tenía grandes esperanzas para nosotros, Elizabeth, y no entiendo cómo puedes permitir que Zach te utilice así. Creí que eras más lista.

—¿De qué estás hablando?

—Yo creo que es obvio, ¿no? Al verme contigo la noche de la fiesta, se dio cuenta de mi interés por ti y está decidido a destruir lo que hay entre nosotros. Zach es así, ha tenido celos de mí durante toda su vida, y haría lo que fuera por hacerme daño.

Elizabeth se alisó una arruga que tenía en la falda, y comentó:

—No va a oponerse a tu candidatura, yo creo que eso significa algo.

—Es posible que no lo haga, pero con Zach nunca se sabe.

Elizabeth se preguntó si Carson tendría razón. De joven, Zach había sido alocado e impredecible, y era posible que siguiera siéndolo.

—Será mejor que me vaya. Gracias de nuevo por tu tiempo.

—Elizabeth, piensa en lo que te he dicho, y llámame si decides que tengo razón sobre Zach; me gustaría que siguiéramos viéndonos, pero no si eso va a meterme en una especie de competición con mi hermano.

Ella abrió la boca para decirle que no había competición alguna, que no estaba interesada en Zach, pero al darse cuenta de que estaba aún menos interesada en Carson, asintió y dijo:

—Pensaré en ello.

Tras salir del despacho, fue hasta su coche y respiró hondo al sentarse en el ardiente asiento de cuero. Metió la llave y encendió el motor, mientras reflexionaba sobre la situación. Era obvio que Carson no iba a ayudarla, pero eso no significaba que tuviera que quedarse de brazos cruzados; al fin y al cabo, él no era el único Harcourt que tenía voz y voto en la empresa familiar. Decidió que llamaría a Sam Marston para pedirle el número de teléfono de Zach en Los Ángeles; aunque la idea no le gustaba lo más mínimo, tenía que descubrir lo que estaba pasando en casa de los Santiago, e intentar ponerle fin.

Elizabeth tuvo que esperar hasta el jueves para poder ponerse en contacto con Zach. Su última conversación no había acabado demasiado bien, pero lo cierto era que su reacción al enterarse de su relación con Lisa había sido exagerada. Al fin y al cabo, sólo la había invitado a comer, y después se había disculpado con aparente sinceridad.

Aun así, no estaba segura de lo que iba a decirle. Mientras marcaba el número de su bufete, que Sam le había facilitado, decidió que la mejor estrategia sería utilizar la negativa de Carson para ganarse su ayuda.

Esbozó una sonrisa. Al parecer, a los hermanos Harcourt les gustaban los jueguecitos, y ella estaba dispuesta a seguir su ejemplo.

La recepcionista pasó su llamada al despacho de Zach, y segundos después oyó su voz profunda.

—¿Liz? No puedo creerme que de verdad seas tú.

—Zach, necesito hablar contigo.

—Ha debido de pasar algo muy gordo para que me llames —con tono mucho más serio, dijo—: ¿se trata de Raúl?, ¿le ha pasado algo?

—No, no tiene nada que ver con él... bueno, la verdad es que le afecta indirectamente. Se trata de María, de su casa.

—¡Dios mío, no me digas que viste un fantasma de verdad!

—No, claro que no, pero...

—Dime.

—Aquella noche pasó algo extraño, algo muy raro y aterrador.

Elizabeth sabía que había conseguido captar su atención. Intuyendo que la victoria estaba a su alcance, le contó lo de los ruidos, el olor, el frío y su dificultad para respirar.

—Creo que está claro que María no sufre ansiedad, y aunque tampoco creo que haya un fantasma, es obvio que hay algún problema con esa casa.

Le contó que había ido a ver a Carson, pero que él se había negado a dejar que alguien examinara la construcción.

—Se mostró completamente inflexible —le dijo, en un intento de llevarlo la dirección que ella quería—. No lo entiendo —hizo una pequeña pausa, y añadió—: supongo que es posible que se estuviera vengando porque salí a comer contigo.

Elizabeth notó la súbita tensión en la línea, y supo que había anotado un punto a su favor.

—No sé si podré ayudarte demasiado, pero estaré ahí mañana por la tarde —Zach se aclaró la garganta—. ¿Qué te parece si salimos a cenar para hablar del asunto?

Elizabeth apretó con fuerza el teléfono. Un punto para él.

—No creo que sea una buena idea.
—Te dije que ya no tengo nada que ver con Lisa.
—Te creo, pero...
—Si tienes miedo de que a Carson no le siente bien...
—Carson me importa un pimiento —dijo ella, y pudo imaginarse sin problemas la sonrisa de él.
—No sabes lo que me alegra oír eso. Entonces, ¿quedamos para cenar?

Si fuera cualquier otra persona habría aceptado sin dudarlo, pero se trataba de Zachary Harcourt, y si volvían a El Rancho, toda la ciudad empezaría a cotillear sobre ellos.

—No sé si...
—Podemos ir a Mason, así nadie se enterará de que has salido con el chico malo de la ciudad.

Elizabeth sonrió.

—De acuerdo, saldremos a cenar. ¿A qué hora te va bien?
—Pasaré a recogerte a las siete.

Elizabeth colgó tras darle su dirección, con la sensación de que había perdido aquella escaramuza; sin embargo, estaba decidida a ganar la guerra. Al día siguiente, convencería a Zach de que la ayudara a encontrar respuestas para lo que pasaba en la casa de los Santiago.

Zach llamó a su puerta a las siete en punto. Al parecer, aquello era algo más que tenían en común... ambos eran muy puntuales.

Elizabeth se había puesto un vestido color albaricoque con falda corta y tirantes anchos, y lo había conjuntado con un cinturón y unas sandalias blancas de tacón alto. Mientras acababa de peinarse, se dijo que el especial cuidado con el que había escogido la ropa no tenía nada que ver con Zachary Harcourt.

–Vaya, ya estás lista –dijo él cuando ella abrió la puerta.

Estaba muy atractivo, con una camisa de manga corta azul claro y unos pantalones ligeros. Él la recorrió con la mirada de la cabeza a los pies, y el oro de su mirada adquirió una calidez increíble.

–Depende de lo que tengas en mente –dijo ella, al ver aquella mirada.

–Sólo una cena, de verdad –dijo él, riéndose.

Elizabeth tomó su bolso blanco de encima de una mesa, se colgó la cadena dorada al hombro y volvió hacia la puerta.

–Me gusta tu coche –le dijo al llegar junto al flamante BMW negro descapotable.

–Gracias. Pensé que sería mejor traerlo en vez del todoterreno, ya que estoy intentando impresionarte. ¿Ha funcionado? —Zach le abrió la puerta y la ayudó a entrar.

—La verdad es que sí, porque me gustan los buenos coches. Por cierto, ha sido buena idea lo de bajar la capota —dijo ella, mientras se acomodaba en el asiento negro de cuero.

—Quería impresionarte, no freírte viva —Zach le cerró la puerta, rodeó el vehículo y se sentó tras el volante.

—¿Cuántos coches tienes? —le preguntó ella cuando encendió el motor.

—Sólo dos, aunque también tengo una Harley y un barco de unos nueve metros de eslora.

Elizabeth enarcó una ceja, y comentó:

—Bueno, ya sabes que se dice que la diferencia entre los niños y los hombres es el precio de sus juguetes.

—Oye, eso ha dolido.

Cuando salieron a la carretera en dirección a Mason, Zach le lanzó una breve mirada y comentó:

—Debo admitir que me gustan las cosas que pueden comprarse con dinero, pero no estoy obsesionado con tenerlas, como algunas personas.

Al recordar lo mucho que él había donado a Visión Juvenil, Elizabeth le creyó; al fin y al cabo, podría haberse comprado un montón de juguetes más si se hubiera quedado con aquel dinero.

—A mí también me gustan las cosas hermosas —admitió—, pero no estoy dispuesta a sacrificar mi felicidad por ellas.

Él la contempló por unos segundos, y finalmente dijo:

—Estás hablando de tu matrimonio, ¿verdad?

—Brian siempre quería tener lo mejor: coches caros, ropa de diseño... y quería que yo también tuviera esas cosas. Era muy generoso en ese aspecto, aunque creo que lo que realmente le motivaba era la imagen que quería proyectar.

—¿Qué pasó?

—No fui suficiente para él, tan simple como eso —Elizabeth miró por la ventana, mientras recordaba lo sucedido—. Hace tres años, vinimos a San Pico para la reunión de antiguos alumnos, y lo pillé in fraganti con Lisa Doyle en el asiento trasero de nuestro coche.

La mandíbula de Zach se tensó.

—No me extraña que te enfadaras cuando Carson la mencionó.

—Probablemente no debería habértelo contado, pero supongo que ahora entiendes por qué no le tengo demasiado aprecio... aunque ella no fue la única culpable de lo que pasó.

—Lisa sólo se preocupa de sí misma, y no lo disimula.

—Pero al parecer, tú disfrutabas de su compañía.

—Disfrutaba del sexo. Nos utilizamos mutuamente, pero entre nosotros no hubo nada más.

Elizabeth no podía imaginarse usando sexualmente a un hombre, algo que al parecer solía hacer Lisa sin ningún escrúpulo.

—Entonces, ¿por qué has cortado la relación?

—Porque me cansé de no sentir nada. Me obligué a ir por la vida siendo insensible, sin dejar que nadie se me acercara, y por un tiempo Lisa fue mi mujer ideal. Nos veíamos de vez en cuando, pero quedábamos con otras personas sin tener que darnos explicaciones, porque no había ningún tipo de atadura. Y cuando me despertaba a su lado, lo único que sentía era un gran vacío.

Elizabeth no hizo ningún comentario, pero le gustó su sinceridad; el antiguo Zach se habría limitado a soltar alguna frase superficial, y a burlarse de ella cuando hiciera caso omiso de sus payasadas.

No tardaron en llegar a Mason; era una ciudad parecida a San Pico, pero más grande y tenía más comercios y restaurantes.

Zach dejó el coche en el aparcamiento de un sitio llamado La Mesa del Capitán, que a juzgar por el letrero estaba especializado en marisco. Elizabeth no solía pedir aquel tipo de comida en el valle, ya que hacía mucho calor y el pescado procedía de muy lejos.

Entraron en el establecimiento, y los sentaron en una mesa donde disfrutaban de bastante privacidad. La mirada de Zach se posó en el rostro de ella unos segundos y el oro en sus ojos oscuros pareció relucir, pero él apartó la vista enseguida.

—Nunca había estado aquí, ¿y tú?

—No, la verdad es que no suelo venir a Mason.

El restaurante parecía llevar allí bastante tiempo, ya que los asientos de cuero estaban bastante desgastados y la alfombra descolorida, pero los candeleros rojos de cristal que brillaban en el centro de la mesa proporcionaban un agradable aire de intimidad.

Siguieron charlando hasta que la camarera fue a tomarles nota, y cuando la mujer se fue, Zach sacó el tema que había dado pie a la cena.

—Bueno, has salido a cenar conmigo para hablar sobre la casa de los Santiago, pero te advierto que no sé en qué puedo ayudarte.

Ella le contó en detalle la inquietante noche que había pasado en aquel sitio.

—Fue algo terrorífico, Zach; los ruidos extraños, el frío, el olor a rosas... incluso hubo un momento en el que me costó respirar. Y a María le pasó lo mismo, las dos nos asustamos muchísimo. No sé qué explicación puede tener algo así.

—Pues la verdad es que yo tampoco. Cuando hablamos por teléfono, mencionaste que querías que alguien fuera a inspeccionar la casa, así que supongo que crees que existe una explicación racional, ¿no?

—Claro que sí, no creo en fantasmas.

—Yo tampoco... excepto en los fantasmas de nuestro pasado, claro. Esos son los que parecen perseguirnos.

—No estarás hablando de aquel día en la cafetería de Marge, ¿verdad?

—No específicamente, pero si es lo que ha hecho que te negaras a salir conmigo hasta ahora, podría meterlo en esa categoría.

—Esto no es una cita, hemos venido a hablar de negocios —dijo ella.

—Ah, es verdad. Se me había olvidado por un minuto.

Elizabeth luchó por contener una sonrisa, y empezó a juguetear con la servilleta que tenía sobre el regazo. Al volver a levantar la mirada, vio que él la contemplaba con aquellos ojos marrón dorado tan poco usuales.

—¿Te persigue tu pasado, Zach?

Él miró hacia la ventana, pero las cortinas estaban echadas y bloqueaban la suave luz del crepúsculo.

—Supongo que en cierto modo sí. Vivía en la casa más lujosa de San Pico, pero mi vida era un infierno, porque allí no era bien recibido. Sin importar lo que les dijera mi padre, tanto mi madre como mi hermano me odiaron desde que se enteraron de mi existencia. Carson y Constance hicieron todo lo posible por hacerme la vida imposible, y como mi padre casi nunca estaba en casa, no podía impedirlo.

—No me extraña que te metieras en problemas.

Elizabeth recordaba el juicio que se celebró durante el verano tras su último año en el instituto; Zach había sido condenado por atropello y homicidio por negligencia, y en la pequeña ciudad no se había hablado de otra cosa durante semanas.

Al ver que la boca de Zach esbozaba una sonrisa, sintió que la recorría un escalofrío. Dios, tenía una boca increíblemente sexy.

—No puedo culpar a mis padres por lo que pasó, porque

fue el resultado de mi estupidez. Supongo que quería captar la atención de mi padre, pero cuanto peor me portaba, menos lo veía; de hecho, nuestra relación no mejoró hasta que salí de la cárcel. Él me apoyó entonces, y para mí eso es lo único que importa.

—Supongo que todos cometemos errores, y lo importante es intentar hacer las cosas bien.

—Eso es lo que les digo a los chicos de Visión Juvenil. Todos nos equivocamos, pero el truco está en descubrir dónde está el error para no volver a cometerlo, enfocar nuestra vida en otra dirección.

En ese momento, llegó la comida; Elizabeth había pedido un filete y Zach ostras, y se concentraron en disfrutar de la cena, aunque ella era demasiado consciente de la presencia de él para relajarse. Sin poder contenerse, lo observó con atención y notó cada pequeño detalle, como lo largos que eran sus dedos, la elegancia de sus movimientos y lo mucho que sonreía.

Elizabeth no podía recordar la última vez que un hombre la había afectado tanto. Además, había descubierto que era una persona interesante, culta y que sabía escuchar... y que la atraía más de lo que había temido, lo que significaba que era un problema con mayúsculas.

No quería que Zach le cayera bien, ya que conocía demasiado bien su pasado para confiar en él; además, después de lo de Brian no podía creer plenamente en ningún hombre.

Al menos, no lo suficiente para bajar la guardia.

Aun así, al final de la velada se sentía más cómoda con Zach, menos tensa, y ya iban de regreso a casa en el coche cuando por fin decidió retomar el tema que habían dejado a medias.

—Bueno, ¿qué me dices de lo de la casa?, ¿me darás tu permiso para que alguien la examine?

—Lo haría si pudiera, pero mi hermano tiene el control

de la granja. Como es el hermano mayor, mi padre dejó estipulado en su testamento que él se quedaría al cargo de todo, que sería el custodio tanto de las tierras como de su cuidado médico.

—Así que Carson tiene el control total. Eres abogado, ¿por qué no lo llevaste a juicio para conseguir algo de autoridad en la empresa familiar?

—Porque la granja nunca me ha importado lo más mínimo. Carson puede metérsela donde le parezca, a mí lo único que me preocupa es mi padre. Mi hermano y yo nunca nos ponemos de acuerdo sobre la mejor forma de cuidarlo.

Elizabeth se acomodó aún más en el asiento del coche; en el exterior, las hileras de algodón se sucedían unas tras otras, y sus vainas blancas eran lo único visible en la oscuridad.

—Tengo una idea —siguió diciendo Zach—. Llama a alguien para que vaya a inspeccionar la casa, y si Carson se entera, puedes decirle que yo te di permiso —sonrió de oreja a oreja, y añadió—: no hay nada que me guste más que hacer que se enfade.

Elizabeth se irguió un poco, y se preguntó si Carson tenía razón al pensar que Zach la había invitado a comer para molestarlo.

—No creo que sea una buena idea.

—Nada es una buena idea cuando se trata de Carson, pero quieres averiguar lo que está pasando en esa casa, ¿no? Pues ésta es tu oportunidad para lograrlo.

No era un plan demasiado honesto, pero al fin y al cabo, estaba hablando con Zachary Harcourt. Quizás había cambiado en ciertos aspectos, pero era obvio que seguía siendo bastante temerario. Elizabeth sonrió al darse cuenta de que, muy en el fondo, se alegraba de que él no hubiera cambiado completamente.

Él la miró de reojo, y le preguntó:

—¿Por qué estás sonriendo?

Ella se sonrojó, y rezó para que él no se diera cuenta en la relativa oscuridad del coche.

—Por nada, es que... estaba pensando que tienes razón. Le prometí a María que la ayudaría, y si tú estás dispuesto a cargar con las culpas, pues mejor para mí.

—Ésa es mi chica —dijo él, con una sonrisa traviesa.

—El lunes a primera hora llamaré para arreglarlo todo.

—No creo que pase nada, lo más probable es que Carson ni se entere.

Zach atravesó San Pico, dobló la esquina de la calle Cherry, y aparcó el descapotable negro. Cuando la acompañó hasta la puerta de su casa, Elizabeth se preguntó si esperaba que le diera un beso de despedida.

—Zach, te agradezco mucho tu ayuda.

Él señaló la puerta con la cabeza, y le preguntó:

—¿No vas a invitarme a entrar para tomar algo?

—Creía que ya no bebías.

—No bebo demasiado, y nunca cuando tengo que conducir. Además, estaba pensando en una taza de café.

Elizabeth sabía que era un error, pero era un viernes por la noche y raramente salía; además, hasta ese momento Zach se había portado como un auténtico caballero.

Por alguna extraña razón, aquello la molestó un poco, ya que dudaba que él se hubiera comportado así con Lisa Doyle. Al parecer, ella no tenía el atractivo sexual de aquella mujer.

—Vale, entra. Pero lo prepararé descafeinado, para que podamos dormir.

Zach la miró a los ojos, y ella se quedó sin aliento al ver que en su mirada ardiente no había ni pizca de caballerosidad. Era una mirada abiertamente sexual, casi abrasadora, que revelaba que dormir era lo último en lo que él estaba pensando.

—Un descafeinado me parece bien —dijo él, sin dejar de mirarla.

Elizabeth se volvió, entró en la casa y fue a la cocina, pero se sorprendió mucho al ver que Zach la seguía hasta allí.

—Tienes una casa agradable —comentó él.

Sobre la encimera sólo había una cafetera y un abrelatas, y en la pequeña mesa redonda de madera no había más que un salero y un pimentero.

—Supongo que querrás decir agradable y limpia —comentó Elizabeth, mientras sacaba un bote de descafeinado de un armario—. Quiero decorarla, pero parece que no acabo de asimilar el hecho de que he regresado a San Pico. Cuando estaba en el instituto, lo único que quería era marcharme de aquí.

—¿Por qué volviste?

Zach estaba tan cerca de ella, que podía sentir su aliento en la nuca. Súbitamente nerviosa, intentó controlar el temblor de sus manos mientras abría la bolsa de café.

—Necesitaba un sitio donde recobrarme del divorcio, y tanto mi padre como mi hermana vivían aquí. Pero papá murió y mi hermana se mudó a otro sitio, así que si no fuera por mi trabajo, creo que ya me habría ido.

—Me alegro de que estés aquí —dijo él, mientras se acercaba aún más a ella.

Elizabeth contuvo la respiración, se llevó las manos a las caderas y se volvió hacia él.

—¿Qué estás haciendo?

—Lo que he querido hacer durante toda la noche: estoy a punto de besarte. Sólo espero que no me des una bofetada tan fuerte como la de aquel día en la cafetería de Marge.

Elizabeth lo miró a los ojos, y vio en ellos el deseo que él no se molestó en ocultar. Por primera vez, se dio cuenta de que durante toda la velada había deseado que él la mirara de aquella forma.

—No voy a darte una bofetada.

—Gracias a Dios —dijo él, un instante antes de inclinar la cabeza y besarla profundamente.

Fue un beso increíble. El contacto de su boca fue como seda cálida y húmeda, que abrasó los labios de ella y los envolvió a ambos en llamas. Elizabeth podía sentir su pasión, su deseo, y supo que habían estado allí, contenidos, durante toda la noche.

Zach se apoderó de su boca una y otra vez, profundamente, con besos penetrantes y ardientes que la aturdieron y provocaron que le flaquearan las rodillas. Él la apretó contra la mesa, la atrapó como si temiera que ella fuera a escaparse, y siguió besándola sin parar.

Elizabeth le rodeó el cuello con los brazos y enredó los dedos en su pelo, mientras gozaba del sabor masculino de su lengua. Ningún hombre la había besado así, como si no pudiera saciarse de ella, como si necesitara la caricia tanto como el aire que respiraba. Sus pezones se tensaron, y palpitaron doloridos en los confines de su sujetador blanco de encaje.

—Me vuelves loco —dijo él contra su cuello—. No puedo dejar de pensar en ti.

Ella echó la cabeza hacia atrás, y él salpicó de besos su cuello y sus hombros.

—Esto es una locura —susurró ella, aunque estaba hablando consigo misma, no con Zach.

Él acarició sus pechos por encima de la tela del vestido, y dijo con voz ronca:

—No es ninguna locura, quiero hacer el amor contigo.

Elizabeth sacudió la cabeza. Sabía que tenía que apartarse de él, pero quería sentir aquella pasión, aquel fuego, un poco más. Intentó no pensar en Lisa Doyle ni en las mujeres que él debía de tener en Los Ángeles, y olvidar lo que le había dicho Carson.

«No entiendo cómo puedes permitir que Zach te utilice así».

Al oír el sonido de la cremallera y sentir cómo sus manos se deslizaban bajo el sujetador, la recorrió una oleada incontenible de deseo y un torrente cálido se extendió por todo su cuerpo. Sabía que todo iba demasiado rápido, y ella no era Lisa Doyle. No le interesaban las aventuras de una noche.

—Dios, tienes un sabor delicioso —gimió él, mientras le mordisqueaba la oreja.

Elizabeth tragó con dificultad y quiso apartarse de él, pero Zach estaba jugueteando con sus pezones y comprobando la forma y la textura de sus pechos, que descansaban henchidos de excitación en sus manos.

Elizabeth se dijo que, como no había estado con nadie desde lo de Brian, era normal que las caricias de un hombre la excitaran; sin embargo, aquél no era un hombre cualquiera, sino Zachary Harcourt, alguien en quien no confiaba.

Él le quitó el cinturón y le acabó de bajar la cremallera hasta la cintura, pero cuando empezó a deslizarle el vestido por los hombros, Elizabeth lo detuvo.

—No puedo hacerlo.

—¿Por qué no? —dijo él, mientras le besaba el cuello—. Somos adultos, podemos hacer lo que queramos.

Ella retrocedió un poco, respiró hondo y lo miró directamente a la cara.

—Carson dice que... que me estás usando para hacerle daño.

Zach tensó la mandíbula, agarró su mano y la colocó sobre su erección. Su miembro, grande y erecto, se endureció aún más ante su contacto.

—Carson no tiene nada que ver con esto.

—No soy como Lisa.

—No, nunca lo has sido.

—Zach, por favor.

Él debió de notar algo en su tono, algo que hizo que

entendiera que no sólo estaba luchando contra él, sino también contra sí misma, porque con un suspiro le subió la cremallera.

—Lo siento, no quería atosigarte, pero es que...

—¿Qué? —dijo ella, mientras se ajustaba la ropa con manos temblorosas.

—Que te he deseado desde el momento en que te vi en Visión Juvenil. Me he obligado a ir despacio, porque quería darte tiempo para que me conocieras, y he intentado ser paciente. Pero esperar no se me da demasiado bien, Liz.

Sin saber qué decir, ella comentó:

—Ya nadie me llama así.

—¿Por qué no?

—A Brian no le gustaba, pensaba que Elizabeth era más sofisticado.

Zach se inclinó, y la besó suavemente.

—Sólo son nombres para distintas facetas de una misma persona, y creo que Liz pertenece a tu lado sensual —la besó de nuevo, y la sintió estremecerse—. No sueles hacer esto, ¿verdad?

—No. Tuve un novio antes de Brian, pero eso es todo.

—¿Y después del divorcio?

Ella apartó la mirada, y admitió:

—No creo que pueda satisfacer a un hombre como tú, Zach. Has estado con docenas de mujeres, y mi experiencia no puede compararse con la tuya.

Él la tomó de la barbilla, y la obligó a mirarlo.

—Has dicho que no eras como Lisa, y tenías mucha razón. Pero una mujer de verdad no necesita trucos sexuales para satisfacer a un hombre. Estoy más excitado en este momento gracias a ti de lo que jamás lo estuve dentro de Lisa Boyle.

Elizabeth se sonrojó. Zach era un hombre muy sensual, y no se molestaba en ocultarlo.

—Además, podría enseñarte algunas cosas —siguió diciendo él–. Sólo tienes que pedirme lo que quieres hacer, cualquier cosa que te imagines.

Al oír aquello, Elizabeth sintió que se le formaba un nudo en el estómago. Nunca se había considerado una mujer sensual, pero las palabras de Zach habían provocado una dulce y dolorosa sensación de anhelo en su interior.

–Tengo... tengo que pensar en ello, Zach. Tú y yo somos muy diferentes, sobre todo en lo referente al sexo. No soy... no soy tan atrevida.

Él la atrajo contra su cuerpo y empezó a besarla de nuevo; cuando la lengua de él penetró profundamente en su boca, Elizabeth se tensó y se estremeció. Él le subió la falda del vestido hasta la cintura, y cubrió su sexo con una mano por encima de las bragas de encaje. Ella estaba húmeda, y más excitada que nunca.

–Creo que eres lo suficientemente atrevida –dijo él, mientras deslizaba la mano por debajo de sus bragas–. Lo que pasa es que aún no te has dado cuenta.

Sus caricias la hicieron jadear, y soltó un gemido que él atrapó con su boca; sin embargo, cuando estaba al borde del clímax él dejó de besarla, apartó la mano y le bajó la falda. Dio un paso atrás, y la dejó temblando de deseo y ansiando sentirlo en su interior.

–Liz, te deseo y estoy loco por tenerte, pero sólo porque me atraes como ninguna mujer lo ha hecho en años. Quiero volver a verte mañana por la noche.

Ella negó con la cabeza frenéticamente.

–Vale, entonces dejémoslo para la semana que viene. Te daré algo de tiempo, si eso es lo que necesitas.

–No... no estoy segura de que...

–Claro que lo estás, Liz. Ambos sabemos lo que necesitas, así que hasta la semana que viene –sin más, Zach se volvió y se fue.

Al oír que la puerta principal se cerraba, Elizabeth se sentó pesadamente en una de las sillas de la cocina. Estaba claro que Zach Harcourt era mucho mejor jugador que ella, aunque era posible que aquello no fuera un juego para él. Quizás simplemente la deseaba.

Era una locura, pero ¿por qué no podía plantearse ceder ante la tentación? Zach había dicho que la deseaba, y esa noche había quedado claro que ella sentía lo mismo. Siempre había sido muy cauta con los hombres, nunca había hecho nada alocado ni temerario... ¿qué era lo que había conseguido con esa actitud? Se había casado con Brian, que le había sido infiel casi a diario.

Quizás debería hacer algo atrevido por una vez en su vida, quizás debería expandir sus limitados conocimientos sexuales con Zach.

Tenía una semana para pensar en ello, tiempo suficiente para recobrar la sensatez.

13

La furgoneta del equipo de inspección llegó a casa de los Santiago el martes por la mañana, cuando Miguel ya se había marchado. Elizabeth fue a recibirlos, los dejó allí para que pudieran trabajar, y volvió al cabo de tres horas.

—¿Qué han encontrado? —le preguntó a Wiley Malone, el propietario de la compañía.

El hombre y dos de sus empleados habían inspeccionado la casa exhaustivamente, y aunque Elizabeth tenía que pagarles de su propio bolsillo, el precio no era demasiado elevado.

—Es una casa sólida —dijo Wiley—. No tiene goteras ni problemas de tuberías, y las paredes tienen un buen aislamiento.

—¿Qué me dice de debajo de la casa?, ¿ha encontrado algo?

La casa estaba a un metro aproximadamente del suelo, soportada por una base de hormigón, y debajo de la alfombra el suelo estaba formado por tablas de madera.

—Sólo he encontrado unas enormes arañas negras, y las he rociado gratis con insecticida. No he olido nada raro, sólo tierra algo enmohecida. Si te preocupa el terreno, puedo hacer que los de Análisis Higgins vengan a tomar muestras; se dedican a buscar contaminación y problemas relacionados con el medio ambiente, y puede que encuentren algo.

—Gracias, señor Malone.

—De nada, y llámame Wiley.

Los hombres recogieron las escaleras, las linternas y las cajas de herramientas que habían llevado, y lo metieron todo en su furgoneta. Elizabeth los siguió con la mirada mientras se iban, y al volverse hacia la casa vio a María en el porche.

—¿Han encontrado algo? —le preguntó la joven.

—Dicen que la casa está bien.

—Sabía que no encontrarían nada.

—¿Realmente quieres que crea que hay un fantasma? —dijo Elizabeth, con un suspiro.

—¿Qué pasa si lo hay?

—Llamaré a una empresa para que analice el suelo, y cuando sepamos los resultados, decidiremos lo que hay que hacer.

Sin embargo, en Análisis Higgins no encontraron ningún problema en el suelo, nada que pudiera explicar los ruidos, el frío, el olor dulzón o la visión difusa que María afirmaba haber visto.

Elizabeth estaba trabajando en su despacho, frustrada y preocupada, cuando recibió una llamada. Tras apartar un mechón de pelo caoba de en medio, se llevó el teléfono al oído y contestó.

—¿Diga?

—Hola, ¿estás ocupada?

—Hola, Zach —dijo, mientras sus dedos se tensaban al oír el sonido familiar de su voz—. Siempre estoy ocupada, pero no estoy con nadie.

—Sólo llamo para saber cómo estás, y para preguntarte qué tal fue con la inspección de la casa.

—Estoy bien, y por desgracia, la casa también lo está. Hice que dos empresas la examinaran a conciencia, y no encontraron nada; de hecho, me dijeron que estaba en muy buenas condiciones.

—Supongo que algo tan obvio habría sido demasiado fácil.

—Sí, supongo que sí. Afortunadamente, creo que Carson no se enteró de que estaban allí.

—Bueno, eso es afortunado para uno de nosotros.

Elizabeth soltó una carcajada, y Zach añadió:

—Cuando me fui de San Pico investigué un poco.

—¿Sobre qué?

—Sobre fantasmas. ¿A que no adivinas lo que descubrí?

—No estoy segura de querer saberlo.

—Lo que experimentaste aquella noche fue un punto frío, un fenómeno documentado que suele darse en las casas encantadas.

—No puedo creerlo. ¿Me estás diciendo que piensas que hay un fantasma en la casa?

—Sólo te estoy contando lo que he descubierto, porque pensé que te interesaría saberlo.

Elizabeth se masajeó el puente de la nariz, ya que estaba empezando a dolerle la cabeza.

—Como no se me ocurre qué otra cosa puede estar causando el problema, supongo que lo que me estás contando sí que me interesa.

—Mira, estaré ahí el viernes, me pondré de camino en cuanto acabe el trabajo. Me gustaría que saliéramos a cenar.

—Zach, no creo que...

—Lo sé, lo sé. No pretendía que las cosas se descontrolaran tanto el otro día, pero sucedió sin más.

Eso era quedarse muy corto, ya que ella llevaba toda la semana sin pensar en otra cosa que en acostarse con Zach. Cuanto más se esforzaba por olvidarse del tema, más parecía obsesionarla.

—Sólo quiero que salgamos —dijo él—. Podemos ir al

cine o algo así, y comer una pizza. Ni siquiera tendrás que invitarme a entrar cuando volvamos a tu casa. ¿Qué me dices?

¿Era realmente aquel hombre Zachary Harcourt? De joven había sido muy obstinado y siempre estaba decidido a salirse con la suya, aunque quizás seguía siendo igual de firme, pero de diferente manera. Fuera como fuese, Elizabeth quería volver a verlo, aunque sabía que no debería hacerlo.

—Vale, supongo que ir al cine estaría bien.

—Oye, ¿sigue abierto el viejo autocine en Crest Lane?

—¿Qué?

—Era broma.

—Eres un hombre malvado —dijo ella, con una sonrisa—. ¿A qué hora quedamos?

—Las películas seguramente empezarán a eso de las siete, así que tú elige lo que quieres que veamos y yo intentaré estar en tu casa a las seis. Te llamaré si pillo un atasco.

Justo cuando Elizabeth colgó el teléfono, sonó el interfono.

—Su siguiente visita ha llegado —le dijo Terry Lane, la recepcionista.

—Hazla entrar —contestó ella, mientras se colocaba bien la chaqueta del traje. Estaba decidida a concentrarse en su trabajo, y a dejar de preguntarse si había sido una tonta al acceder a tener otra cita con Zach.

El interfono del enorme despacho acristalado de Zach sonó, y la voz de su secretaria llenó la habitación.

—Zach, tienes una llamada de tu hermano.

Así que Carson se había enterado, después de todo. Zach pulsó el botón del altavoz en vez de descolgar el teléfono, para mantener alguna distancia entre los dos.

—Carson, ¿a qué le debo el placer de tu llamada?

—Déjate de tonterías. ¿Qué demonios crees que estás haciendo?

—No lo sé, ¿por qué no me lo dices tú?

—Muy bien. Le diste permiso a Liz Conners para que contratara a alguien que inspeccionara la casa de los Santiago, y no tenías ningún derecho a hacerlo.

—¿Y qué hay de malo en ello? No han encontrado ningún problema en la casa, de hecho, han dicho que está en perfectas condiciones. Deberías alegrarte.

Tras unos segundos de silencio, Carson contestó:

—No me gusta, eso es todo. Corrió a hablar contigo en cuanto yo le dije que no, pero tú no tienes ni voz ni voto en la granja.

—No ha sido para tanto, ¿vale? A ti no te ha costado nada, Liz se ha quedado tranquila, y puede que María Santiago consiga dormir mejor por la noche.

—Sigue sin gustarme, así que procura mantenerte alejado de los asuntos relacionados con Granjas Harcourt.

—Nunca he intentado interferir en tus decisiones, pero recuerda que soy abogado, y muy bueno. Si quisiera involucrarme en la dirección de la granja, lo conseguiría.

—No me amenaces.

—No lo estoy haciendo, sólo estoy dejando las cosas claras. Por suerte para ti, no me importa lo que le pase a la granja; sólo tienes que asegurarte de ingresar la parte correspondiente de los beneficios en la cuenta bancaria de papá.

Carson gruñó y colgó el teléfono, y Zach volvió a pensar de nuevo en Liz Conners. En cierto modo, le había sorprendido que accediera a volver a salir con él, porque sabía que la había asustado de muerte al presionarla demasiado para que se acostara con él. No había sido su intención hacerlo, ya que había intuido que ella era bastante inexperta en el aspecto sexual y siempre se mostraba muy cauta con él, pero había perdido el control.

Era algo que no solía ocurrirle, y el hecho de que le hubiera pasado con Liz demostraba lo mucho que la deseaba.

Además, sabía que el sentimiento era recíproco; Liz era una mujer apasionada, aunque ella no lo supiera, y Zach estaba deseando despertar la sexualidad que ya había vislumbrado en ella cuando iba al instituto. Pero no iba a presionarla, ya que Liz era una mujer por la que valía la pena esperar.

Zach se prometió en silencio que la próxima vez que la viera se tomaría las cosas con calma, y que iría con cuidado para no ahuyentarla.

María llamó al despacho de Elizabeth el viernes por la mañana; como la recepcionista no había llegado aún, ella contestó directamente. Reconoció la voz de la joven de inmediato, aunque sonaba algo temblorosa y al borde de la histeria.

—¡Elizabeth, gracias a Dios que te encuentro!

—María, tranquilízate. ¿Qué pasa?

—La niña... la niña volvió anoche, el fantasma estuvo en mi casa otra vez.

Elizabeth ignoró el escalofrío que la recorrió al recordar la noche aterradora que había pasado en la casita amarilla, aunque sabía que no podía tratarse de un fantasma. Ella no creía en esas cosas.

—¿Estaba Miguel en casa cuando se te apareció?

—Estaba durmiendo. Intenté despertarlo, pero no pude. Fue como las otras veces, pero pude verla mejor, y me dijo que si me quedaba... que si me quedaba, matarían a mi hijo.

—María, vamos a solucionar esto, créeme.

La joven se echó a llorar.

—El señor Harcourt va a enviar a todos los supervisores a

la feria de muestras de instrumentos agrícolas de Tulare, y Miguel estará dos noches fuera. Se supone que debo quedarme con Lupe García, la mujer de otro de los supervisores, pero yo no quiero. Todos creen que estoy loca, y que me estoy portando como una niña —dijo, antes de empezar a sollozar.

—María, por favor, no llores. ¿Qué noches estará Miguel fuera?

—La de mañana y la del domingo.

—Muy bien. Tienes un sitio donde dormir esas dos noches, y mientras tanto, yo intentaré descubrir lo que está pasando en la casa.

—No pensarás quedarte aquí tú sola, ¿verdad?

La idea se le había pasado por la cabeza, y parecía una buena solución... más o menos.

—Sí. Quiero descubrir lo que pasa, y creo que es la mejor manera de hacerlo.

—Pero no deberías quedarte tú sola, no es seguro.

—No me dan miedo los fantasmas, estaré bien.

—No creo que...

—Alguien tiene que hacerlo, María. Esto no puede seguir así.

—Tienes razón, pero tengo mucho miedo —admitió la joven con voz temblorosa.

—Todo va a salir bien —Elizabeth colgó el teléfono, mientras empezaba a formular un plan.

Al día siguiente iría a ver a María, y le pediría una llave para poder entrar en la casa por la noche. Debido al tipo de trabajo que hacía, tenía licencia de armas y una pistola, aunque nunca había tenido que dispararla. Se la llevaría a casa de los Santiago, por si acaso. Era posible que alguien estuviera gastando una broma macabra, o que quisiera hacer daño a la pareja; en ese caso, si esa persona entraba en la casa mientras ella estaba allí, era posible que tuviera que defenderse.

Aunque también cabía la posibilidad de que alguien hubiera puesto algún tipo de cables, y que los inspectores no los hubieran detectado. Si había alguien manipulando las cosas, no iba a pillarla desprevenida.

Elizabeth trabajó durante todo el día, aunque no dejó de pensar en la tarea que la esperaba al día siguiente. ¡Quizás fuera cierto que había un fantasma!

La mera idea la hizo reír. En aquella casa pasaba algo, pero dudaba que estuviera encantada.

A las cinco en punto, terminó todas sus tareas y se fue a su casa, mientras pensaba en Zach y en la velada que tenía por delante. En toda la semana no había podido quitárselo de la cabeza, y aunque había intentado imaginarse como la mujer sexy que él creía que era, había sido inútil.

A las seis en punto sus nervios habían alcanzado el punto máximo, y aunque había elegido la película que podían ir a ver, no le apetecía ir al cine. Cuando Zach la llamó para avisarla de que llegaría media hora tarde, empezó a pasearse por la casa pensando en él, en cómo la había besado y la había acariciado, en la promesa que le había hecho.

«Podría enseñarte algunas cosas... sólo tienes que pedirme lo que quieres hacer, cualquier cosa que te imagines».

Al recordar sus palabras se le contrajo el estómago, la recorrió una oleada de deseo y se le endurecieron los pezones. El efecto que tenía en ella era absurdo... ¿no? Aunque al fin y al cabo era una mujer normal, con los deseos y las necesidades de cualquier otra.

Para cuando Zach llamó a la puerta, le hormigueaban los pechos y sentía la piel increíblemente sensible. Abrió con una mano temblorosa, y le dijo con voz ronca:

–Hola, Zach.

Los ojos marrones de él se oscurecieron al instante, y

ella supo que de alguna forma había intuido exactamente lo que estaba pensando.

—Hola, Liz —él contempló la camiseta sin mangas que ella llevaba, y se dio cuenta de que sus pezones se apretaban contra la tela, completamente excitados—. Estabas pensando en mí.

Ella lo miró a los ojos, y vio la pasión ardiente que brillaba en sus reflejos dorados. Debería haberse sentido avergonzada, pero no fue así.

—Sí —admitió con voz suave.

Zach permaneció inmóvil durante varios segundos, como si estuviera luchando consigo mismo, pero finalmente la atrajo bruscamente contra su cuerpo y admitió:

—Yo también he estado pensando en ti.

Zach había planeado portarse como un caballero esa noche, controlar el explosivo deseo que siempre sentía al verla, pero al mirar aquellos preciosos ojos azules había visto la pasión que ella no había intentado ocultar.

Dios, la deseaba, necesitaba tanto estar dentro de ella que le dolía. Incapaz de contenerse, la besó una y otra vez, devorando sus labios y llenando su boca como ansiaba hacerlo con su cuerpo. Aunque era delgada, sus curvas eran perfectas, y su figura femenina se amoldaba perfectamente a su cuerpo musculoso. Deslizó las manos bajo su falda corta de algodón hasta llegar a su trasero y la apretó contra su entrepierna, para que sintiera lo excitado que estaba por ella.

Elizabeth agarró sus hombros con fuerza, y Zach notó el temblor que la recorrió. Estaba enloquecido de deseo, quería arrancarle la ropa, tumbarla en la alfombra y sumergirse en su cuerpo, pero se aferró a su autocontrol, decidido a no dejar que las cosas se le fuesen de las manos como la semana anterior. Liz no se estaba resistiendo, pero si daba la más mínima señal de querer parar, él respetaría sus deseos.

—Te deseo tanto... —susurró contra su piel mientras cubría su garganta de besos. Cascadas de cabello caoba le acariciaban la mejilla, y su entrepierna se tensó aún más—. No puedo recordar haber deseado tanto a alguien.

—Yo también te deseo, Zach.

Él respiró hondo para intentar recuperar el control, pero la sensación de los senos de ella contra su pecho lo hacía casi imposible. Cuando ella no protestó ante otro profundo beso, la alzó en sus brazos, la llevó hacia el dormitorio y la dejó de pie junto a la enorme cama.

Su boca se posó suavemente sobre la de ella. Le encantaba besarla y adoraba su sabor, sentir su lengua resbaladiza contra la suya, los pequeños escalofríos de placer que recorrían el cuerpo de ella cada vez que él profundizaba el beso. Le quitó la camiseta que llevaba, y recorrió su cuello y sus hombros con besos suaves.

Desabrochó su sujetador blanco de encaje, que era recatado pero increíblemente sexy, y tras deslizar los tirantes por sus brazos se dio unos segundos para disfrutar contemplando los hermosos pechos desnudos.

No alargó demasiado el momento, ya que sabía que no era fácil para ella, y no le habría sorprendido que saliera corriendo de la habitación de un momento a otro. Tomó sus senos en las palmas de las manos, rodeó los pezones con los pulgares y tiró suavemente de ellos. Cuando los cubrió con la boca, la textura cremosa de su piel provocó una palpitación casi dolorosa en su erección, y luchó por contener un gemido.

—Zachary...

—Tranquila, cielo.

Zach succionó y mordisqueó con ternura sus pechos henchidos, y después volvió a explorar su boca. Podía sentirla temblar, y su corazón latiendo casi tan frenéticamente como el suyo.

Tras desabrocharle la falda, la bajó por sus caderas y dejó que se deslizara hasta el suelo. Elizabeth tenía los dedos de los pies pintados en un suave tono rosa, y formaban una imagen muy femenina asomando por las sandalias abiertas de tacón alto. Llevaba un tanga blanco de encaje, y Zach sintió que lo golpeaba otra oleada de deseo.

—¿Te lo has puesto por mí? —dijo, mientras la hacía temblar al cubrirle el sexo con una mano.

—No... a lo mejor he... sí, supongo que sí.

Zach se arrodilló ante ella, sopló sobre los pliegues de su sexo por encima del tanga y lo cubrió con la boca. Humedeció la tela con la lengua, y consiguió acceder aún más a la suave piel que había debajo. Pensó en quitarle la prenda y saborearla directamente, pero Elizabeth era una novata en el juego del placer y no quería asustarla.

—Zachary...

Al oír la ligera nota de incertidumbre en su voz, fue subiendo por su cuerpo, devoró de nuevo sus pechos y la besó hasta que ella volvió a relajarse. Finalmente, Elizabeth pareció recobrar el valor y empezó a desabrocharle la camisa.

—Quiero tocarte como lo haces tú —dijo ella—. Quiero verte desnudo.

Elizabeth acabó de desabrocharle la camisa con manos temblorosas, se la quitó y la echó sobre una silla. Zach se sacó los zapatos mientras ella le quitaba el cinturón y le bajaba la cremallera de los pantalones.

Tras un instante de vacilación, le bajó la prenda hasta el suelo, y Zach acabó de desnudarse rápidamente, observándola mientras ella contemplaba su erección.

—Espero poder... poder con algo tan grande.

—No te preocupes, yo te ayudaré —dijo él con una sonrisa tranquilizadora.

Ella acarició el tatuaje que tenía en el brazo, «nacido salvaje», y después de unos segundos lo miró con ojos brillantes de deseo.

—Hazme el amor, Zach.

No hizo falta que se lo pidiera dos veces. Él la levantó y la colocó en medio de la cama, se puso protección y se colocó sobre ella lentamente. Volvió a besarla, mientras deslizaba las manos por su cuerpo y acariciaba su sexo. Estaba increíblemente húmeda, y él estuvo a punto de perder el control.

—Zach, por favor...

—Pronto, amor —pero no hasta que la tuviera al borde del clímax, hasta que estuviera a punto de gritar de placer. Quería que Liz disfrutara de aquello.

La acarició lentamente, con maestría, y besó sus pechos, su cuello y sus labios. Cuando aceleró el ritmo, ella se arqueó de la cama y soltó un suave sonido de súplica.

—Zach, por favor, necesito... necesito...

—Tengo exactamente lo que necesitas, cielo —incapaz de esperar más, Zach la urgió a abrir las piernas y la penetró.

Liz se arqueó hacia arriba, y el movimiento lo introdujo en su calidez hasta el fondo. Zach gimió al sentirla envolviéndolo tan dulcemente, oyó sus suaves sonidos de placer. Ella le clavó las uñas en los hombros, y tembló bajo su cuerpo.

—Oh, Dios, oh, Dios, es increíble...

—Tranquila...

Él se movió rítmicamente en su interior, dándole todo lo que sabía dar de sí mismo, pero el placer empezaba a abrumarlo y tuvo miedo de perder el control. «Aún no», se dijo, «no hasta que esté lista, aguanta un poco más».

Siguió penetrándola profundamente, y su frente se cubrió de sudor. Sabía que no podría aguantar mucho más.

Zach se estaba aferrando a los últimos vestigios de su

control cuando la oyó gritar su nombre y sintió que su cuerpo se tensaba dulcemente a su alrededor. Elizabeth alcanzó un poderoso clímax, y él se dejó arrastrar por el torrente de sensaciones que lo inundaban.

Zach alcanzó su propia liberación explosiva, y se preguntó por qué parecía algo tan diferente con Liz.

14

Elizabeth se levantó por fin de la cama una hora después, y fue a abrirle la puerta al repartidor del restaurante de comida china al que habían llamado. Fue en bata, ya que Zach se había negado a permitir que se vistiera.

—Ni hablar —había dicho él—. Esta noche tengo planes para ti, y no incluyen nada de ropa.

Elizabeth se había echado a reír, decidida a ser, al menos por esa noche, la sirena que Zach parecía creer que era. Al día siguiente volvería la cordura, pero quería disfrutar del momento.

Volvieron a hacer el amor después de cenar, y otra vez antes del amanecer. Cuando la luz del sol asomó por las cortinas, Elizabeth se despertó tendida sobre el pecho de Zach, completamente saciada.

Pero había llegado el nuevo día, y junto a él la realidad de que lo que había pasado la noche anterior no podía continuar. Había sabido desde el principio que aquello era sólo una aventura, una noche loca para recordar; él era Zachary Harcourt, el chico malo de la ciudad, y sin importar lo mucho que hubiera cambiado, en ciertos aspectos seguía siendo el mismo... su lío con Lisa Doyle lo probaba.

A Zach le gustaban las mujeres, las usaba y las dejaba sin mirar atrás; siempre lo había hecho, y ella no estaba dispuesta a arriesgar su corazón con un hombre así, aunque disfrutara muchísimo con él en la cama.

Se apartó silenciosamente de él, y fue al cuarto de baño a ducharse y a vestirse. Mientras el agua aliviaba la ligera irritación entre sus piernas, oyó que se movía el pomo de la puerta y el juramento ahogado de Zach. Él quería entrar a ducharse con ella, pero no estaba dispuesta a permitírselo a pesar de que la idea fuera muy tentadora. El agua estaba llevándose su aroma masculino, la evidencia de su posesión, y la mujer sólida y práctica que siempre había sido estaba empezando a emerger.

Elizabeth se secó, se maquilló un poco y salió del cuarto de baño. El aroma a café recién hecho la llevó directa a la cocina, y al ver a Zach allí de pie, sin camisa ni zapatos y cubierto sólo por unos pantalones, sintió una nueva oleada de calor. Ignorando la reacción de su cuerpo, dijo:

—Puedes usar la ducha antes de irte, si quieres.

Zach arqueó una de sus oscuras cejas, y la recorrió de arriba a abajo. Ella se había puesto unos pantalones color caqui de corte severo, y una blusa blanca y ancha de algodón.

—He visto que tienes piscina, y había pensado que podríamos darnos un chapuzón y después ir a Mason a ver una película, pero parece que te estás arrepintiendo de lo que ha pasado.

—No, no me arrepiento de nada. Anoche fue genial, increíble, pero...

—Pero no quieres que vuelva a pasar. La pregunta es, ¿por qué no?

Elizabeth aceptó la taza de café que él le dio.

—Sabes por qué. Porque tú eres tú, y yo soy yo. Los dos tenemos un trabajo, y tú vives en Los Ángeles y yo en San Pico; en resumen, somos dos personas muy diferentes.

—Tienes razón, tú eres una mujer y yo soy un hombre, ésa es la diferencia.

Elizabeth había temido que se pusiera terco.

—Vale, voy a ser clara contigo: no quiero arriesgarme a involucrarme contigo, Zach.

Él abrió la boca para protestar, pero volvió a cerrarla y fue hacia la ventana. Durante un largo momento miró hacia fuera con las manos en los bolsillos, y finalmente se volvió hacia ella y le dijo:

—Puede que tengas razón. Aunque me atraes muchísimo, no quiero tener una relación a largo plazo. Siempre he sido un solitario, y me gusta mi vida tal y como es.

—Sin nada de ataduras, ni de compromisos.

—Exacto —dijo él.

A pesar de sus palabras, Elizabeth vio algo en su mirada... algo que revelaba que quizás no estaba tan seguro de lo que decía como quería aparentar. Pero no importaba, porque era consciente del riesgo que representaba aquel hombre, y después de lo de Brian no tenía el valor necesario para arriesgarse.

Zach volvió a llenar su taza, tomó un sorbo y la miró por encima del borde.

—Aunque tuvieras razón, seguimos teniendo todo el fin de semana. Podemos pasarlo bien hasta el lunes.

—No, es mejor acabar de forma definitiva. Además, tengo planes para esta noche.

Zach tomó otro sorbo de café, y ella vio que sus ojos se oscurecían.

—¿De verdad?

—Sí.

—Por favor, dime que no tienes una cita con mi hermano.

Incapaz de contenerse, Elizabeth soltó una carcajada.

—Claro que no. Voy a pasar la noche en casa de María.

—¿Miguel va a estar fuera?

—Sí. Ella va a quedarse con la mujer de otro de los supervisores, y he pensado en aprovechar que la casa está vacía para intentar descubrir lo que está pasando.

Zach frunció el ceño, y tras dejar la taza sobre la mesa, fue hacia ella.

—No estarás diciendo que pretendes pasar la noche allí tú sola, ¿verdad?

—Creo que es una buena idea, así podré investigar un poco.

—¿Y qué pasa si todo es una broma de mal gusto?, ¿si detrás de todo esto hay algún cretino al que no le importa si alguien sale herido?

—Tengo una pistola, y la llevaré encima.

—¿Ah, sí?, ¿y qué pasa si de verdad hay un fantasma? No vas a poder matarlo con un arma.

—Eso es una ridiculez.

—Puede que sí, y puede que no. Últimamente he estado investigando bastante el tema, y según lo que he leído, hay espíritus malignos que pueden ser bastante peligrosos. Una pistola no sirve de nada en esos casos.

—Yo no creo en fantasmas.

—Yo tampoco, pero eso no cambia el hecho de que te estarás poniendo en peligro.

—Zach, voy a ir. Mi decisión es irrevocable.

—Vale, entonces yo iré contigo.

—Ni hablar —dijo ella, mientras retrocedía un paso de forma inconsciente.

—Una de dos: o voy contigo, o llamo a mi hermano y le cuento lo que quieres hacer. ¿Qué prefieres?

—El chantaje es algo ilegal, y pensaba que ahora respetabas las normas.

—A veces uno tiene que establecer sus propias normas. Si vas a esa casa yo iré contigo, Liz, así que será mejor que te hagas a la idea.

Elizabeth soltó un sonido de pura frustración. No quería que Zach la acompañara, porque suponía una tentación demasiado grande, pero él estaba decidido y ella tuvo que admitir que se sentía un poco aliviada.

—Eres tan abusón ahora como hace doce años.

Él tuvo la osadía de sonreír.

—Sí, supongo que en ciertos aspectos sí.

—De acuerdo, puedes venir —dijo ella, con un suspiro de resignación—. Pero tienes que portarte bien.

—Eso significa que no puedo seducirte, ¿no? —Zach no parecía nada sorprendido por haberse salido con la suya—. Si tú te portas bien, yo también lo haré. ¿A qué hora quieres ir?

Ella se sonrojó al recordar que la noche anterior había sido ella la que lo había seducido a él.

—Había pensado que a eso de las nueve, porque todo parece suceder de noche.

—Vale, te veré allí a las nueve. Estaré en la habitación que tengo reservada en el hotel... lo creas o no, no esperaba hacer el amor contigo anoche. Si tienes que ponerte en contacto conmigo y no me encuentras allí, habré ido a Visión Juvenil, a trabajar en el granero. Hasta luego.

Cuando Zach acabó de vestirse y se fue, Elizabeth fue a la sala de estar para verlo alejarse. Estaba decidida a no involucrarse con él, aunque deseaba no alegrarse tanto al saber que iba a volver a verlo esa noche.

Esa tarde, Elizabeth fue a recoger la llave de la casa de los Santiago.

—Vendré a eso de las nueve —le dijo a María—. Zachary Harcourt va a quedarse conmigo, así que no te preocupes.

—Qué bien —dijo la joven, aliviada—. La cama está recién hecha, y el señor Zach puede dormir en el sofá. Espero que venga el fantasma, para que os deis cuenta de que estoy diciendo la verdad.

—Supongo que ya lo veremos.

Con la llave de la casa en el bolso, Elizabeth volvió a su apartamento para hacer algo de ejercicio y estirar los músculos, que estaban un poco doloridos después de la noche de sexo con Zach.

Se ruborizó al recordar sus besos apasionados y sus íntimas caricias. No había duda de que Zach Harcourt sabía hacer el amor, y ésa era la razón por la que no quería tener nada que ver con él. Era demasiado sexy, un amante demasiado bueno, capaz de hacer que una mujer enloqueciera por él, y ella no podía permitírselo.

Agradecía que Zach hubiera sido honesto; ninguno de los dos quería una relación seria, así que era mejor cortar enseguida, antes de que alguien... o sea, ella... terminara herido.

Decidida a dejar de pensar en él, se duchó y se puso unos vaqueros y una blusa azul de algodón, y fue a prepararse la cena: palitos de pescado y ensalada. Tras comerse un flan de chocolate con pocas calorías de postre, agarró el bolso y fue a su plaza de garaje, que estaba en la parte trasera del apartamento.

Incluso a aquella hora seguía haciendo bastante calor, pero al menos el sol ya se estaba ocultando, y el impacto directo y sofocante de sus rayos había dejado paso a un calor seco más llevadero.

Llegó a la casa de los Santiago un poco antes de las nueve, y al enfilar por el camino de entrada vio que el coche de Zach aún no estaba allí. Tras aparcar junto al garaje, fue hacia el porche y, nada más entrar en la casa, encendió el pequeño televisor de la sala de estar para no sentirse tan sola.

Se había llevado una novela, ya que dudaba que el «fantasma» apareciera mientras la tele estuviera puesta, así que cuando Zach llegara, la apagaría para que la casa estuviera en silencio.

Él llegó a las nueve en punto, y entró en la casa con un par de bolsas de comida.

—Pensé que igual nos entraba hambre —dijo, mientras

colocaba sobre la mesa una bolsa de patatas, un par de latas de refrescos y unas barritas de chocolate–. No suelo abusar de la comida basura, pero he traído esto por si acaso.

Él sonrió, y aunque mantuvo el rostro deliberadamente inexpresivo, Elizabeth se dio cuenta de que seguía deseándola. La recorrió un estremecimiento de excitación, pero se apresuró a contenerlo. Tenía una misión que cumplir y estaba decidida a llevarla a cabo, así que decidió optar por un tema seguro.

–¿Cómo te ha ido en la granja? –le preguntó mientras se sentaba en el sofá.

–Muy bien. El granero estará acabado antes del otoño –él se sentó a su lado, pero a una distancia prudente.

–¿Qué harás cuando lo acabéis?

–¿Quieres decir si seguiré viniendo a San Pico? Vendré a ver a mi padre, pero no con tanta frecuencia, a menos que... –Zach sacudió la cabeza, y optó por decir–: ¿quieres patatas?

–No, gracias –ella miró hacia la tele. El volumen estaba tan bajo, que apenas se oía–. Creo que deberíamos apagarla, ningún fantasma que se precie va a aparecer mientras tengamos puesto un programa de cotilleo.

–Supongo que no –sonrió él–. He traído algo de trabajo, creí que sería mejor tener algo en qué pensar, aparte de en hacer el amor contigo.

Elizabeth apagó la televisión mientras sus mejillas se ruborizaban, aunque no fueron la única parte de su cuerpo que reaccionó ante sus palabras.

–Yo he traído un libro. Al menos no nos aburriremos.

Zach la recorrió con la mirada, y ella sintió la caricia de aquellos ojos ardientes de la cabeza a los pies.

–Se me ocurren un montón de cosas más interesantes que podríamos hacer, pero supongo que es inútil.

–Supongo que sí –dijo ella con pesar.

Elizabeth sacó el libro de su bolso, una novela romántica

con toques de suspense que no habría llevado de haber recordado lo apasionadas que eran las escenas de sexo. Mientras abría el libro y empezaba a leer, se prometió que se saltaría los trozos más picantes.

Pasaron el rato allí sentados en un silencio sorprendentemente cómodo, mientras ella leía y Zach trabajaba en un informe legal, pero cuando se hizo un poco tarde ella bostezó, miró su reloj y se dio cuenta de que ya era casi media noche.

Se volvió hacia Zach, y vio que él se había quedado dormido, con las piernas extendidas y la cabeza apoyada en el respaldo del sofá. Con un bostezo, Elizabeth fue silenciosamente hacia el dormitorio; que ella supiera, la supuesta visión sólo había aparecido en aquella habitación. Se tumbó en la cama sin desvestirse, acomodó la almohada y cerró los ojos; estaba tan cansada, que no tardó en quedarse dormida.

No sabía cuánto tiempo estuvo durmiendo ni lo que la despertó, pero al abrir los ojos lo primero que notó fue la tremenda quietud que reinaba en la habitación, y la densidad anormal del aire. Sintió un extraño crujido procedente de la sala de estar, el mismo sonido que había oído la primera noche que había dormido en la casa, y segundos después comenzaron los lúgubres gemidos del viento. Quiso ir hasta la ventana para ver si realmente había algo de brisa, pero estaba casi segura de que no era así.

Preguntándose si Zach estaría oyendo los ruidos, miró hacia la otra habitación y lo vio sentado muy tenso en el sofá. Sintió un enorme alivio al darse cuenta de que él también los oía, ya que al menos podía estar segura de que no se estaba imaginando lo que pasaba.

El ambiente se espesó aún más, y el corazón se le aceleró. Zach tenía la cabeza ligeramente ladeada hacia otro sonido que parecía surgir desde la distancia... el pitido de un tren rasgando la negrura de la noche. Elizabeth oyó el repiqueteo de la campana de aviso del paso a nivel, y el rugido de la locomotora a través de los campos de algodón, al otro lado de la carretera.

Las vías cruzaban la carretera al norte de la casa, y la construcción tembló conforme el tren se fue acercando... pero las vías llevaban años abandonadas, y Elizabeth ni siquiera estaba segura de que los raíles siguieran allí.

Sintió un escalofrío cuando Zach miró por la ventana, pero su atención se desvió de él cuando notó que algo gélido se deslizaba en el dormitorio, algo tan denso y escalofriante que la dejó paralizada. Permaneció sentada en la cama, incapaz de moverse, mientras el corazón le martilleaba como si estuviera a punto de salírsele del pecho. Allí había algo, podía sentirlo, y un terror helado empezó a apoderarse de ella. El denso aire hacía que no pudiera respirar ni pensar, y sentía la cabeza embotada.

De repente oyó un tenue sonido, una voz tan suave que no supo si se la había imaginado.

—*Quiero... a... mi... mamá. Por favor... quiero... a... mi... mamá.*

El corazón estuvo a punto de parársele en el pecho. El frío se había ido extendiendo, y llenaba cada rincón de la habitación. Miró a Zach, y vio que estaba sentado en el borde del sofá, completamente alerta, esperando a ver qué sucedía... y de repente algo cambió en el ambiente, y el dulzón olor a rosas impregnó la habitación.

Era insoportablemente penetrante, un hedor denso y pútrido que provocó que la bilis ascendiera por la garganta de Elizabeth.

—*¿Mamá...? Mamá, ¿estás ahí? Por favor... quiero a mi mamá.*

El miedo creció en su interior. Volvió a mirar hacia la sala de estar, y Zach debió de ver el terror en sus ojos, porque se levantó y fue hacia ella. De repente, Elizabeth vio que una suave luz traslúcida surgía lentamente a los pies de la cama, un resplandor vacilante y sobrecogedor apenas visible. Pero ella estaba segura de que era real, y un sonido estrangulado de miedo escapó de su garganta.

Zach llegó a la puerta, y al oírla gemir fue hasta la cama con paso apresurado y firme.

—¡Ya está bien!, ¡se acabó! —dijo, antes de sentarse en el borde de la cama y abrazarla con fuerza.

—¡Dios mío, Zach!

—Tranquila, cielo, ya está. No pasa nada, estás a salvo —Zach recorrió el dormitorio con la mirada, comprobando cada esquina—. Fuera lo que fuese, se ha ido.

Elizabeth empezó a temblar violentamente, y él la apretó con más fuerza. Ella enterró la cara contra su hombro y se echó a llorar, aunque no habría sabido explicar por qué. Sólo sabía que estaría eternamente agradecida de que él hubiera estado con ella esa noche.

—Tranquila —dijo él con voz suave.

Zach encendió la lámpara que había junto a la cama, y cuando el suave resplandor inundó de calidez la habitación, Elizabeth sintió que los últimos vestigios de su miedo se desvanecían.

—Se ha acabado —añadió él.

Ella tragó con dificultad y asintió; tras inhalar temblorosa una bocanada de aire, dijo:

—Lo siento, no sé... no sé lo que me ha pasado, no pretendía perder así el control.

—No tienes nada de qué avergonzarte, nunca en mi vida había visto algo tan aterrador.

Elizabeth cerró los ojos, volvió a respirar hondo y sacó las piernas por el borde de la cama, mientras luchaba por serenarse.

—Quédate aquí —le dijo Zach—. Quiero echar un vistazo fuera, sólo tardaré un minuto.

Fue hacia la puerta principal, encendiendo la luz a su paso, y salió a comprobar que todo estuviera en orden en el perímetro de la casa. A Elizabeth, el minuto le pareció una hora mientras revivía una y otra vez los sonidos aterradores, el horrible olor y el susurro de la niña. Cuando oyó que Zach volvía, salió a la puerta de la entrada.

—He comprobado todo el exterior de la casa —dijo él, mientras cerraba la puerta y entraba en la sala de estar.

Elizabeth miró la puerta, deseando que fuera hora de marcharse.

—He mirado debajo de la casa y he comprobado el garaje, pero no he encontrado nada. ¿Sabes cómo subir al ático?

—Supongo que se llega por uno de los roperos.

Elizabeth fue a comprobar el del dormitorio, mientras Zach iba a mirar en el de la otra habitación.

—¡Está aquí! —exclamó él.

Ella se apresuró a ir a su lado, y lo observó mientras abría la trampilla y subía sin problemas gracias a sus impresionantes bíceps.

—¿Ves algo?

—No, sólo un montón de polvo —Zach volvió a bajar, y se sacudió las manos.

—Vale, no has encontrado nada, pero has oído los ruidos y has sentido el frío —dijo ella mientras volvían a la sala de estar—. Has notado el olor, ¿verdad?

—Sí, y también he oído el tren.

—Eso no había pasado antes.

—Hay una vía abandonada junto a la carretera, pero no la han utilizado en años. Y no hay ninguna campana de aviso, desmantelaron la línea completamente.

—Ya lo sé —dijo ella, luchando por contener un escalofrío—. Por favor, dime que no has visto ningún tren al mirar por la ventana.

Zach esbozó una sonrisa.

—No, no lo he visto, pero lo he oído.

—¿Has visto también el resplandor al pie de la cama?

—Creí ver algo, pero no tengo ni idea de lo que era.
—Fuera lo que fuese, daba un miedo terrible. Zach, también he oído una voz; era muy suave, así que supongo que tú no te habrás dado cuenta, pero estoy segura de haberla oído. Parecía una niña.
—Eso es lo que María afirma haber oído. ¿Qué decía la voz?
—«Quiero a mi mamá. Por favor... quiero a mi mamá». Parecía que estaba a punto de echarse a llorar.

Zach agarró su mano, y le dio un ligero apretón tranquilizador.

—Es posible que no sea más que una broma muy elaborada, pero no lo creo.
—Entonces crees... ¿crees que la casa está encantada?
—No sé qué creer, pero sólo vamos a poder solucionar esto si nos apartamos un poco de la lógica. O hay algo en la casa que nos está afectando la mente, o lo que está pasando es real.
—¿Cómo descubrimos qué opción es la correcta?
—No hemos encontrado ninguna sustancia extraña ni nada que pueda estar afectándonos el cerebro, así que podríamos partir de la base de que lo que pasa es real. Investigaré un poco, porque si de verdad hay un fantasma, tenemos que descubrir quién es.
—Dios mío, no había pensado en eso —Elizabeth sacudió la cabeza—. Claro que mi experiencia en estos temas es muy limitada.
—María dice que vio a una niña pequeña, y las dos habéis oído una voz que concuerda con eso, de modo que tenemos que enterarnos de si en esta casa ha muerto alguna.

Era una posibilidad terrible, pero Zach tenía razón al decir que tendrían que apartarse de la lógica.

—La casa sólo tiene cuatro años, así que debería ser fácil descubrir algo así. Le diré a María que pregunte a la gente, hay trabajadores que llevan aquí bastante tiempo —dijo ella.

—Sí, podemos empezar por ahí.

—¿Qué le digo a María sobre esta noche?

—Dile que estamos intentando descubrir lo que hay detrás de todo esto, y que pase lo que pase, no se quede ni una noche más aquí sola.

Haciendo caso omiso de la intranquilidad que sentía, Elizabeth recorrió la casa con la mirada. La sala de estar permanecía silenciosa, y todo estaba en su sitio; la luz del dormitorio permanecía encendida, y el ventilador zumbaba suavemente. Todo parecía completamente normal de nuevo, pero...

—¿Crees que deberíamos quedarnos toda la noche?

—¿Estás de broma? —Zach la agarró de la mano, y empezó a guiarla hacia la puerta de entrada—. Ni hablar.

Elizabeth sonrió, se soltó y dijo:

—Dame un minuto para arreglar la habitación y apagar las luces antes de irnos.

Zach asintió, y volvió a meter la comida que había llevado en la bolsa mientras ella colocaba bien la colcha sobre la cama. Minutos después, salieron de la casa y se volvieron a mirarla.

—Es una casita muy mona —comentó ella.

—Sí, es genial... a menos que uno intente dormir en ella —la acompañó hasta su coche, y añadió—: te llamaré si descubro algo interesante.

—Lo mismo digo.

Zach empezó a volverse, pero ella lo agarró del brazo.

—Zach, te debo una disculpa. Me alegro de que estuvieras aquí esta noche, no sé lo que habría hecho si hubiera estado sola.

Él trazó su mejilla con un dedo.

—Eres una dama dura de pelar. Seguramente te las habrías apañado bien, pero me alegro de haber estado contigo —inclinó la cabeza, y la besó con dulzura—. Sé que probablemente tienes razón en cuanto a nosotros, pero desearía que no fuera así.

«Yo también», pensó Elizabeth al entrar en el coche. Zach le cerró la puerta, y ella se puso en marcha mientras se obligaba a ignorar la punzada que le atravesó el corazón. El BMW de él la siguió de forma protectora hasta que llegaron a su apartamento, y Zach no se alejó hasta que ella hubo entrado en la casa.

Elizabeth intentó convencerse de que se alegraba de que él no hubiera insistido en entrar con ella.

Consciente de que María estaría preocupada, Elizabeth la llamó a casa de los García el domingo por la mañana. La joven contestó de inmediato, y era obvio que había estado esperando la llamada.

–¡Dios mío, estaba muy preocupada! ¿Estás bien? –bajó la voz, y susurró–: ¿viste al fantasma?

–Estoy bien, y no, no lo vi, aunque creo que lo oí... al menos oí algo raro –eso era quedarse muy corto, pero Elizabeth no quería asustarla aún más–. Parecía una niña pequeña.

–¡Sí, era ella!

–Quiero que me hagas un favor: pregunta a la gente, intenta enterarte de si antes de que te mudaras allí una niña murió en la casa. No sé si hay un fantasma, pero si es así, tenemos que averiguar quién era.

–Sí, claro, intentaré enterarme de todo lo que pueda. Gracias, muchas gracias.

–Todo va a arreglarse, María. Intenta no preocuparte.

–Te llamaré.

La joven colgó el teléfono, y Elizabeth suspiró. La maquinaria estaba en marcha, y con un poco de suerte, descubrirían algo.

Zach la llamó a última hora de la tarde, y ella tuvo que ahogar la excitación que sintió al oír su voz.

—Estoy en Visión Juvenil, he usado uno de sus ordenadores para acceder a Internet.

—¿Has encontrado algo interesante?

—No vas a creértelo.

—¿Qué pasa?

—Bueno, pensé en empezar desde lo más básico, así que busqué «fantasmas» en Google. Hay más de dos millones de páginas web dedicadas al tema, y en una de ellas, hay unas mil quinientas historias de gente que afirma haber tenido algún encuentro paranormal.

—Supuse que habría mucha información sobre el tema, aunque si lo piensas bien es algo bastante increíble.

—Sí. Al menos, está claro que no somos los únicos lo suficientemente locos para creer que una casa puede estar encantada.

—Puede que no, pero no sabemos si alguna de esas historias es real.

—Seguro que algunas son pura ficción, pero sólo la cantidad que hay ya es apabullante. Además, la mayoría de esas personas creen de verdad que han visto algo sobrenatural.

—¿Qué me dices de los cazadores de fantasmas?, ¿has encontrado información sobre ellos?

—Sí, un montón. Cuando introduje «investigación» y «fantasmas» a la vez, me salieron más de doscientos mil resultados relacionados con todo tipo de grupos que estudian este tipo de fenómenos. Mira, voy a imprimir algunas cosas y te las llevaré para que podamos examinarlas y decidir nuestro próximo movimiento.

—*¿Nuestro?*

—Por si lo has olvidado, ayer estuve en esa casa contigo, y no es algo que vaya a olvidar fácilmente. Te guste o no, yo también estoy metido en todo esto; además, la casa está en la propiedad de mi padre, y aunque no esté involucrado en la dirección de la granja, me siento obligado a vigilar que no haya ningún problema en ella mientras mi padre esté con vida.

—Lo entiendo.

—Me quedan un par de cosas que hacer aquí, y después me pasaré por tu casa.

Zach colgó el teléfono, y media hora después Elizabeth oyó el timbre de la puerta. Fue a abrirle, y cuando él la rozó al entrar, sintió un escalofrío de excitación; sin importar las veces que lo viera, no se acostumbraba a lo guapo que era, o a cómo su presencia parecía llenar una habitación.

—Hola —le dijo.

—Hola —Zach sonrió, y la contempló durante unos segundos en silencio.

Elizabeth intentó adivinar lo que estaba pensando, pero su cara permanecía cuidadosamente inexpresiva.

Él le ofreció una carpeta llena de papeles, y le dijo:

—He sacado esto de Internet para que pudiéramos echarle un vistazo, pero mientras venía me he acordado de que me dijiste que tenías un ordenador en casa.

—Sí, uso la habitación libre como despacho.

Elizabeth lo llevó hasta allí, y Zach observó los aparatos de gimnasia.

—No me extraña que estés tan fantástica desnuda.

Ella lo miró, sobresaltada, y lo vio sonreír.

—Lo siento, no he podido resistirme. Lo que quiero decir es que es obvio que te cuidas, algo que me parece fundamental. Yo trabajo muchas horas sentado en la mesa de mi despacho, así que intento hacer todo el ejercicio que puedo. Tenemos un gimnasio en nuestro edificio de oficinas en Westwood, y procuro ir al menos tres veces por semana.

Al recordar su cuerpo musculoso desnudo, Elizabeth se sonrojó y apartó la mirada.

—Será mejor que te sientes tú, estás más familiarizada con tu ordenador —Zach esperó a que ella se acomodara, y después se sentó a su lado.

Elizabeth encendió el ordenador, abrió el explorador y, una vez en la página de Google, hizo una búsqueda con la palabra «fantasmas». Cuando salieron multitud de resultados, Zach sugirió:

—Vamos a husmear un poco, ya verás como hay cosas muy interesantes.

Elizabeth empezó a entrar en algunos de los enlaces, sorprendida de la cantidad de gente que se dedicaba de forma seria al estudio de aquellos temas. Al parecer, María Santiago era una más entre millones de personas que creían en apariciones y espíritus. Bajó el cursor por otra página de enlaces y entró de vez en cuando en los que le parecían más interesantes, aunque la lista parecía inacabable.

Entró en una de las páginas que afirmaba tener fotos de fantasmas, y observó las imágenes con zonas blanquecinas y distorsiones inquietantes; sin embargo, las pruebas no eran definitivas, ya que podían estar manipuladas. Aun así, tal y como había dicho Zach, millones de personas parecían creer en la existencia de los fantasmas.

—Espera, échale un vistazo a esto —Zach se inclinó hacia delante, le cubrió la mano que tenía sobre el ratón con la suya, puso el cursor en la casilla de búsqueda y tecleó «investigación fantasmas».

Plenamente consciente de la calidez de su piel y de la sensación de pérdida cuando él se apartó, Elizabeth leyó la lista que apareció en la pantalla. Cuando el pecho de él le rozó el hombro, un cálido temblor se deslizó hasta su estómago, pero ella se obligó a ignorarlo y a concentrarse en el ordenador.

Entró en uno de los enlaces, y leyó por encima la información de la página. Tras repetir el proceso con varios enlaces más, comentó:

—Esta gente parece mortalmente seria... y perdona el doble sentido.

Él soltó una carcajada.

—Mira esto, no sólo creen en fantasmas, sino que además salen a investigar para intentar demostrar que existen —añadió Elizabeth.

—Sí, y fíjate en el equipamiento que usan —dijo Zach, mientras entraba en otra página—; cámaras digitales, cámaras de treinta y cinco milímetros, videocámaras, grabadores de audio, detectores de campos electromagnéticos, sensores de temperatura...

Elizabeth abrió los ojos como platos al ver los largos párrafos donde se detallaban las diferentes marcas y modelos de los instrumentos disponibles.

—Es increíble —comentó.

—Después de leer esto, creer en fantasmas no parece algo tan descabellado como antes —dijo Zach.

—No, supongo que no.

Pero Elizabeth aún no estaba convencida del todo. Al volverse hacia Zach, lo pilló con los ojos fijos en ella, y vislumbró por un segundo el deseo y la pasión que ardían en sus profundidades marrones; sin embargo, él apartó la mirada y ella se obligó a ignorar el golpeteo furioso de su corazón y la súbita tensión en su estómago.

—¿Qué crees que deberíamos hacer?

Zach se aclaró la garganta, y volvió a centrarse en el asunto que los ocupaba.

—Bueno, según la mayoría de estas páginas, tenemos que investigar la historia de la casa.

—María nos está ayudando en eso.

—Bien. Y si resulta que allí murió una niña, tanto la visión que tuvo María como la voz que oísteis quedarían validadas.

—Al menos tendríamos algo en qué basarnos.

Sin embargo, María la llamó el martes para decirle que

ninguno de los trabajadores recordaba que alguien hubiera muerto en la casa, ni una niña ni nadie.

—Gracias por intentarlo, María. ¿No ha habido más... visitas?

—No.

—Me alegro. Había pensado que, si le comentaras a tu médico que te cuesta dormir, él podría recetarte algo que te ayudara a conciliar el sueño.

—Sí, yo también lo había pensado. Por la noche me da miedo que vuelva a pasar, y no puedo descansar.

—No te des por vencida, tanto Zachary Harcourt como yo seguimos trabajando en ello —dijo, aunque él estaba de vuelta en Los Ángeles—. En cuanto sepamos algo, te lo diremos.

Cuando María colgó, Elizabeth marcó el número del despacho de Zach. Su secretaria pasó la llamada de inmediato, así que se preguntó si él habría dado instrucciones para que le dieran un trato especial, aunque sabía que era ridículo esperar un gesto así de su parte.

—Perdona que te moleste —dijo cuando él contestó—, pero pensé que querrías saber que María me ha llamado. Me ha dicho que no se ha enterado de que haya habido ninguna muerte en la casa, ni de una niña ni de nadie más.

—No esperaba que la hubiera habido —admitió Zach con un suspiro—. No he ido demasiado a la granja desde que me fui de San Pico, pero suponía que me habría enterado si hubiera pasado algo así.

—Así que otra vez estamos en el punto de partida.

—No exactamente. No quería mencionar esto, al menos hasta enterarme de lo que decía María... esperaba que la respuesta fuera más simple.

—¿De qué estás hablando?

—Había otra casa en el mismo sitio donde está la de los Santiago, la recuerdo de mi niñez. El lugar estaba demasiado estropeado para arreglarlo, así que mi padre decidió echarlo abajo y aprovechar el terreno para construir una casa nueva.

Elizabeth sintió que un escalofrío le recorría la espalda. Había estado leyendo un montón de información en Internet, y sabía que aunque las casas y la gente cambiaban, el tiempo era eterno para un fantasma.

—Estás diciéndome que puede que una niña muriera en la vieja casa... eso significa que podría haber pasado hace mucho tiempo.

—Eso me temo.

—¿Qué vamos a hacer ahora?

—Tengo varias ideas en mente. He estado haciendo algunas llamadas a gente que conozco, y todos coinciden en que deberíamos llamar a un experto en este tipo de asuntos.

—¿A quién, a los Cazafantasmas?

—Algo así. Me han hablado de una mujer, la amiga de un amigo mío, que se llama Tansy Trevillian y tiene cierta fama en este mundillo. Al parecer, es capaz de captar cosas que superan a los sentidos.

—Déjame adivinar: por un buen precio, vendrá y hará una sesión de espiritismo, hablará con los fantasmas de la casa y les pedirá que se vayan.

Zach soltó una carcajada.

—De hecho, sólo quiere que le paguemos la gasolina y la comida. Si te interesa, está dispuesta a venir cuando le digamos.

—Si viene, supongo que tendría que ser de noche.

—Eso me dijo.

—¿Cómo nos deshacemos de María y de Miguel?

—Buena pregunta. Puede que a María se le ocurra algo.

—Puede. Después de todo, tiene más ganas de que esto se resuelva que nosotros. ¿Vendrás este fin de semana?

Hubo un breve silencio, pero Zach contestó al fin:

—Sí.

—Si consigo convencerlos de que dejen la casa por una noche, te llamaré para que conciertes una cita con la señora Trevillian.

—Perfecto, aunque espero que no me lo eches en cara si la idea resulta ser un fiasco.

—Cualquier idea es mejor que nada, que es exactamente lo que tengo yo de momento.

—Llámame cuando sepas algo —dijo Zach antes de colgar.

Elizabeth fue a comer a la cafetería de Marge, y se pasó la tarde atendiendo a visitas poco cooperadoras. La hija de Geraldine Hickman seguía sin creer que ir a una cita no implicaba mantener relaciones sexuales obligatoriamente, y Richard Long, el abogado, estaba enfadado con su mujer por alguna supuesta ofensa y se sentía muy orgulloso de sí mismo por no haberle dado una paliza.

—Nunca hace lo que le digo, es normal que me enfade.

—El matrimonio implica compromiso, Richard. ¿Realmente crees que tienes derecho a controlar la vida de Jennifer?

—Yo soy el que paga las facturas, ¿no? Me paso horas trabajando para que ella lleve ropa cara y vaya por ahí en un coche de lujo, ¿y acaso me lo agradece? No, claro que no.

Elizabeth estuvo a punto de preguntarle por qué no se divorciaba si tenía tan mala opinión de su mujer, pero Jennifer Long era guapa y sexy, y estaba claro que él no quería separarse de ella, sino controlarla totalmente. La cuestión era por qué no se divorciaba ella, pero Elizabeth sabía que aquel hombre había destruido la autoestima de su mujer hasta el punto que ella no creía poder arreglárselas sola. Deseó que fuera Jennifer, y no su marido, la que estuviera asistiendo a aquellas sesiones.

No pudo llamar por teléfono a María hasta las cinco, y

aunque se había sentido algo nerviosa al tener que mencionar a la mujer de la que Zach le había hablado, la joven aceptó la idea con naturalidad.

—¿Crees que la señora Trevillian podrá ver al fantasma?

—No lo sé, no creo que ese tipo de personas los vean realmente, sino que notan su presencia. Pensé que valdría la pena intentarlo.

—Sí, claro que sí. Si puede venir el sábado por la noche, yo le pediré a Miguel que salgamos por ahí. El domingo tiene fiesta, así que podrá levantarse tarde. Estoy demasiado gorda para bailar, pero me gusta escuchar la música.

—Eso sería perfecto.

Elizabeth pensó en la joven, que a pesar de lo avanzado de su embarazo, estaba dispuesta a aguantar una pesada velada en la ciudad con tal de que se resolviera aquella terrorífica situación. Quizás Tansy Trevillian descubriera algo que compensara el esfuerzo de María, aunque lo cierto era que Elizabeth dudaba que fuera así.

Zach trabajó en el caso de la temociamina hasta muy tarde el jueves, y el viernes volvió a la oficina muy temprano. A las dos en punto dio la jornada por concluida, y salió del edificio del bufete en Westwood; llevaba una pequeña bolsa de viaje preparada en el maletero para ganar tiempo, ya que aún tenía que hacer una parada antes de ir a San Pico.

Se dirigió por la autopista hasta la ciudad de Culver, tomó la salida de Washington Boulevard y condujo en dirección este. Su madre vivía en un piso en Wilson, una calle algo apartada en la zona sur.

Aunque no la veía con demasiada frecuencia, procuraba ir a visitarla siempre que podía. Años atrás, cuando Teresa y Fletcher se habían separado y él había ido a vivir a Granjas Harcourt, su madre se casó. El matrimonio había acabado en divorcio, pero varios años después ella había vuelto a casarse.

A Teresa siempre le habían gustado los hombres. Su marido en ese momento, Harry Goodman, era un corpulento vendedor de coches que trabajaba en Miller Toyota, al final de Washington Boulevard. El hombre acaparaba casi todo el tiempo de Teresa, tal y como a ella le gustaba.

Zach no estaba seguro de por qué había sentido la necesidad de ir a verla, pero allí estaba, aparcando frente al edificio de dos plantas. Con una bolsa de un kilo del café preferido de su madre, subió hasta el segundo piso y llamó al timbre. Segundos después, su madre abrió la puerta.

—Hola, Zachary. Pasa —Teresa lo tomó de la mano, hizo que entrara y cerró la puerta—. Me sorprendió que me llamaras esta mañana.

—Me di cuenta de que hacía mucho que no venía a verte.

Ella le dio un rápido abrazo, una muestra de afecto que sólo había empezado a hacer recientemente, pero no tardó en apartarse. Era una mujer que a los cincuenta seguía llevando el pelo negro suelto a la altura de los hombros y faldas por encima de las rodillas, a pesar de que estaba unos diez kilos por encima de su peso. Aún era atractiva cuando sonreía, pero estaba envejeciendo y eso era algo que la preocupaba sobremanera, ya que siempre había aprovechado su apariencia sexy y deseable para vivir bien.

—Normalmente prefieres salir pronto los viernes —dijo ella—. ¿No vas a San Pico?

—Sí, pero pensé en pasarme antes a verte.

Zach le dio la bolsa de café; siempre solía llevarle algún pequeño detalle, o darle dinero para que se comprara algo. Cada mes le mandaba un cheque para pagar las facturas, pero las cantidades extra eran para sus gastos personales.

—Suponía que ya se te habría acabado la otra que te traje —dijo, señalando la bolsa de café.

Ella la abrió, inhaló profundamente y suspiró con satisfacción.

—Especial Costa Rica, mi preferido. Gracias, cariño.

Teresa lo llevó a la cocina para preparar una cafetera, encendió un cigarro y ambos se sentaron en la mesa. Su madre se pasaba el día bebiendo café y fumando, y Zach siempre había odiado el olor a tabaco. Él había intentado que su madre dejara aquel vicio, pero siempre había sabido que era inútil.

Ella le dio una calada al cigarro y soltó el humo lentamente.

—Pareces un poco cansado, ¿va todo bien?

La pregunta lo tomó por sorpresa, ya que Teresa nunca se había portado como una madre con él. Mientras las madres de otros niños horneaban galletas y asistían a las reuniones de la escuela, Teresa disfrutaba de la vida nocturna de San Pico... y satisfacía las exigencias de Fletcher Harcourt, algo que precedía a todo lo demás.

—Sí. He tenido que trabajar bastante últimamente, eso es todo.

—Bueno, vamos a tomar una taza de café mientras te cuento la fiesta a la que fuimos Harry y yo la otra noche.

Charlaron un rato, aunque en realidad no dijeron nada sustancial; Zach se limitó a escuchar la mayor parte del rato, mientras Teresa hablaba de sus cosas.

Media hora después, mientras volvía a adentrarse en el denso tráfico en dirección a San Pico, se preguntó por qué había tenido el impulso de ir a verla. De niño había anhelado su amor y su atención, había deseado tener el cariño de sus padres, pero nunca había sido así. Con el paso de los años había aprendido a seguir adelante sin aquella clase de atadura emocional, a cuidar de sí mismo y a vivir sin dejar que nadie se le acercara.

Pero últimamente había empezado a darse cuenta de que la distancia que interponía entre los demás y sí mismo era un mecanismo de defensa, una forma de protegerse, porque no quería necesitar a alguien como lo había hecho en su infancia.

Quizás había ido a ver a Teresa para recordarse lo mucho que había sufrido antes de aprender a proteger sus emociones y a depender sólo de sí mismo, antes de aprender lo mucho que dolía cuando el cariño que uno daba no era recíproco.

Como siempre, salir de la ciudad era una auténtica batalla, y las carreteras abarrotadas empeoraron aún más su mal humor; sin embargo, sabía que su estado de ánimo no se debía sólo al tráfico, sino al hecho de que iba rumbo a San Pico. Hacía una semana que había pasado la noche en la cama de Liz Conners, y quería volver a hacerlo. Quería volver a experimentar la pasión que había despertado en aquella mujer, pero sobre todo quería estar con ella.

Y eso era algo que lo aterrorizaba.

Zach pasó entre dos coches, y aprovechó un tramo de tráfico fluido para avanzar bastante. Elizabeth lo había llamado entre semana para decirle que María mantendría ocupado a Miguel y que podrían ir a la casa, y aunque ella había mantenido un tono de voz impersonal, él había notado la tensión que intentaba ocultar. Se preguntó si estaría recordando lo increíble que había sido su experiencia juntos, la apasionada noche que habían compartido, y en cuanto tomó la carretera que descendía hasta el valle de San Joaquín, marcó su número de teléfono.

Tansy Trevillian había accedido a ir al día siguiente, así que sólo iba a llamarla para confirmar que todo estuviera preparado. Sería una llamada rápida, nada personal.

—¿Diga?

Aquella única palabra, pronunciada con aquella voz suavemente femenina, le provocó una erección.

—Hola, soy Zach. Sólo quería preguntarte si todo está listo para mañana.

—De momento, parece que la cosa va bien. María cree que puede mantener a Miguel apartado hasta medianoche.
—Bien, genial.
—Dijiste que ella llegaría al anochecer, así que nos vemos mañana.

Parecía deseosa de colgar, y Zach se sintió un poco molesto. Sus manos se tensaron en el volante, y le preguntó:
—¿Tienes una cita esta noche?
—No.
—¿Por qué no? Eres una mujer hermosa, me sorprende que no tengas a todos los hombres de la ciudad intentando acostarse contigo.
—El único que lo intenta eres tú, Zach. Supongo que el resto se ha dado cuenta de que no estoy interesada.
—A lo mejor, aunque también puede ser que estés viviendo en una ciudad llena de idiotas. Quiero verte, Liz —dijo, aunque no había sido su intención. Las palabras parecieron salir de su boca, sin más.
—Zach, ya te dije que no es una buena idea.
—Puede que sí lo sea. ¿Cómo vamos a saberlo, si no lo intentamos?

Tras una breve pausa, ella dijo:
—¿Estás seguro de que no estás buscando simplemente a alguien que ocupe el lugar de Lisa?
—Claro que estoy seguro. He estado pensando en ti toda la semana, y en menos de una hora estaré en la ciudad. Quiero ir a verte.
—Zach, por favor, no insistas. Cometí un error la semana pasada, ¿vale? No estoy segura de cómo ocurrió exactamente, pero no quiero que se repita.
—¡Maldita sea, Liz!
—Tengo que irme, hasta mañana.

Ella colgó, y Zach soltó un juramento en voz baja. Tiró el móvil sobre el asiento del pasajero, y se pasó una mano por el pelo. Liz estaba decidida a mantenerse alejada de él, y probablemente estuviera haciendo lo más sensato, ya que él no era la clase de tipo con el que una mujer debiera plantearse una relación. Estaba demasiado acostumbrado a estar solo, y Liz merecía mucho más que una aventura con un hombre como él.

Pensó en su madre y en Fletcher Harcourt, en cómo lo habían ignorado, y recordó a la esposa fallecida de su padre, Constance, que le había hecho sentir como una basura. Carson lo había avasallado hasta que se había vuelto lo suficientemente duro para defenderse, aunque eso no había detenido el maltrato; su hermano simplemente había cambiado de táctica, y había pasado a ridiculizarlo y a hacer que se sintiera aislado.

A lo largo de los años, Zach había construido una muralla alrededor de sus emociones, una barrera protectora que aún existía, y sabía que Liz había hecho lo mismo después de su experiencia con el malnacido de su ex marido.

Quizás ella tuviera razón al querer mantenerse a salvo tras aquella muralla, pero después de hacerlo durante toda su vida, Zach ya no estaba seguro de que fuera el mejor camino a seguir.

El sábado por la noche, Elizabeth salió de su casa poco antes de que empezara a anochecer; estaba un poco nerviosa, ya que nunca había conocido a alguien como la señora Trevillian y no sabía si el don de la mujer era cierto o si era un fraude, así que no tenía ni idea de lo que iba a suceder esa noche.

Además, Zach también estaría allí, y no había podido dejar de pensar en él desde su llamada de la tarde anterior. En cuanto había oído su voz su deseo de verlo había sido tan fuerte, que le había resultado incluso doloroso.

Zachary Harcourt la atraía como ningún hombre lo había hecho jamás. Nunca había anhelado tanto estar con un hombre, nunca había deseado a alguien tanto como a Zach.

Era aterrador además de imposible, porque Zach era Zach, un soltero empedernido que disfrutaba de la vida en soledad, un hombre acostumbrado a acostarse con docenas de mujeres. Él ni siquiera se había molestado en negarlo, y ella dudaba que hubiera tenido alguna relación seria o que llegara a tenerla jamás.

Pero Elizabeth no era así, y sabía que si bajaba la guardia, la atracción que sentía por él iría en aumento... que podía llegar a enamorarse de él. Sabía que era posible, ya que cada vez que lo veía, sentía la fuerte atracción que existía entre ellos. No podía arriesgarse a enamorarse de alguien como Zachary Harcourt, porque él acabaría rompiéndole el corazón.

Elizabeth recordó su matrimonio, y su desesperación aplastante ante la traición de su marido. Brian había tomado el amor que ella le había entregado y había ido destruyéndolo poco a poco, y no estaba dispuesta a pasar de nuevo por algo así. No sabía si podría sobrevivir una segunda vez.

Mientras conducía camino de la casita amarilla, intentó armarse de valor. No importaba lo que Zach dijera ni lo mucho que lo deseara, no iba a permitir que la engatusara.

Con las ideas claras de nuevo, centró su atención en la carretera. Era una noche muy oscura, ya que la luna estaba oculta tras una densa capa de nubes y sus rayos sólo se filtraban de vez en cuando. Sabía que una tormenta de verano se acercaba desde el oeste, ya que podía oler el ozono en el aire, y sobre las colinas distantes se apreciaba el leve resplandor de los relámpagos.

Salió de la carretera para meterse en el camino de entrada de la casa, y vislumbró la silueta de Zach tras el volante de su BMW; cuando hubo aparcado junto al descapotable negro, ambos salieron de sus respectivos coches y Zach se acercó a ella.

—Hola —le dijo él, con la mirada fija en su cara.

Elizabeth vio los reflejos dorados en sus ojos y algo más, algo que provocó un dolor profundo en su pecho.

—Hola, Zach.

Él apartó los ojos de ella y respiró hondo; cuando volvió a mirarla, no quedaba ni rastro de aquel brillo intenso.

—Tansy aún no ha llegado, pero me ha llamado al móvil para decirme que viene de camino.

—Perfecto. Supongo que podríamos esperarla en el porche.

—Buena idea. Después de lo de la semana pasada, no tengo ninguna prisa por entrar.

Se sentaron en los escalones del porche. Zach llevaba unos Levi's gastados y un jersey con cuello de pico, y estaba casi demasiado atractivo. Elizabeth quería tocarlo, besarlo, sentirlo en su interior.

—Si sigues mirándome así, no respondo de mis actos —dijo él.

Ella se ruborizó. Una cosa era desear a un hombre, y otra muy distinta que la pillaran in fraganti. Empezó a juguetear con un mechón de pelo caoba, y comentó:

—Me pregunto si tardará mucho.

Zach miró hacia la carretera.

—Veo luces que se acercan, a lo mejor es ella.

Por suerte para Elizabeth, que cada vez se estaba poniendo más nerviosa por la cercanía de Zach, se trataba de la mujer que esperaban. Se levantaron del escalón, y Zach fue a recibirla mientras ella aparcaba frente a la casa.

Tansy Trevillian no se parecía en nada a lo que Elizabeth se había imaginado. En vez de un Volkswagen destartalado pintado con florecitas, conducía un Pontiac Grand Prix, y la mujer no vestía un vestido largo y vaporoso, sino unos sencillos pantalones y una blusa. Tenía el pelo corto y peinado a la moda, y tenía más pinta de mujer de negocios que de hippy trasnochada.

Zach esperó a que saliera del coche, y entonces la llevó hasta el porche para presentarlas.

—Liz, te presento a Tansy Trevillian.

La mujer, que no debía de tener más de un par de años más que Elizabeth, sonrió y dijo:

—Encantada de conocerte, Liz.

Elizabeth no corrigió el uso del nombre, y de hecho estaba empezando a acostumbrarse a oírlo. Cuando iba al instituto, muchos de sus amigos la llamaban así.

—Lo mismo digo.

Tansy alargó la mano, y Elizabeth se la estrechó. El apretón de manos de la mujer fue firme, y su sonrisa cálida.

—Gracias por venir —añadió.

Tansy se volvió hacia la casa, y su sonrisa se desvaneció.

—Zach sólo me ha contado que la pareja que vive aquí ha estado teniendo algunos problemas. Siempre es mejor que al principio yo sepa lo menos posible, porque las personas como yo somos tan sugestionables como todo el mundo.

—¿Las personas como tú? —repitió Elizabeth.

—Médiums, clarividentes, todos los que tenemos esta clase de dones.

«O de maldiciones», pensó Elizabeth.

Tansy recorrió con la mirada el complejo de quince acres que formaba la zona principal de viviendas de la granja. Las nubes se apartaron ligeramente, y entre ellas asomó una ligera porción de luna mientras la mujer contemplaba las distantes casas de los otros supervisores, los hogares de los trabajadores y la enorme casona de dos plantas que estaba en la parte opuesta y algo apartada del resto. A pesar de que la noche era cálida, Tansy se rodeó con los brazos para intentar controlar un escalofrío.

—¿Qué pasa? —le preguntó Zach.

Tansy volvió a recorrer la distante hilera de casas con la mirada, y contestó:

—Aquí hay algo, puedo sentirlo —se volvió, y fijó su atención en la casita amarilla—. Algo terrible y malvado.

El pulso de Elizabeth se aceleró.

—¿Puedes sentir algo con claridad aquí fuera?

Los ojos de Tansy se volvieron hacia las otras casas que se levantaban sobre el enorme y árido terreno.

—Está en todas partes, nunca he sentido algo así.

Elizabeth sintió que un escalofrío ascendía por su espalda; a pesar de que ella no notaba nada, la palidez casi azulada del rostro de la mujer revelaba que estaba diciendo la verdad. Tras permanecer unos minutos en absoluto silencio, Tansy volvió a estremecerse y se sacudió ligeramente, como si estuviera luchando por volver desde algún lugar desconocido.

—Vamos a entrar —dijo, y fue hacia la puerta.

Zach le lanzó a Elizabeth una mirada fugaz, y juntos subieron los escalones del porche. Cuando ella abrió con la llave que María le había dado, Zach entró el primero y, tras echar una ojeada, aguantó la puerta para que ellas entraran. Tansy dio un solo paso en la sala de estar, y se paró en seco.

Parecía aún más pálida que antes, y Elizabeth se dio cuenta de que estaba temblando.

—¿Sigues sintiéndolo? —le preguntó Zach con tono suave.

—Sí, aquí es más fuerte. Apenas puedo respirar.

—Será mejor que te sientes, te traeré un vaso de agua —dijo Elizabeth.

En vez de responder, Tansy empezó a caminar con la mirada fija hacia delante. Las cortinas de la sala de estar estaban abiertas, y lo único que iluminaba la habitación era la escasa y tenue luz de luna que penetraba por las ventanas. Como en un trance, Tansy fue directamente hacia el dormitorio, con manos temblorosas, y se detuvo a los pies de la cama.

—En esta casa pasó algo terrible —dijo, mientras permanecía inmóvil como una estatua, como si hubiera pasado la frontera con otro mundo.

Nadie se movió durante varios minutos. El corazón de Elizabeth latía a toda velocidad, y tenía un enorme nudo en el estómago. Aunque no notaba ninguno de los fenómenos que había experimentado anteriormente en aquella casa, Tansy debía de estar sintiéndolos. La mujer se santiguó, y empezó a susurrar algún tipo de oración.

Cuando las últimas palabras se desvanecieron en el silencio del dormitorio, Tansy levantó la mirada. Aún tenía los ojos desenfocados, vidriosos, extrañamente distantes.

—¿Sabes lo que pasó aquí? —le preguntó Zach con suavidad.

Tansy tragó con dificultad.

—Muerte. Una muerte brutal, horrible —miró a Zach, con ojos enormes en su rostro delicado y femenino—. Y el mal que la provocó aún está aquí.

A Elizabeth empezaron a sudarle las palmas de las manos, y su corazón se aceleró aún más. Aunque ella no percibía nada, no era difícil de creer que Tansy estuviera sintiendo algo pavoroso en aquella casa.

—¿Qué más puedes decirnos? —le preguntó Zach.

Tansy sacudió la cabeza.

—Está todo entremezclado, no puedo perfilar nada específico. Sólo sé que pasó algo terrible, causado por una fuerza malvada —dijo, y empezó a andar hacia la puerta—. No puedo quedarme más tiempo aquí, lo siento.

La mujer cruzó la sala de estar y salió al exterior, con Zach y Elizabeth pisándole los talones.

—Siento no haber podido ayudaros más —dijo al llegar a su coche—. Han pasado demasiadas cosas, hay demasiadas capas que se superponen las unas a las otras —abrió la puerta del vehículo, y añadió—: están en peligro... las personas que viven en la casa.

Elizabeth tragó. Casi podía oír la suave vocecilla que había hablado en la habitación.

—¿Qué... qué podemos hacer?

Tansy volvió la vista hacia la casa.

—Descubrid lo que pasó. Quizás entonces sabréis lo que tenéis que hacer.

Zach sujetó la puerta mientras Tansy se ponía al volante.

—Gracias por venir —le dijo—. Tienes mi tarjeta, envía la factura a mi oficina.

—No, esta vez no os voy a cobrar nada —dijo, antes de ponerse el cinturón de seguridad y encender el motor. Una vez en la carretera, aceleró y se alejó a una velocidad ligeramente superior a la permitida.

Elizabeth se volvió hacia Zach justo cuando otro par de luces apareció en el camino de entrada. Eran los faros de un viejo Ford, y al reconocer al conductor, murmuró una imprecación.

—Parece que la parejita ha vuelto del baile antes de lo previsto —dijo Zach con tono seco.

—Sí. Y por la expresión de Miguel, yo diría que no se alegra demasiado de vernos.

Mientras las luces del coche de Tansy se desvanecían en la lejanía, Miguel se bajó de su camioneta y se acercó a ellos con paso decidido. María se las arregló para bajar, y fue tan rápidamente como pudo hacia ellos.

—He intentado mantenerlo alejado, pero no quería que me cansara demasiado. Lo siento —dijo. Parecía que había estado llorando.

—No pasa nada, María —dijo Elizabeth—. Es hora de que Miguel se entere de la verdad.

—¿Verdad?, ¿qué verdad? —gruñó él—. ¿Que creen que hay fantasmas en mi casa?

—¿Se lo has contado? —le preguntó Elizabeth a la joven.

—Pensé que a lo mejor me escucharía, pero debería haber sabido que no sería así.

—¿Creen que hay un fantasma sólo porque se lo ha dicho mi mujer embarazada? Es una niña y tiene miedo porque va a tener un bebé, eso es todo, y les prohíbo que la animen a seguir con sus tonterías.

María empezó a llorar, y Miguel centró su ira en ella.

—¡Entra en la casa! No quiero que vuelvas a hablar de esto, ¿me oyes?

Temblando, la joven se secó las lágrimas con la mano.
—Lo siento —le dijo a Elizabeth en un susurro.
—¡Entra ahora mismo!
María se apresuró a entrar en la casa sin mirar atrás, y Miguel miró a Elizabeth con expresión furiosa.
—Usted ya no es bien recibida en mi casa.
—Miguel, tranquilízate —le dijo Zach, mientras se ponía delante de ella para escudarla—. Lo creas o no aquí está pasando algo, y tu mujer tiene miedo. Sólo estamos intentando ayudaros.
—¿Quieren ayudarnos? ¡Entonces déjennos en paz! —Miguel subió a toda prisa los escalones del porche, entró en la casa y cerró de un portazo.
Elizabeth sintió que Zach la rodeaba con el brazo, y aunque sabía que no debería hacerlo, se reclinó contra él.
—No es un mal marido, lo que pasa es que está chapado a la antigua.
—Alguien debería bajarle los humos.
Elizabeth notó la tensión inflexible en la mandíbula masculina, y se dio cuenta de que Zach no dudaría ni un segundo en enfrentarse a Miguel Santiago... o a cualquiera que supusiera una amenaza para sus seres queridos. Era un pensamiento extrañamente reconfortante.
—Todo esto está siendo muy duro para María —dijo—, y ahora Miguel se ha enfadado, como ella temía. Tenemos que encontrar la manera de ayudarla.
—Ya se nos ocurrirá algo.
Elizabeth miró hacia la casa, mientras pensaba en Tansy Trevillian.
—Todo eso del mal sonaba un poco descabellado, pero...
—Sí, sé lo que quieres decir —Zach la llevó hasta su coche, y esperó hasta que ella entrara—. Tenemos que hablar de esto.
—Sí, ya lo sé. Te invitaría a que vinieras a casa, pero no creo que...

—Ya sé lo que crees. ¿Qué te parece si vamos a Biff's y te invito a un café? El brebaje que preparan es casi imbebible, pero al menos estará abierto. En esta ciudad no hay demasiado donde elegir.

Biff's era un bar restaurante de la calle principal. El pésimo menú consistía básicamente en pollo congelado frito y pizza, y la clientela dejaba mucho que desear. Elizabeth no entendía cómo era posible que un sitio así siguiera abierto, pero llevaba años en la ciudad.

—No hay problema.

—Te seguiré con mi coche.

Elizabeth asintió, y encendió el motor.

La calle principal estaba bastante tranquila, aunque en aquella ciudad nunca había demasiado movimiento, ni siquiera los sábados por la noche. Los adolescentes solían ir a Mason, donde había un cine con seis salas, y al ser una comunidad agrícola la mayoría de la gente se iba a dormir temprano... a excepción de los bebedores de cerveza, que se juntaban en un bar que había a varias calles de allí.

Elizabeth aparcó en un espacio libre que encontró cerca de Biff's, y Zach lo hizo tras ella. Después de su regreso a San Pico no había vuelto a aquel restaurante, pero apenas había cambiado. El suelo de linóleo estaba desgastado, y había una mesa de billar al fondo del local, un largo mostrador donde los clientes podían comer o beber, y una hilera de mesas de madera a lo largo de la pared.

Zach la llevó a una de las mesas, y después fue a pedir un par de tazas de café.

—Lo siento, pero aquí no tienen descafeinado —dijo, al poner una taza frente a ella.

—No pasa nada. Después de lo que ha pasado esta noche, necesito un reconstituyente.

—A lo mejor debería haberte pedido un whisky —dijo él, con una sonrisa.

Elizabeth ignoró el efecto que aquel gesto causaba en ella, y se limitó a decir:

—Sí, puede que sí.

Pero si tomaba alcohol y perdía sus inhibiciones, invitaría a Zach a su casa y a su cama, y no quería caer en la tentación.

—Bueno, ¿qué hacemos ahora? —le preguntó, mientras se echaba un buen chorro de leche en el café.

—Tansy ha dicho que tenemos que averiguar lo que pasó en la casa. Ya lo hemos intentado sin demasiado éxito, así que supongo que tendremos que esforzarnos más.

—¿Qué más podemos hacer?

—Hablaré con algunos de los trabajadores de la granja, para ver si alguien conoció a la gente que vivió en la casa antes de que la echaran abajo —Zach hizo una mueca al probar el café, que estaba muy amargo—. El sitio estuvo en pie muchos años, yo lo recuerdo de siempre, así que supongo que habrá habido varios inquilinos.

—Cuando la mencionaste, recordé haberla visto de niña, pero nunca le presté demasiada atención.

—No era gran cosa, sólo una casa vieja con un enorme porche delantero.

—Sí, no era nada del otro mundo. Recuerdo que en las ventanas había postigos blancos de madera, y que cuando iba al instituto ya estaba bastante destartalada.

—Sí, pero lo difícil va a ser descubrir quién vivía allí.

—Y enterarnos de si alguien murió en ese sitio, en especial una niña.

—Según lo que pone en Internet, la violencia suele ser parte de la ecuación... o una muerte inesperada y repentina, como un accidente. Aunque no hay manera de saber si eso es verdad, claro.

—No, pero es algo a tener en cuenta.

Zach tomó otro sorbo de café, y volvió a dejar la taza en la mesa.

—Me enteraré de todo lo que pueda. No soy demasiado bien recibido en la granja, pero intentaré hablar con Carson.

—Eso sí que será interesante. ¿Vas a decirle a tu hermano que has visto un fantasma?

—Ni hablar, sólo le diré que me interesa la historia de la granja —tomó otro sorbo de la amarga bebida, y añadió—: le contaré que hay alguien interesado en escribir la historia de la zona, Carson es capaz de cualquier cosa por un poco de publicidad.

Elizabeth se echó un poco más de leche en la taza, para intentar disimular el sabor del café.

—Zach, te agradezco mucho tu ayuda. Éste no es precisamente mi campo de especialización.

—El mío tampoco.

Pasaron la media hora siguiente planeando su estrategia. Como la casa estaba dentro de la propiedad de Granjas Harcourt, no había registros de propiedad aparte que se pudieran consultar. Las compañías de servicios públicos parecían la opción más prometedora, si sus archivos se remontaban tantos años atrás y les podían convencer de que les dejaran consultarlos.

Granjas Harcourt proporcionaba a sus supervisores casa y agua, pero los inquilinos tenían que pagar tanto el teléfono como el gas y la electricidad, así que Elizabeth decidió ponerse en contacto con las compañías que proporcionaban aquellos servicios, y utilizar la historia que Zach se había inventado del autor que quería escribir sobre la zona para ver si descubría algo.

Por supuesto, se ahorrarían muchos problemas si Carson tenía algún tipo de registro sobre quién había vivido allí, o si los empleados más antiguos recordaban algo útil.

Cuando acabaron de planearlo era ya bastante tarde. Elizabeth se había bebido varias tazas de aquel café tan cargado y estaba completamente despejada, y se dio cuenta de que Zach tampoco tenía ningunas ganas de dormir cuando llegaron a su coche y él le dio un beso suave e increíblemente sexy.

Ella no se resistió, ya que la caricia era demasiado placentera.

—Deja que vaya a tu casa —susurró él.

Volvió a besarla, de forma tan profunda y minuciosa que Elizabeth sintió que su interior se derretía como mantequilla.

—Entre nosotros hay algo muy fuerte, Liz. Veamos adónde nos lleva.

Ella se reclinó contra él y estuvo tentada de ceder, pero posó las puntas de los dedos sobre sus labios para detener sus seductoras palabras.

—Desearía poder hacerlo, Zach. Nunca sabrás cuánto... pero no puedo correr el riesgo.

Tras mirarla durante unos largos segundos, él tomó su cara entre las manos y la besó apasionadamente. Consciente de que no debería, Elizabeth se lo permitió.

—Podría convencerte, y lo sabes.

Ella contempló aquellos ardientes ojos oscuros, y supo que él tenía razón.

—Lo sé, pero te estoy pidiendo que no lo hagas.

Zach murmuró algo entre dientes, y se apartó de ella mientras se pasaba una mano por el pelo.

—Desearía que las cosas fueran diferentes —admitió.

—Y yo desearía parecerme a Lisa.

Él posó una mano en su mejilla.

—Yo no quiero eso, me gustas tal y como eres. No cambiaría nada de ti.

Tras un último y dulce beso la tomó del brazo, la llevó hasta el lado del conductor y esperó a que ella se acomodara tras el volante.

—Te mantendré informada —dijo cuando ella bajó la ventanilla—. Llámame si te enteras de algo.

—Lo haré. Buenas noches, Zach.
—Buenas noches, cielo.

Elizabeth lo miró por el espejo retrovisor mientras se ponía en marcha, vio la luz de sus faros tras su coche mientras la seguía para asegurarse de que llegara bien a casa, y se preguntó si había tomado la decisión acertada.

Carson Harcourt estaba en su despacho, leyendo los informes de producción de aquel mes, y tardó unos segundos en darse cuenta de que alguien había llamado a la puerta. Levantó la cabeza y vio a Isabel Flores, su ama de llaves.

—Siento molestarle, señor Harcourt, pero su hermano está aparcando delante de la casa. Pensé que debería saberlo.

—Gracias, Isabel.

Carson la observó alejarse por el pasillo, vio el balanceo de sus caderas y el movimiento de sus pechos, y pensó en lo listo que había sido al contratarla. Ella lo trataba con respeto cuando trabajaba en la casa, y lo satisfacía en la cama.

Se le tensó la entrepierna. Últimamente había estado bastante ocupado, ya que se estaban ultimando los preparativos para la recogida de la lechuga, y además había estado trabajando con Walter Simino para preparar el lanzamiento de su campaña de acceso a la asamblea. Todo empezaría a principios de primavera, con una gran barbacoa en la que anunciaría su candidatura. Con tantas cosas en mente, le venía bien desahogarse sexualmente, y con Isabel podía hacerlo de forma más que satisfactoria.

Además, como ella estaba en el país sin permiso de residencia, no tenía que preocuparse de que le causara problemas. Tomó nota mental de visitarla aquella noche, y aunque la idea lo hizo sonreír, al ver entrar a su hermano la sonrisa se desvaneció.

—Vaya, mira quién está aquí. ¿Qué te ha hecho salir de debajo de tu piedra, Zach?

Zach mantuvo el rostro completamente inexpresivo. Después de años sufriendo los comentarios envenenados de Carson, había desarrollado un control férreo. Sólo el leve espasmo de un músculo en su mejilla dejó entrever que la burla había sido efectiva.

—Ha surgido algo que pensé que te interesaría.

—¿El qué?

—Hace un par de días me llamó un tipo. Está trabajando en un libro sobre la agricultura del valle de San Joaquín, y está interesado en Granjas Harcourt. Pensó que yo podría ayudarle con la historia de la zona.

—Tenías razón, me interesa. ¿Estás seguro de que no va a hablar mal de nosotros?

—No, sólo le interesa la historia.

—Dile que me llame, veré lo que puedo hacer.

—Me pidió que hablara con algunos de los empleados más antiguos, para ver si se acuerdan de algo interesante sobre los viejos tiempos. Supuse que tú no tendrías tiempo para hacerlo, así que le dije que lo intentaría.

Lo último que Carson quería era tratar con los trabajadores, por eso contrataba a los supervisores.

—Le dije que primero hablaría contigo —siguió diciendo Zach—. Supongo que cuando tenga lo más básico, querrá preguntarte sobre los otros aspectos de la producción agrícola.

Aquello estaba mejor. No le importaría que se escribiera sobre él y sobre el éxito de la empresa, siempre que fuera algo positivo. Zach podía ocuparse del desagradable trabajo de tratar con los empleados.

Aun así, había algo en la actitud de su hermanastro que no acababa de gustarle. A Zach nunca se le había dado bien mentir, y más de una vez se había preguntado cómo se las arreglaba para ganarse aquellos jugosos honorarios en Los Ángeles.

—Muy bien, puedes hacerlo. Stiles no lleva tanto tiempo aquí, probablemente no te ayudaría en nada —Lester Stiles era el capataz de Granjas Harcourt, y la mano derecha de Carson—. Creo que Mariano Núñez es el empleado más antiguo, vive en la tercera casa.

—Sí, me acuerdo de él, dirigía los huertos cuando yo iba al instituto. Fue mi jefe cuando trabajé en la recolección de la almendra.

—Puede que el viejo tenga algo interesante que contarte. Y dile a ese tipo... ¿cómo has dicho que se llama?

Zach apartó la mirada por un segundo, un signo infalible de que no estaba siendo completamente honesto.

—Steven Baines.

—Dile que me llame, dejaré un hueco en mi agenda para una entrevista.

Zach asintió.

—Vale, gracias. No tendrás alguna lista con los nombres de la gente que ha trabajado aquí a lo largo de los años, ¿verdad?

Carson lo miró con cautela. No le gustaba nada la dirección que estaba tomando aquella conversación.

—No. ¿Para qué quiero una lista?

Zach se encogió de hombros, pero parecía bastante tenso.

—Pensé que podía ser útil. Bueno, le diré a Baines que te llame la próxima vez que hable con él.

Carson observó cómo su hermano salía de su despacho, convencido de que allí estaba pasando algo, y decidió descubrir lo que era. Prácticamente dirigía la ciudad, así que la gente le contaba todo lo que quería saber. En ese momento quería enterarse de lo que estaba tramando su hermano, y no tardaría demasiado en conseguirlo.

Carson descolgó el teléfono.

Zach salió de la casa principal, y fue a la zona donde vivían los trabajadores. Se había quedado con mal sabor de boca después de su conversación con Carson, y aunque detestaba pedirle algo a aquel imbécil, esperaba que el resultado valiera la pena.

Era domingo, un día en que la mayoría de los empleados tenían fiesta, así que la zona de viviendas estaba más animada que de costumbre. Zach se pasó la mañana hablando con algunos de los trabajadores más veteranos y con Mariano Núñez, el capataz en jefe. Era un viejo mexicano curtido, que llevaba más de treinta años en la granja.

—Recuerdo la vieja casa gris —dijo el hombre—. Unos amigos vivían allí... los Espinoza. Juan Espinoza había venido conmigo desde México.

El anciano recordaba a otros residentes que también habían vivido allí a lo largo de los años. Los Rodríguez habían sido los únicos ocupantes de la casa amarilla aparte de los Santiago, y el último inquilino de la casa gris había sido un hombre llamado Axel Whitman, que había vivido allí durante varios años. Zach apuntó todos los nombres que Mariano iba recordando, pero el anciano no sabía adónde se había ido ninguno de ellos al abandonar la granja.

Mariano le contó que los Espinoza habían sido los que habían vivido en la casa durante más tiempo, pero que se habían trasladado a una comunidad agrícola cerca de Fresno, y que Juan había muerto allí. El hombre no recordaba que nadie hubiera muerto en la casa, al menos durante los treinta años que él llevaba en la granja.

Zach no vio por ningún lado a Les Stiles, el capataz, pero de todos modos no habría querido hablar con él, ya que era el perrito faldero de Carson. Lo más probable era que no supiera nada útil, y hacerle aquellas preguntas podía despertar las sospechas de su hermano.

Zach pensó en llamar a Liz para contarle la poca información que había recabado, pero finalmente decidió no hacerlo, porque tenía que ir a Visión Juvenil para ver qué tal iba la construcción del granero.

Quizás, en vez de llamar, se pasaría por su casa antes de volver a Los Ángeles.

Raúl Pérez colgó el teléfono que había en el pasillo donde estaba su habitación. Había llamado a su hermana, pero como María estaba comprando, había hablado con Miguel. No había sido una conversación agradable, ya que su cuñado había empezado a despotricar sin parar; al parecer, estaba furioso con María, y se había enfadado con Elizabeth Conners y con el hermano del dueño de Granjas Harcourt.

—Tu hermana cree que hay un fantasma en la casa y se está portando como una loca, ¡es increíble!

—A lo mejor es verdad que hay un fantasma —había sugerido Raúl con voz suave.

—¡Por Dios, si crees algo así, es que estás tan loco como ella! Si es verdad que existe, ¿por qué no lo he visto?, ¿por qué sólo se le aparece a tu hermana?

Era una buena pregunta, que el mismo Raúl se había planteado.

—No lo sé. Puede que haya un fantasma o puede que no, pero María tiene miedo.

—No tiene por qué tenerlo mientras yo esté aquí para protegerla. La llevaré a verte el día de visitas, para que hables con ella y la convenzas de que se está portando como una tonta. Puede que a ti te escuche.

Raúl había asentido, aunque Miguel no podía verlo.

—Haré lo que pueda.

Raúl colgó el teléfono, y apretó un puño de forma inconsciente. Su hermana tenía miedo, y aunque no sabía lo que le estaba pasando, él no podía ayudarla.

Bajó las escaleras para reunirse en el comedor con su compañero de habitación, Pete Ortega. El gruñido de su estómago le recordó que era la hora de comer, aunque su apetito había menguado después de la conversación con Miguel.

—¡Raúl! ¡Espera!

El chico se volvió, y vio que Zachary Harcourt iba rápidamente hacia él.

—Hola, Zach.

—Hola, chico. Me alegro de verte —Zach vio que la sonrisa del joven se desvanecía, y le preguntó—: ¿qué pasa? Parece que se te acaba de morir el perro.

Raúl soltó un suspiro, y admitió:

—Es mi hermana, acabo de hablar con Miguel.

—Maldición. Entonces, supongo que ya sabes que está enfadado con la señorita Conners y conmigo.

—Me ha dicho que anoche fuisteis a su casa, a buscar al fantasma.

—Bueno, no fue así exactamente, pero se acerca bastante.

—¿Lo visteis?

Zach negó con la cabeza.

—No sé si lo que está pasando allí es real o no, pero sucede algo y vamos a descubrir lo que es. Cuando lo consigamos, tu hermana podrá estar tranquila.

—Me tiene muy preocupado, desearía poder estar con ella para ayudarla.

Zach se detuvo en seco, y lo agarró del brazo.

—Raúl, escúchame bien. No sé exactamente cómo me he metido en medio de todo este lío, pero no pienso abandonaros ni a tu hermana ni a ti. No voy a parar hasta que se resuelva el problema, tienes mi palabra.

Raúl sintió un alivio tan abrumador, que sintió que sus ojos ardían con un extraño escozor.

—Gracias.

Zach le dio una palmada amistosa en la espalda.

—Agradécemelo siguiendo como hasta ahora.

Raúl se limitó a asentir, ya que el nudo que tenía en la garganta le impedía hablar.

—Venga, vamos a comer algo —dijo Zach, mientras lo conducía hacia el comedor—. Estoy hambriento.

Raúl fue con él, decidido a no preocuparse por su hermana. Zachary Harcourt le había dado su palabra, y rogaba que la cumpliera.

Zach bajó la visera del coche para protegerse de la luz del sol del atardecer. Debería ir en la dirección opuesta, debería dirigirse hacia el sur hasta la interestatal, de regreso a su apartamento en Pacific Palisades, y prepararse para la larga jornada de trabajo que le esperaba al día siguiente. Esa semana empezarían a tomar declaraciones en el caso de la temociamina, y tenía que estar preparado.

Pero en vez de eso, recorrió la calle principal, enfiló por la calle Cherry y aparcó frente a la casa de Liz. Se dijo que sólo se quedaría un minuto, el tiempo justo para contarle la mañana infructuosa que había pasado en Granjas Harcourt.

Tras un segundo de vacilación, salió del coche, fue hasta el apartamento B y llamó al timbre.

—¡Zach! ¿Qué haces aquí? —dijo Elizabeth, al abrir la puerta.

La mente de él se quedó en blanco, ya que Liz estaba cubierta sólo por un pequeño bikini naranja que revelaba cada una de las exquisitas curvas de su cuerpo. Tenía su glorioso pelo caoba mojado y se lo estaba secando con una toalla de playa, así que era obvio que acababa de llegar de la piscina. El cuerpo de Zach despertó, y se puso duro como una roca.

Se aclaró la garganta, pero no apartó la mirada de ella.

—Ya sé que debería haber llamado, pero decidí pasarme en el último minuto. Quería contarte lo que ha pasado cuando he ido a ver a mi hermano.

Al notar cómo la devoraba con los ojos, Elizabeth se puso la toalla alrededor de las caderas y la ató con un nudo.

Maldición, ella era increíblemente sexy. Zach no sabía qué era lo que la hacía tan diferente del resto de mujeres que había conocido, pero no había duda de que tenía algo muy especial.

—Entra.

Sonriente, Elizabeth retrocedió para que pasara, y él entró y cerró la puerta tras de sí.

—Dame un minuto para ponerme ropa seca —añadió ella.

Zach recorrió con la mirada sus pechos, apenas cubiertos por el diminuto bikini, y su cuerpo entero se tensó.

—Por mí, no te molestes.

La sonrisa de Liz se hizo más ancha, pero cuando bajó la mirada y vio el bulto en la bragueta de sus Levi's, algo cambió en sus preciosos ojos azules.

—Ahora vuelvo —dijo, con voz un poco más ronca que antes.

Empezó a volverse, pero Zach la agarró de la mano y tiró de ella para que lo mirara. No había pretendido hacerlo, pero cuando los ojos de ella se ensancharon con sorpresa y sus labios se abrieron ligeramente, la atrajo bruscamente contra sí y se apoderó de su boca.

Ella apoyó las manos en su pecho y por un segundo Zach pensó que iba a apartarlo, pero entonces sintió que la lengua de ella se deslizaba contra la suya al devolverle el beso, y todas las células de su cuerpo estallaron en llamas.

Dios, cómo la deseaba. Zach desató la toalla y dejó que

cayera a sus pies. El bikini húmedo se pegaba a su trasero, y cuando él lo cubrió con las manos y amasó la firme carne curvada, oyó su suave gemido de placer.

Tras lanzar una mirada hacia las ventanas y comprobar que las cortinas estaban casi totalmente cerradas, deslizó una mano bajo su pelo húmedo y profundizó el beso. Los laterales de la parte baja del bikini estaban abrochados con unos cierres color naranja, y Zach los abrió antes de tirar la prenda hacia un rincón. De inmediato la siguió la parte superior del bikini, y cuando él empezó a succionar sus pechos plenos, Liz se estremeció.

—Zachary...

Él oyó la duda teñida de deseo en su voz. Negándose a darle tiempo para que pensara, para que volviera a apartarse de él, la apretó contra la pared y se bajó la cremallera de los pantalones. Estaba duro como el granito, y tras hacer que abriera las piernas, empezó a acariciarla. Ella estaba húmeda y resbaladiza, y obviamente tan lista como él.

—Te deseo tanto... —dijo él, mientras le besaba el cuello antes de volver a tomar su boca. Tras colocarse en la entrada de su sexo, la levantó un poco y la penetró hasta el fondo.

Elizabeth contuvo un gemido. Zach estaba en su interior, justo donde había deseado tenerlo. Su cuerpo entero tembló al sentir su duro miembro llenándola, calentándola desde dentro. Él presionó la boca contra su cuello, y la calidez húmeda de su lengua la enloqueció.

Había algo salvajemente erótico en estar desnuda mientras Zach permanecía completamente vestido. Liz podía sentir la tela áspera de sus vaqueros contra sus muslos, y el roce de los botones de su camisa contra sus senos. Mientras él la penetraba profundamente una y otra vez, ella le desabrochó con movimientos frenéticos la camisa, apartó la tela y se apretó contra su pecho.

Podía sentir el latido de su corazón, los músculos poderosos expandiéndose y contrayéndose. Estrechó el abrazo con el que le rodeaba el cuello, y cubrió la boca masculina con la suya en un beso profundo que lo hizo gemir.

Él aferró su trasero y se deslizó en su interior hacia delante y hacia atrás, penetrando profundamente, y sus fuertes embestidas la levantaron del suelo y la obligaron a ponerse de puntillas. Dios, cómo lo deseaba, cada centímetro de su cuerpo que él acariciaba parecía arder.

–Zachary... –en ese momento, Liz no sentía la más mínima duda. Sabía lo que quería, lo que su cuerpo anhelaba, y se lo dio sin reservas, dejó que el deseo y la pasión la arrastraran, que bloquearan todo lo que la rodeaba.

Zach la levantó, colocó sus piernas alrededor de su cintura y reinició aquel ritmo salvaje, llenándola de placer con cada profunda embestida. Elizabeth sintió oleada tras oleada de placer y una necesidad palpitante, pero aunque se mantenía al borde del precipicio, no quería que aquello acabara.

Sintió la calidez de la boca de Zach en la oreja, la caricia de su lengua.

–Déjate llevar, Liz.

Las compuertas se abrieron. Elizabeth sintió que volaba, que atravesaba las estrellas, desbordada por unas sensaciones tan dulces que no quería que acabaran nunca. Zach la siguió de inmediato, y la tensión de sus muslos, la violencia de su clímax provocó nuevos espasmos de placer en ella.

Tras un suave beso, él la dejó cuidadosamente de pie. Cuando sus ojos se encontraron, la expresión de él adquirió un brillo de preocupación.

–Liz, te juro que no he venido para esto, pero... te vi ahí de pie, tan hermosa, y... y te deseé tanto... –Zach suspiró y se pasó una mano por el pelo, y entonces se agachó a recoger su toalla y se la dio–. Contigo desaparece completamente el autocontrol que siempre he tenido.

Elizabeth se envolvió en la toalla, y quedó cubierta desde los pechos hasta los muslos.

—Yo podría haberte detenido.

—Sí.

—Yo también te deseaba, Zach.

Él le acarició la mejilla, y dijo:

—No hay nada malo en que dos personas se deseen.

Ella apartó la mirada, mientras intentaba no tener remordimientos por lo que acababa de suceder.

—No, supongo que no.

—Deja que pase la noche contigo.

—No creo que...

—No crees que sea una buena idea.

—¿Y tú sí?

—No lo sé –admitió él con un fuerte suspiro–. Liz, entre nosotros hay algo, y es más que atracción sexual. Yo lo siento, y estoy seguro de que tú también.

—No importa lo que sintamos, eso no cambia las cosas.

—Puede que sí las cambie. ¿Por qué no esperamos y vemos lo que pasa?

Ella se apartó de él, del deseo ardiente que había vuelto a aparecer en sus ojos y de aquella extraña mirada que ya había visto antes. Se dijo que no era el anhelo de tener algo más con ella. Fuera lo que fuese, no cambiaba su forma de ser, el hecho de que era un solitario y siempre lo sería. Aquella mirada en los ojos de Zach no reducía el enorme riesgo que correría si se permitía involucrarse más con él.

—Tengo que vestirme –dijo, deseosa de poner alguna distancia entre ellos–. Ahora mismo vuelvo.

Zach se limitó a asentir mientras la miraba con resignación, como si estuviera leyendo sus pensamientos.

Ella volvió minutos después, con unos pantalones cortos y una blusa blanca. La resolución renovada que sentía se reflejaba claramente en su cara; sin importar lo mucho que deseara a aquel hombre, no podía arriesgarse. Pasó junto a él camino a la cocina, y comentó:

—Preparé una jarra de té frío justo antes de que llegaras, ¿quieres un vaso?

—Sí, gracias.

Ella notó que se había arreglado la ropa y que se había peinado un poco. Estaba tan guapo como cuando había aparecido en su puerta, y se enfadó consigo misma al darse cuenta de que volvía a desearlo.

Se mantuvo ocupada preparando las bebidas, y finalmente colocó los vasos sobre la mesa, y le ofreció a Zach una cuchara y el azucarero.

—Está bien así —dijo él, sin apartar la vista de su cara.

Él tomó un largo trago y Elizabeth contempló el movimiento de los tensos músculos de su cuello.

—¿Has podido hablar con tu hermano? —le preguntó, decidida a no pensar en sexo con Zach.

—De hecho, por eso he venido. He hablado con él, pero me ha dicho que no hay ninguna lista de los diferentes inquilinos que ha habido a lo largo de los años. También he hablado con algunos de los trabajadores. Mariano Núñez es el más veterano, y se acordaba de la mayoría de las familias que vivieron en la casa gris desde que él llegó. Apunté los nombres.

Zach se sacó un trozo de papel del bolsillo, y lo puso sobre la mesa.

—El hombre no tiene ni idea de dónde puede estar esta gente, aunque dice que no se acuerda de ninguna muerte, ni en la casa antigua ni en la nueva.

—Eso no nos lleva a ninguna parte.

—Aún nos quedan las empresas de servicios. ¿Las llamarás mañana?

—Sí, creo que me queda una hora libre, la aprovecharé para intentar conseguir información.

—Aún no has cenado, ¿verdad?

—No, pero...

—Podríamos pedir comida china o una pizza, y ver un poco la tele.

—O tú podrías volver a tu mundo, mientras yo me quedo en el mío.

—Podríamos hacerlo, pero no quiero.

Elizabeth lo miró, contempló aquellos penetrantes ojos marrones, y se le encogió el corazón.

—Yo tampoco —admitió.

No podía creer que lo hubiera dicho, pero se dio cuenta de que era cierto, y que realmente ya no le importaba. Ya estaba metida hasta las cejas, y pasara lo que pasase, acabaría sufriendo.

Pero mientras tanto tenía a Zach, y podía disfrutar del tiempo que les quedara juntos.

Dejó su vaso en la mesa y fue hacia él, le rodeó el cuello con los brazos y lo besó de lleno en la boca.

—Ya cenaremos luego —le susurró al oído—. Se me ocurre algo mucho mejor.

Zach sonrió de oreja a oreja, y le besó el cuello.

—Como tú digas.

Sin más preámbulos, la alzó en sus brazos y la llevó al dormitorio.

Zach había puesto el despertador para que sonara a las cuatro de la mañana, pero se despertó antes de que saltara la alarma. Elizabeth, que estaba apretada contra él estilo cuchara, lo sintió moverse, notó su erección y ajustó su posición hasta introducirlo en su interior. Él le hizo el amor lentamente hasta que alcanzaron el clímax, y después le dio un tierno beso en el cuello y la dejó adormilada en la cama mientras él se duchaba y se preparaba para irse.

Zach pensaba que a aquella hora de la mañana, sin el usual tráfico denso, tardaría menos de dos horas en llegar a Los Ángeles, pero debía ir a su casa a cambiarse de ropa y tenía trabajo que hacer antes de su primera reunión de la mañana.

—Llámame esta tarde —le dijo al volver junto a la cama—. Quiero saber si descubres algo interesante con las empresas de servicios.

Elizabeth farfulló algo ininteligible, y sonrió adormilada.

—Lo haré.

Él se inclinó hacia ella y la besó.

—No lo olvides —dijo.

—No lo haré.

—Adiós, cielo.

El apelativo cariñoso hizo que Elizabeth volviera a sonreír, y tras ajustar la almohada se acurrucó bajo la sábana y volvió a dormirse.

Se despertó a las seis en punto, y mientras se duchaba y se arreglaba, aquella ridícula sonrisa se mantuvo inalterable en su rostro; de hecho, seguía allí cuando entró en la oficina tarareando una cancioncilla, y al parecer su jefe se dio cuenta.

—Vaya, hoy estás de muy buen humor —dijo Michael—. Debes de haber pasado un fin de semana fantástico.

Elizabeth no pudo evitar ruborizarse, y Michael sonrió al ver sus mejillas sonrojadas.

—Es igual, creo que no quiero saberlo —dijo.

Fueron a la pequeña cocina que utilizaban como comedor, y él llenó una taza de café y se la dio.

—¿Y qué me dices de ti? —le preguntó Elizabeth. Se echó un poco de leche en la taza, y se sentó a su lado en la mesa—. ¿Habéis fijado ya una fecha Bárbara y tú?

Michael frunció el ceño y dijo:

—No, aún no. No hace falta ir con prisas.

—Tienes razón, sobre todo si aún tienes dudas.

—No tengo dudas, pero casarse es un paso muy grande.

Elizabeth pensó en Brian y en su desastroso matrimonio, y después intentó imaginarse a Zach en el papel de marido, pero no pudo hacerlo.

—Sí, un paso enorme —dijo. De repente, ya no se sentía tan alegre como antes; no sabía a qué se debía su cambio de humor, porque no quería volver a casarse, y mucho menos con Zach.

Se pasó la mañana entera trabajando, pero después de sus dos primeras sesiones tenía un hueco antes de comer, así que tomó el bolso y fue a la primera parada de su lista, la compañía eléctrica SCE.

—¿Puedo ayudarla? —le preguntó la recepcionista, una rubia cargada de bisutería y demasiado maquillada.

–Sí, gracias. Me llamo Elizabeth Conners, soy asesora en la Clínica de Psicología Familiar. Estoy ayudando a una persona en un proyecto de investigación sobre la historia de San Pico, en particular sobre la historia agrícola de ciertas granjas de la zona, y quería saber si ustedes podrían ayudarme a documentar quiénes fueron los sucesivos inquilinos de una de las casas en Granjas Harcourt.

Claramente impresionada con las palabras «investigación» e «historia», la mujer frunció el ceño y empezó a golpetear con el lápiz en la mesa.

–¿Ha ido al Ayuntamiento? Tienen todos los registros de los propietarios de la zona.

–Por desgracia, los inquilinos de la casa no son los propietarios, así que la única información disponible debería estar en las empresas de servicios.

–Ya veo –la mujer, que según la placa identificativa que llevaba en la solapa se llamaba Janet, se volvió hacia su ordenador y empezó a teclear–. ¿Tiene la dirección de la propiedad?

–Sí. Es el número 20543 en la carretera 51, en San Pico.

Janet introdujo la información, y comentó:

–No sé si esto va a ayudarla demasiado, nuestros registros sólo se remontan a diez años atrás.

Elizabeth sintió una punzada de decepción.

–En estos momentos, los recibos del gas y de la electricidad están a nombre de Miguel Santiago.

–Sí. ¿Puede darme el nombre de la gente que vivió allí antes que la familia Santiago? –Zach le había dado los nombres que Mariano Núñez había mencionado, y quería verificar todo lo que pudiera.

–La verdad es que se supone que no debería hacer esto –dijo Janet, aunque continuó comprobando la información de la pantalla–. Al parecer, los Santiago se mudaron allí hace un par de meses, y antes vivía un tal Rodríguez.

Hace unos años hubo un intervalo de unos diez meses en el que la casa estuvo vacía.

—Derruyeron la construcción anterior, y construyeron ésta en su lugar.

La rubia asintió.

—Sí, eso lo explicaría. Le imprimiré la lista completa.

Elizabeth esperó pacientemente. Mariano recordaba a los inquilinos que habían vivido en la casa en los últimos treinta años, pero según él nadie había muerto allí. Lo ideal hubiera sido que la compañía eléctrica tuviera registros aún más antiguos.

Finalmente, la recepcionista le alargó la lista impresa.

—Muchas gracias —le dijo, antes de echarle un rápido vistazo a la hoja.

Reconoció uno de los nombres que había mencionado Zach, Bob Rodgers. Al parecer no era hispano, como la mayoría de trabajadores de la granja, aunque lo cierto era que Lester Stiles y varios empleados más tampoco lo eran. Aparte de Rodgers, en la casa antigua sólo había habido otro inquilino en los últimos diez años, un tal De La Cruz, que también estaba en la lista de Zach.

Elizabeth plegó la lista, volvió a darle las gracias a la mujer, y fue a la siguiente parada del itinerario, la compañía telefónica.

Por desgracia, allí le fue incluso peor que en la anterior, ya que aunque le proporcionaron una lista que abarcaba los últimos diez años, en ella no aparecía ningún nombre nuevo. Si había un fantasma, debía de ser alguien que había muerto antes de que Mariano Núñez llegara hacía treinta años.

Pensó en María y en lo asustada que estaba la joven, y para cuando llegó a la oficina, estaba de un humor pésimo. Como le había prometido a Zach que lo llamaría para contarle cómo le había ido, marcó el número de su oficina y, como la vez anterior, su secretaria la pasó directamente.

Zach descolgó el teléfono, y sonrió en cuanto oyó la voz de Elizabeth.
—Hola, cielo.
—Perdona que te moleste, sé que estás ocupado, pero te prometí que te llamaría.
—No me estás molestando. ¿Qué has descubierto?
—Nada, por eso no sabía si llamar.
—Me alegro de que lo hayas hecho. Esto está lleno de depredadores, así que es fantástico oír una voz amiga.
—Zach, ¿qué vamos a hacer? Siento tanto lo que le está pasando a María... desearía saber cómo ayudarla, pero todo este tema de los fantasmas me supera.
—Te entiendo, pero cuando venía de vuelta en el coche esta mañana, intentando no pensar en lo sexy que estabas en la cama, se me ocurrió una idea.
—¿De qué se trata?
—Pensé que no habíamos intentado la solución más obvia. Mariano estaba bastante seguro de que no había muerto nadie en la casa en los treinta años que él lleva trabajando en la granja, así que si hubo una muerte, probablemente pasó mucho antes. San Pico es una ciudad bastante pequeña, y hace treinta o cuarenta años lo era aún más; además, según la información que encontramos, los fantasmas normalmente son el resultado de una muerte violenta o repentina, ¿verdad?
—Sí.
—Entonces, a lo mejor hay alguna referencia en el periódico.
—¡Zach, eres un genio!, ¿por qué no se nos habrá ocurrido antes?
—Como has dicho antes, lo de cazar fantasmas es bastante nuevo para los dos.

—Iré a la redacción del *Newspress* en cuanto pueda, creo que conservan los números atrasados en microfichas, o algo así. Con un poco de suerte, podré desenterrar algo.

Zach soltó una carcajada.

—Buen juego de palabras. Yo miraré en Internet, a ver si encuentro algo útil. No creo que haya nada, pero nunca se sabe.

—Buena idea.

—Si no encontramos nada en el periódico, intentaré hablar con mi padre. No se acuerda de nada de lo que ha pasado después de la caída, pero a veces habla del pasado con bastante lucidez.

—¿Crees que eso es prudente?

—La verdad es que creo que le gusta recordar los viejos tiempos. Cuando la casa gris se construyó en los cuarenta él era un niño, puede que se acuerde de la gente que vivió allí por aquel entonces.

—Sí, vale la pena intentarlo. Tengo que colgar, acaba de llegar una visita.

—Llámame si descubres algo.

—Lo haré.

—Hasta el viernes.

La línea permaneció en silencio durante varios segundos, pero finalmente Elizabeth contestó:

—Hasta el viernes.

Zach colgó, y se dio cuenta de que se le había encogido el estómago. Se había aferrado al teléfono con fuerza mientras rogaba en silencio que Liz no hubiera cambiado de opinión de nuevo, que no se negara a verlo ese fin de semana. Respiró hondo, y se obligó a relajarse. Ninguna mujer le había afectado nunca como Liz.

Recordó que había sido una adolescente muy independiente, que no se dejaba influenciar por los demás como otras chicas de su edad. Su madre había muerto de cáncer cuando ella tenía quince años, y al parecer su muerte había sido lenta y agónica. Después de aquello, el negocio de su padre había caído en picado y había tenido que declararse en bancarrota. Liz había entrado a trabajar en la cafetería de Marge, y allí había sido donde se había fijado en ella por primera vez.

Era una mujer muy inteligente, así que era probable que le hubieran dado alguna beca, pero aun así seguramente había tenido que trabajar para poder ir a la universidad. Siempre se había preocupado por los demás, y no le extrañaba el trabajo que había elegido.

Zach suspiró, y se reclinó en la silla. Estaba implicándose demasiado con ella y lo sabía, y una vocecilla en la cabeza le decía que saliera corriendo antes de que fuera demasiado tarde.

Pero su corazón le decía otra cosa, algo que nunca antes había sugerido siquiera. «Arriésgate, sólo por esta vez».

Con sólo pensarlo, el estómago se le encogió aún más.

Debido a su apretada agenda, Elizabeth no pudo ir al *Newspress* hasta el miércoles por la tarde. Zach había mencionado que la casa se había construido en los años cuarenta, así que preguntaría si podía echarle un vistazo a los números de aquella época.

Tenía pensado comprobar los titulares, ya que en una ciudad tan pequeña como San Pico, un crimen violento aparecería en primera plana.

–¿Puedo ayudarla? –le preguntó la recepcionista, una mujer bastante rellenita de cabello canoso que llevaba las gafas colgadas al cuello en una cadena.

Cuando le comentó que quería mirar el archivo de números antiguos, la mujer hizo que la siguiera hasta la zona de trabajo de la redacción, y la condujo hacia una habitación que había en la parte posterior del edificio. Era una construcción bastante nueva, ya que el crecimiento de la ciudad había supuesto un incremento de lectores y el periódico había prosperado.

—De cinco años para acá todo está en el ordenador, nos estamos modernizando —le dijo la mujer con orgullo—. Por desgracia, los ejemplares más atrasados están en microfichas. Las máquinas están en la mesa que hay junto a esa pared.

Elizabeth miró hacia donde la mujer le indicaba, y vio dos viejos lectores de microfichas con enormes pantallas y botones en los laterales para ir avanzando.

—¿Sabrá utilizarlos?

—Sí, creo que sí. En la universidad utilicé máquinas como éstas para buscar información.

—Las microfichas están en cajas, dentro de esos archivadores metálicos de ahí —la mujer señaló un mueble alto con cuatro cajones para archivar—. La etiqueta indica los años que abarca cada bobina, y hay copias de todos los números que han salido a la calle. Si necesita ayuda, sólo tiene que decírmelo.

Cuando la mujer se alejó, Elizabeth se puso manos a la obra. A partir de los números de principios de los cuarenta, buscó cualquier mención de un crimen violento que pudiera haber ocurrido en la casa o en los terrenos de Granjas Harcourt. Fue una tarea larga y tediosa que le ocupó toda la tarde, y estaba acabando ya cuando la recepcionista volvió a la hora del cierre.

Se levantó de la silla con un suspiro, con intención de volver si tenía tiempo para consultar los archivos de la policía. En ellos aparecían todos los informes policiales, pero como había que investigar un periodo tan amplio, aquello implicaría muchísimo trabajo.

Salió del edificio, sintiéndose exhausta y desmoralizada. Los actos violentos en San Pico eran básicamente disputas familiares y peleas en bares, pero hasta el momento no había encontrado nada relacionado con una muerte en Granjas Harcourt. Había encontrado varios suicidios, pero ninguno de ellos había sucedido en la granja.

Más tarde, llamó por teléfono al apartamento de Zach, creyendo que ya habría llegado del trabajo; sin embargo, cuando oyó el contestador automático no pudo evitar preguntarse si habría salido con alguien, y se apresuró a dejar a un lado la idea.

Miró la tele un rato, pero resistió la tentación de volver a llamarlo antes de acostarse.

No quería sufrir una desilusión.

A las seis de la mañana siguiente, el teléfono de la mesita de noche empezó a sonar, y un instante después saltó la alarma del despertador. Adormilada, Elizabeth apagó la alarma y buscó a tientas el teléfono, y cuando por fin se lo puso al oído reconoció de inmediato la voz de la mujer al otro lado de la línea.

—¿María?, ¿eres tú?

La joven estaba llorando, y Elizabeth no conseguía entender ni una palabra de lo que le estaba diciendo.

—María, respira hondo y tranquilízate. Quiero que empieces a contarme lo que te pasa desde el principio.

María hizo un sonido estrangulado al intentar contener las lágrimas.

—La vi, la vi anoche en mi dormitorio. La niña estaba a los pies de la cama —María sollozó, y respiró entrecortadamente.

—Vale, vamos a ir paso a paso. Estás bien, ¿verdad?

—Sí, sí, estoy muy bien.

—Perfecto. ¿Estaba Miguel contigo anoche?

—Sí.

—¿Y vio a la niña?

—No lo sé, pero creo que vio algo. Se despertó después que yo, pero cuando intenté hablar con él se fue de la habitación enfadado. Se puso a dormir en el sofá, y se fue a trabajar antes de que amaneciera.

—María, voy para allá para hablar de esto y que me cuentes todo lo que viste.

—A Miguel no le gustará que vengas.

Elizabeth se mordisqueó el labio, indecisa, ya que no quería causarle más problemas a la joven.

—¿Se ha llevado el coche?

—No, está trabajando en el campo.

—¿Te sientes suficientemente bien para conducir?

—Sí.

—Entonces, ven a mi despacho dentro de una hora.

—Vale.

María llegó a la puerta principal del edificio justo cuando Elizabeth entraba por la puerta posterior de la oficina. Al oír que llamaban a la puerta, se apresuró a abrir.

—¡María! Ven, deja que te ayude —Elizabeth le rodeó los hombros con un brazo, y apenas reconoció a la joven temblorosa y pálida que entró a trompicones—. Todo va a salir bien, vamos a solucionarlo.

—El fantasma... está intentando avisarme, dice que van a matar a mi bebé.

Elizabeth la condujo hacia su despacho, y la ayudó a sentarse en el sofá verde oscuro.

—¿Qué más te dijo?, ¿tienes idea de a quién se refiere?

María negó con la cabeza.

—Preguntaba por su madre una y otra vez, no paraba de decir «quiero que venga mi mamá, por favor, quiero a mi mamá». Parecía como si estuviera llorando, y me dio mucha pena.

Elizabeth sintió un escalofrío al recordar la vocecita que había oído aquella noche aterradora que había pasado en la casa.

—¿Qué aspecto tenía?

María tomó el pañuelo de papel que Elizabeth le ofreció, y se secó las lágrimas.

—Era muy bonita, como un ángel. Tenía unos rizos rubios muy largos, y unos enormes ojos azules. Estaba muy arreglada, como si estuviera a punto de ir a una fiesta.

Elizabeth se sentó junto a ella en el sofá.

—¿Viste bien su ropa?

—Sí, llevaba una faldita blanca y un peto rosa con volantes fruncidos.

Un fantasma vestido para una fiesta. Parecía algo increíble.

—¿Qué edad crees que tendría?

—Unos ocho o nueve años, no creo que más. Y también llevaba unos zapatos negros muy lustrosos.

Elizabeth tomó con cuidado su mano y le dijo:

—María, creo que deberías irte de la casa. No importa si hay un fantasma o no, lo principal es que estás aterrorizada, y eso no es bueno para el bebé.

María empezó a llorar de nuevo.

—Quiero hacerlo, pero no tengo ningún sitio adonde ir. Y Miguel... nunca lo había visto así. Dice que todo está en mi cabeza, y se enfada si hago cualquier comentario sobre la casa. Tengo miedo de que ya no quiera que vuelva si me voy.

—Miguel te quiere, seguro que...

—Mi marido es un hombre muy orgulloso. Dice que no cree en fantasmas, y que me estoy portando como una niña.

—Podrías quedarte conmigo hasta que nazca el bebé.

—No puedo. Soy la mujer de Miguel, y una esposa debe estar con su marido.

—¿Y qué me dices de tu hijo? Tienes que pensar en él.

María se tensó, pero insistió:

—Tengo que quedarme con Miguel —dio un suspiro tembloroso, y añadió—: debería haberme tomado los somníferos que me dio el doctor Zumwalt.

Elizabeth se levantó y fue hasta su mesa, sin saber qué más podía decir. Que María se quedara con ella no supondría ningún problema, pero corrían el riesgo de que perdiera a su marido, y no podía obligarla a abandonar su hogar. Además, mientras Miguel siguiera convencido de que su mujer se lo estaba imaginando todo, no la dejaría irse sin una buena pelea.

Necesitaban algo que demostrase que aquello estaba sucediendo de verdad, algo más que la palabra de Tansy Trevillian o la de una joven embarazada.

Cuando María se fue una hora después, se sentía un poco mejor, más esperanzada.

—Recuerda que no estás sola —le dijo mientras la acompañaba a su camioneta—. Zachary Harcourt vendrá este fin de semana para hablar con su padre, puede que pueda ayudarnos a descubrir lo que pasó en la casa.

Si había pasado algo, claro... y si Fletcher Harcourt estaba lo suficientemente lúcido para recordar.

—¿Qué haremos después?

«Buena pregunta», pensó Elizabeth.

—No estoy segura, pero al menos tendremos más a lo que agarrarnos que ahora —apretó ligeramente la mano de la joven, y añadió—: llámame si necesitas algo, sea lo que sea.

Pero aunque María la llamara, Elizabeth no sabía si sería capaz de ayudarla.

Carson Harcourt se reclinó en la cara silla negra de cuero de su despacho. Hacía horas que había leído el periódico de la mañana, que descansaba perfectamente doblado sobre la mesa. La jornada de un granjero empezaba muy temprano, y él siempre tenía trabajo que hacer.

Había estado revisando una lista de facturas de los pesticidas que utilizaba en los campos de rosas, cuando había recibido una llamada de su capataz, y había escuchado con creciente furia su informe.

—Sigue vigilándolos —le había dicho a Lester Stiles—, y manténme informado. Te llamaré si te necesito —con la mandíbula apretada, había colgado sin más.

—¡Maldita sea, lo sabía!

Carson había dado un fuerte puñetazo en la mesa, y aunque el sonido había resonado por el pasillo más allá de la puerta, no le había importado lo más mínimo. Había estado seguro de que su hermanastro tramaba algo la última vez que había ido a la granja, así que en cuanto Zach se había marchado, había llamado a Les Stiles para que investigara un poco a ver si podía enterarse de en qué estaba metido Zach.

Lo primero que había destapado Stiles era que Zach estaba acostándose con Elizabeth Conners, aunque a aquellas alturas Carson ya lo había dado por hecho. Su hermanastro siempre había tenido éxito con las mujeres, pero había creído equivocadamente que ella sería capaz de ver más allá de los coches ostentosos y la ropa de diseño, de las frases manidas y del atractivo sexual. Había tenido la esperanza de que le interesara más un hombre con futuro, un hombre con la oportunidad de lograr grandes cosas y con el poder al alcance de su mano.

Pero al parecer Elizabeth era igual que el resto de mujeres a las que Zach había encandilado, otra Lisa Doyle más.

Pero aquello era inconsecuente, lo importante era descubrir lo que pretendían aquellos dos, y Stiles era el hombre ideal para aquella tarea.

Les Stiles había estado en el ejército y después en América del Sur, trabajando como una especie de mercenario; sin embargo, había nacido en San Pico y se había criado en una de las granjas de la zona, y cuando cuatro años atrás se había cansado de la vida que llevaba, había vuelto a su ciudad natal.

Se había presentado a una entrevista de trabajo para el puesto de capataz de Granjas Harcourt, y Carson lo había contratado. A lo largo de los años, sus tareas se habían ido ampliando más allá de la supervisión del trabajo de la granja; Stiles hacía lo que Carson le mandaba sin importar lo que costara y sin hacer preguntas, y se le recompensaba generosamente por su lealtad y por su competencia.

Stiles le había dicho que Zach estaba involucrado en algo relacionado con los Santiago y con la casa en la que vivía la pareja, y eso significaba que tenía algo que ver con Granjas Harcourt.

Carson apretó la mandíbula, maldiciendo en silencio a su hermanastro. Desde que su padre había llevado a casa a aquel hosco muchacho con el pelo negro y había anunciado que era su hijo, Zach no había sido más que una molestia.

Fletcher Harcourt había legalizado la situación adoptándolo, le había dado una habitación para él solo en la hacienda y le había inscrito en el instituto. Incluso después de tantos años, Carson sentía que le hervía la sangre al pensar en la osadía del viejo al llevar a casa a su hijo bastardo, al recordar el dolor de su madre. Ella ya estaba muerta, pero estaba seguro de que Zach había contribuido a mandarla a la tumba.

Volvió a pensar en la conversación que había mantenido con Stiles. Su capataz había seguido a Zach durante todo el fin de semana, y después había vigilado a Elizabeth a lo largo de la semana. Al parecer, ella había estado consultando registros antiguos de algunas compañías de servicios, intentando averiguar quién había vivido en la casa de los Santiago a lo largo de los años, y Zach había preguntado lo mismo a los trabajadores de la granja.

Johnny Mayer, un amigo de Stiles que tenía una tienda de comestibles cerca de la carretera 51, le había dicho que una mujer se había parado para preguntarle por dónde se iba a Granjas Harcourt, y que había mencionado que estaba en la ciudad para ayudar a los inquilinos de una de las casas... algo relacionado con un tema de videncia.

—Creo que todo esto tiene algo que ver con un fantasma —le había dicho Stiles, riendo—. ¿Puede creerlo?

Carson no se había reído. Fuera cuales fuesen sus razones, no tenían derecho a meterse en los asuntos de la granja, y Carson iba a pararles los pies... de una vez por todas.

Zach llamó a Elizabeth el viernes por la tarde, para avisarle de que llegaría bastante tarde a San Pico.

—Tengo una reunión con los abogados de la empresa farmacéutica que fabrica la temociamina, y va a durar bastante; además, siempre hay mucho tráfico los viernes por la noche.

Los dedos de Elizabeth se tensaron alrededor del teléfono.

–Eh... intenté llamarte el miércoles por la noche, pero no estabas en casa.

–¿Por qué no me dejaste un mensaje?

–Pensé que estarías... que probablemente...

–¿Que probablemente qué, Liz?

–Que probablemente habrías salido con alguien.

Tras varios segundos de completo silencio, Zach dijo con voz firme:

–Ni siquiera he pensado en salir con otra mujer desde que tú y yo empezamos a vernos.

–No me debes nada, Zach. No pretendía que sonara así.

–¿Acaso sales tú con otras personas?

Elizabeth tragó, pensó en mentir, pero finalmente admitió:

–No.

–Entonces, yo tampoco pienso hacerlo.

–Vale –el alivio que sintió la mareó, y ella sabía que aquello era muy mala señal–. Supongo que te veré esta noche.

–Cuenta con ello.

Elizabeth esperaba que él diera por finalizada la conversación, pero Zach le preguntó:

–¿Por qué me llamaste el miércoles?

–Para decirte que no encontré nada en los periódicos. Puedo comprobar el archivo de la policía, pero me va a llevar mucho tiempo y no creo que sirva de ayuda.

–Lástima, pensaba que en el periódico encontraríamos algo.

–María me llamó ayer por la mañana. Zach, vio al fantasma y muy claramente, es una niña rubia. María estaba aterrorizada, te lo contaré todo cuando llegues.

–Iré a ver a mi padre a primera hora de la mañana, puede que él se acuerde de algo.

–Eso espero. María tiene un aspecto horrible, y estoy empezando a preocuparme por ella y por el bebé –Elizabeth rezó para que la joven no estuviera sola esa noche.

–Aguanta un poco, ya verás como descubrimos algo. Estaré ahí en cuanto pueda.

Zach llegó aún más tarde de lo que esperaba, pero Elizabeth lo esperó despierta. En cuanto entró por la puerta, él la sorprendió tomándola en brazos y llevándola al dormitorio para hacerle el amor apasionadamente.

A medianoche ella fue a la cocina con una sonrisa en la cara, en busca de algo para comer mientras hablaban de María y de lo que le había pasado.

–Si el fantasma es una niña rubia con ojos azules, podemos eliminar de la lista a muchas de las pequeñas que han vivido en la casa –dijo.

–Puede que la niña no viviera en la casa.

–¿Qué quieres decir?

–A lo mejor era amiga de alguien que vivía allí.

Con un suspiro, Elizabeth admitió:

–No había pensado en eso, pero creo que de momento tendríamos que seguir con la teoría que tenemos.

–Sí, la verdad es que ya es bastante duro asimilar todo esto, será mejor que no compliquemos más las cosas a menos que sea imprescindible.

Se comieron unos bocadillos mientras ella le contaba sus intentos estériles de descubrir los secretos de la casa, y en algún momento de la noche volvieron a hacer el amor; aun así, ninguno de los dos durmió demasiado bien.

Elizabeth estaba preocupada por María y por lo que estaría pasando en su casa, y Zach temía que Raúl hiciera alguna tontería si se enteraba de que su hermana lo estaba pasando mal.

Mientras se preparaban a la mañana siguiente para ir a Willow Glen, le comentó su preocupación a Elizabeth.

—Espero que María deje a su hermano al margen de todo esto —le dijo, mientras se ponía una camiseta amarilla de manga corta.

—Estoy segura de que lo intentará, porque es muy protectora con Raúl y quiere con todo su corazón que el chico salga adelante.

—Parecen muy unidos —dijo él con un brillo extraño en los ojos, que bien podía ser envidia.

—Supongo que Carson y tú teníais una relación muy diferente.

Zach hizo un sonido gutural de disgusto.

—Carson me odió desde el primer momento que me vio.

—¿Cuántos años tenías?

—Cuando me mudé a la casa de mi padre tenía ocho, y Carson diez.

—Diez. Parece muy pronto para empezar a odiar a alguien. ¿Qué sentías tú?, ¿también lo odiabas?

—No, la verdad es que no. Odiar a alguien requiere mucha energía, y además, siempre me dio un poco de pena.

—¿Carson te daba pena?, ¿por qué?

—Porque mi padre esperaba mucho de él, y por mucho que se esforzara, nunca parecía cumplir sus expectativas. Al menos, a mí mi padre me ignoraba.

—Hasta que saliste de la cárcel.

—Sí. La verdad es que no sé lo que pasó exactamente, a lo mejor pensó que él había tenido parte de culpa. Cuando se dio cuenta de que yo quería cambiar de vida de verdad, hizo todo lo que pudo para ayudarme.

—Y eso seguramente no le hizo ninguna gracia a Carson.

Zach sonrió de oreja a oreja.

—Sí, se puso tan contento como un gorgojo al ver el avión de fumigación.

—Pero al menos parece que sabe dirigir muy bien la granja.

—Sí. La empresa lo es todo para él, y creo que en el fondo se alegra de que mi padre se haya quedado al margen.

Elizabeth no hizo ningún comentario al respecto. Desde el accidente de Fletcher Harcourt, Carson se había convertido en la fuerza motora de la granja; dirigir una empresa multimillonaria le daba una posición influyente y de prestigio que la mayoría de personas envidiarían, aunque Zach no parecía querer saber nada del negocio.

—¿Estás lista? —le preguntó él.

—Deja que vaya a por mi bolso.

Tras agarrarlo de encima de la mesita del café, Elizabeth salió a la calle y sonrió al ver que Zach había llevado el Cherokee.

—Supongo que ya no estás intentando impresionarme —comentó.

—Esperaba que ya estuvieras más que impresionada —contestó él con una sonrisa traviesa.

Elizabeth pensó en su maestría al hacer el amor, y se echó a reír.

—Sí, supongo que lo estoy.

Zach le abrió la puerta, y ella se acomodó en su asiento. Durante unos minutos ninguno dijo nada, y Elizabeth se dio cuenta de que él se estaba poniendo cada vez más nervioso.

—No tienes que entrar si no quieres, puedes esperar en el vestíbulo —comentó Zach al fin—. A veces parece casi normal, otras apenas puede hablar, y hay veces que se enfada y empieza a tirar cosas; en ocasiones se acuerda del pasado, pero cree que es el presente. Nunca se sabe.

—Dijiste que los médicos creen que hay algo que presiona algunas partes de su cerebro, ¿verdad?

—Sí. Cuando se cayó por la escalera, pequeños fragmentos de hueso se le descharon del cráneo. Si se pudieran quitar, su capacidad para hablar y sus funciones motoras mejorarían, se acordaría de más cosas y podría llevar una vida bastante normal.

Sin añadir nada más, Zach entró en el aparcamiento y apagó el motor. Cuando entraron en el edificio, la condujo por el pasillo hacia la habitación de su padre.

—Ya te lo he dicho, no tienes que entrar si no quieres.

—Vine a dar clases una vez por semana durante varios meses, así que tengo una idea bastante clara de lo que voy a encontrarme.

Al llegar a la puerta de la habitación de Fletcher Harcourt, pasó junto a ellos uno de los médicos del centro.

—Hola, Zach.

—Hola, doctor Kenner. ¿Cómo está mi padre?

—Has venido en muy buen momento, tiene uno de sus periodos lúcidos.

—Perfecto —se volvió hacia Elizabeth, y le dijo—: entraré primero a decirle que he venido, y que he traído a una amiga.

Ella asintió.

—Por cierto, el doctor Marvin quiere hablar contigo —comentó el médico—. Iba a llamarte a tu despacho el lunes por la mañana.

—El doctor Marvin es el neurólogo que se ocupa de mi padre —le aclaró Zach a Elizabeth, antes de volverse de nuevo hacia el médico—. ¿Sabe lo que quiere?

—No estoy seguro, pero creo que tiene que ver con una técnica quirúrgica nueva, que está en fase experimental. Está muy entusiasmado con ella, pero no sé nada más.

—Gracias, doctor.

Kenner se despidió de ellos, y se alejó por el pasillo.

—¿De qué irá todo esto? —dijo Zach.

—A lo mejor han encontrado la forma de ayudar a tu padre.

—No quiero hacerme ilusiones, pero eso sería genial.

Zach entró silenciosamente en la habitación, le dijo algo a su padre en voz baja, y después le indicó a Elizabeth con un gesto que pasara.

—Papá, te presento a una amiga mía, Elizabeth Conners.

Fletcher Harcourt asintió y dijo:

—Encantado.

—Hola, señor Harcourt —sonrió ella.

El hombre consiguió esbozar una sonrisa parcial. Aunque estaba sentado en una silla de ruedas, seguía siendo un hombre impresionante, alto y de pecho y hombros anchos, con el pelo gris y los mismos ojos marrones con reflejos dorados de su hijo. Las líneas de su cara eran fuertes, pero los cuatro años que habían pasado desde su accidente se habían cobrado su precio.

Tanto los músculos de su cuello como la piel de su mandíbula habían empezado a hundirse, aunque era obvio que había sido un hombre guapo; de hecho, a los sesenta y siete años seguía siendo atractivo.

—Liz ha venido para hablar contigo de la granja, porque le interesa su historia —dijo Zach con voz suave—. Ha pensado que tú podrías ayudarla.

Fletcher se movió ligeramente, y pareció erguirse un poco en la silla de ruedas. Aunque hablaba muy lentamente y arrastraba un poco las palabras, su mente pareció aclararse conforme fueron hablando sobre la granja.

—Papá, ¿te acuerdas de aquella casa tan vieja para los supervisores, que echaste abajo para construir otra en su lugar?

—¿Yo... la eché abajo? —Fletcher negó lentamente con la cabeza—. Nunca... eché abajo ninguna casa de los... trabajadores.

Zach lanzó una mirada fugaz hacia Elizabeth.

—Supongo que te lo planteaste, aquel sitio debió de estar allí desde que eras un niño.

—Te refieres a... la vieja casa gris de madera... la que construyó mi padre. Ha estado allí desde que me... alcanza la memoria.

—Sí, ésa es. ¿Te acuerdas de quién vivió en ella al principio?

Sorprendentemente, Fletcher empezó a hablar largamente de una familia tras otra. La mayoría de los inquilinos en los inicios de la granja no habían sido hispanos, y Elizabeth pensó que aquello podía ser un detalle importante, ya que la niña que María creía haber visto era rubia con ojos azules.

Con voz pausada, Fletcher siguió hablando del pasado. Cuarenta o cincuenta años atrás la gente trabajaba en el mismo sitio durante largos periodos de tiempo, así que había menos nombres de los que Elizabeth había anticipado.

Apuntó cada uno de ellos en una libretita que llevaba en el bolso, y le hizo algunas preguntas sobre cada una de las familias al padre de Zach. Fletcher había sido demasiado joven en los cuarenta para recordar gran cosa, pero conforme fueron avanzando hacia los cincuenta y los sesenta, fueron surgiendo cada vez más detalles.

—A ver... había un hombre... Martínez... Héctor Martínez... sí, así se llamaba. Estaba casado. Su mujer se llamaba... Consuela. Tuve que echarlo. Se volvió muy violento... al final. La mujer estaba embarazada... no me gustó tener que hacerlo.

—¿Su mujer estaba embarazada? —dijo Elizabeth, interesada por aquel dato.

—Sí. Lo último que supe... se fueron a Fresno.

Ella miró a Zach, que debía de estar pensando lo mismo que ella. Que ellos supieran, la única persona a la que se le había aparecido el fantasma era María. Si los Martínez aún vivían en Fresno, quizás pudieran encontrarlos para preguntarle a Consuela si ella también lo había visto. A lo mejor había alguna relación con el hecho de que ambas mujeres estuvieran embarazadas.

—Señor Harcourt, ¿recuerda si alguna otra mujer de las que vivieron en la casa estuvo embarazada?

El hombre frunció el ceño.

—Hace mucho tiempo. No puedo... recordar. Me parece que la mujer de Espinoza. Creo que... lo perdió.

«Te quitarán a tu bebé si no te vas. Matarán a tu bebé».

Elizabeth sintió que un escalofrío le recorría la espalda al recordar las palabras que María decía haber oído, y tragó con dificultad. Sabía que Juan Espinoza era amigo de Mariano Núñez, así que tomó nota mental de preguntarle si la mujer de Espinoza había sufrido un aborto, y si a alguna otra de las mujeres que habían vivido en la casa se le había malogrado un embarazo.

Fletcher miró a Zach y frunció el ceño, obviamente cansado.

—¿Te estás portando bien?, ¿te has metido en problemas? Ya no fumas esa maldita hierba, ¿verdad?

—No, papá.

Fletcher volvió la mirada hacia Elizabeth.

—Parece que has encontrado una buena chica, para variar. Trátala como corresponde —miró a Zach con expresión feroz, y le dijo—: y dile a tu madre que iré a verla dentro de uno o dos días, en cuanto salga de este maldito lugar.

—Se lo diré —contestó Zach con voz insegura.

Le hizo un gesto con la cabeza a Elizabeth, y ella empezó a ir hacia la puerta.

—Papá, tenemos que irnos. Cuídate —Zach le dio un ligero apretón en el hombro a su padre, y él también salió de la habitación.

Tras ellos, Fletcher refunfuñó algo que Elizabeth no alcanzó a oír, y entonces el hombre gritó:

—¡Connie! Ven aquí ahora mismo, y trae al inútil de tu hijo. Tengo que decirle un par de cosas.

Zach permaneció en silencio mientras iban por el pasillo, pero por la seriedad de su rostro era obvio que le dolía mucho ver así a su padre.

Elizabeth lo tomó de la mano y le dijo:

—Puede que el doctor Marvin tenga buenas noticias.

—Puede.

Sin embargo, estaba claro que Zach no creía que fuera así.

Mientras Elizabeth esperaba a que Zach encendiera el motor del todoterreno, la expresión de él permaneció inescrutable. En el coche hacía un calor insoportable, y del pavimento ascendían ondas de calor. Elizabeth sintió que empezaba a acumulársele el sudor entre los pechos, y respiró aliviada cuando él bajó las ventanillas al salir del aparcamiento.

Contempló su perfil, y se dio cuenta de que su expresión era muy tensa.

—Tu padre no quería molestarte —le dijo con voz suave—. Sólo estaba recordando algo que pasó hace mucho tiempo.

—Ya lo sé, pero es que... me trae viejos recuerdos, cosas en las que intento no pensar.

—¿Te refieres a la cárcel?

—Sí. Les hablo de ello a los chicos, intento que entiendan que pueden elegir otros caminos.

Zach la miró por un segundo, y cambió de carril para adelantar a un camión que avanzaba bastante despacio.

—En comparación con otros tipos, no lo pasé demasiado mal. Llevaba varios años relacionándome con un individuo que era de lo peor, así que cuando me encerraron sabía cuidar de mí mismo. Me metí en una pelea con un miembro de la banda mexicana de mi módulo, un verdadero pit bull, pero gané. Otro de la banda consideró que le había hecho un favor, y desde entonces no volví a tener ningún problema.

Zach mantuvo los ojos fijos en la carretera, pero tenía la mandíbula tensa, como si estuviera viendo el pasado en vez del asfalto.

—¿Qué pasó aquella noche, Zach?, ¿la noche del accidente?

Con un sonoro suspiro, él admitió:

—La verdad es que no estoy seguro. Estaba tan borracho y tan drogado, que no me acuerdo de casi nada de lo que pasó.

—Sé que fue el verano que me gradué del instituto —dijo ella—. Los medios de comunicación de la zona no hicieron más que hablar del accidente.

—Aquel verano solía ir a The Roadhouse, porque encajaba perfectamente entre su clientela de indeseables. Aquella noche estaba bebiendo con varios de mis supuestos amigos, sé que fumé hierba hasta colocarme, y que me tomé unos buenos lingotazos de tequila, pero lo último que recuerdo es que me peleé con mi hermano.

—¿Carson fue al bar?

—Sí, mi padre hizo que Jake Benson y él fueran a buscarme. En aquel tiempo, Jake era su capataz. Recuerdo que Carson me dijo que metiera el culo en el coche, que él me llevaría a casa en mi coche y Jake nos seguiría en el suyo, pero yo me negué y le dije que aún no quería irme.

—¿Tu hermano te dejó allí?

—Yo no quise irme con él, así que no tuvo otra opción.

—Entonces, ¿cómo acabaste conduciendo tan borracho?

—Eso es lo peor, no tengo ni idea. Normalmente no hacía cosas así. Carson y Jake se fueron, y lo último que recuerdo es que perdí el conocimiento en el aparcamiento. Tengo un vago recuerdo de entrar en el coche, pero ni siquiera sé si es real. Cuando me desperté, estaba desplomado sobre el volante, sangrando por la frente y con tres costillas rotas. Le había dado a otro coche de frente, el conductor estaba muerto, y parecía que yo lo había matado.

Elizabeth frunció el ceño y le preguntó, perpleja:

—¿Por qué dices que «parecía» que lo habías matado?

—Ya te he dicho que no estoy seguro de lo que pasó, así que incluso me negué a declararme culpable durante el juicio. Recuerdo vagamente haber entrado en el coche, pero cada vez que pienso en ello no me veo entrando en el lado del conductor, sino en el del pasajero.

Elizabeth abrió los ojos como platos.

—¿Crees que aquella noche no eras tú el que conducía el coche?

—Puedo estar equivocado, es posible que fuera yo.

—Pero si estás en lo cierto, fuiste a la cárcel por algo que no hiciste.

Las manos de Zach se tensaron en el volante.

—Fuera culpa mía o no, aquel accidente me cambió la vida. Si no hubiera ido a la cárcel, si no me hubiera dado cuenta del mal camino que llevaba... sólo Dios sabe cómo habría acabado. Aunque no me sentí tan agradecido el primer año que estuve encerrado, claro.

Elizabeth contempló su atractivo perfil.

—Si no eras tú el que conducía aquella noche, ¿quién crees que pudo ser?

Zach se limitó a sacudir la cabeza, pero ella lo observó con atención y dijo finalmente:

—Crees que fue Carson, ¿verdad?

Él tardó unos segundos en contestar.

—Si fue él, no me acuerdo, y no pienso acusar a otro hombre de algo así teniendo en cuenta que yo estaba borracho, drogado y completamente desquiciado.

—¿Qué dijo Jake Benson?

—Que no habían vuelto al bar.

—Y tú lo creíste, ¿no?

—No me quedó otra opción.

Elizabeth no hizo ningún comentario, pero pensó en el valor que hacía falta para aceptar la responsabilidad por un crimen que uno quizás no había cometido, y se dio cuenta de que cada vez admiraba más a Zachary Harcourt. Y cuanto más le gustara, más iba a dolerle cuando su aventura terminara.

Se concentró en ver pasar el monótono paisaje por la ventanilla del coche. Los campos de algodón de Granjas Harcourt se extendían hacia el horizonte, y en la distancia, hileras de rosales rojo sangre parecían rajar el terreno con un corte escarlata.

Mientras Zach conducía hacia su apartamento, no pudo evitar preguntarse si Carson Harcourt era realmente el tipo de hombre capaz de permitir que un inocente fuera a la cárcel.

Elizabeth y Zach estaban acabando de desayunar unas tostadas con beicon a la mañana siguiente, cuando alguien empezó a llamar a la puerta con unos fuertes golpes. Ella fue a abrir mientras se aseguraba un poco mejor el cinturón de la bata azul que llevaba puesta, y se sorprendió al encontrarse a Carson Harcourt en el umbral.

—Buenos días. ¿Puedo pasar?

La pregunta formal no se correspondía con la dura mirada de sus ojos, y entró en la sala de estar sin molestarse en esperar a que le diera permiso. Zach entró en aquel momento, descalzo, con unos vaqueros y una camisa que no se molestó en abrochar, y se detuvo frente a él.

—Vaya, qué sorpresa. ¿A qué debemos el placer de tu visita, Carson?

—Como ya no se te ve el pelo en el hotel, ni duermes con tu última amiguita, decidí venir aquí para hablar contigo.

El rostro de Zach se endureció.

—Deberías aprender a pensar en las mujeres con respeto, Carson. Seguro que te iría mejor con ellas.

—Lo que pienso es asunto mío, no tuyo... y por eso estoy aquí.

—Desembucha.

—Quiero que Elizabeth y tú dejéis de husmear en los asuntos de la granja. Sea lo que sea lo que estáis intentando averiguar, no es de vuestra incumbencia.

—No hay ninguna ley que impida consultar registros públicos —dijo Zach con calma, mientras se esforzaba por ocultar su sorpresa al darse cuenta de que Carson se había enterado de lo que Elizabeth y él estaban haciendo.

—Eso es verdad, pero tampoco hay ninguna ley que impida despedir a un empleado incompetente —contestó Carson, con una mueca que no podía pasar por una sonrisa—. Manténte apartado de los asuntos de la granja, o Santiago y su mujer se encontrarán de patitas en la calle.

El cuerpo entero de Zach se tensó. Era tan alto como Carson, pero más sólido y con una musculatura más dura y definida. Aun así, su hermanastro era un oponente formidable. Zach tenía un pasado problemático en San Pico, mientras que Carson poseía poder e influencia, y podía causarles muchos problemas tanto a Zach como a los Santiago. Elizabeth sintió que se le hacía un nudo en el estómago.

—La señora Santiago está aterrorizada —intentó explicarle Zach—. Tiene miedo por el hijo que va a tener, y creo que sus temores están más que fundados.

—¿De qué demonios estás hablando?

Elizabeth dio un paso hacia delante.

—En su casa han estado pasando cosas... inexplicables. Zach y yo pasamos allí casi toda una noche, y fue algo aterrador. Sé que es difícil de creer, pero...

—¿Pero qué?

–Allí hay algo, y estamos intentando averiguar lo que es –dijo Zach–. Si tú cooperaras...

–Olvídalo, no pienso apoyar nada de esto. A esa casa no le pasa absolutamente nada; de hecho, según los inspectores está en muy buenas condiciones... tú mismo me lo dijiste. Te lo aviso: manténte apartado de los asuntos de la granja, porque si no lo haces, Santiago será el que pague las consecuencias.

Carson giró sobre sus talones y fue hacia la puerta como una exhalación; el portazo que dio fue tan fuerte, que el sonido reverberó por todo el apartamento.

–A veces lo odio de verdad –dijo Zach con tono furioso.

–Si despide a Miguel, tendrán muchos problemas. Es difícil encontrar trabajo, sobre todo uno que incluya vivienda, y tienen un bebé de camino. ¿Qué vamos a hacer?

Zach fue hasta la ventana.

–Le prometí a Raúl que haría todo lo que pudiera por ayudarles a su hermana y a él, y no voy a romper mi palabra –se volvió hacia ella, y añadió–: vamos a seguir como hasta ahora, pero tendremos que ser más cuidadosos.

–¿Cómo crees que se ha enterado?

–Los tentáculos de Carson están por toda la ciudad, pero encontraremos la forma de darle esquinazo. Intentaré hablar con Mariano Núñez. Tengo que volver a Los Ángeles esta noche, pero intentaré concertar una cita con él lo más pronto posible.

–¿Crees que accederá a verte?

–Sí, creo que sí. Suele frecuentar con sus amigos una pequeña cantina que hay a las afueras, podríamos quedar allí. Le preguntaré si la mujer de Espinoza tuvo un aborto, y si le pasó lo mismo a alguna otra mujer que hubiera vivido en la casa. Mientras, quiero que vuelvas al periódico y que compruebes la lista de nombres que tenemos.

La lista era ya bastante completa, y facilitaría mucho la investigación.

—En cada número hay un índice alfabético de nombres —comentó ella—. Quiero comprobarlo cuanto antes, así que llamaré a mi despacho por la mañana para que Terry cancele mis citas —levantó la mirada hacia él, y le preguntó—: ¿qué pasa si Carson se entera?

—Si quiere jugar duro, que así sea. En la ciudad hay un sindicato agrícola muy fuerte, ni siquiera a Carson le gusta enfrentarse con esa gente. Si intenta despedir a Miguel sin causa justificada, haré que se le echen encima. A mi hermanastro no le gustan los problemas, y un conflicto con el sindicato es lo último que quiere.

—Espero que tengas razón —dijo Elizabeth, mientras se acercaba a él.

Al ver a dos niños jugando con una pelota en el parquecito que había delante del edificio, se preguntó si alguna vez tendría un hijo. ¿Sería Zachary Harcourt un buen padre? Pensó en él con los chicos de Visión Juvenil, y se sorprendió al darse cuenta de que probablemente sería muy bueno en ese papel.

Elizabeth respiró hondo, y sintió un enorme peso en el pecho. Por desgracia, Zach no era un hombre dispuesto a aceptar el compromiso a largo plazo necesario para criar a un hijo. Intentando cambiar el rumbo de sus pensamientos, se alejó de la ventana y fue hacia el sofá.

—Ojalá pudiera llamar a María para asegurarme de que está bien, pero a Miguel no le haría ninguna gracia y no quiero que ella tenga problemas por mi culpa.

Zach se puso tras ella, le rodeó la cintura con los brazos y la apretó contra su cuerpo musculoso.

—Estamos haciendo todo lo que podemos, a lo mejor descubrimos algo mañana.

Elizabeth esperaba que fuera así. No estaba segura de a qué tipo de peligro se estaban enfrentando María y su hijo exactamente, pero cada vez que recordaba la noche que había pasado en la casa, sabía con plena convicción que la amenaza era muy real.

Elizabeth salió pronto de la oficina el lunes por la mañana, y condujo hacia el edificio de ladrillo rojo donde estaba la redacción del periódico. Estaba pensando en la lista que llevaba en el bolso, cuando miró por el retrovisor y vio que otro coche doblaba la esquina, una furgoneta color verde oscuro que ya había visto en varias ocasiones. El día que había ido a las oficinas de la compañía eléctrica aquel vehículo había ido varios coches detrás de ella, lo recordaba porque otro coche había dado un giro brusco delante de la furgoneta y habían estado a punto de colisionar.

Empezó a tener sus sospechas al verla de nuevo tras ella, a tres coches de distancia, así que pasó de largo al llegar al periódico, entró por el servicio de coches de McDonald's y pidió un café y una pasta antes de volver por la calle principal a la zona de aparcamiento que había detrás de su oficina.

Mientras dejaba el coche en uno de los espacios libres, vio que la furgoneta pasaba de largo lentamente. El conductor era un individuo corpulento con una camisa de manga corta a cuadros y un sombrero de vaquero.

¿La estaría siguiendo?

No, no podía ser. Seguramente, sólo estaba un poco paranoica.

Aun así, como no quería que Carson se enterara de que seguía con la investigación por miedo a que despidiera a Miguel, entró en la oficina. Hizo un par de llamadas y consultó las fichas de algunos de sus clientes, y después de media hora salió y fue andando al periódico, que estaba relativamente cerca.

No vio la furgoneta por ninguna parte, y sólo cabía esperar que la recepcionista no estuviera compinchada con Carson.

—Me gustaría volver a consultar las microfichas —le dijo a la mujer.

—Pasa, ya sabes dónde está todo —contestó ella, sin dejar de teclear en su ordenador.

—Gracias.

Elizabeth fue a la habitación donde estaban los archivos. Ya había comprobado los nombres que les había dado Mariano, pero la lista de Fletcher Harcourt era mucho más completa y abarcaba más años.

Empezó con los periódicos de finales de los cincuenta, y encontró varios nombres que aparecían en la lista, aunque resultó que no se trataba de las mismas personas. Después de leer el artículo, descubrió que ninguno de ellos había vivido en la casa.

También apareció el nombre de Vincent Malloy, el individuo que según Fletcher había vivido en la casa a principios de los sesenta y que había sido arrestado por embriaguez y alteración del orden. En 1965, un hombre llamado Ricardo López había muerto en un accidente de tráfico en la carretera 51.

Con un suspiro, Elizabeth pasó al índice de los diez años siguientes, y empezó a comparar los nombres de su lista con los de la microficha. Eran ya más de las once de la mañana cuando apareció otro de los nombres que tenía apuntados en su libreta.

Consuela Martínez. Y debajo, por orden alfabético, apareció también el nombre de su marido, Héctor. Aquel índice cubría la década de los setenta, por lo que no coincidía con la época que la pareja había vivido en la casa según Fletcher, aunque la memoria del padre de Zach no era demasiado fiable.

Elizabeth recorrió la microficha, y parpadeó al ver que ambos nombres aparecían media docena de veces.

Volvió al archivador, y sacó el carrete que contenía el artículo de periódico más antiguo que mencionaba a Héctor y a Consuela Martínez, que databa del quince de septiembre de 1972. Volvió al lector y empezó a buscar la información, y por fin encontró el artículo a media página.

Pareja de Fresno detenida por asesinato.

Se le aceleró el pulso, y se apresuró a leer lo que ponía. Cuando terminó de hacerlo, el corazón le martilleaba en el pecho y tenía la boca completamente seca.

Según el artículo, la pareja había vivido durante una breve temporada en San Pico, y había sido arrestada por el secuestro y el asesinato de una niña de doce años. La pequeña había sufrido abusos sexuales antes de morir, y el crimen se había cometido en casa de la pareja. Se les había declarado culpables.

Elizabeth se reclinó en la silla, atónita. Aunque el crimen no se había perpetrado en Granjas Harcourt, sino en Fresno, era imposible obviar la violencia del acto, el hecho de que hubiera sucedido en casa de la pareja y que la víctima fuera una niña.

Durante la siguiente media hora, Elizabeth buscó, leyó e imprimió todos los artículos en los que se mencionaba a los Martínez. Como en aquella época ya no vivían en la zona, la cobertura del caso en el periódico de San Pico no había sido demasiado extensa, y sólo se había dado información general de la niña y un par de detalles del caso.

Encontró referencias de antes del juicio y de cuando la pareja había sido declarada culpable, pero el artículo más prominente estaba titulado *Héctor Martínez condenado a muerte*. A causa de la brutalidad del crimen, el jurado había propuesto la pena capital y el juez había mostrado su conformidad. La mujer de Martínez había sido sentenciada a cadena perpetua sin posibilidad de libertad condicional.

La última fecha en la que se los mencionaba era el veinticinco de agosto de 1984, casi doce años después del arresto de la pareja. En el artículo se mencionaba que Héctor Martínez había sido ejecutado en la cámara de gas de la cárcel de San Quintín.

Cansada pero muy esperanzada, Elizabeth recogió todo el material que había impreso y salió de la habitación. Podía ser una casualidad que la pareja hubiera vivido en San Pico, pero algo le decía que acababa de dar con una pista importante, que podría ayudarles a dar respuesta a lo que estaba pasando en la casa de los Santiago.

Sentado en la mesa de su despacho, Zach escuchó mientras Elizabeth le contaba la inquietante información que había encontrado en el periódico esa mañana. Lo que le estaba explicando hizo que lo recorriera un escalofrío.

—Zach, creo que esto es importante.

—Sí, yo también. Acabaré lo que me queda por hacer hoy e iré a San Pico esta misma noche.

—¿Esta noche?, ¿vas a tomarte unos días de fiesta?

—Ya lo tenía más o menos decidido. Esta misma mañana se lo he comentado a uno de mis socios, Jon Noble, y me ha dicho que él se ocupará de mis asuntos esta semana. Por cierto, me ha llamado el doctor Marvin, dice que quiere hablar con Carson y conmigo sobre una nueva técnica quirúrgica. Estará en San Pico el miércoles para ver qué tal está mi padre, y quiere vernos cuando llegue.

—Eso es genial, puede que sea la oportunidad que has estado esperando.

—Ojalá. Mientras tanto, quiero volver a hablar con Mariano, porque no hago más que pensar en lo que nos pasó aquella noche en la casa y en lo que estará sufriendo María. Tenemos que encontrar respuestas de una vez; si María y su bebé corren peligro de verdad, el tiempo se les está agotando.

—Está de ocho meses, es un momento crucial para ella.
—¿Había en alguno de los artículos una descripción de la niña?
—No. Sólo mencionaban que se llamaba Holly Ives, pero tenía doce años, no ocho o nueve como dijo María.
—Tenemos que enterarnos de más cosas sobre ella. Podríamos ir a Fresno mañana, a ver si descubrimos algo.
—Aplazaré mis compromisos.

Zach colgó el teléfono, mientras se preguntaba si la niña asesinada habría sido rubia con ojos azules. Por lo que había leído, quizás era un poco rebuscado pensar que ella podía ser la aparición que María había descrito, ya que había muerto a muchos kilómetros de distancia, pero aquélla era la primera pista que habían encontrado hasta el momento y debían comprobar cualquier posible conexión.

Le echó un vistazo al reloj, y vio que ya faltaba poco para que la jornada acabara. Aún le quedaban un par de cosas por hacer, y después iría a su apartamento a preparar una bolsa de viaje. No sabía cuánto tiempo iba a quedarse en San Pico, pero había decidido que no se iría de allí hasta que hubiera cumplido la promesa que le había hecho a Raúl... hasta que de algún modo consiguiera resolver el misterio de lo que pasaba en aquella casa.

Poco antes de las cinco en punto, Elizabeth acompañó a su última cita del día hasta la puerta y después volvió a entrar en su despacho en busca de su bolso y de varios informes que quería llevarse a casa.

—Hasta el miércoles —le dijo a Terry, que estaba apagando el ordenador de recepción y preparándose también para irse.

Tal y como le había prometido a Zach, había dejado su agenda libre de compromisos el martes, con la excusa de que tenía que ir a Fresno para buscar información relacionada con uno de sus casos.

Terry se colocó un lápiz en su rubio pelo corto. Era una chica alta con un cuerpo atlético y muy buena trabajadora, y su incorporación a la pequeña oficina había sido todo un acierto.

—Llámame si necesitas cualquier cosa —le dijo la joven.

—Lo haré. Llevaré el móvil encima, así que podrás ponerte en contacto conmigo si hay cualquier problema.

El doctor James ya se había ido; aunque él le había preguntado un par de veces qué tal iba el asunto de María y su «fantasma», Elizabeth se había limitado a contestar que estaba intentando ayudar a la joven, ya que sabía que Michael nunca creería en la existencia real de un fenómeno así.

De hecho, a la propia Elizabeth aún le costaba creer que fuera cierto.

Fue hacia la puerta principal para cerrarla con llave, pero en aquel momento entró en la sala de recepción Gwen Petersen, su amiga.

—Esperaba encontrarte antes de que te fueras —dijo la pelirroja con una sonrisa.

—Has llegado justo a tiempo, estaba a punto de irme —Elizabeth se volvió hacia Terry, y le dijo—: yo me encargo de cerrar, nos vemos el miércoles.

Terry se despidió con un saludo, y se fue por la puerta trasera.

—Me alegro de verte —le dijo Elizabeth a su amiga—, llevo días pensando en ti y pensaba llamarte, pero he estado muy ocupada.

—Todos estamos muy estresados últimamente, por eso he decidido tomarme un respiro y venir a verte.

—¿Quieres tomar algo? Hay algunos refrescos en la nevera.

—Sí, gracias. Hace un calor insoportable.

Gwen la siguió hasta la pequeña sala que hacía las veces de cocina y zona de descanso en la parte posterior de la oficina, y se sentó a la mesa. Elizabeth sacó un refresco de la nevera, llenó dos vasos y fue a sentarse frente a su amiga.

Gwen bebió un trago, y le preguntó:

—Bueno, así que últimamente has tenido mucho trabajo, ¿no?

—Sí, la verdad es que sí. Iba a llamarte, pero nunca conseguía encontrar el momento.

—Eso pasa a veces.

Gwen no solía andarse por las ramas, y algo en su expresión hizo que Elizabeth sospechara que allí estaba pasando algo.

—No sueles venir a la oficina, ¿querías hablar de algo en concreto?

Gwen dejó el vaso sobre la mesa, y admitió:

—Pues la verdad es que sí —empezó a dibujar con un dedo formas abstractas en la condensación del vaso, y dijo—: Jim y yo fuimos a cenar a El Rancho, y al salir del lavabo me encontré a Lisa Doyle.

La boca de Elizabeth se curvó en una sonrisa sin humor.

—Seguro que me envía recuerdos, ¿no?

—Pues la verdad es que creo que le gustaría arrancarte el corazón y cortarlo a rodajitas.

—Eso ya lo hizo una vez, así que dile que tendrá que inventarse algo nuevo.

Gwen no sonrió.

—Lisa me dijo que estás acostándote con Zachary Harcourt.

Elizabeth agarró su vaso con una mano temblorosa, se lo llevó a los labios y tomó un largo trago.

—No creo que sea asunto de Lisa con quién me acuesto.

—Tampoco sería asunto mío, si no fueras mi mejor amiga.

Aquello era cierto. No solían tener secretos la una para la otra, pero aquél alcanzaba un diez en la escala de Richter.

—Zach y yo estamos trabajando juntos en un caso.
—¿Ah, sí?, ¿en cuál?
—Zach coopera mucho con Visión Juvenil. Aunque casi nadie lo sabe, él es el fundador del proyecto.
—Pensaba que había sido cosa de Carson —dijo Gwen, con una ceja enarcada.
—Al parecer, si es el nombre de Carson el que figura al frente de la causa, es más fácil recaudar fondos. Zach está ayudando a uno de los chicos de programa de rehabilitación y yo estoy intentando echarle una mano a la hermana del muchacho, así que pensamos que si trabajábamos juntos conseguiríamos mejores resultados.
—Así que es una cuestión puramente profesional, no estás liada con él.
Elizabeth apartó la mirada, incapaz de mentirle a su amiga.
—Estamos saliendo juntos, pero sólo los fines de semana o cuando viene a la ciudad.
Gwen abrió los ojos de par en par.
—¡Madre mía, entonces es verdad!, ¡estás acostándote con Zachary Harcourt!
Elizabeth se encogió de hombros, intentando aparentar una despreocupación que no sentía.
—Los dos somos adultos, podemos hacer lo que nos dé la gana.
—¿Es que te has vuelto loca?
Elizabeth tragó con dificultad, ya que la mirada atónita de Gwen era un claro recordatorio de que ella había pensado lo mismo. Recordó cómo era Zach cuando iba al instituto... salvaje, insensible y temerario. Las mujeres no significaban nada para él, le gustaban fáciles y para una o dos noches; había estado a la altura de su apodo, Lobo Solitario, ya que había sido un auténtico depredador.
—Entiendo que te sientas atraída por él —siguió diciendo Gwen—, cualquier mujer caería rendida a sus pies, pero eso

es sólo otra razón por la que involucrarse con él es una idea pésima.

—No es para tanto —protestó Elizabeth, mientras intentaba dejar a un lado los recuerdos, convencerse a sí misma—. Es una relación puramente física, ninguno de los dos busca algo a largo plazo.

Gwen se inclinó hacia ella por encima de la mesa.

—¿A quién estás intentando engañar, Liz? Te recuerdo que estás hablando con tu mejor amiga. Te conozco desde hace años, y sé perfectamente bien que no tienes relaciones sexuales esporádicas.

Elizabeth apartó la mirada. No quería tener esa conversación, no quería escuchar sus propias dudas articuladas en palabras.

—Tienes razón, pero esto es diferente. Hacía mucho que no me sentía atraída sexualmente por un hombre, y nunca tanto como con Zach. Sólo por esta vez, quería saber lo que se siente, y no creo que sea nada malo.

—Claro que no lo es, pero hay otras cosas que tienes que tener en cuenta.

—¿Como qué?

—Como el hecho de que Zach va por libre, y siempre será así. Lisa no tiene problema con un hombre de ese tipo, porque el sexo no significa nada para ella, pero tú eres muy diferente.

Sí, era muy diferente a Lisa. Le había dicho algo parecido a Zach, pero él la había convencido de que aquello no importaba.

—Gwen, me gusta de verdad. Ha cambiado mucho, se interesa por los chicos de la granja, y cuando estoy con él, siento que le importo.

—Puede que eso sea verdad —dijo Gwen con voz suave—, pero al final se irá. Siempre ha sido así, y siempre lo será.

Elizabeth sintió un nudo enorme que le obstruía la garganta.

—Sé que tienes razón, y que las cosas nunca funcionarán entre nosotros, pero no estoy preparada para renunciar a él, aún no. Desearía que no fuera así, pero no puedo evitarlo.

Gwen tomó su mano y le dio un ligero apretón.

—Es un hombre muy guapo, pero no dejes que te llegue demasiado adentro. No permitas que te rompa el corazón.

Elizabeth no contestó, porque tenía el inquietante presentimiento de que ya era demasiado tarde para eso.

De camino a San Pico, Zach se detuvo en la cantina La Fiesta con la esperanza de que Mariano Núñez estuviera allí con sus amigos. Por una vez tuvo a la suerte de su lado, y se encontró al hombre justo al entrar.

—Hola, señor Harcourt —dijo el capataz con una sonrisa amistosa—. No esperaba volver a verlo tan pronto.

—He venido a ver si te encontraba, porque quería preguntarte un par de cosas más. ¿Qué te parece si te invito a una cerveza?

La sonrisa del hombre se ensanchó, y Zach se dio cuenta de que le faltaba uno de los dientes inferiores.

—Gracias, señor. Aún hace mucho calor.

Zach pidió un par de cervezas, y se sentaron en una de las viejas mesas de madera que había en la parte posterior del local. El olor a comida llegaba desde la cocina.

—Quería saber si puedes contarme algo más sobre la familia Mendoza.

Mariano le habló gustoso de sus amigos, y respondió a todas las preguntas de Zach. Le dijo que la mujer de Juan había tenido seis hijos a lo largo de los años, pero que todos ellos habían nacido antes de que la pareja fuera a vivir a la vieja casa gris.

—Mi padre mencionó que la señora Espinoza había sufrido un aborto —comentó Zach, sacando el tema que realmente le interesaba—. ¿Te acuerdas de algo así?

Mariano frunció el ceño, y las líneas que marcaban su rostro curtido se profundizaron aún más.

—Sí, sí que me acuerdo. Estaba embarazada de su séptimo hijo cuando Juan consiguió el trabajo de supervisor, y se mudaron a la casa.

—¿Qué pasó?

Mariano sacudió la cabeza, y contestó:

—Creo que ella se puso enferma, o algo así. Perdió al bebé, y se mudaron al cabo de un par de meses. Me dio mucha pena que se fueran.

—¿Te acuerdas de qué año fue?

—Se fueron en otoño de 1972, me acuerdo porque tuve que ayudar a buscar a alguien que reemplazara a Juan, y no fue nada fácil.

Zach tomó un trago de cerveza, y volvió a dejar la botella sobre la mesa mientras se preguntaba si la señora habría visto al fantasma, si habría recibido los mismos avisos que María y había hecho caso omiso.

—Muchas gracias, Mariano —dijo, al levantarse de la silla—. Me has ayudado mucho.

El hombre sonrió y admitió:

—Me gusta hablar de los viejos tiempos.

Zach no contestó, y se limitó a asentir. Mariano parecía haber disfrutado de la conversación, pero la información que le había dado había hecho que a él se le encogiera el estómago.

La señora Espinoza había tenido seis robustos hijos antes de mudarse a la vieja casa gris, pero había perdido a su séptimo hijo y al poco tiempo la familia se había ido de allí.

Quizás fuera una coincidencia, pero el nudo en su estómago le decía que no era así.

Tardaron unas tres horas en atravesar el valle de San Joaquín. Fresno era una ciudad similar a las de la zona e igual de polvorienta, aunque era más grande y el centro estaba plagado de edificios enormes, y las plantaciones circundantes no eran de algodón, sino viñedos y huertos frutales.

Reclinada en el respaldo de su asiento, Elizabeth veía pasar el paisaje por la ventanilla sin prestar demasiada atención, ya que no podía dejar de pensar en Zach y en la conversación que había mantenido con Gwen la tarde anterior.

Aunque había intentado ignorar las advertencias de su amiga, y lo había conseguido hasta cierto punto cuando Zach había llegado a su casa por la noche, bajo la brillante luz del sol las ominosas palabras de Gwen eran como un veneno que se extendía por el fondo de su mente. Al mirar el atractivo perfil de Zach, no pudo evitar pensar en el lobo solitario que había sido y que nunca dejaría de ser.

Sabía que había sido una locura involucrarse con él, y el deseo de salir corriendo era cada vez más fuerte... o al menos la ansiedad de reconstruir la barrera que anteriormente había erigido entre ellos.

Se dijo que lo haría, pero otro día. En ese momento necesitaba que Zach la ayudara, porque tenía en sus manos a una joven aterrorizada y un asesinato que había que esclarecer. A lo mejor ese día conseguían encontrar las respuestas al misterio de la casa.

Se irguió ligeramente en su asiento cuando la ciudad de Fresno se fue acercando a través de la típica neblina mezclada con polución que cubría el valle, y en pocos minutos atravesaban las calles en dirección al periódico local, el *Fresno Bee*.

Hacía mucho calor, como siempre, y el bochorno sofocante de finales de agosto los golpeó de lleno cuando abrieron las puertas del coche en el aparcamiento. Ninguno de los dos hizo ningún comentario mientras entraban en el edificio y se acercaban al mostrador de recepción.

—¿Puedo ayudarles? —les preguntó una mujer bastante mayor y corpulenta, con una enorme papada y una expresión hastiada. Estaba claro que estaba más que aburrida con el trabajo que llevaba haciendo durante años.

—Queremos consultar algunos números atrasados del periódico —le dijo Elizabeth, que había decidido seguir el mismo enfoque que había utilizado en San Pico.

La mujer asintió, y la papada se sacudió con el movimiento.

—Llamaré a alguien para que les acompañe al archivo.

El personal del periódico se mostró muy servicial, y Elizabeth y Zach se pasaron la mañana buscando información. Leyeron e imprimieron todos los artículos que encontraron sobre Héctor y Consuela Martínez, desde el día en que se había hecho público el secuestro de Holly Ives, pasando por el arresto, el juicio de la pareja y los doce años que pasaron hasta la ejecución de Héctor en 1984. Un último artículo revelaba que Consuela había muerto de cáncer en 1995, mientras cumplía cadena perpetua en la cárcel de mujeres de Chowchilla.

—Mira esto —dijo Elizabeth, mientras le pasaba a Zach una copia del artículo que acababa de imprimir—. Esto se publicó al día siguiente de la desaparición de Holly, se da una descripción detallada de la niña.

Zach tomó la hoja, y leyó la información.

—Aquí pone que tenía el pelo castaño y los ojos marrones.

—Sí, así que no puede ser el fantasma que María dice haber visto.

—Eso parece. La verdad es que no esperaba que lo fuera, porque la edad no coincidía y todo pasó bastante lejos de San Pico.

—Ya, pero yo no había perdido las esperanzas. De hecho, sigo pensando que hay alguna conexión.

—Sí, yo también —Zach leyó por encima varios artículos más en orden cronológico—. Échale un vistazo a esto.

Le dio la hoja que había estado leyendo, y a Elizabeth se le encogió el corazón al ver el titular: *Encontrado cuerpo de víctima en el sótano*.

—Dios mío, Zach, qué cosa tan horrible.

—Sí, y la gente que lo hizo estuvo viviendo en la vieja casa gris.

—No me extraña que el sitio sea tan tétrico.

Elizabeth comprobó otro artículo, que volvía a contar la historia y relataba los brutales detalles del asesinato. Tragó con dificultad para aclarar el nudo que le obstruía la garganta, y apenas consiguió decir:

—Zach, la torturaron, torturaron a esa pobre niña.

Él tomó la hoja de su mano temblorosa. Según el artículo, Holly Ives había recibido una brutal paliza, y después había sido violada y sodomizada con varios instrumentos de la casa antes de que la asesinaran. La habían estrangulado, y después la habían enterrado a poca profundidad en el sótano de la casa.

Elizabeth cerró los ojos, y respiró hondo para intentar calmarse.

—Esto era más fácil cuando no sabía ninguno de los terribles detalles.

—Como los Martínez ya no vivían en San Pico, el *News-press* no dio demasiada cobertura a la noticia.

Elizabeth bajó la cabeza hacia las hojas impresas.

—Zach, es algo inconcebible. Aunque fuera Héctor el que matara a Holly, ¿cómo pudo quedarse tan tranquila su mujer mientras lo hacía?, ¿cómo pudo permitir que pasara algo así?

Zach sacudió la cabeza, con una expresión dura y salvaje en el rostro, y admitió:

—No lo sé —dejó la hoja que estaba leyendo encima del montón, y añadió—: parece que la muerte de Holly Ives no está relacionada con lo que pasa en la casa.

—Al menos directamente.

—Pero no puedo dejar de pensar que, si Héctor y Consuela Martínez secuestraron y asesinaron a una niña en Fresno, quizás habían hecho lo mismo varios años antes... cuando vivían en la casa de la granja.

A Elizabeth se le encogió el estómago, porque a ella también se le había ocurrido lo mismo. Tenía sentido, incluso demasiado.

—Yo también lo había pensado.

—Y puede que nadie se acuerde de que una niña murió en la casa, porque nadie se enteró.

Elizabeth sintió que se le helaban las entrañas ante aquella horrible posibilidad.

—Entonces, ¿qué podemos hacer ahora?

—Creo que tendríamos que ir a hablar con la policía de Fresno, para ver si alguien se acuerda del caso y puede darnos algún detalle que no saliera en el periódico.

Elizabeth asintió, aunque la enfermaba tener que oír aún más cosas sobre la terrible muerte de aquella niña; sin embargo, entonces pensó en María y en su bebé, y se acordó de la aterradora noche que había pasado en su casa.

—Vamos —dijo, mientras iba hacia la puerta.

22

—Fue uno de los peores casos que he visto en mi vida —dijo el detective Frank Arnold, mientras sacudía la cabeza. El movimiento hizo que su leonina mata de pelo gris rozara el cuello de su camisa blanca—. Pasó hace unos treinta años, pero me acuerdo con tanta claridad como si hubiera sido ayer.

Arnold tenía sesenta y pocos años, pero aún no se había jubilado. Seguía casado con su trabajo y haciendo más horas que un reloj, y al parecer su mente seguía tan aguda y rápida como cuando era joven.

—Hemos leído toda la información disponible en el periódico —le dijo Elizabeth—. ¿Puede contarnos algo más sobre el caso?

—Sobre todo nos interesa saber si los Martínez eran sospechosos de otros asesinatos —añadió Zach.

El detective levantó la cabeza al instante.

—Tiene gracia que lo menciones, porque siempre sospeché que no era la primera vez que hacían algo así. Pero ninguno de ellos admitió haber cometido ningún otro crimen, y nunca pudimos establecer una conexión con ninguna persona desaparecida.

—Pero usted cree que es posible —insistió Zach.

—Esos dos eran unas alimañas. Lo que le hicieron a

aquella niña... —se le quebró la voz, y sacudió la cabeza—. Los periódicos no publicaron ni la mitad de lo que pasó. No queríamos que los hechos se hicieran públicos, intentamos proteger a los padres todo lo posible.

—En un artículo se mencionaba que la secuestraron en un centro comercial —comentó Elizabeth.

—Sí, pero nunca supimos todos los detalles. Holly fue a comprar con unas amigas, se separaron... ya sabéis cómo son los niños. En fin, sus amigas no volvieron a verla.

—¿Qué dijeron los Martínez? —le preguntó Zach.

—Admitieron que la habían asesinado, pero no quisieron explicar los detalles; aunque intentamos enfrentarlos el uno con el otro, ninguno dijo gran cosa. Supusimos que Holly había decidido volver a casa pronto, y puede que la mujer se hubiera ofrecido a llevarla o algo así. Consuela estaba embarazada de cinco meses en aquel entonces, probablemente parecía una persona bastante inofensiva.

Elizabeth abrió los ojos de par en par.

—¿Consuela Martínez estaba embarazada cuando mató a la niña?

—Exacto. Es algo depravado, ¿verdad? No llegó a dar a luz, perdió al niño en la cárcel. Estoy seguro de que fue la mano de Dios la que lo provocó.

Elizabeth sintió que palidecía.

—Zach, estaba embarazada.

—Sí —él clavó la mirada en el detective, y le dijo—: aún no tenemos ninguna prueba, pero existe la posibilidad de que los Martínez asesinaran a otra niña cuando vivían en San Pico.

—¿En serio?, ¿sabéis el nombre?

—No, aún no. Sólo tenemos una descripción general.

Zach detalló el aspecto de la niña que María había visto, le contó que tenía el pelo rubio y los ojos azules, unos ocho o nueve años, y que llevaba un vestido de fiesta. El detective se apuntó la información en una libreta, y le preguntó:

—¿Cómo habéis descubierto todo esto?

Zach respiró hondo, y se limitó a decir:

—Como ya le he dicho antes, de momento son sólo especulaciones.

—Pero ¿en qué os basáis?

Zach le lanzó a Elizabeth una mirada desesperada.

—Preferiríamos no revelar aún nuestras fuentes, al menos hasta que sepamos más cosas —le dijo ella al detective—. Pero se lo agradeceríamos muchísimo si le echara un vistazo al registro de personas desaparecidas entre 1967 y 1971, los años en que los Martínez vivieron en San Pico. Y si encuentra alguna referencia a una niña que coincida con la descripción que Zach le ha dado, nos gustaría saberlo.

—Lo comprobaré, aunque no me suena. Si encuentro algo, me pondré en contacto con vosotros.

Zach extendió la mano.

—Gracias por dedicarnos su tiempo, detective.

Cuando salieron de la comisaría, Elizabeth se sentía exhausta y deprimida.

—Ha sido incluso más horrible de lo que esperaba —dijo una vez en el coche, mientras regresaban a San Pico.

—Sí —Zach parecía tan cansado y tenso como ella.

—Tenemos que contárselo a María.

—Si lo hacemos, se va a asustar aún más.

—A lo mejor deberíamos contárselo a Miguel —sugirió Elizabeth con un suspiro—. A lo mejor accede a mudarse si se entera de que en su casa vivieron una pareja de asesinos.

—No vivieron en su casa, sino en otra vivienda que estaba en el mismo sitio, y hace unos treinta años. No creo que consigamos convencerlo aunque le contemos lo del crimen, necesita demasiado su empleo.

—Quizás deberíamos volver a hablar con tu hermano.

Él le lanzó una mirada de incredulidad.

—Necesitamos algo más sólido, algo que haga que Miguel crea a su mujer y la deje irse de la casa. O aún mejor, necesitamos algo que convenza a mi hermano para que los deje mudarse.

—Tenemos que descubrir si los Martínez asesinaron a otra niña mientras vivían en la vieja casa gris.

—Sí, una niña rubia con ojos azules.

—Y también deberíamos investigar si una niña con esas características desapareció por la zona de San Pico entre 1967 y 1971.

Zach se volvió hacia ella, y le dijo con expresión seria:

—Supongo que sabes que podría ser sólo una coincidencia, ¿verdad?

—Puede, pero no lo creo.

—No, yo tampoco —Zach se pasó una mano por el pelo—. Conozco a un tipo... un detective privado que se llama Murphy. Le llamaré en cuanto lleguemos, para ver si puede averiguar algo. Mientras tanto, iremos a hablar con la policía, a lo mejor pueden ayudarnos.

—Sí, igual tenemos suerte. Pero no te olvides de que mañana tienes una cita con el doctor Marvin.

—Sí, tengo que estar en Willow Glen a la una en punto.

Elizabeth sonrió por primera vez en toda la tarde.

—Mantendré los dedos cruzados por ti.

—Eh... había pensado que podrías venir conmigo.

Ella lo miró, sorprendida, y contempló su piel morena y su atractivo rostro mientras él seguía con los ojos fijos en la carretera.

—Podría dejar la comida para después, no habría problema.

La tensión del cuerpo de Zach pareció desvanecerse.

—Gracias —dijo él.

Elizabeth no hizo ningún comentario. Recordó lo que le había dicho Gwen, pero no conseguía equiparar el hombre que estaba sentado junto a ella, un hombre que parecía necesitarla, con el Zach del pasado.

No pudo evitar que sus esperanzas fueran en aumento. Quizás Gwen estaba equivocada, a lo mejor Zach ya no era el mismo solitario de antes.

Sin embargo, Elizabeth sabía que aquellos pensamientos la conducían por un camino muy peligroso.

A la mañana siguiente, Zach consiguió localizar a Ian Murphy y le dio el encargo de localizar a una niña desaparecida que coincidiera con la descripción del fantasma de María, y después fue a la comisaría de policía de San Pico.

Le dieron los nombres de dos agentes que llevaban allí desde finales de los sesenta, y que afortunadamente se acordaban de la vieja casa gris; por desgracia, tampoco se habían olvidado de Zachary Harcourt... o al menos, de la persona que había sido años atrás.

—¿Agente Collins? —Zach le ofreció la mano a un hombre alto algo entrado en carnes, y Collins le devolvió el saludo con reticencia—. Gracias por tomarse el tiempo de hablar conmigo.

—No pasa nada —miró a Zach de la cabeza a los pies, y contempló con expresión pensativa sus pantalones color crudo, su camisa de punto y sus zapatos italianos—. Supongo que te hartaste de tanto cuero, ¿no?

Zach se obligó a esbozar una sonrisa.

—Sí, aunque de eso hace ya bastante tiempo.

—Ya nos conocíamos, aunque no sé si te acordarás —dijo Collins—. Yo estuve la noche que te arrestaron por homicidio negligente.

La sonrisa de Zach permaneció inalterable, aunque fue un esfuerzo hercúleo.

—La verdad es que no me acuerdo de casi nada de lo que pasó aquella noche, y lo poco que recuerdo intento olvidarlo.

El segundo agente se acercó aún más a él. Era un hombre con el pelo canoso y una mandíbula de hierro, que según su placa era un tal sargento Drury.

—He oído que ahora eres un abogado de altos vuelos, que trabajas en un bufete finolis de Los Ángeles.

—Trabajo como abogado en Westwood, pero supongo que lo de los altos vuelos depende de la opinión de cada uno.

—¿Qué es lo que quieres saber? —le preguntó el sargento.

—Quería hablar con ustedes sobre una pareja hispana que vivió en una de las casas que hay en la granja de mi padre. Puede que los recuerden... Héctor y Consuela Martínez, asesinaron a una niña en Fresno y al marido lo condenaron a la pena de muerte.

Los dos hombres parecieron erguirse un poco más.

—Me acuerdo de ese caso —dijo el agente Collins—. Fue un mal asunto, y aquí lo seguimos bastante de cerca, porque la pareja había vivido en la ciudad varios años antes de que pasara.

—Por eso he venido. Estoy intentando descubrir si cometieron otro crimen aquí, en San Pico, antes del de Fresno, y esperaba que ustedes pudieran echarle un vistazo a los archivos de personas desaparecidas, para comprobar si alguna niña desapareció en la zona entre 1967 y 1971.

—No hubo ninguna desaparición —dijo el sargento Drury—. Comprobamos los archivos a fondo cuando los arrestaron y abarcamos toda esta zona del valle de San Joaquín, pero no encontramos nada. Ni niñas desaparecidas ni asesinatos sin resolver, nada que pudiera señalar a los Martínez.

—¿Qué me dice de la oficina del Sheriff? La casa donde vivían estaba en la granja, que pertenece al condado.

—Los distintos departamentos cooperan en este tipo de casos. Intercambiamos información, pero no salió nada.

—Supongo que en aquel entonces era más difícil comprobar todos los registros.

—Sí, mucho más —admitió Collins—. No teníamos ordenadores, pero hicimos todo lo que pudimos.

—No creo que se nos pasara nada por alto —dijo el sargento—. Al menos, nada relacionado con esta zona.

—Pero quizás secuestraron a alguien de Los Ángeles.

—Como ya te ha dicho el agente Collins, en aquellos tiempos no teníamos los ordenadores que hay hoy en día, así que nos centramos solamente en el valle de San Joaquín. Supongo que lo que dices es posible; la verdad, teniendo en cuenta lo malnacidos que eran aquellos dos, me extrañó que no hubiera más víctimas.

—Bueno, muchas gracias —dijo Zach—. Les agradezco mucho su ayuda.

—De nada —Drury lo miró con una sonrisa que no se reflejó en sus ojos, y la curva de sus labios no parecía demasiado sincera.

Zach fue hacia la salida, y respiró hondo al alejarse por el pasillo. Se sentía más que aliviado de poder irse de allí, ya que tenía un montón de recuerdos desagradables de aquel sitio. Estaría encantado de salir a la calle, aunque hiciera un calor insoportable.

Cuando por fin estuvo fuera, se detuvo un momento bajo el sol abrasador. Era mediodía, y había quedado con Elizabeth a la una en Willow Glen. Se aferró a aquel pensamiento mientras bajaba por los escalones de cemento de la comisaría y se dirigía hacia el aparcamiento donde había dejado el todoterreno.

Elizabeth estaba sentada en el vestíbulo de la residencia Willow Glen. Se levantó del sofá al ver movimiento en la puerta, pero el hombre que entró no era moreno, sino rubio, y aunque era atractivo, no hacía que se le acelerara el corazón como con Zach.

—Hola, Elizabeth —dijo Carson Harcourt al llegar a su

lado–. Supongo que debería decir que me alegro de verte, y si las circunstancias fueran diferentes, estoy seguro de que realmente habría sido así. Supongo que estás esperando a Zach, ¿no?

–He venido porque él me lo pidió.

Carson frunció el ceño con expresión de sorpresa.

–Seguro que llegará de un momento a otro, los dos estamos deseando saber lo que quiere decirnos el doctor Marvin.

–Espero que sean buenas noticias –comentó ella.

–Todos lo esperamos –dijo él con una sonrisa.

Zach llegó varios minutos después, y su mandíbula se tensó al verla hablando con su hermano. Elizabeth lo miró con una sonrisa tranquilizadora, y se acercó a él.

–He llegado un poco antes de la hora, y Carson también. Está deseando hablar con el médico.

Carson fue al mostrador de recepción, y la mujer que había allí le indicó que debían ir a la sala de conferencias que había en el ala C, y que el doctor se reuniría con ellos en cuanto terminara la breve visita que le estaba haciendo a su padre.

La habitación estaba vacía, pero estaba tan bien decorada como el resto de la residencia, en tonos verde oscuro y burdeos. Zach se sentó junto a Elizabeth en la larga mesa de nogal, y Carson lo hizo enfrente de ellos.

Zach tomó una de las manos de Elizabeth, y le dio un suave apretón.

–Gracias por venir –dijo.

–Me alegro de que me lo pidieras.

Zach sonrió, y ella sintió que algo se derretía en su interior. ¿Dónde estaba la barrera que se había prometido volver a levantar? En vez de alejarse un poco de Zach, estaba permitiendo que se acercara a ella cada vez más. Elizabeth sabía que no podía permitírselo, pero era incapaz de evitarlo.

La puerta se abrió, y tanto Zach como Carson se levantaron. Dos hermanos. El uno moreno, el otro rubio, y tan completamente diferentes.

–Hola, Carson, Zachary. Me alegro de veros –el doctor Marvin debía de tener unos cuarenta años. Era un hombre delgado con escaso pelo, y vestía un traje en vez de la típica bata blanca.

–Te presento a Elizabeth Conners –dijo Zach–. Es una amiga mía.

–Encantado de conocerte, Elizabeth –dijo el médico, con una sonrisa que parecía sincera.

Se sentó en la silla que había en la cabecera de la mesa, y los dos hermanos volvieron a ocupar sus asientos.

–Me alegro de que hayáis podido venir, porque tengo que contaros algo realmente esperanzador. Se trata de una nueva técnica quirúrgica que se está desarrollando.

–¿De qué tipo de cirugía estamos hablando? –le preguntó Carson.

–Es una técnica láser muy delicada, para operaciones del cerebro. Se ha realizado con éxito bastantes veces hasta el momento, y creo que puede ser una forma viable de ayudar a vuestro padre. En la actualidad la practican un número muy limitado de especialistas, y puedo recomendar personalmente a dos de ellos.

–Siga –dijo Carson, mientras se reclinaba en la silla.

–El procedimiento se basa en un nuevo tipo de tecnología biomédica, la microláser. Se utiliza una energía óptica que se llama fotónica, y es un método muy preciso y menos invasivo, que permite realizar alteraciones del tejido cerebral del paciente. Esta nueva tecnología permite que el cirujano extraiga pequeños fragmentos de materia que hayan quedado alojados en el cerebro a causa de algún trauma.

–Como una caída por las escaleras –apostilló Zach.

–Exacto. En el caso de vuestro padre, la técnica se utilizaría para extraerle los trozos de hueso que tiene en el cerebro y en el cerebelo. Estos trozos están presionando en zonas vitales, y le causan la pérdida de la memoria y la incapacitación de la mayoría de las funciones motoras. Cuando se extraigan los fragmentos y se libere la presión, es muy probable que recupere la normalidad con el tiempo.

Zach volvió a agarrarle la mano a Elizabeth, y al mirarlo ella se dio cuenta de que estaba sonriendo.

–Suena genial, doctor Marvin –dijo él.

–¿Cuáles son los contras? –preguntó Carson.

–La técnica tiene un ochenta por ciento de probabilidades de éxito total, y hay un porcentaje del diez por ciento de que no haya mejora, o de que sea mínima.

–¿Y qué pasa con el diez por ciento restante?

–Toda cirugía conlleva un riesgo, y en este caso, existe una probabilidad del diez por ciento de que la intervención resulte fatal.

Carson se levantó de la mesa y dijo con firmeza:

–El diez por ciento es excesivo, no pienso arriesgar así la vida de mi padre.

Zach se levantó también.

–¿De qué estás hablando?, hay un ochenta por ciento de posibilidades de que papá pueda recuperar su vida, y sólo un diez por ciento de que muera. Está claro que tienen que operarlo.

–Está perfectamente bien tal y como está, se siente feliz en Willow Glen. Cualquier riesgo de que muera es demasiado en lo que a mí respecta.

–¡Carson, aquí sólo existe, nada más! Sabes muy bien que papá querría correr el riesgo.

Carson apretó la mandíbula.

–Yo tengo su custodia legal. La decisión es mía, y no estoy dispuesto a arriesgar su vida.

–Ésta es la oportunidad que hemos estado esperando desde el accidente, y no pienso permitir que le niegues el derecho a volver a vivir de verdad.

El doctor Marvin se puso en pie para intentar aplacar la discusión.

—Caballeros, por favor. Parece que vais a necesitar un tiempo para hablarlo, y tengo que visitar a un paciente. Volveré a Los Ángeles por la mañana, llamadme si tenéis cualquier duda —el médico salió de la sala, y la puerta se cerró tras él.

Carson miró a Zach con expresión inalterable. Ninguno de los dos había vuelto a sentarse.

—Como ya he dicho, la decisión es mía y no pienso ser el culpable de la muerte de mi padre.

—Si crees que voy a quedarme cruzado de brazos sin hacer nada, estás muy equivocado. Supongo que te has acostumbrado a tu puesto al frente de Granjas Harcourt, porque nunca he impugnado tu designación como custodio y jamás me he metido en tu gestión, pero estamos hablando de la vida de papá. Se merece esta oportunidad, y voy a dársela.

Carson plantó ambas manos sobre la mesa, y se inclinó hacia Zach.

—Si lo haces, acabarás matándolo —lo miró con una sonrisa fría, y añadió—: aunque a lo mejor eso es exactamente lo que quieres. Sin papá, heredarías la mitad de Granjas Harcourt, así que ganarías una auténtica fortuna. Según las últimas estimaciones, las tierras y el negocio valen más de treinta y cinco millones de dólares. A lo mejor estás dispuesto a matar para conseguir tu parte.

La expresión de Carson pasó de fría a gélida, y añadió:

—Después de todo, ya lo has hecho antes.

Zach empezó a rodear la mesa hacia su hermano, con la mano apretada en un puño, pero Elizabeth se levantó de un salto y logró agarrarlo del brazo.

—Zach, déjalo, no le sigas el juego. Eso es lo que él quiere —podía sentir el temblor que lo recorría, y supo que estaba luchando con todas sus fuerzas por recuperar el control.

Zach respiró hondo, y soltó el aire lentamente.

—Esto no se ha acabado, Carson. Ni mucho menos.

Rodeó la cintura de Elizabeth con el brazo, la llevó hasta la puerta, abrió con un tirón brusco y salieron al pasillo.

Al cerrarse la puerta, Elizabeth oyó que Carson soltaba una imprecación.

—Dios, cómo quería darle un buen puñetazo. Si no hubieras estado allí...

Zach sacudió la cabeza. Estaban en la sala de estar del apartamento de Elizabeth, con dos vasos de vino blanco bien frío frente a ellos. Zach casi nunca bebía, pero la ocasión parecía requerir algo para calmar sus nervios.

—Eres abogado, encontrarás la forma de conseguir que operen a tu padre —le dijo Elizabeth.

—Claro que sí. Voy a llamar a mi socio, y Carson recibirá los papeles a finales de la semana. Pondré una demanda para que se cambie el custodio, y pediré que me nombren a mí o que el tribunal designe a alguien que apruebe la operación.

—No será fácil, Carson es un hombre muy poderoso.

—Mi padre también lo era, y aún le quedan amigos en San Pico, hombres en puestos muy importantes. Con un poco de suerte, alguno de ellos me apoyará con lo de la operación. Mañana podríamos ponernos a trabajar en ello.

Pero Elizabeth sabía que no todo el mundo le apoyaría, y estaba segura de que Carson haría que Zach pareciera el malo, como siempre. Seguramente, diría que era un hombre dispuesto a matar a su propio padre para conseguir la mitad de las acciones de una empresa multimillonaria. Rogó que Carson no pudiera convencer a la ciudad de que Zach seguía siendo la oveja negra que había sido años atrás, y que la gente no creyera que un hombre como

Zach, que había sido declarado culpable de asesinar a un hombre, estaría dispuesto a volver a matar.

Pero Carson era un adversario feroz, y Elizabeth temía que se saliera con la suya.

23

Elizabeth volvió a la clínica cuando Zach se hubo calmado, y él se quedó en su apartamento para hacer algunas llamadas, incluyendo una a Jon Noble, su socio.

—Tengo que contarle lo que pasa —había dicho él—, para que el pleito se ponga en marcha cuanto antes —estaba decidido a que su padre fuera operado, para que recuperara su vida.

Ella volvió a casa a las siete. Para ella la jornada se había acabado, pero Zach seguía lleno de energía y de nervios, ya que estaba preocupado tanto por su padre como por María y su bebé.

—Salgamos un rato, ¿por qué no vamos a cenar fuera? —sugirió él.

Elizabeth no tenía ganas de volver a aguantar el calor de la calle, pero sabía que Zach necesitaba airearse. Decidieron ir a El Rancho, porque si Lisa le había contado a Gwen que estaban saliendo juntos, seguramente se había asegurado de que el resto de la ciudad también se enterara.

Aun así, Elizabeth no había esperado encontrarse con la mujer nada más entrar en el restaurante. Lisa llevaba un ajustado vestido rojo tan corto que apenas le cubría el trasero, con un escote tan pronunciado que casi se le salía medio pecho.

Con una sonrisa, Lisa se acercó a Zach con aquel paso sexy que enloquecía a los hombres, y se apartó un mechón de pelo rubio por encima del hombro desnudo.

—Vaya, si está aquí la parejita. Me he enterado de que estáis saliendo juntos.

—Las noticias viajan con mucha rapidez en San Pico —dijo Zach.

Lisa miró a Elizabeth con la misma sonrisita falsa.

—Zach y tú formáis una combinación interesante, pero no creía que fueras de las que van a por los chicos malos.

—Era de las casadas hasta que apareciste tú, así que pensé que probaría algo diferente para variar.

Lisa soltó una carcajada gutural y provocativa, y recorrió con una de sus largas uñas la mejilla de Zach, que ya empezaba a oscurecerse con una barba incipiente.

—Cuando te aburras llámame, ricura. Ya sabes dónde encontrarme.

Zach le agarró la mano y la apartó.

—No cuentes con ello, Lisa.

Ella se echó a reír, como si supiera que él iba a volver con ella, como si fuera mucho mejor amante de lo que Elizabeth jamás llegaría a ser y supiera que sólo era una cuestión de tiempo.

Elizabeth recordó de repente todas las advertencias de Gwen, y se sintió enferma.

—Pasadlo bien —dijo Lisa. Se despidió de Zach con un saludo por encima del hombro, y fue hacia el hombre con el que había ido.

Elizabeth miró a Zach, que tenía la mandíbula aún apretada.

—Lo siento, pero no me siento muy bien. Seguramente es el calor, pero ya no tengo hambre.

Zach asintió, y con una mano en su cintura la condujo de vuelta a la puerta. No hablaron durante el viaje de regreso a su apartamento, y Zach no hizo ningún comentario cuando ella fue a la cocina y se sirvió otro vaso de vino.

Elizabeth tomó un largo trago, pero no consiguió calmar sus nervios. El corazón seguía martilleándole en el pecho, y aún tenía un enorme nudo en el estómago.

Zach se colocó tras ella, la tomó por los hombros y la hizo que se girara hacia él con suavidad.

—Siento lo que ha pasado. No debería haberte llevado a ese sitio, sabía que Lisa suele ir.

—No importa, habría pasado tarde o temprano —ella se apartó de él, de su contacto, y deseó estar en cualquier otra parte.

—¿Qué pasa, Liz? Está claro que hay algún problema.

—Ya te lo he dicho, debe de ser el calor.

—No me vengas con ésas. Te ha molestado encontrarte con Lisa, pero hay algo más. Has estado comportándote de forma extraña desde que llegué anoche, noté la barrera de hielo en cuanto entré por la puerta.

Elizabeth negó con la cabeza, aunque lo cierto era que algo andaba mal, y al parecer Zach se había dado cuenta. A aquel hombre se le escapaban muy pocas cosas.

Tomó otro sorbo de vino con la esperanza de que se le aclararan un poco las ideas, y dijo:

—No... no lo sé, Zach. Tengo la impresión de que todo se ha descontrolado, de que están pasando demasiadas cosas a la vez. No puedo ocuparme de todo lo que ocurre y manejar mi vida personal al mismo tiempo.

—La vida sigue su curso, y todos tenemos que enfrentarnos a lo que nos vamos encontrando en el camino —dijo Zach, mientras un músculo se le movía espasmódicamente en la mejilla—. Al final esto se solucionará, y todo volverá a la normalidad.

Elizabeth se pasó una mano temblorosa por el pelo, y se lo apartó de la cara.

—Ya no sé lo que se supone que es normal, sobre todo

en lo que se refiere a ti –lo miró, intentando conseguir que la entendiera–. Nunca debería haberme involucrado contigo, Zach. No puedo manejar una relación como ésta, no es mi estilo.

Los ojos de él parecieron oscurecerse.

–¿Qué tipo de relación tenemos, Liz? Explícamelo, porque yo no lo sé.

–Algo puramente físico. Eso fue lo que acordamos, ¿no?

–Entonces, ¿qué intentas decirme?, ¿crees que deberíamos dejar de vernos?

–No... no lo sé. Estamos trabajando juntos, y tenemos un compromiso que cumplir con María y con Raúl. Además, necesito tu ayuda desesperadamente.

–Liz, pase lo que pase entre nosotros, no pienso abandonarte... ni a María y a su hermano. Puede que tener una relación fuera un error, pero lo hicimos. A lo hecho, pecho –Zach fue hacia la ventana, miró hacia fuera unos segundos y finalmente se volvió de nuevo hacia ella–. Tengo que volver a Los Ángeles, tengo cosas que hacer sobre el problema con mi padre. Iba a irme por la mañana, pero puede que sea mejor que me vaya esta misma noche, así tendremos algo de tiempo para pensar en todo esto.

Elizabeth asintió, incapaz de hablar.

–Estaré en contacto con Ian Murphy, el detective al que he contratado, y te llamaré si hay alguna novedad.

Zach alargó la mano, y le acarició la mejilla con suavidad.

–Yo también necesito tiempo, la verdad es que me siento tan confundido como tú. Nunca me había comprometido tanto con nadie, nunca he querido hacerlo, y puede que las cosas se aclaren un poco si nos damos un tiempo.

Ella volvió a asentir, sintió el escozor de las lágrimas, y rogó que no la delataran.

Zach fue al dormitorio, recogió sus cosas y volvió a la sala de estar.

–Te llamaré –le dijo mientras iba hacia la puerta.

Hizo ademán de agarrar el pomo, pero en vez de hacerlo dejó caer la bolsa de viaje, volvió junto a ella, enmarcó su rostro entre las manos y la besó con ternura.

—Volveré —le dijo—. No pienso renunciar a ti tan fácilmente.

Y entonces se fue. Elizabeth se sentó en el sofá y tomó otro sorbo de vino. Si se emborrachaba a lo mejor se olvidaría de él y podría volver a pensar con claridad, algo que no había hecho desde que había vuelto a verlo.

Sin embargo, no creía que ni todo el licor de San Pico llegara a servirle de nada, porque tenía el corazón destrozado.

Había sido lo suficientemente estúpida como para enamorarse de él.

Las oficinas en Westwood de Noble, Goldman y Harcourt eran un hervidero de actividad, y la lujosa sala de conferencias parecía bullir con el crujido de los papeles y las conversaciones en voz queda de los abogados de la compañía farmacéutica que fabricaba la temociamina, que se estaban preparando para enfrentarse a media docena de abogados del bufete.

Mientras tanto, en la sala de espera esperaban los clientes habituales leyendo publicaciones como *Time*, *Newsweek* o *Architectural Digest*. El negocio iba tan bien que los socios estaban pensando en abrir una oficina en San Francisco, y Jon Noble quería que fuera Zach el que la dirigiera, ya que no tendría que trasladar a toda una familia.

Zach estaba medio decidido a irse. Le encantaba el área de la bahía, y sería el lugar ideal para el barco que se había comprado hacía poco. Quizás en navidades estuviera listo para ocuparse del proyecto, pero en ese momento lo único que quería era volver a San Pico.

Se enfadó consigo mismo al darse cuenta de que su mente había empezado a desviarse otra vez hacia Elizabeth, y se concentró en el pleito que estaba preparando contra su hermano.

A la mañana siguiente, los documentos estaban listos y se le habían entregado a un abogado de Mason que debía presentarlos en el juzgado del condado, y un servicio de mensajería local le había entregado una copia a Carson, que al parecer le había soltado una sarta de imprecaciones a la joven que se los había llevado a su despacho.

Las cosas iban avanzando, y estaba hasta el cuello de trabajo, tal y como le gustaba. La noche anterior había estado trabajando hasta muy tarde, y después se había levantado antes del amanecer para volver a enterrarse en todo el papeleo. Estaba decidido a no pensar en Liz y a concentrarse sólo en los negocios.

Raúl lo llamó el viernes por la tarde, cuando ya faltaba poco para la hora del cierre de la oficina.

—Señor Harcourt... ¿Zach? Perdona que te moleste, sé que estás muy ocupado.

Zach se puso inmediatamente alerta.

—No pasa nada, Raúl. Me alegra oírte.

El chico respiró hondo, y Zach oyó el matiz de desesperación en aquel suave sonido.

—Es mi hermana —dijo Raúl.

Según el adolescente, la noche anterior le habían dado permiso para salir de la granja un par de horas y había ido a cenar a casa de su hermana, pero Miguel y él se habían peleado.

—Estábamos hablando, y de repente empezamos a gritar y a insultarnos.

—Raúl, tranquilízate y explícame lo que pasó.

—No estoy seguro. Cuando vi a mi hermana me pareció que estaba enferma, tenía unas ojeras enormes y la cara hinchada y pálida. Le dije a Miguel que estaba preocupado por ella y le pregunté si dormía las horas necesarias, si el bebé y ella estaban bien. Miguel se enfadó... como si estuviera echándole la culpa a él. Entonces le pregunté por el fantasma, aunque no debería haberlo hecho, porque sabía que él no cree en esas cosas.

—¿Qué pasó?

—Miguel empezó a gritarle a María, y como pensé que iba a golpearla le di un empujón para apartarlo de ella, y empezamos a pelearnos.

—¿Estás bien?

—Sí, no duró mucho. Miguel se fue de la casa muy enfadado, y María me llevó a la granja.

—¿Qué te dijo?

—Está preocupada por Miguel, dice que siempre está enfadado, que le grita por cualquier tontería y que sale a beber y no vuelve a casa hasta muy tarde. Es muy raro, porque nunca se había portado así.

—¿Hablaste con tu hermana del fantasma?

—Sí. Me dijo que ha empezado a usar pastillas para dormir, pero creo que se toma demasiadas. Intenté convencerla de que se fuera a otro sitio hasta que nazca el niño, pero no quiere dejar a Miguel.

Zach se pasó una mano por el pelo.

—Llamaré a Liz... a la señorita Conners para pedirle que hable con María, y que intente convencerla de que se vaya de la casa.

—Gracias, Zach.

—Me alegra que me hayas llamado. Sam Marston dice que te va muy bien en los estudios, que trabajas duro sin una sola queja, y que te llevas muy bien con los demás chicos. Los dos estamos muy orgullosos de ti.

—¿Qué va a pasar con mi hermana?

—Si Liz no puede convencerla de que se mude, iré a hablar con Miguel.

—No te hará caso, sólo se enfadará.

—Bueno, te sorprendería lo convincente que puedo llegar a ser.

Zach colgó el teléfono, mientras le daba vueltas al problema de María y su fantasma y a la posible relación que existía con la niña asesinada en Fresno. Tenía que llamar a Liz, y deseó no estar tan ansioso por oír su voz.

Le había dicho a ella que necesitaba tiempo, y aunque posiblemente fuera así, la verdadera razón por la que se había echado atrás había sido el miedo... a que ella decidiera dar por finalizada la relación. La sola idea hizo que se le encogiera el estómago. No sabía cómo sus sentimientos por ella habían crecido tanto y tan rápidamente, pero eran innegables.

Estaba loco por ella. Había roto sus propias reglas y se había metido en un buen lío, pero Liz no estaba segura de sus sentimientos, y si lo estaba, tenía más miedo de ellos que él.

Zach no sabía qué hacer, y al parecer ella tampoco. Sin embargo, tenían algo más importante que sus problemas personales por lo que preocuparse, así que respiró hondo, se reclinó en el respaldo de la silla, y marcó su número.

Toda la confusión de Elizabeth regresó de golpe al oír la voz de Zach en el teléfono de su despacho. Había estado esforzándose al máximo por no pensar en él mientras intentaba enderezar su vida, pero después de trabajar juntos durante casi un mes, le resultaba imposible.

La llamada de Zach fue breve e impersonal, se limitó a contarle lo de la pelea entre Miguel y Raúl, y a pedirle que fuera a hablar con María. Si oyó un cierto matiz de anhelo en su voz, fue sólo porque deseaba oírlo.

Ella tampoco quiso alargar la conversación. Sabía cuáles eran sus sentimientos, que estaba enamorada de él, pero era lo suficientemente realista para saber que, fuera lo que fuese lo que Zach sentía por ella, sería algo efímero. Él era un solitario, un soltero empedernido, un hombre que no necesitaba a nadie, y cada hora que pasara junto a él sólo serviría para que perderlo le resultara más difícil.

En cuanto colgó el teléfono, marcó el número de la casa de María mientras rogaba que Miguel estuviera trabajando aún.

—¿María? Soy Elizabeth, ¿puedes hablar?

—Me alegro mucho de oírte —dijo la joven, con un sonido gutural.

Más que preocupada, Elizabeth comentó:

—Te habría llamado antes, pero no quería causarte problemas con Miguel. ¿Te encuentras bien?, ¿todo en orden con el bebé?

—Estoy cansada, eso es todo. Por la noche me tomo somníferos, pero por muchas horas que duerma sigo agotada.

—¿Has ido al médico?

—Sí, hace tres días. Me dijo que mantuviera los pies en alto, que intentara descansar más, y que el bebé está bien.

—¿Estaba seguro de eso?

—Sí.

—¿Podemos hablar en persona? Me gustaría verte.

—Me encantaría. La verdad es que iba a llamarte, porque Miguel va a estar fuera dos noches. Ayer Isabel se quedó conmigo, Isabel Flores. ¿Te acuerdas de ella?

—Sí, un día me dijiste que es amiga tuya.

—Sí. Vive en la casa grande, pero normalmente está muy ocupada.

—¿Pasó algo anoche?, ¿vio Isabel al fantasma?

—No, creo que no. La niña no aparece demasiado a menudo, llevo un tiempo sin verla.

—¿Se va a quedar Isabel contigo esta noche?

—Iba a hacerlo, pero el señor Harcourt... quiere verla esta noche.

—¿El señor Harcourt?, ¿te refieres a Carson Harcourt?

—Sí. Isabel es su ama de llaves.

Había algo en la voz de María, algo que se estaba callando, y Elizabeth recordó a la atractiva joven hispana que había visto en casa de Carson la noche de la fiesta. No podía ser que tuviera una relación con ella... aunque si fuera así, los dos eran adultos y podían hacer lo que quisieran.

Aun así, Carson era el jefe de Isabel, la persona que le pagaba el sueldo, y Elizabeth no pudo evitar preguntarse si las tareas de la muchacha incluían algo más que ocuparse de la casa.

—Si Isabel no puede quedarse contigo, ¿quieres pasar la noche en mi apartamento?

—No, gracias, no puedo. Puede que Miguel me llame, y se preocupará si no me encuentra.

Precisamente, Miguel era el tema principal del que Elizabeth quería hablar con María.

—No puedes quedarte ahí sola.

—Esperaba que... que a lo mejor podrías venir a hacerme compañía.

A Elizabeth se le encogió el estómago, ya que sabía cosas que María desconocía. Recordó la información de los artículos, las terribles descripciones, lo que había sufrido la niña de Fresno, cómo la habían descuartizado antes de enterrarla.

Se le secó la boca. ¿Cómo podía pasar otra noche en esa casa, conociendo la verdad sobre la gente que había vivido allí?

«No vivieron allí», se dijo. «Era una casa distinta, y además en otra época».

Además, ¿cómo iba a permitir que María se quedara en la casa, si ella misma no se atrevía?

—¿Estás segura de que no quieres venir a mi casa? —insistió—. Podríamos preparar palomitas y alquilar una película.

—A Miguel no le gustaría.

Elizabeth suspiró, mientras intentaba contener las ganas de darle una patada a Miguel.

—Vale, entonces supongo que tendré que ir yo a tu casa.

Pero se dijo que hablaría pronto con Miguel, le gustara a María o no, y que le convencería de que obligar a su mujer a quedarse en la casa durante los últimos días de su embarazo era perjudicial para el bebé y para ella.

—Muchas gracias —dijo María con voz de alivio—, a lo mejor puedes ver al fantasma.

Elizabeth sintió que un escalofrío le recorría la espalda al pensar en aquella posibilidad. Si lo veía de verdad, ¿qué significado tendría?

Sintió una tremenda opresión en el pecho al pensar en las terribles posibilidades.

—Tenemos que vernos.
—¿Dónde estás? —le preguntó Carson a Stiles.
—Llegaré en diez minutos.
—Te espero.

Carson colgó el teléfono, y al cabo de un rato Isabel condujo al capataz hasta su despacho. Carson pensó en lo que tenía planeado para aquella noche y la miró con una sonrisa cargada de intención, y ella le devolvió el gesto con calidez.

Sin embargo, la sonrisa de él se desvaneció cuando Stiles entró en el despacho, colgó su sombrero en uno de los percheros que había junto a la puerta, y se sentó en la silla frente a la mesa.

—¿Qué pasa? —le preguntó Carson.
—Esta mañana me ha llamado un amigo mío... un viejo conocido llamado Collins. Hace un par de días su hermano y la Conners fueron a la comisaría de Fresno, y después Zach fue a la de aquí, que es donde trabaja Collins.
—¿Zach y Elizabeth fueron a comisaría?, ¿qué demonios está pasando, Les?
—Collins me ha dicho que le hicieron algunas preguntas

sobre una niña a la que asesinaron en Fresno, parece que la mató una pareja que había vivido en la vieja casa gris que había en la granja.

Carson se reclinó en el respaldo de la silla.

—Por el amor de Dios, eso fue hace muchos años, ¿para qué están escarbando en algo así?

—¿Usted sabía lo del asesinato?

—Los detalles no, pero había oído algunos rumores. Pasó poco después de que yo naciera, y la gente que lo hizo se había ido de la granja varios años antes, pero supongo que salió algo en el periódico. En aquellos tiempos mi abuelo llevaba la granja, pero mi padre nunca habló del asunto, creo que no le gustaba la idea de que unos asesinos hubieran estado trabajando aquí.

—Me pregunto qué es lo que pretende Zach —comentó Stiles.

—Casi nunca conozco las intenciones de mi hermanastro, pero esto no me gusta nada. En primavera anunciaré mi entrada en política, y tener una reputación sólida es algo imprescindible. A Zach le encantaría ver mi nombre relacionado con un antiguo crimen que ni siquiera pasó en San Pico.

—Seguramente la noticia saldría en todos los periódicos, podría ser muy perjudicial.

—Sí, ese tipo de cosas siempre lo son.

—¿Quiere que me ocupe de ello?

—Quiero que los dos dejen de meter las narices en asuntos que no les conciernen. Haz lo que sea necesario para lograrlo.

Stiles se limitó a asentir, y sin más se levantó de la silla, agarró su sombrero y se fue.

Carson siguió allí sentado, preguntándose por qué las cosas siempre tenían que salir mal. Se levantó y fue a mirar por la ventana. Los recolectores recorrían las hileras recogiendo grandes bolas de algodón y los campos de rosas aún florecían en la distancia, pero la temporada estaba a punto de terminar. Carson se alejó de la ventana, con la mente puesta por una vez en asuntos que no tenían nada que ver con la granja.

Volvió a sentarse pesadamente en su mesa. Primero el pleito, después surgía aquello... y como siempre, todo era culpa de Zach.

Cerró la mano en un puño de forma inconsciente. Tenía que ocuparse de aquello, tomar el control antes de que fuera demasiado tarde. En silencio, se prometió que haría lo que fuera necesario.

24

Era una casita sencilla, con dos habitaciones y un cuarto de baño, decorada con muebles de segunda mano y baratijas cuyo único valor era el sentimental. Estaba pintada con un suave tono amarillo y ribeteada de blanco, y parecía casi acogedora.

Elizabeth se estremeció al subir los escalones del porche delantero y llamar a la puerta. En cuanto María abrió, la joven la envolvió en un abrazo un poco torpe a causa del volumen de su vientre y de la bolsa de comida que Elizabeth llevaba colgada del brazo.

—Gracias por venir —dijo María—. Me alegro muchísimo de verte.

—He traído unas cosas —dijo Elizabeth, mientras le mostraba la bolsa—. Y he pedido que nos traigan una pizza para cenar. El repartidor llegará en cualquier momento.

—¡Me encanta la pizza! A Miguel le gusta más lo que yo cocino, así que no la comemos demasiado a menudo.

Elizabeth sabía que no tenían demasiado dinero, por eso había encargado la pizza y había llevado palomitas y unos refrescos. María no podía beber alcohol, pero ella hubiera preferido una botella de vino... o mejor aún, una enorme botella de tequila, algo que la dejara fuera de combate la noche entera y que la ayudara a olvidarse de fantasmas y de asesinos, algo que la ayudara a conciliar el sueño.

Fueron a la cocina a sacar las cosas de la bolsa, y justo cuando acabaron de poner los refrescos en la nevera llegó el repartidor de la pizza. Elizabeth pagó al chico, y en cuanto se fue las dos se sentaron en la pequeña mesa de la cocina para disfrutar de la cena.

Estaba empezando a oscurecer, ya que era principios de septiembre y los días iban acortándose. María miró fugazmente hacia la ventana, y dijo:

—Me alegro de que estés aquí.

—¿Tienes que pasar por esto cada noche?, ¿empiezas a preocuparte por lo que puede pasar en cuanto empieza a oscurecer?

La joven se había levantado y estaba junto a la encimera. Tras tomar un último trago de su refresco, dejó su vaso y el de Elizabeth en el fregadero.

—Intento no pensar en ello, y normalmente estoy bastante bien... hasta que nos vamos a la cama. Miguel está tan cansado que suele dormirse enseguida, y yo me tomo las pastillas y también me duermo, pero a veces la veo incluso cuando sueño.

—¿Te despiertas y la ves?

—No. A veces está en mis sueños, intentando avisarme, y siempre parece muy asustada.

—¿De qué crees que tiene miedo?

María se apartó del fregadero y fue a sentarse otra vez en la mesa.

—No lo sé, de lo que sea que hay aquí. Y tiene miedo por mi bebé y por mí.

—Zachary Harcourt y yo hemos estado investigando, y hemos descubierto algunas cosas sobre la casa... bueno, sobre la otra que estaba aquí antes de que ésta se construyera... y no son nada buenas. Creo que tú puedes ser el nexo de unión, el hecho de que estás embarazada. No creo que el fantasma se le haya aparecido a mucha gente, pero ha querido venir a verte a ti.

—Sí, yo también lo había pensado. Creo que hay alguna relación entre las personas a las que les tiene miedo y mi bebé.

—¿Estás segura de que le tiene miedo a varias personas?

—No sé, al menos me ha dado esa impresión.

—Pero no sabes quiénes son.

María negó con la cabeza y Elizabeth estuvo tentada de contarle lo de la pareja que había vivido en la casa gris, que varios años después de marcharse habían asesinado a una niña en Fresno y que en la época del asesinato Consuela estaba embarazada pero después había sufrido un aborto. Era posible que aquello sirviera para convencer a María de que se mudara, pero si seguía negándose a hacerlo estaría aún más aterrorizada que hasta ese momento.

Estuvieron mirando la tele un rato, aunque en ninguno de los tres únicos canales que el pequeño aparato recibía daban gran cosa. Vieron un episodio de *Seinfeld* mientras comían palomitas, y después una vieja película del Oeste que ninguna de las dos había visto. Después dieron las noticias, que tenían como asunto estrella el próximo Festival de la Rosa que iba a celebrarse en la ciudad a mediados de septiembre, en menos de dos semanas.

María, que estaba sentada junto a Elizabeth en el sofá, bostezó y empezaron a cerrársele los ojos. No podían aplazarlo más, era hora de irse a la cama.

—¿Por qué no te acuestas? —le dijo Elizabeth—. Se está haciendo tarde, y el médico dice que necesitas descansar.

La joven asintió, y señaló hacia la manta y la almohada que había dejado en una silla.

—Si necesitas algo...

—No te preocupes, seguro que duermo como un lirón —Elizabeth sabía que aquello no era cierto, y que tendría suerte de poder relajarse lo suficiente para cerrar los ojos.

María fue pesadamente hacia el dormitorio, y Elizabeth fue a comprobar la puerta principal. Tras echar el cerrojo, fue a la cocina para asegurarse de que la puerta que había allí también estuviera cerrada, y después volvió a la sala de estar para ponerse el pijama azul de algodón que se había llevado.

Vio que María había dejado abierta la puerta del dormitorio, algo más que comprensible, y se preguntó si se habría tomado el somnífero, aunque no fue a preguntárselo. Después de colocar la manta y la almohada en el sofá, se sentó mientras intentaba convencerse de que tenía sueño.

Hacía calor, a pesar de que ya había llegado septiembre, y el ventilador zumbaba en la quietud de la noche. Se tumbó en el sofá, dejó que el sonido la arrullara, y sorprendentemente se durmió.

La despertaron los crujidos de las tablas del suelo, y abrió los ojos de golpe al oír aquel gemido tan peculiar que ya había oído antes, los pasos de alguien moviéndose sigilosamente por la sala de estar.

Intentó ver algo a través de la tenue luz de la habitación, y por unos eternos segundos permaneció allí, inmóvil, mientras se esforzaba por escuchar. El sonido volvió a aparecer, como si alguien estuviera pasando junto a los pies del sofá, aunque la luz que se filtraba por las cortinas permitía ver que allí no había nadie. Elizabeth se sentó lentamente, intentó ver en la oscuridad, y volvió la mirada hacia la puerta abierta del dormitorio.

Los pasos avanzaron como si atravesaran el umbral, y el corazón de Elizabeth palpitó estruendosamente en su pecho. Apartó la colcha con manos temblorosas, y se puso de pie. Fue hacia la habitación, descalza, caminando silenciosamente sobre la alfombra.

Al llegar a la puerta, vio que María dormía apaciblemente, pero mientras la contemplaba la respiración de la joven se fue acelerando y sus ojos empezaron a moverse frenéticamente bajo los párpados cerrados. Tumbada de lado, María levantó las rodillas hacia su barriga protuberante en un intento de proteger la valiosa vida que tenía dentro. Empezó a moverse agitadamente bajo la sábana, y un suave gemido escapó de su garganta.

Elizabeth fue hacia ella, pero cuando sólo había dado un par de pasos el aire empezó a aullar. El dormitorio pareció oscurecerse aún más, y el fino hilo de luz de luna que había estado entrando a través de las delgadas cortinas desapareció.

El aire se llenó con algo similar a una extraña electricidad, y Elizabeth sintió que se le ponía el vello de la nuca de punta. Retrocedió hasta apretarse contra la pared, con el corazón enloquecido y la boca tan seca que su lengua parecía pegada al paladar. La atmósfera pareció espesarse a su alrededor, el aire se hizo cada vez más denso, y de pronto le resultó casi imposible respirar. Una pálida bruma penetró en la habitación, una tenue luz casi imperceptible, y el viento empezó a gemir con un quejido terrible y casi humano, un sonido que evocaba imágenes de muerte y de dolor.

Elizabeth se obligó a respirar, a meter aire en sus pulmones, y a mirar hacia la cama. María estaba sentada con las piernas extendidas, con la mirada fija hacia delante. Sus ojos oscuros estaban abiertos pero desenfocados, y Elizabeth pensó que no parecía estar despierta.

El aire se hizo cada vez más denso, hasta convertirse en algo casi tangible contra su piel, y Elizabeth notó el vago olor a rosas, que fue espesándose y haciéndose cada vez más penetrante y dulzón. Era un hedor cada vez más repugnante, que recordaba a putrefacción y a descomposición, y que hizo que se le revolviera el estómago y sintiera náuseas.

De repente, tan rápidamente como había surgido, desapareció.

Elizabeth miró a María, que seguía sentada en la cama. Los labios de la joven empezaron a moverse, y aunque no alcanzó a entender lo que decía, vio que sus ojos estaban fijos en los pies de la cama.

Elizabeth sintió por primera vez una oleada de miedo real cuando la bruma que había en la habitación empezó a moverse y a arremolinarse, a condensarse, y se dio cuenta de que estaba tomando la forma de una persona.

Ahogó un sollozo aterrorizado al ver la pequeña figura que lentamente iba tomando forma. La imagen se hacía cada vez más clara... la figura de una niña. Ya podía ver con claridad sus zapatitos negros, la falda y el bonito peto rosa. Su cabello rubio le caía en ondas alrededor de la cara, hasta los hombros, y aunque su piel era muy pálida, casi traslúcida, había un cierto matiz rosado en sus mejillas.

Elizabeth podía verla claramente, pero tras ella, a través de ella, seguían siendo visibles la cómoda que había junto a la pared y la pequeña lámpara de porcelana que descansaba sobre ella.

La niña no dijo nada, al menos que Elizabeth pudiera oír, pero tuvo la extraña sensación de que estaba hablando con María, quien empezó a temblar y a estremecerse de forma incontrolable.

Elizabeth sintió miedo por ella y por el bebé y quiso ir hacia ella, pero la atravesó una punzada de terror al darse cuenta de que no podía mover ni un solo dedo. Estaba apretada contra la pared, como si una fuerza invisible la estuviera manteniendo paralizada.

Cuando abrió la boca pero no consiguió articular sonido alguno, su miedo alcanzó proporciones gigantescas. Fijó los ojos en la pequeña y pálida figura que había a los pies de la cama, sin poder hacer otra cosa que mirar horrorizada y paralizada.

De repente, la imagen empezó a desvanecerse. Tras unos segundos había desaparecido por completo, junto con la inquietante bruma, y el único sonido que quebraba el silencio de la habitación era el zumbido del ventilador de la sala de estar.

María parpadeó varias veces, levantó la mirada hacia ella y se echó a llorar, y el sonido arrancó a Elizabeth de la parálisis que la atenazaba. Con piernas temblorosas, dejó escapar el aire que había estado conteniendo y fue a toda prisa hacia la cama.

—¡María! —con movimientos cuidadosos para no asustar aún más a la joven, la tomó suavemente del hombro—. Soy yo, Elizabeth. ¿Estás bien?

María volvió la cabeza hacia ella.

—¿Elizabeth?

—No pasa nada —le dijo, aunque sabía que era una mentira monumental.

—Elizabeth... algo malo me pasa, estoy sangrando.

Elizabeth bajó la mirada y vio la mancha roja que iba extendiéndose por la sábana.

—¡Dios mío! —exclamó. Se levantó de un salto y fue corriendo a la sala de estar, donde estaba el teléfono—. ¡No te muevas!, ¡voy a pedir ayuda! —dijo por encima del hombro.

Temblaba con tanta fuerza, que apenas consiguió marcar el número de Urgencias. Tras un intento fallido, se obligó a detenerse un segundo y a marcar bien. Atropelladamente, le dijo a la telefonista que una mujer embarazada tenía una hemorragia, y que necesitaba que una ambulancia fuera cuanto antes a la casa. Aunque le pidieron que se mantuviera a la escucha, el cable del teléfono no llegaba hasta el dormitorio, así que lo dejó descolgado y volvió a ver cómo estaba María.

—Aguanta, ya vienen de camino —le dijo.

Pero María no la miró, ya que tenía la mirada fija en la pared que había frente a los pies de la cama. Elizabeth siguió la dirección de su mirada, y se quedó aterrorizada.

Escrito en un tono rojo similar al de la sangre que empapaba la sábana, había un mensaje: *Si no te vas, os matarán a tu bebé y a ti.*

Elizabeth empezó a temblar. Era un mensaje aterrador, que ya no podían seguir ignorando.

Zach entró a toda prisa en la zona de recepción del hospital de San Pico, pero tras recorrer la sala con la mirada se dio cuenta de que Elizabeth no estaba allí.

—Estoy buscando a María Santiago —le dijo a la mujer que había detrás del mostrador—. La han traído hace un par de horas, ¿puede decirme en qué habitación está?

La mujer le dio el número de habitación, y señaló hacia un pasillo.

—Siga la línea amarilla del suelo —le dijo—. No creo que le dejen entrar, porque estamos fuera del horario de visitas, pero al menos las enfermeras podrán decirle cómo está.

—Gracias.

Zach fue por el pasillo, alerta por si veía a Elizabeth, pero no la encontró hasta que entró en la habitación de María. Estaba sentada en una silla junto a la joven, que dormía en la estrecha cama con la cara tan blanca como la sábana. Con su pelo negro extendido en abanico alrededor de sus hombros y su extrema palidez parecía más muerta que viva, y Zach se sintió terriblemente culpable.

Debería haber hecho algo, tendría que haberla obligado a irse de la casa. Se lo había prometido a Raúl... y a Liz.

Ella se dio cuenta de su presencia en aquel momento, y se apresuró a levantarse de la silla. Tenía los pantalones color crudo y la camisa manchados de sangre, y estaba casi tan pálida como María.

Mientras iba hacia él se apartó un mechón de pelo de la cara, y Zach se dio cuenta de que estaba temblando. Dio un paso hacia ella y abrió los brazos, y ella se refugió en la calidez de su cuerpo.

—Me alegro tanto de que estés aquí... —dijo Elizabeth.

Él la apretó con fuerza contra sí.

—Ojalá no me hubiera ido —depositó un beso en su pelo, atormentado por lo que ella había tenido que soportar, deseando haber estado a su lado cuando lo había necesitado—. ¿Cómo está María?

Liz lanzó una mirada hacia la puerta y señaló con la cabeza que quería hablar fuera, así que salieron al pasillo, fueron a una pequeña zona de descanso y se sentaron en uno de los sofás.

Zach le agarró una mano para darle su apoyo mientras le contaba lo que había pasado, y ella respiró hondo y dijo:

—Zach, creí que iba a morirse. Si yo no hubiera estado allí, es posible que hubiera sido así.

Él enlazó los dedos con los de ella, que estaban helados.

—Ha perdido mucha sangre —siguió diciendo Elizabeth—, pero pudieron detener la hemorragia antes de que el parto se adelantara. El médico quiere que aguante todo lo posible, para dar tiempo a que el niño se desarrolle todo lo posible, y le ha ordenado que haga descanso absoluto.

Ella levantó la mirada hacia él, con un brillo fiero en los ojos azules.

—Pase lo que pase, no voy a dejar que duerma ni una noche más en esa casa.

—No, no puede seguir viviendo allí —dijo él, mientras le daba un ligero apretón en la mano—. Hablaré con Miguel —miró a su alrededor, al darse cuenta por primera vez de que el hombre debería estar allí—. ¿Dónde está?

—Supongo que sigue en Modesto. El hospital ha llamado al motel donde se hospeda y han podido hablar con Mariano, pero Miguel no estaba allí.

—Seguro que viene en cuanto se entere de lo que ha pasado.

—Sam Marston trajo a Raúl hace un rato. Se ha quedado hasta que el médico ha hecho que se fuera, pero no quería irse hasta asegurarse de que su hermana iba a ponerse bien.

—Pero están bastante seguros de que se va a recuperar, ¿verdad?

—Sí, aunque la trasladarán al hospital de Mason si tiene que estar ingresada mucho tiempo.

—¿Cómo estás tú? Después de las cosas que me has contado por teléfono... no sé si yo habría sido tan fuerte como tú.

Elizabeth se mordió el labio inferior, y él se dio cuenta de que estaba luchando por contener las lágrimas.

—Ha sido la cosa más aterradora que he vivido, como una especie de película de terror. Empezó como la otra vez... como cuando tú estuviste, pero ha sido mucho peor. Ni María ni yo podíamos movernos y supongo que la hemorragia la ha provocado el miedo, o al menos es la única explicación lógica.

—Pero tú no estás segura de que haya sido eso.

—Ya no estoy segura de nada.

—¿Qué me dices del mensaje de la pared?

Ella tragó y apartó la mirada.

—Parecía escrito en sangre, y decía «Si no te vas, os matarán a tu bebé y a ti» —Elizabeth se estremeció, y se envolvió con los brazos para resguardarse del frío aire acondicionado.

—Supongo que María también lo vio.

—Se quedó allí sentada mirándolo, rodeada de sangre.

—¿Qué pasó después?

—Llamé a Urgencias, fui corriendo a por unas toallas y las usamos para intentar parar la hemorragia. Entonces llegó la ambulancia y hubo un gran revuelo de actividad, aunque el mensaje había desaparecido cuando los auxiliares entraron en el dormitorio.

—¿Que había desaparecido?, ¿qué quieres decir?

—Pues exactamente eso, que ya no estaba. Era como si

nunca hubiera existido, la pared estaba completamente limpia.

Zach se pasó una mano por el pelo, y dijo:

—Todo esto no tiene ningún sentido.

—No, a no ser que uno crea en fantasmas. Zach, pude ver a la niña... su pelo rubio, sus enormes ojos azules y su peto rosa. Estaba a los pies de la cama, y era casi trasparente —Elizabeth se estremeció.

Zach no creía en fantasmas, pero María había estado a punto de morir y estaba claro que no podían seguir ignorando lo que pasaba en la casa.

—Hablaré con Miguel en cuanto vuelva a la ciudad, y le diré que su mujer va a irse de allí le guste a él o no. Además, sería mejor que él también fuera pensando en mudarse.

—¿Qué pasa con Carson? Si Miguel se va de la casa, seguro que lo despide.

Zach soltó un suspiro de frustración, consciente de que aquello era cierto. Ni siquiera sabía si el sindicato agrícola podría hacer algo.

—Es incuestionable que María tiene que marcharse de allí, así que intentaré hablar con Carson, pero dudo que me escuche. Miguel no parece correr ningún peligro de momento, así que a lo mejor no importa si se queda.

—¿Te ha dicho algo el detective al que has contratado?

—Quedamos en que me llamaría mañana.

—Espero que encuentre algo.

—Yo también.

25

Elizabeth salió del hospital poco después de las dos de la madrugada, y aunque Zach la acompañó hasta su apartamento para asegurarse de que llegaba sana y salva, no entró. Ella le había preguntado si necesitaba un sitio para dormir, pero él le había dicho que había reservado una habitación en el Holiday Inn.

Elizabeth deseó no sentirse tan decepcionada. Después de los aterradores acontecimientos de esa noche, lo que más deseaba en el mundo era dormir junto a Zach, sentirse segura al menos durante unas horas, pero hasta que ambos no supieran lo que querían y consiguieran aclarar sus sentimientos, permanecer separados parecía lo más prudente.

Zach llamó a la puerta de su apartamento a las diez de la mañana siguiente.

–Me ha llamado Murphy –dijo al entrar en la sala de estar–. Supuse que querrías saber lo que me ha dicho, y creo que hay varios asuntos de los que tenemos que hablar.

–Me alegro de que hayas venido –de hecho, Elizabeth desearía no alegrarse tanto–. He preparado café, ¿quieres un poco?

–Sí, gracias.

Zach la siguió a la cocina, y se sentó en la mesa. Ella llenó una taza de café, se la llevó a la mesa y se sentó frente a él.

—Bueno, ¿qué te ha dicho Murphy?

—Le conté que habíamos hablado con la policía de Fresno y con la de San Pico; por su parte, como es poco probable que la víctima viviera en el valle, ha estado investigando más hacia el sur. Ha hablado con la policía de Santa Clarita y con las autoridades del valle de San Fernando, dando la descripción de la niña que vio María, la que tú viste anoche.

—¿Sabe que estamos buscando un fantasma?

—No, he guardado esa pequeña sorpresa para más adelante. Pensé que a lo mejor no encontraba nada, y que en ese caso era mejor que no lo supiera.

—Pero me has dicho que te ha llamado esta mañana.

—Sí, hace como una hora —Zach tomó un sorbo de café, y soltó un suspiro—. Ayer, Ian habló con un amigo suyo del FBI. Ha trabajado en muchos casos de desapariciones a lo largo de los años, así que supongo que tiene algunos contactos bastante útiles. Su amigo comprobó por la tarde los archivos de los casos sin resolver del FBI, buscando desapariciones de niños entre los años 1967 y 1971.

—La época en que los Martínez vivieron en la casa gris.

—Exacto. Tardó un poco, pero lo creas o no, el tipo encontró la desaparición de una niña que se ajusta a la descripción. Murphy contrastó la información con un caso que salió en el *L.A. Times*, la historia de una niña de nueve años rubia y con ojos azules que desapareció en 1969. No ha encontrado gran cosa más... sólo que la secuestraron en el jardín de su propia casa.

—Dios mío...

—Sí, se parece mucho a lo que le pasó a Holly Ives, ¿verdad? Una niña que desaparece a pleno día. Murphy no sabe si es la niña que estamos buscando, pero quiere que hablemos con un agente retirado del departamento de policía de Los Ángeles, que vive en el valle de San Fernando. Pensé que podríamos pasarnos por el hospital para ver qué tal está María, antes de ir a Los Ángeles.

Elizabeth sintió que se le aceleraba el pulso, ya que aquél era el primer avance serio que lograban, la oportunidad de encontrar algunas respuestas. Después de la noche anterior, necesitaba desesperadamente encontrarle una explicación a todo aquello, la que fuera, sin importar lo increíble que pudiera parecer.

—¿Qué pasa con Miguel?

—Si ya ha vuelto, hablaremos con él antes de irnos. Ah, y prepara una bolsa de viaje con lo que necesites para pasar la noche fuera, porque Ian dice que a lo mejor incluso podemos hablar con la madre de la niña. Hoy tiene que trabajar, pero suele tener fiesta los domingos.

Elizabeth asintió, fue al dormitorio y guardó en un bolso de viaje un cepillo de dientes, el neceser del maquillaje, un peine y una muda de ropa. No se permitió pensar en el hecho de que quizás tuviera que pasar la noche fuera, ya que podía seguir el ejemplo de Zach y quedarse en un hotel. Además, sabía que él no la presionaría para que hiciera nada que no quisiera.

Media hora después, se fueron del apartamento en el descapotable negro de Zach.

—Quería llegar aquí cuanto antes —le explicó él—, y el BMW es más rápido que el todoterreno.

Sus palabras parecieron confirmarse cuando aceleró en dirección al hospital. Al pasar por un semáforo, Elizabeth vio por casualidad que la furgoneta verde que había visto en varias ocasiones iba tras ellos.

—Conozco ese coche —miró hacia atrás, pero se volvió de inmediato y fijó los ojos en la carretera—. Creo que nos está siguiendo.

—¿La furgoneta?

—Sí, ya la he visto dos veces antes.

Zach frunció el ceño mientras miraba por el retrovisor.

—¿Cuándo?

—La vi detrás de mí el día que fui al periódico, así que

pasé de largo, volví a mi despacho, y fui andando al cabo de un rato.

—¿Por qué no me lo dijiste?

—Supuse que lo habría enviado Carson para ver lo que estábamos haciendo, pensé que no tenía importancia.

—Puede que no, pero no me gusta —la furgoneta pasó de largo cuando entraron en el aparcamiento del hospital, y Zach no le quitó el ojo de encima hasta que se perdió de vista—. El conductor es un tipo grande con un sombrero de vaquero, podría ser Les Stiles, la mano derecha de mi hermano. Estaremos alerta por si lo vemos a partir de ahora.

Entraron en el hospital y pasaron un rato con María, que tenía mejor aspecto que la noche anterior. Como el médico había dictaminado que debía descansar, la enfermera les pidió que se fueran, y al salir de la habitación se encontraron a Miguel.

Al verlo, Zach tensó la mandíbula.

—Tenemos que hablar —dijo con voz firme.

El otro hombre se limitó a asentir. Parecía un poco envejecido, tenía los ojos rojos y la cara hinchada, y Elizabeth se preguntó si estaba sufriendo los efectos de una resaca.

Como la sala de descanso al fondo del pasillo estaba llena, Zach los precedió hasta la calle. Una vez en el exterior, no se anduvo con rodeos y fue directamente al grano.

—Tu mujer estuvo a punto de morir anoche.

Miguel tragó con dificultad.

—Ya lo sé, volví en cuanto me enteré.

—Querrás decir que volviste en cuanto llegaste del bar —dijo Zach.

Miguel apartó la mirada.

—¿Qué te está pasando? —le preguntó Elizabeth—. Nunca has bebido demasiado, pero últimamente parece que siempre estás borracho. A lo mejor podemos ayudarte si tienes algún problema.

Él se echó hacia atrás el pelo, que estaba grasiento y demasiado largo, como si no se lo hubiera cortado en mucho tiempo.

–No sé lo que pasa, pero últimamente me siento inquieto, nervioso. Puede que sea por el bebé. No sé por qué, pero me enfado con facilidad, y a veces necesito alejarme un rato.

–¿Tienes problemas con María?

–No. Quiero a mi mujer, me enamoré de ella en el momento en que la vi por primera vez.

–¿Qué me dices del bebé?, ¿qué sientes ante la perspectiva de tener un hijo?

–Deseo mucho tenerlo, ya lo quiero y ni siquiera ha nacido aún. María tuvo un aborto el año pasado, y los dos estamos muy ilusionados con el nuevo embarazo. Estoy deseando ser padre.

–En ese caso, dejarás que María se vaya de la casa –le dijo Zach.

–¿Qué quiere decir? –le preguntó Miguel, muy tenso.

–Miguel, está muy asustada –intervino Elizabeth–. Ya sé que no crees en fantasmas, pero anoche estuve en tu casa... y vi a una niña, las cosas terribles que pasaron en esa habitación. María no puede quedarse allí, o acabará muriendo.

Miguel no contestó durante unos largos segundos, y cuando por fin levantó la cabeza tenía los ojos llenos de lágrimas.

–Lo siento. Buscaré un sitio donde pueda quedarse.

–Puede quedarse conmigo.

–No, tiene que estar con gente de su clase. Podría quedarse con la señora López, vive con su marido en una de las otras casas y tienen una habitación libre. Así estaré cerca si María me necesita.

Elizabeth pensó en ello, y creyó que era un arreglo que María seguramente aceptaría. Miró a Zach, y él asintió casi imperceptiblemente con la cabeza.

–De acuerdo –dijo ella–. Cuando le den el alta del hospital y esté fuera de peligro podrá quedarse con la señora López, pero quiero que me des tu palabra de que no harás nada que la angustie y que dejarás de beber como hasta ahora.

Miguel volvió a apartar la mirada.

—Le doy mi palabra.

Con los problemas de María momentáneamente resueltos y las bolsas de viaje en el maletero, salieron del hospital y se pusieron en camino. Comieron en el Red Lobster, un restaurante de Santa Clarita, y después siguieron hasta Van Nuys, donde vivía el agente retirado que había trabajado en el caso de la niña desaparecida.

Ian Murphy había preparado un encuentro para las tres en punto, y llegaron a la casa pocos minutos antes de la hora acordada.

—¿Estás lista? —le preguntó Zach mientras se desabrochaba el cinturón de seguridad.

Se había vestido de forma informal y cómoda, con unos pantalones holgados, una camisa de manga corta y unos mocasines, y su rostro mostraba aquella expresión impenetrable que no dejaba entrever nada. Se había mostrado así toda la mañana, aunque Elizabeth podía sentir su mirada en ella una y otra vez, y el oro de sus ojos brillaba con un fuego que en cualquier momento podía descontrolarse.

Elizabeth sentía el mismo deseo contenido cada vez que lo miraba. Se había sentido atraída por Zach desde el principio, y saber que la relación no tenía futuro no cambiaba nada. Lo deseaba, y era obvio que el sentimiento era recíproco. Aun así, la primera prioridad de ambos era María.

Zach le abrió la puerta del coche y la ayudó a bajar a la acera. Fueron hacia la casa, y un hombre alto con unos vaqueros bastante viejos y una camiseta desgastada salió al porche antes de que alcanzaran la parte inferior de los escalones.

—¿Eres Zachary Harcourt?

—Sí —contestó él, mientras subían los escalones—. Vengo con Elizabeth Conners.

—Llámeme Liz —dijo ella, sin saber muy bien por qué, antes de extender la mano para saludarlo.

—Yo soy Danny McKay —el hombre le estrechó la mano, y después hizo lo propio con Zach—. Trabajaba en el departamento de policía de Los Ángeles, pero llevo casi ocho años jubilado. Pasad.

McKay parecía tener unos setenta años, y estaba casi calvo. Mantuvo la puerta abierta para que pasaran, y entraron en una sala de estar con una chimenea blanca de ladrillo en uno de los extremos.

—Mi mujer murió hace cuatro años —les explicó el hombre—. La casa estaba preciosa cuando ella vivía, y aunque yo hago lo que puedo, no consigo que me quede igual.

La construcción era de los sesenta, y era posible que la hubieran remodelado a finales de los ochenta. Tanto la alfombra color verde claro como el sofá y la silla parecían bastante desgastados.

—Le agradecemos que haya accedido a vernos —le dijo Zach.

Se sentó junto a Elizabeth en el sofá, y el hombre lo hizo en la silla frente a ellos.

—No hay problema, estos días casi nadie viene a visitarme. ¿Queréis café, o un refresco?, creo que tengo algo de té frío en la nevera.

—No, gracias —Elizabeth se movió ligeramente hacia el borde del sofá, y le preguntó—: ¿qué puede contarnos de la niña desaparecida?

—Por favor, tuteadme. Me acuerdo perfectamente bien de ese caso, supongo que porque era una niñita preciosa. Pero no hay demasiado que decir, porque pareció desvanecerse en el aire.

Zach se inclinó hacia delante.

—Según lo que dijo Ian, se la llevaron del jardín delantero de su casa.

McKay asintió, mientras la luz del sol se reflejaba en su calva.

—Los padres se quedaron destrozados, sobre todo la madre. Era su única hija, y la quería con locura.

Elizabeth sintió un escalofrío. Según María, la niña llamaba a su madre, rogaba que la llevaran con ella.

—En el periódico pone que tenía nueve años, y que era rubia con ojos azules —dijo Zach—. Murphy me ha dicho que no hay mucho más en los informes de la policía, que los archivos tienen treinta y seis años y hasta faltan algunas hojas. En aquellos tiempos no podían meterlo todo en bases de archivos, como ahora.

—Por desgracia, eso es verdad. Hoy día es mucho más fácil seguirle la pista a ese tipo de cosas, y con los medios de comunicación hay más probabilidades de pillar a un secuestrador antes de que sea demasiado tarde.

—¿Recuerdas lo que llevaba puesto el día que desapareció? —le preguntó Zach.

—Pues sí, aunque parezca una locura. Aquel día cumplía nueve años, habían preparado una fiesta y los niños estaban jugando en el jardín trasero. Según su madre su perro, un pequinés, empezó a ladrar y Carrie fue corriendo tras él hacia el jardín de la parte delantera de la casa.

—¿Carrie? —dijo Elizabeth.

—Se llamaba así. Carrie Ann Whitt.

Elizabeth intentó tragar el enorme nudo que se le había formado en la garganta.

—Continúa —lo urgió Zach.

—La niña fue detrás del perro, y supongo que había tanto alboroto con la fiesta, que durante un rato nadie notó que no estaba. Para cuando se dieron cuenta, Carrie Ann había desaparecido.

Elizabeth no dijo nada, ya que el cuello le ardía. Se imaginó a la pequeña jugando con sus amigos, vestida con su ropa más bonita para su fiesta de cumpleaños, y en su mente apareció la imagen de la niña a los pies de la cama, con su falda, su peto rosa y el cabello recién lavado y reluciente. El ardor en su cuello se volvió casi doloroso.

—¿Nadie vio nada? —le preguntó Zach al hombre—. ¿No hubo ningún testigo?

—Cuando rastreamos la zona, alguien comentó que había visto un viejo coche azul en el vecindario a la hora aproximada de la desaparición, pero no pudo darnos ningún detalle más, ni el número de la matrícula.

—¿Cuántas personas había en el coche? —le preguntó Zach.

—Dos.

La mandíbula de Zach se tensó.

—No pareces sorprendido —dijo el ex policía, con la mirada fija en él—. ¿Lo has leído en los informes?

—No, ni siquiera los he visto —Zach le lanzó una mirada fugaz a Elizabeth, y añadió—: es una larga historia.

—Pues me gustaría oírla.

—De acuerdo —dijo Zach, con un suspiro—. Pero antes de empezar, sería mejor que sacaras un poco de ese té frío que has mencionado antes.

26

—Zach, es ella, es Carrie Ann Whitt. Tiene que serlo.
—Eso parece.

Iban en el BMW de Zach, avanzando por las largas filas de coches.

—La secuestraron, como a Holly Ives, se la llevaron a la casa donde vivían en Granjas Harcourt y la asesinaron.

—Será mejor que no saquemos conclusiones precipitadas, aún no sabemos a ciencia cierta lo que pasó.

—Pero encaja perfectamente con la descripción, así que es muy probable que sucediera eso.

—Puede. Espero que mañana podamos hablar con la madre, a ver lo que nos dice.

—¿Estás seguro de que es una buena idea hablar con ella? Después de todo, no podemos decirle nada concreto.

—Iremos viendo lo que hacemos sobre la marcha. No quiero hacer que sufra más después de todo por lo que tuvo que pasar.

Elizabeth se reclinó en su asiento, completamente exhausta. Estaba segura de que Carrie Whitt había sido asesinada en la vieja casa gris, y al pensar en Holly Ives y en la tortura que había sufrido, se le revolvió el estómago y tuvo ganas de vomitar. ¡Era sólo una criatura, una niña!

Se preguntó si Carrie Ann habría sufrido el mismo destino, cada vez más convencida de que había sido así.

Luchó por contener las lágrimas, tan ensimismada en sus pensamientos que apenas fue consciente de lo que la rodeaba hasta que Zach salió de la autopista y tomó una carretera que iba hacia la playa.

—Sé que esto es muy duro para ti —le dijo él—. A mí tampoco me gusta nada, pero no podemos dejarlo ahora, tenemos que descubrir lo que pasa.

Elizabeth asintió, y tragó el nudo que tenía en la garganta.

—Tienes razón. Tenemos que encontrar la verdad, y no pararemos hasta conseguirlo.

Zach tomó un desvío en la carretera, y enfiló por un camino que avanzaba paralelo al océano. La orilla estaba sembrada de casetas de playa, y al otro lado de la carretera había tiendas y restaurantes.

—Bueno, creo que hoy no podemos hacer nada más, así que podríamos ir ya a mi apartamento —dijo Zach—. Podríamos dejar las cosas allí, y salir a cenar algo.

Se volvió hacia ella, y Elizabeth contempló sus grandes manos al volante, morenas y con unas uñas cortas y limpias. Recordó cómo se habían movido sobre su cuerpo, y sintió un estremecimiento de deseo involuntario.

—Sería mejor que me quedara en un hotel —dijo.

—No es necesario, mi apartamento tiene dos dormitorios y hasta tendrás tu propio cuarto de baño, disfrutarás de toda la privacidad que quieras.

A pesar de sus palabras, los ojos de él parecieron preguntarle cuánta privacidad deseaba realmente.

Elizabeth sintió una oleada de deseo al recordar la última vez que habían hecho el amor, el increíble placer que había sentido. Lanzó una mirada fugaz hacia los hermosos ángulos de su cara, tan perfectamente esculpidos, y una gran calidez se extendió por sus entrañas.

Cuando él tomó un camino estrecho que subía hacia un acantilado que se alzaba frente al océano, Elizabeth se dio cuenta de que se había quedado mirando su boca como una tonta, pensando en cómo la había besado, cómo sus labios se habían deslizado sobre los suyos, lo suaves pero firmes que eran. Zach la miró, y el brillo ardiente de su mirada dibujó todo tipo de eróticas imágenes en la mente de ella.

Las ruedas rechinaron sobre el camino de entrada de cemento que conducía al aparcamiento subterráneo, y Zach aparcó en el espacio marcado con el número de su apartamento, el 3A. Rodeó el coche y la ayudó a salir, y tras sacar el equipaje del maletero fueron hacia el ascensor.

El edificio tenía cuatro plantas, y estaba asentado sobre unos pilares que penetraban en la montaña. Con un gemido, el ascensor empezó a subir hacia el piso superior, y cuando llegaron Zach la condujo hasta su apartamento, dejó las bolsas de viaje en el suelo y abrió la puerta.

Elizabeth se decía una y otra vez que no importaba si pasaba la noche en su casa, que no iba a pasar nada, que no iba a rendirse ante el deseo que sentía por él.

Con decisión renovada, entró en el recibidor con suelo de mármol y se detuvo en seco, incapaz de apartar la mirada de aquella vista impresionante. El océano y la línea de la costa, que se alargaba hacia el norte y el sur, se extendían delante de los ventanales que ocupaban una pared entera de la elegante sala de estar. La habitación estaba decorada en colores crema y negro, con varias obras de arte y una interesante colección de piezas de cristal labrado que añadían un toque de color.

—¿Te gusta?

—Es precioso.

Sin apartar la mirada de su rostro, él dijo con suavidad:

—Igual que tú.

Estaba tan cerca, que Elizabeth podía sentir el calor de

su cuerpo y oler el aroma de su colonia, y sintió que un torrente cálido se extendía por su interior.

—Zach...

Él se aclaró la garganta y respiró hondo.

—Ven, te enseñaré tu cuarto para que te instales mientras voy a servirte un vaso de vino. Creo que te sentará bien.

—Sí —dijo ella, con un suspiro cansado.

Él la condujo por el pasillo, que estaba decorado con una alfombra en el mismo tono crema que la sala de estar. La habitación de invitados era muy bonita y elegante; los muebles eran oscuros, y una silla tapizada color burdeos hacía juego con el edredón y las cortinas, creando un aire moderno pero acogedor.

Elizabeth dejó su bolsa encima de la cama, sacó el neceser de maquillaje, el peine y el cepillo de dientes, y fue al lujoso cuarto de baño. El mueble de granito negro reflejaba el brillo de las luces que había sobre el espejo, y había un pequeño jarrón con una orquídea blanca artificial que parecía tan real, que alargó la mano para tocarla.

Contempló su propio rostro en el espejo, vio el cansancio en sus ojos y con un suspiro de resignación se peinó lo mejor que pudo y se puso algo de pintalabios antes de regresar a la sala de estar, sintiéndose un poco mejor.

Zach le ofreció un vaso de vino blanco, y la miró con ojos intensos. Aunque su expresión era impenetrable, Elizabeth pudo vislumbrar un tenue brillo de deseo que él no pudo ocultar. La recorrió un estremecimiento cuando tomó el vaso y sus dedos se rozaron, y al llevarse el vino a los labios se dio cuenta de que le temblaba la mano.

No quería que él se diera cuenta de su nerviosismo, así que dejó el vaso sobre la superficie negra de mármol de una mesa de café y fue hacia la ventana, con la mirada fija en el increíble panorama del mar. Sintió los pasos de Zach acercándose, deteniéndose a su espalda, y la sola idea de tenerlo tan cerca la dejó sin aliento.

—No sé si puedo hacer esto, Zach.

—¿A qué te refieres?, ¿a quedarte a dormir aquí?

—A mantener las distancias contigo, a poder tener una actitud objetiva —se volvió hacia él, y añadió—: esto es más difícil de lo que había imaginado.

Él le acarició la mejilla, y admitió:

—Por si no lo has notado, yo también me estoy volviendo loco. Cuando estoy contigo, la mitad de las veces quiero salir huyendo, meterme en mi coche y desaparecer sin mirar atrás, pero la otra mitad... —la tomó de los hombros, y la atrajo hacia su cuerpo lentamente—. La otra mitad, te deseo tanto que no puedo pensar en otra cosa —sin más, Zach bajó la cabeza y la besó con suavidad.

Elizabeth se sorprendió por la ternura de la caricia, por el control férreo que él estaba ejerciendo, por la fuerza de su propia reacción. Se tensó durante un segundo, decidida a no ceder ante sus sentimientos, pero sus ojos acabaron cerrándose bajo el poder avasallador de la oleada de pasión que la recorrió. Le rodeó el cuello con los brazos y le devolvió el beso, deseándolo tanto como él a ella.

Zach profundizó la caricia, y la ternura dio paso a un ansia salvaje y voraz. Sus labios eran ardientes y fieros, su beso estaba lleno de una emoción descarnada, como si se sintiera incapaz de expresar en palabras las emociones turbulentas que lo atenazaban.

«No vuelvas a caer en la tentación», le advirtió una vocecilla a Elizabeth.

Pero Zach ya estaba desabrochándole la camisa y bajándosela por los hombros. Sus largos dedos cubrieron sus pechos, los amasaron y los acariciaron, y después su boca sustituyó a sus manos. Elizabeth gimió y se aferró a él, consciente de que debería apartarlo, pero incapaz de hacerlo.

Él la besó una y otra vez, la dejó sin aliento con aquellos besos profundos, eróticos y seductores que la hicieron anhelar mucho más. Sus pezones estaban erectos, completamente excitados, y un dolor sordo empezó a palpitarle entre las piernas.

Estaban de pie frente al ventanal, pero el apartamento estaba en lo más alto de la colina y sobresalía hacia el agua, así que nadie podía verlos. Cuando él empezó a desnudarla, ella no intentó detenerlo. Le quitó las sandalias, la camisa, los pantalones y el sujetador de encaje, y cubrió con la mano el diminuto tanga azul que cubría su sexo. Deslizó los dedos bajo el encaje, y empezó a acariciarla.

Elizabeth echó la cabeza hacia atrás, y cuando él le besó el cuello ella pensó en cuánto ansiaba aquello, en lo mucho que deseaba a Zach, lo mucho que lo necesitaba... como jamás habría imaginado.

Él se apartó de ella sólo unos segundos, lo justo para quitarse la ropa, y Elizabeth lo contempló fascinada. Tenía unos hombros anchos, un estómago plano y musculoso y un pecho amplio y duro; sus piernas eran largas y poderosas, sus bíceps y sus antebrazos musculosos y bronceados por su trabajo bajo el sol.

Sintió que se humedecía sólo con mirarlo, al imaginarse la sensación de su cuerpo presionándola contra el colchón, al pensar en su miembro duro penetrándola. Él debió de leerle el pensamiento, porque negó con la cabeza y dijo:

—Aún no. Una vez te prometí las cosas que haríamos, y es hora de que cumpla mi palabra.

Zach se acercó a ella, deslizó las manos en su pelo, la atrajo contra su cuerpo desnudo y comenzó una lenta seducción de su boca.

Elizabeth sintió que le flaqueaban las rodillas ante aquellos besos largos, húmedos y salvajes que la enloquecían, y soltó un gemido gutural cuando él empezó un asalto lento y decidido de su cuello y sus hombros, y finalmente cubrió uno de sus pechos con la boca. Ella se estremeció al sentir su lengua en el ombligo, al notar que iba descendiendo cada vez más.

—No pasa nada, cielo. Relájate, no hay nada que temer.

Zach se arrodilló frente a ella, posó la boca en la diminuta prenda de encaje que cubría su sexo y la humedeció, y después deslizó la lengua bajo la tela.

—Zachary...

—Tranquila.

Él le deslizó el tanga por las piernas, acabó de quitárselo y volvió a su tarea. Su lengua se deslizó por su piel en una erótica emulación del acto que estaba por llegar, y el cuerpo de Elizabeth se contrajo de deseo. Enredó los dedos en el oscuro pelo de él, y se mordió el labio para intentar contener un gemido. Zach la llevó al clímax con la boca y las manos, y la explosión de placer la golpeó con tanta fuerza, que estuvo a punto de desplomarse.

Zach la tomó en sus brazos, y la llevó con paso rápido a su dormitorio. Tras apartar el edredón gris de satén, la colocó sobre las sábanas blancas y la cubrió con su cuerpo mientras su boca volvía a reclamar sus labios.

—Quiero estar dentro de ti —le dijo en medio de aquellos besos profundos y apasionados—. Quiero estar cerca de ti, hasta que no sepa dónde acaba tu cuerpo y empieza el mío.

Elizabeth gimió, deseando lo mismo; aunque el placer que sentía era increíble, ansiaba todavía más. Quería estar unida a él, acercarse a su cuerpo hasta que ya no fueran dos personas individuales, sino una sola alma.

Como si pudiera leerle el pensamiento, Zach la penetró sin apartar la mirada de su cara. Consiguió contenerse y permanecer inmóvil unos segundos para darle tiempo a que se ajustara a su considerable tamaño, y entonces empezó a moverse lentamente.

Su miembro grande y duro la llenaba por completo, y Elizabeth se agarró a sus hombros mientras absorbía su calidez y el poder de su cuerpo musculoso, mientras sentía el placer creciendo en su interior. Cuando arqueó las caderas y lo condujo aún más adentro, oyó su gemido extasiado.

Zach la penetró una y otra vez con movimientos más rápidos, profundos y enérgicos, y ella se sintió a punto de estallar.

—Déjate llevar —le susurró él.

Elizabeth reaccionó ante la orden de su voz profunda, y su cuerpo se tensó y pareció explosionar. Le pareció que flotaba, que el tiempo se detenía, gritó su nombre y sintió que el cuerpo de Zach se ponía completamente rígido cuando él también estalló en llamas.

Permanecieron inmóviles durante un largo momento, pero finalmente él depositó un beso suave en su cuello y se tumbó junto a ella.

Elizabeth podía oír el murmullo de las olas más allá de la ventana, y el sonido se mezcló con el latido de su corazón y con sus turbulentas emociones. Se había enamorado de él, y salir huyendo no iba a cambiar nada.

Dios, ¿qué iba a hacer?

Zach recorrió su brazo con un dedo, y dijo con voz suave:

—Ha sido increíble, no sabía que podía ser así.

Ella se volvió ligeramente, para poder verle la cara.

—Zach, has estado con docenas de mujeres. ¿Qué diferencia puede haber?

Él la miró a los ojos, y admitió:

—Una diferencia enorme, porque... porque no estaba enamorado de ninguna de esas mujeres.

Él dijo aquellas palabras como si lo explicaran todo, y el mundo de Elizabeth se volvió del revés.

Tras levantarse y hacer el amor bajo el cálido chorro de agua de la ducha salieron a cenar, y después durmieron juntos en la enorme cama de Zach; sin embargo, él no volvió a sacar el tema del amor, ni hizo referencia a lo que sentía por ella.

Elizabeth tampoco dijo nada al respecto, y había empezado a preguntarse si lo habría oído correctamente, a cuestionarse si realmente cambiaría algo de ser cierto, ya que Zach seguía siendo el mismo, y eso no cambiaría nunca. Fuera lo que fuese lo que sentía por ella, sería efímero.

Mientras las horas iban pasando, Elizabeth no pudo conciliar el sueño a pesar de estar apretada contra el cuerpo de Zach, y sus pensamientos oscilaron entre lo que sentía por aquel hombre y su preocupación por María.

Miguel seguía viviendo en la casa... ¿estaría también en peligro?

Se preguntó lo que les contaría la madre de Carrie Whitt al día siguiente, y lo que harían si descubrían algo importante. Allí tumbada en la oscuridad, de cara al techo, Elizabeth pensó en la niña que había aparecido a los pies de la cama de María, en sus advertencias del peligro que corría en la casa.

Cerró los ojos, y rogó que no sucediera algo terrible cuando regresaran a San Pico.

La casa donde Paula Whitt Simmons vivía con su segundo marido era muy parecida a la del agente McKay, ya que formaba parte de los típicos conjuntos de construcciones idénticas que poblaban la zona. En ese caso, la casa formaba parte de una subdivisión de viviendas pequeñas y estucadas en Sherman Oaks. Paula, de sesenta y cinco años, tenía veintinueve cuando había desaparecido su hija.

—Fue una época terrible —dijo, mientras bebían café sentados en la mesa de la cocina—. Parecía que no iba a acabar nunca, y las cosas fueron empeorando en vez de mejorar.

Paula Simmons tenía el pelo gris y el rostro arrugado de una mujer mucho mayor, y Elizabeth entendió el porqué al verla encender el tercer cigarrillo en el corto tiempo que llevaban allí.

—¿Cómo empeoró? —le preguntó Zach.

—Mi primer marido me abandonó dieciocho meses después de que Carrie desapareciera.

—Lo siento —dijo Elizabeth, consciente de lo duro que debía de haber sido para la mujer perder tanto a su hija como a su marido.

—El divorcio no fue culpa suya, porque yo era incapaz de superar lo de mi hija. George quería una esposa, pero yo sólo podía ser una madre destrozada.

—El divorcio es muy frecuente cuando una pareja pierde un hijo —le dijo Elizabeth.

—Lo leí más tarde en uno de esos libros de autoayuda, pero no me sirvió de mucho. Afortunadamente, conocí a Marty ocho años después de la desaparición de Carrie, y él me ayudó a retomar mi vida.

—Algunas personas no tienen tanta suerte —comentó Elizabeth.

Paula asintió, y aspiró una enorme calada de su cigarrillo. Cuando un poco de ceniza cayó sobre la mesa, Elizabeth se dio cuenta de que a la mujer le temblaba la mano.

—Si esto es demasiado difícil...

—No pasa nada, sucedió hace mucho tiempo. Tengo dos hijas con Marty, y eso me ha ayudado a aceptar lo que le pasó a Carrie Ann.

—¿Qué cree que le pasó? —le preguntó Zach con voz suave.

—Creo que mi niña está muerta, que algún monstruo me la quitó y la mató.

Elizabeth ignoró el peso que le presionó el pecho y el estremecimiento que le recorrió la espalda, y le preguntó:

—¿Puede hablarnos de ella?

Paula habló de la hija que había perdido durante la media hora siguiente. Les contó lo bonita que era, que la gente decía que parecía un ángel, lo lista que era y que en la escuela iba a un programa especial para niños superdotados.

—Le encantaban los niños, sobre todo los bebés, y tenía muchas ganas de tener una hermanita o un hermanito.

Elizabeth miró a Zach, que tenía la mandíbula tensa y seguía con la mirada fija en la mujer.

—¿Cómo la llamaba? —preguntó él—. ¿Madre, o mami?

—No, me llamaba simplemente «mamá». Supongo que porque yo llamaba así a mi madre —sus ojos se llenaron de lágrimas—. Lo siento, es que al hablar de ella me vuelven todos los recuerdos.

Elizabeth ya había oído bastante. Le parecía conocer a aquella pequeña niñita de ojos azules tan adorada por su madre, y no podía soportar pensar en lo que podía haberle ocurrido.

Le lanzó a Zach una breve mirada y se levantó de la silla, y él la imitó.

—Sentimos haberla molestado, señora Simmons —dijo ella—. Muchas gracias por su ayuda.

—Cuando el señor Murphy me llamó por teléfono y me dijo que querían hablar de Carrie Ann, pensé que eran policías, pero no lo son, ¿verdad?

—No, sólo estamos intentando resolver un misterio —dijo Zach—. Puede que tenga alguna relación con su hija, y si es así, la informaremos de todo lo que descubramos.

—¿Creen que puede estar viva?

A Elizabeth se le encogió el corazón, y admitió:

—No podemos estar seguros, pero creemos que no.

—Yo tampoco lo creo —dijo Paula—. Si lo estuviera, creo que lo sentiría aquí —se llevó un puño al corazón.

El dolor de la mujer, incluso después de tantos años, era obvio.

—Estoy segura de que sería así —dijo Elizabeth con suavidad, mientras un nudo doloroso crecía en su garganta.

Tras agradecerle de nuevo a la mujer que hubiera accedido a hablar con ellos, salieron de la casa y se pusieron rumbo a San Pico. Zach había optado por el todoterreno, y mientras él conducía Elizabeth pensó en Paula Whitt y volvió la cara hacia la ventanilla, con la esperanza de que Zach no viera las lágrimas que era incapaz de contener. No se dio cuenta de que él salía de la carretera y entraba en el aparcamiento de un supermercado hasta que la puerta de su lado se abrió y Zach la sacó del coche y la abrazó con fuerza.

—No pasa nada, desahógate —le dijo él.

Elizabeth le rodeó el cuello con los brazos y empezó a llorar desconsoladamente, con violentos sollozos que sacudieron su cuerpo, mientras Zach la abrazaba. Él no dijo nada ni intentó hacer que parara de llorar, sólo la apretó con fuerza contra sí y la dejó que sacara todo lo que tenía dentro.

Elizabeth deseó poder quedarse en sus brazos para siempre.

—¿Estás mejor? —le preguntó él cuando las lágrimas empezaron a amainar.

Ella asintió, pero no lo soltó.

—Con el tiempo esto acabará, y tu vida volverá a la normalidad.

Ella tomó una temblorosa bocanada de aire y se apartó un poco, aunque permaneció en la seguridad de sus brazos.

—No sé si eso es posible, todos mis esquemas de la realidad han cambiado.

Él siguió abrazándola durante unos segundos, y finalmente la soltó. Volvieron a entrar en el coche y siguieron en completo silencio durante un rato, mientras Zach mantenía la mirada centrada en la carretera. Avanzaban entre montañas de aspecto árido y rocoso, y el valle aún estaba a cierta distancia.

—La niña que vi en la casa es Carrie Ann, estoy segura

—dijo Elizabeth de pronto—. Aquellos monstruos la asesinaron, y su espíritu está atrapado en la casa. Ha estado intentando proteger a María y salvar a su bebé... Zach, tenemos que encontrarla, tenemos que liberarla —sus ojos volvieron a inundarse de lágrimas, y apartó la mirada.

—La encontraremos —dijo él con voz ronca.

—Tenemos que excavar... —tragó saliva, y volvió a empezar—: tenemos que excavar debajo de la casa. Los Martínez enterraron a Holly Ives en el sótano, así que si también asesinaron a Carrie, es muy probable que se deshicieran del cuerpo de la misma forma. Como la casa nueva se construyó en el mismo sitio de la antigua...

—Sí, tiene sentido —Zach suspiró con cansancio, y dijo—: si Carrie Ann fue asesinada, eso explicaría por qué su espíritu sigue allí, aunque su cuerpo no esté. La casa está rodeada de acres de terreno, pudieron enterrarla en cualquier parte.

—Puede que tengas razón, pero sigo creyendo que deberíamos mirar debajo de la casa.

—Sí, yo también creo que hay que hacerlo.

Elizabeth se volvió hacia él, y comentó:

—A lo mejor Carson nos deja buscar cuando sepa lo que hemos descubierto.

—Lo dudo, a menos que consigamos una orden del juez.

—¿Crees que podremos conseguir una?

—No soy demasiado popular en San Pico; además, dudo que ningún juez firme una orden basándose en la aparición de un fantasma.

—Entonces, no tenemos más remedio que recurrir a Carson.

—Eso parece.

—Pero tú no crees que sirva de nada.

—Mi hermano puede llegar a ser un verdadero malnacido cuando quiere, y se ha negado en redondo a ayudarnos en este asunto, así que no, no creo que sirva de nada.

—Pues vamos a hablar con la policía.

Zach la miró un segundo, y dijo:

—A lo mejor lo que tendríamos que hacer es conseguir un par de palas.

—Puede que sí —dijo ella, muy seria.

Llegaron a San Pico al anochecer, y fueron directos al hospital para ver cómo estaba María.

La encontraron reclinada en unas almohadas; parecía menos pálida y un poco más fuerte, a pesar de la barriga protuberante bajo la sábana y del tubo que tenía en el brazo. Aun así, era obvio que la joven estaba exhausta, y sus enormes ojeras revelaban su preocupación.

—¿Cómo estás? —le preguntó Liz al acercarse a la cama.

María consiguió esbozar una sonrisa.

—Mucho mejor. Miguel dice que podré ir a casa en un par de días —miró a Zach, y le dijo—: me alegro de verlo, señor Harcourt. ¿Ha descubierto algo sobre el fantasma?

—Es posible —Zach miró a Liz, sin saber si debía contarle todos los detalles a la joven. No quería preocuparla, pero si ella sabía que estaban haciendo progresos seguramente se sentiría más tranquila—. Creemos que la niña que viste puede ser Carrie Ann Whitt, que desapareció de su casa en septiembre de 1969.

—¿Murió en la casa?

—Es posible que muriera en la vieja vivienda que había antes, pero aún no estamos seguros. Por cierto, Miguel nos dijo que te quedarás con la señora López hasta que nazca el niño.

María asintió.

—Creo que es una buena idea —comentó Liz, mientras le tomaba la mano—. Pero le dije a Miguel que puedes quedarte en mi casa si lo prefieres.

—Quiero estar cerca de mi marido y de mi casa.

—Lo entiendo —Elizabeth consiguió esbozar una sonrisa—. Mientras, seguiremos trabajando para solucionar todo esto.

Charlaron durante un rato, y al salir de la habitación Zach vio a Miguel acercándose por el pasillo, con una taza de café en la mano. Tenía el pelo revuelto y la ropa arrugada, y parecía incluso más desastrado que la última vez que lo habían visto. Él los vio, y se paró al llegar junto a ellos.

—Van a dejarla ingresada un par de días más —les dijo. Sus ojos enrojecidos iban nerviosamente del uno a la otra.

—María tiene mucho mejor aspecto —dijo Liz, con una sonrisa.

—Sí. El médico dice que va a ponerse bien.

—Claro que va a ponerse bien, siempre y cuando la mantengas alejada de esa casa —dijo Zach, con una nota de advertencia en la voz.

—No quiere vivir allí... al menos, hasta que nazca el niño.

Al recordar a Carrie Ann y a los asesinos que habían vivido en aquel sitio, Zach pensó que era muy posible que María no quisiera volver nunca.

Miguel se despidió y entró en la habitación de su mujer, y en aquel momento Zach vio que Raúl y Sam Marston se acercaban por el pasillo.

—¡Hola, Zach!

—Me alegro de verte, Sam. Hola, Raúl.

Sam y Raúl le estrecharon la mano, y el chico inclinó ligeramente la cabeza en un gesto respetuoso al saludar a Liz.

—Hola, señorita Conners —se había quitado el pendiente, aunque aún tenía el tatuaje de debajo de la oreja y el de la calavera en el dorso de la mano.

—Hola, Raúl —sonrió Elizabeth.
—Mi hermana va a ponerse bien, y va a irse de la casa.
—Ya lo sabemos, y nos alegramos mucho —dijo Zach.
El chico asintió, y les dijo:
—Muchas gracias a los dos.
—Raúl, esto aún no se ha acabado, pero esperamos que todo se solucione pronto. Mientras tanto, sigue como hasta ahora en Visión Juvenil.
Sam le dio una palmada en el hombro al chico y anunció:
—Está haciendo un trabajo fantástico, y le queda sólo un examen para sacarse el graduado. Ha aprobado los otros cuatro con muy buena nota.
—¡Felicidades, Raúl!, ¡me alegro mucho! —dijo Liz.
Él se ruborizó un poco ante el elogio, y señaló con la cabeza la puerta de la habitación de su hermana.
—Será mejor que entre —dijo.
—Te esperaré aquí fuera —le dijo Sam.
Cuando el chico entró en la habitación de María, Zach se volvió hacia Sam y le dijo:
—Supongo que te has enterado de lo del fantasma.
—Raúl me ha contado que María dice que hay uno en su casa, que lo ha visto.
—Sé que es difícil de creer —admitió Liz—, pero yo también lo he visto.
Le explicó lo que había sucedido la noche que Zach y ella habían pasado en la casa, lo de la vez que había visto la aparición fantasmal de la niña vestida para una fiesta, y los acontecimientos que habían acabado con el ingreso de María en el hospital.
—Es una historia realmente increíble —dijo Sam, mientras se rascaba la calva.
—Sí, es totalmente alucinante —admitió Zach—. Por eso no va a haber manera de conseguir una orden judicial para excavar debajo de la casa.

—¿Crees que Carson no va a darte permiso para hacerlo?
—Dudo que lo haga.

Sam miró a ambos lados del pasillo para asegurarse de que nadie podía oírlos.

—A lo mejor tendrías que ponerte a excavar debajo de la casa sin más, a ver qué aparece —sugirió.

—Hasta ahora, ésa parece ser nuestra única opción —admitió Liz.

—No me gusta nada tener que hacerlo —dijo Zach—. No creo que sea buena idea excavar en un sitio donde es posible que haya un cadáver sin que haya ninguna autoridad presente.

—Entonces, ¿qué vas a hacer?

—Aún no lo sé. Carson tiene el control de la granja, pero técnicamente la propiedad le pertenece a mi padre. A lo mejor podría conseguir acceso legal si voy a juicio, pero después de lo que le ha pasado a María el tiempo es un factor importante, porque no queremos que le pase nada a su marido.

—¿Creéis que corre peligro?

—Tú no estabas allí, pero sea lo que sea lo que está pasando en esa casa, las fuerzas que hay en juego son increíbles. Nadie debería vivir en un sitio con tanta maldad.

—Supongo que sabéis que todo esto suena a película de terror —dijo Sam.

—Sí, pero es muy real —contestó Zach.

Sam sonrió de oreja a oreja y dijo:

—Si puedo ayudaros en algo, sólo tenéis que decírmelo.

Ya era de noche cuando salieron del aparcamiento del hospital. Ambos estaban exhaustos después del agotador fin de semana, y de tener que lidiar con el tráfico típico de los domingos por la noche en el viaje de vuelta a San Pico desde Los Ángeles.

—Tengo que ir a mi despacho mañana por la mañana —comentó Liz—. Tengo tres citas y un montón de papeleo por rellenar y organizar, pero seguramente podré tomarme la tarde libre para poder hablar sobre lo que vamos a hacer ahora.

Zach se limitó a asentir. Sin importar lo que decidieran, suponía que era una ventaja que fueran dos las personas que apoyaban aquella historia tan increíble. Se imaginó la cara del sargento Drury si le decían que querían una orden para buscar el cuerpo de un fantasma, y no pudo evitar sonreír.

Cuando doblaron la esquina de la calle Cherry, ella lo miró y le preguntó:

—¿Vas a quedarte a pasar la noche?

Zach bajó la mirada hacia sus pechos plenos, y sintió una oleada de deseo que le golpeó de lleno en la entrepierna. No podía recordar haber deseado jamás a una mujer como deseaba a Liz.

—¿Quieres que lo haga?

—Supongo que sí —dijo ella, con una ligera sonrisa—. Ya he empezado a echarte de menos, y ni siquiera te has ido.

Él le devolvió la sonrisa. La entendía perfectamente, porque cuando ella no estaba a su lado sentía que le faltaba algo. Nunca había experimentado algo parecido, y aunque sabía con una certeza absoluta que se había enamorado de ella, tal y como le había dicho cuando estaban en la cama, el problema era que no sabía qué hacer al respecto; además, ni siquiera sabía si ella le correspondía.

Tras aparcar el todoterreno en uno de los espacios vacíos reservados para invitados del aparcamiento que había en la parte posterior del apartamento, Zach la ayudó a bajar y después fue a sacar las bolsas de viaje del maletero. Al cerrarlo, notó que la lámpara grande que iluminaba las plazas de aparcamiento estaba apagada, y habría hecho caso omiso del detalle si no hubiera notado un cierto cosquilleo de inquietud que le puso el vello de la nuca de punta.

—Vamos —la urgió.

Hizo que Liz lo precediera, y cruzaron el aparcamiento vacío a paso rápido. El sexto sentido que había desarrollado en su juventud conflictiva le estaba advirtiendo que pasaba algo, y hacía mucho que había aprendido a fiarse de él.

Casi habían dejado atrás la zona reservada a los inquilinos de los apartamentos, cuando la figura envuelta en sombras de un hombre se interpuso en su camino. Vestía unos vaqueros y una camisa negra, tenía la piel morena y una altura que se ajustaba a la media, y tenía la cabeza cubierta con una media de nailon. Liz soltó una exclamación ahogada cuando un segundo individuo apareció tras ellos, seguido de un tercero.

Todo pareció suceder al mismo tiempo. El primer hombre soltó un puñetazo, pero Zach lo esquivó y mandó al asaltante hacia atrás con un golpe en la mandíbula; al mismo tiempo, le dio una patada al segundo hombre en la rodilla izquierda, y el individuo se desplomó.

—¡Corre! —le gritó a Liz.

Sin embargo, al volverse la vio girar en un arco su bolso blanco de cuero, directo hacia la cabeza del tercer hombre. El golpe dio de lleno en la sien del asaltante, y lo hizo retroceder unos pasos.

—¡Zorra! —gritó el individuo, mientras se abalanzaba hacia ella.

Zach intentó intervenir, pero el primer hombre le dio un puñetazo en la mandíbula que lo echó a un lado, mientras por el rabillo del ojo veía que el atacante de Liz la agarraba del frente de la camisa, se la acercaba de un tirón y la abofeteaba con fuerza en la cara.

Zach enloqueció de furia. Con un rugido gutural, embistió a su adversario, y lo lanzó hacia atrás con tanta fuerza que su cabeza se estrelló contra la pared y el hombre perdió el conocimiento. Se volvió hacia el más alto, y le dio un puñetazo brutal que hizo que la nariz empezara a sangrarle a borbotones. Le dio una patada en el estómago, y cuando el tipo se dobló sobre sí mismo Zach se volvió como una exhalación hacia el atacante de Liz.

No llegó a ver el palo que descendía hacia la parte posterior de su cabeza, ni oyó el grito de Elizabeth. Lo único que supo fue que un muro de dolor lo golpeaba y lo hacía caer de rodillas, mientras la oscuridad se arremolinaba al borde de su campo de visión. Vio a Liz luchando por acercarse a él, la oyó gritar su nombre e intentó llegar hasta ella, pero una profunda fosa negra se abrió ante él y lo engulló, y el mundo que lo rodeaba desapareció.

Lo despertaron los sonidos de la noche... el rugido de un coche en la distancia, el sonido de la brisa meciendo las ramas de los árboles junto al edificio. Zach se movió un poco y gimió mientras recordaba lo sucedido, y al abrir los ojos vio a Elizabeth inclinándose sobre él. Tenía la camisa rasgada, los pantalones manchados de suciedad, y sangre en la cara.

—¡Zach! ¡Zach!, ¿estás bien?

Él volvió a gemir, y se incorporó hasta sentarse en el suelo de cemento, mientras se llevaba una mano a la cabeza al sentir un terrible dolor en la sien.

—Estoy bien —la miró y le acarició la cara, y sus dedos se mancharon de sangre—. ¿Cómo estás tú?

Zach se puso de pie, y sintió que la cabeza le daba vueltas. Luchando por controlar el mareo, metió una mano temblorosa en el bolsillo de los pantalones y sacó su móvil.

—Estás sangrando, voy a llamar a una ambulancia.

—Estoy... estoy bien, sólo un poco asustada. Dios, Zach, esos hombres... creo que los ha enviado tu hermano.

El cuerpo entero de Zach se tensó, y lo sacudió una nueva oleada de náusea.

—¿De qué estás hablando?

—Uno de ellos dijo... dijo que esto era sólo una advertencia, que dejáramos de meternos en asuntos ajenos, y que si no lo hacíamos... que esto era sólo una muestra de lo que... de lo que nos pasaría.

Liz se desplomó, y Zach consiguió agarrarla antes de que se diera contra el suelo.

Zach condujo hacia el hospital como un poseso, derrapando en las curvas, volando por las intersecciones, ignorando las señales de stop. Un coche patrulla empezó a perseguirlo con la sirena encendida para indicarle que se detuviera, pero él hizo caso omiso. Por segunda vez en los últimos días se sentía frenético, desesperado como no lo había estado en años.

Ajustó el retrovisor para poder ver a la mujer que permanecía inconsciente en el asiento trasero del coche. Silueteada por la luz de la luna, su rostro parecía mortalmente pálido, y Zach sintió que se le encogía el corazón. Pisó a fondo el acelerador, y el todoterreno derrapó en otra curva. Si Carson era responsable de aquello...

Por lo que había dicho Liz, no podía ser nadie más. Los tres hombres que les habían atacado eran hispanos, seguramente temporeros que recibirían el dinero pactado de Carson y se marcharían de allí sin que nadie los echara en falta. Zach se preguntó cuáles habrían sido los motivos de su hermano para hacer algo así, ya que no creía que el pleito que había iniciado contra él hubiera sido suficiente detonante.

Detrás de ellos, la sirena de la policía aullaba a todo volumen, y cuando al fin vio aparecer el edificio de dos plantas del hospital su corazón se aceleró. Había llamado con el móvil para avisarles de su llegada, les había contado lo sucedido y que llevaba a una mujer inconsciente, así que dos hombres con bata blanca le estaban esperando cuando llegó frente a la entrada de Urgencias, paró en seco, puso el freno de mano y abrió la puerta de golpe.

Uno de los auxiliares ya estaba abriendo la puerta trasera del lado opuesto, pero se volvió un segundo hacia él y, tras una rápida ojeada a la sangre que había en su ropa y en la comisura de sus labios, le dijo:

—Nosotros nos ocuparemos de ella, ¿cómo se llama?

—Elizabeth Conners —Zach bajó la mirada hacia ella, la vio allí, pálida e inmóvil, y añadió suavemente—: yo la llamo Liz.

—Escuche, Liz se va a poner bien, nosotros cuidaremos de ella. Tiene que ir a rellenar unos papeles en recepción, y de momento lo mejor que puede hacer para ayudarla es dejarnos trabajar y no quedarse en medio.

Zach asintió, y retrocedió unos pasos cuando alguien apareció con una camilla y empezaron a sacar a Liz del coche. Por el rabillo del ojo vio llegar al coche patrulla, pero el agente no se acercó y él supuso que estaba esperando a que los auxiliares acabaran. Cuando la pusieron en la camilla, el rostro de ella emergió de las sombras, y al ver su hinchado labio inferior y el moratón junto a uno de sus ojos, Zach sintió que la furia lo consumía. Si Carson era el responsable de aquello, el malnacido iba a pagarlo muy caro.

Zach la observó mientras los auxiliares se la llevaban. Su pelo oscuro era una maraña ondulada alrededor de sus hombros, parecía aún más pálida que antes, y por primera vez se le ocurrió la posibilidad de que estuviera herida de gravedad, de que pudiera morir.

Se le encogió el estómago, la bilis ascendió por su garganta, y fue entonces cuando se dio cuenta de lo que significaría para él perderla. ¿Qué pasaría si Liz moría? Pensó en su hermosa sonrisa y en sus maravillosos ojos azules, en sus largas piernas y en su sexy forma de moverse; pensó en su inteligencia y en su fuerza de voluntad; pensó en su lealtad, en lo mucho que se preocupaba por los demás, y el nudo de su estómago se apretó aún más.

Durante toda su vida se había negado a dejar que sus emociones lo gobernaran, jamás se había permitido amar demasiado a nadie, porque perder a un ser querido era demasiado doloroso.

Sin embargo, había roto aquella regla que siempre había seguido a rajatabla, y se había enamorado de Liz.

Y en ese momento, podía perderla.

Zach vio cómo los auxiliares atravesaban con ella las puertas de Urgencias, la vio desaparecer en el interior, y sintió una desolación aún peor que la que sintió el día que su madre había renunciado a él.

Zach se giró cuando una oleada de náusea lo golpeó de lleno, y vomitó en los arbustos que había junto a las puertas del hospital.

Zach se limpió la boca con un pañuelo, volvió a metérselo en el bolsillo de sus pantalones azules, y al volverse vio que el agente de policía se acercaba a él.

–Vale, amigo, ponga las manos detrás de la cabeza. Hay límites de velocidad, y usted acaba de saltárselos todos.

–Agente, tenía que llegar a Urgencias cuanto antes, no tenía tiempo de pararme para explicárselo –Zach pensó en Elizabeth tumbada en un box pálida e inconsciente, herida, quizás incluso moribunda, y empezó a ir hacia la puerta–. Está inconsciente, y no sé lo graves que son sus heridas. Tenía que traerla aquí lo más rápido posible, si se hubiera tratado de su... amiga, usted habría hecho lo mismo.

Zach había estado a punto de decir «mujer», para asegurarse de que le dejaran entrar a verla, pero se había echado atrás. Era hora de que se enfrentara a la realidad: no podía manejar la implicación emocional que sentía con Liz, esa noche había quedado claro. Tenía que conseguir alejarse, volver a recuperar el control de su vida.

En cuanto todo aquello acabara, se marcharía de allí... y no volvería a San Pico.

—¿Qué ha pasado? —le preguntó el agente. Al parecer, había decidido dejar a un lado de momento el asunto del exceso de velocidad.

—Nos atacaron tres hombres en el aparcamiento que hay detrás de la casa de mi amiga. Uno de ellos me dio en la cabeza con un palo, y otro la golpeó a ella.

—¿Está seguro de que sólo es su amiga? Por la sangre que usted tiene en la cara, creo que a lo mejor se han peleado... puede que haya sido usted quien le ha pegado y la ha mandado al hospital.

—Yo no la he tocado, ya le he dicho que nos han atacado tres hombres. Se llama Elizabeth Conners, y es asesora familiar.

Zach aceleró el paso, desesperado por saber lo que estaba pasando pero al mismo tiempo temeroso de plantearse lo grave que podía estar Liz. Pasara lo que pasase entre ellos él la amaba, y nada podría cambiar eso.

No creía que pudiera cambiar jamás.

Entraron en la sala de Urgencias, que estaba llena hasta los topes.

—Elizabeth Conners —le dijo a una enfermera que pasó junto a él—. ¿Dónde está?

—En el box B, pero antes de verla tendrá que rellenar unos formularios.

—¿Se... se pondrá bien?

—Tendrá que preguntárselo al doctor. Ha recibido un fuerte golpe en la cabeza, y el doctor López dice que tiene una conmoción cerebral.

Una conmoción cerebral. Maldición, ¿podía ser mortal una cosa así?

—¿Está despierta?

—Creo que sí.

La enfermera se alejó y lo dejó allí plantado, pero Zach

la siguió sin prestar atención al policía, que se quedó atrás. Asomó la cabeza por una de las cortinas y vio a una mujer de pelo blanco en una camilla; fue a la siguiente cortina, y al ver a Liz tumbada en una cama estrecha, cubierta con una sábana, entró en el box mientras luchaba por dominar el miedo que sentía y por deshacer el nudo que se le había formado en la garganta.

Durante unos segundos se limitó a contemplarla rezando en silencio, algo que no había hecho en años. Entonces ella abrió los ojos y lo miró, y el alivio que sintió fue tan avasallador, que estuvieron a punto de flaquearle las rodillas.

–Hola...

Zach se sentó en la silla que había junto a la cama, y la tomó de la mano.

–Dios, estaba tan preocupado... ¿estás bien?, ¿cómo te encuentras?

Liz tragó con dificultad y admitió:

–Un poco... dolorida. El doctor quiere hacerme unas pruebas, pero cree que voy a recuperarme sin problemas.

La mano de Zach temblaba cuando la alzó para acariciarle la cara.

–Nunca en mi vida había estado tan asustado.

–Yo también lo estaba, Zach. Cuando vi a aquel hombre ir hacia ti con el palo... pensé que iba a matarte.

Zach consiguió esbozar a duras penas una sonrisa. Él debería ser el de la conmoción, pero al parecer había tenido suerte.

–Soy más duro de lo que parece.

–Tienes sangre en la cara. ¿Estás... seguro de que estás bien?

–Sí –su mandíbula se tensó, y dijo con tono pétreo–: mañana iré a ver a Carson.

Los dedos de Liz se tensaron en los suyos.

–A lo mejor no deberías hacerlo, a lo mejor tendrías que ir sin más a la policía, para contarles lo que ha pasado.

—No tenemos ninguna prueba de que mi hermano esté implicado, no sabemos quiénes eran esos hombres, y seguramente a estas horas ya se habrán largado de la ciudad. Carson tiene una cantidad interminable de gente dispuesta a hacer el trabajo sucio por él, por un precio suficientemente alto.

Liz cerró los ojos, y susurró:

—Todo es tan confuso... no puedo entender nada.

—Sí, te entiendo muy bien —Zach se inclinó y la besó en la frente—. Descansa un poco, puede que mañana las cosas mejoren un poco.

Liz asintió, aunque ninguno de los dos creyó que aquellas palabras acabaran confirmándose.

28

Elizabeth dormitó a intervalos. El doctor López había decidido que pasara la noche en el hospital para tenerla en observación, y había programado que le hicieran un escáner por la mañana para asegurarse de que no habían lesiones graves. En algún momento de la noche la trasladaron a una habitación donde había una anciana durmiendo, y una enfermera le dio un calmante para el incesante dolor de cabeza y el malestar generalizado que sentía en todo el cuerpo.

Se despertó antes del amanecer, y se sorprendió al ver a Zach durmiendo en la silla que había junto a su cama.

Él seguía en la silla cuando Liz se despertó varias horas después. La estaba contemplando con una expresión llena de preocupación y fatiga, y con la barba incipiente que le oscurecía la mandíbula y el pelo oscuro alborotado parecía aún más sexy que de costumbre.

Si no fuera por el dolor del labio, Liz habría sonreído, pero se contentó con agarrarle una mano y darle un apretón tranquilizador.

—Buenos días —las palabras sonaron roncas, como si su voz no acabara de funcionar bien.

Zach sonrió, pero sus ojos no perdieron el cansancio y la obvia preocupación que sentía por ella.

—¿Cómo te encuentras?

Ella consiguió esbozar una leve sonrisa, y contestó:

—Como si me hubiera pasado un camión por encima.

—Si lo recuerdo bien, fueron tres camiones.

—¿Cómo estás tú?

—Sólo un poco entumecido, hacía mucho que no me metía en una pelea callejera.

—Creo que habrías podido con todos de no ser por el palo.

La comisura del labio de él se curvó ligeramente.

—Habría hecho todo lo posible.

En ese momento llegó una enfermera, y Zach se levantó de la silla. Tenía los pantalones arrugados, y la camisa rasgada y manchada de sangre.

—Tenemos que hacerle las pruebas —le dijo la mujer—. Puede esperarla en la habitación al fondo del pasillo.

Zach asintió, se volvió de nuevo hacia Liz y trazó tiernamente una de sus mejillas con un nudillo.

—Estaré aquí cuando acabes.

Elizabeth asintió, y el latido acelerado de su corazón le recordó lo mucho que lo amaba, que Zach era un hombre diferente a todos los que había conocido. Él le había dicho una vez que la quería, y al pensar en cómo la había mirado la noche anterior, en la preocupación que había visto en sus ojos, empezó a creer que podía ser cierto.

Pero aquél era Zachary Harcourt, el Lobo Solitario, y sabía que el amor quizás no sería suficiente para que se quedara a su lado.

Sentado en la sala de espera, Zach intentó hojear una revista, pero era incapaz de concentrarse en la letra impresa ni de relajarse hasta que supiera a ciencia cierta que Liz iba a ponerse bien. Dejó la revista a un lado y empezó a pasearse de un lado a otro de la sala casi vacía, mientras su preocupación se mezclaba con una furia explosiva.

No entendía lo que le pasaba a Carson. Era normal que le hubiera molestado el pleito que había interpuesto contra él para que le quitaran la custodia de su padre, pero una respuesta así rebasaba todos los límites.

La verdad era que había vuelto a subestimarlo otra vez. Nunca se le había pasado por la cabeza que Carson llegaría a contratar a unos matones para que los atacaran, que ordenaría a sus hombres que atacaran físicamente a una mujer indefensa.

Intentando contener la furia que sentía, Zach le dio vueltas al asunto e intentó pensar como su hermano. Si operaban a su padre y éste recobraba las facultades mentales, era posible que Carson tuviera que dejar de dirigir la empresa familiar, y perdería el poder que tanto ansiaba y el prestigio que tanto parecía importarle. Quizás incluso afectara a sus elevadas ambiciones políticas.

Fueran cuales fuesen los motivos de su hermano, sus hombres podrían haber matado a Elizabeth Conners, y Zach no iba a dejar pasar algo así.

Minutos después, Zach vio que el doctor se acercaba a él, y al darse cuenta de que sonreía su tensión se alivió un poco.

—Las pruebas han dado negativo, no parece haber ningún daño —dijo el hombre—. Tenemos que acabar con todo el papeleo para poder darle el alta, y necesitará un rato para vestirse y prepararse. ¿Por qué no vuelve en un par de horas?

—De acuerdo. Gracias por todo, doctor.

Mientras Liz se preparaba para salir del hospital, Zach fue a su apartamento a ducharse y a cambiarse de ropa, y después fue a Granjas Harcourt. Por desgracia, cuando detuvo el coche frente a la casa que en otro tiempo había sido su hogar, salieron a recibirlo Les Stiles y dos de sus compinches.

Obviamente, habían estado esperando su visita.

Zach abrió la puerta y bajó del coche, mientras Stiles y sus amigotes bajaban los escalones del porche. En un primer momento, Zach pensó que los dos hombres que flanqueaban al capataz de su hermano eran los tipos que le habían atacado la noche anterior, pero durante la pelea había conseguido colocar varios puñetazos sólidos y aquellos dos no tenían ni un arañazo.

Stiles avanzó unos pasos hacia él con un bate de béisbol en la mano, y le preguntó:

—¿Adónde crees que vas?

—He venido a ver a mi hermano, así que quítate de mi camino.

Stiles no se movió, y lo miró con expresión hostil.

—Ya no eres bienvenido aquí, Zach. Tu hermano quiere que salgas de la propiedad de los Harcourt.

—Aunque Carson no se lo crea, esta tierra le pertenece a mi padre, no a él. Vendré aquí cuando me dé la gana.

—Carson dirige este sitio, y él te considera un intruso.

Stiles se acercó un poco más, golpeando rítmicamente con el bate en la palma de su mano. Los dos tipos que lo flanqueaban eran jóvenes y fuertes, deseosos de una buena pelea, y Zach cerró los puños de forma inconsciente, mientras todas sus terminaciones nerviosas lo urgían a que les diera el gusto.

—Eres un alborotador, siempre lo has sido —dijo Stiles—. Has venido buscando problemas, y vas a encontrarlos.

—¿Igual que anoche?

Stiles sonrió y dijo:

—Sólo tienes que dejar de meter las narices en los asuntos de los demás. Si lo haces, no tendrás ningún problema.

Zach se obligó a controlar la furia ciega que sentía. Stiles era tan duro como parecía, y si se enfrentaba a los tres lo más seguro era que saliera perdiendo. No podría ayudar ni a su padre ni a nadie si acababa en una cama de hospital como Liz.

—Dile a Carson que si le pasa algo a Liz Conners va a tener que responder ante mí, y entonces no le va a servir de nada contratar a todos los matones del mundo.

Zach volvió a su coche, con la mandíbula tan apretada que sintió una punzada de dolor en la parte posterior del cuello.

Fuera lo que fuese lo que estuviera tramando Carson, no iba a salirse con la suya.

Él no iba a permitírselo.

Cuando por fin llegó el momento de marcharse del hospital y la enfermera la llevó en silla de ruedas hacia la puerta, Liz vio a Zach esperándola al fondo del pasillo.

—¿Estás lista? —le preguntó él. Tenía el cabello húmedo de la ducha que se había dado, y se había puesto ropa limpia.

—Estoy más que lista.

Él esbozó una sonrisa, y el gesto hizo que la atención de Liz se desviara hacia el corte que tenía en el pómulo y al cardenal de su mandíbula. Al recordar que ella no había sido la única que había resultado herida la noche anterior, deseó alargar la mano y tocarlo para asegurarse de que estaba bien.

Sin embargo, se limitó a reclinarse en la silla de ruedas y a dejar que él la llevara hacia la puerta.

—He ido a ver a María —le dijo—, y me ha dicho que le darán el alta el miércoles.

Zach se detuvo de golpe.

—No ha cambiado de opinión, no va a volver a la casa, ¿verdad?

—No, va a quedarse con la señora García.

—Gracias a Dios.

—Un par de policías han venido a verme, supongo que ayer hablaron contigo.

—Hablé con uno.

—Les aseguré que tú no eras el tipo que me había pegado.

—Entonces, supongo que no tengo que preocuparme por ir a la cárcel.

Ella lo miró por encima del hombro y dijo:

—Al menos, no por eso.

Zach sonrió.

Cuando llegaron a la puerta, él la ayudó a bajar de la silla y a descender por la escalera de entrada del hospital, y la metió en el coche cuidadosamente, como si estuviera hecha de cristal.

—Zach, estoy bien, de verdad.

Él se limitó a asentir, y a cuidar hasta el más mínimo detalle durante el trayecto de vuelta a su casa para que estuviera cómoda. Cuando llegaron la entró en brazos en el apartamento, la depositó sobre un montón de almohadas que había preparado antes en el sofá, e insistió en que descansara el resto del día.

Elizabeth no protestó. Le dolía la cabeza hasta el punto de que le parecía que alguien estaba jugando al billar en su cráneo, y estaba exhausta a pesar de que había dormido algo durante la noche.

Tras arreglarle las almohadas por tercera vez desde que habían llegado para que estuviera más cómoda, Zach agarró el mando y encendió la tele. Le preparó una sopa con unos fideos que encontró en la alacena y un poco de pollo que había en la nevera, y el caldo resultó ser mucho más bueno que el enlatado que ella solía comprar.

Él se sentó junto al sofá mientras ella comía, pero se levantó enseguida con aspecto nervioso, agitado. Liz lo miró y empezó a sentirse inquieta, así que le quitó todo el volumen a la tele, a la que ninguno de los dos le estaba prestando ninguna atención, y se enderezó hasta conseguir sentarse a pesar de la punzada de dolor que pareció perforarle el cráneo.

—Estás preocupado, ¿verdad? Estás pensando en la casa, y en lo que le puede estar pasando a Miguel.

Sus intensos ojos marrones se volvieron hacia ella.

—Sí, entre otras cosas —admitió él.

—Zach, ¿qué vamos a hacer? María sigue en el hospital y no podemos dejar de investigar, no después de llegar tan lejos.

—Nadie ha dicho que vayamos a dejar de hacerlo.

—A lo mejor deberíamos ir a la policía, contarles nuestras sospechas. Puede que estén dispuestos a ayudarnos.

—No nos creerán, incluso yo no me lo creo la mitad del tiempo.

—Tenemos que intentarlo, hay que descubrir si Carrie Ann Whitt fue asesinada en esa casa, ver si podemos encontrar el cuerpo.

—No podemos acudir a la policía sin tener pruebas —su mirada se hizo más intensa—. Pero si Carrie Ann está allí y conseguimos encontrar el cuerpo... eso sería prueba más que suficiente.

—¿Estás diciendo que vamos a buscar en la casa por nuestra cuenta? —le preguntó ella, con los ojos abiertos de par en par.

Zach se pasó una mano por el pelo.

—He estado dándole vueltas a todo esto, y no se me ha ocurrido ninguna otra solución.

—¿Realmente crees que podremos hacerlo nosotros solos?

—A lo mejor podré encontrar a alguien que nos ayude.

Ella se irguió un poco más en el sofá, completamente alerta.

—¿En quién has pensado?

—Sam nos ofreció su ayuda —dijo él—. Habrá que ver si hablaba en serio.

Zach llamó a Sam Marston a Visión Juvenil, y le explicó brevemente lo que había pasado en el aparcamiento.

—Maldición, ¿está bien Elizabeth?

Zach miró por encima del hombro y la vio sentada en el sofá. Cada vez que veía su labio roto y el ojo morado, la furia que sentía hacia su hermano le corroía por dentro.

—La golpearon con bastante fuerza, Sam. Ha pasado la noche en el hospital, pero el médico dice que estará como nueva en un par de días. Te he llamado porque esperaba que... si no recuerdo mal, tienes un amigo que tuvo que salirse de la oficina del sheriff, creo que se llama Donahue, o algo así.

—Sí, Ben Donahue. Le hirieron en el hombro durante un robo en una tienda. Es un tipo alto y rubio, en su tiempo libre viene a trabajar con los chicos, así que seguramente te lo habrás encontrado alguna vez por la granja.

—Sí, me acuerdo de él, y parece un tipo de fiar. Esperaba que pudieras convencerlo de que hable con nosotros, para ver si acepta acompañarnos cuando vayamos a excavar debajo de la casa. Así, si encontramos algo, Donahue podría avisar a las autoridades. El terreno está en el condado, así que entra en la jurisdicción del sheriff, y la palabra de tu amigo tendría más peso que la mía.

—Pero estaríais haciéndolo sin autorización, ¿verdad? No creo que él acepte algo así.

—Legalmente, la granja le pertenece a mi padre. Carson tiene el control en calidad de custodio, pero el límite no está claro. Podría conseguir una orden judicial, pero el tiempo se nos está echando encima.

—Carson es un hombre poderoso en San Pico, ¿estás seguro de que quieres enfrentarte a él?

Zach apretó con fuerza el teléfono cuando pensó en el rostro magullado de Liz.

—He estado haciéndolo desde que tenía ocho años; además, esto no tiene nada que ver con mi hermano, sino con lo que está pasando en esa casa. María Santiago está en el hospital por culpa de ese sitio y la actitud de su marido se está volviendo cada vez más rara, no sé lo que puede llegar a pasarle si se queda allí mucho más tiempo. ¿Crees que Donahue accedería al menos a escuchar nuestra explicación?

—Es un buen tipo, y la verdad es que todo esto es muy intrigante. Le llamaré, y ya veremos lo que me dice.

—Gracias, Sam —Zach colgó el teléfono, y al volverse vio que Liz lo estaba mirando con un extraño brillo en los ojos que le constriñó el pecho.

—¿Sabes que eres increíble? Apuesto a que eres un abogado de primera —dijo ella.

—Sí, la verdad es que soy muy bueno —contestó él, con una sonrisa.

—Pero no tenemos tiempo de hacer esto siguiendo las normas.

—No, porque es posible que le pase algo a Miguel.

—Me tiene bastante preocupada. Lleva semanas portándose de forma rara, y cada vez va a peor. Lo que hay en esa casa es muy poderoso, no puedo ni imaginarme lo que sería vivir allí. ¿Cuándo vamos a hacerlo?

—Oye, espera un momento, tú no vas a... te han machacado la cabeza, tienes que descansar.

Ella lo fulminó con la mirada.

—Voy a ir contigo, así que será mejor que te hagas a la idea. Ni pienses que puedes mantenerme al margen.

Zach estuvo a punto de sonreír, y al mirarla pensó en lo hermosa que era, a pesar de las magulladuras que tenía en la cara. Si cerraba los ojos, podía verla tumbada en la camilla, recordar lo que había sentido al pensar que podía morir.

Había descubierto la agonía insoportable que sufriría si la perdía, y sabía que era mejor marcharse cuanto antes, antes de que sus sentimientos crecieran aún más, antes de que el dolor de perderla se convirtiera en algo demasiado insoportable para seguir viviendo.

Apartó la mirada de aquellos hermosos ojos azules que parecían llegarle al alma y sintió la necesidad de salir corriendo, de meterse en el coche y largarse de allí sin mirar atrás, pero sabía que no podía hacerlo... aún no.

–Vale, puedes venir.

–¿Cuándo?

–Lo antes posible.

Liz se pasó el resto del día dormitando en el sofá. Estaba entumecida y dolorida, pero la medicación que tomaba para el dolor la adormecía un poco, así que decidió que no la tomaría al día siguiente, porque tenía mucho trabajo por hacer.

Zach no dejaba de pasearse por la casa, inquieto como jamás lo había visto. Desde que la había llevado a su casa se había mostrado extrañamente distante, y aunque ella intentó convencerse de que era sólo preocupación por todo lo que estaba pasando, en el fondo sabía que tenía algo que ver con ella.

Sam Marston los telefoneó por la tarde. Elizabeth fue la que contestó, y le pasó la llamada a Zach.

–Genial –dijo él–. Entonces, hablaremos con él mañana por la tarde.

Sam dijo algo que ella no pudo oír.

–Perfecto. Gracias, Sam.

Elizabeth esperó, ansiosa por enterarse de lo que pasaba, mientras él colgaba.

–Donahue ha accedido a hablar con nosotros, vendrá con Sam mañana lunes a las siete en punto. Si logramos convencerlo de que no somos un par de chiflados, nos acompañará a la casa el martes por la noche.

Elizabeth se mordió el labio, y dio un respingo al sentir una punzada de dolor.

—¿Por qué no vamos durante el día?

—Si Carson nos ve, nos enviará a sus matones.

—¿Aunque haya un ex policía con nosotros?

—No quiero correr el riesgo, no sé hasta dónde está dispuesto a llegar.

—No lo entiendo —dijo ella, con un suspiro—. ¿Por qué está tan empeñado tu hermano en mantenernos alejados de la casa?

—No lo sé, a lo mejor es una cuestión de poder. Sé que quiere que retire el pleito, porque tiene mucho que perder si mi padre se recupera. Sabía que la granja era muy importante para él, pero nunca pensé que pondría la salud de papá por detrás de sus ambiciones personales.

—Siempre pareces darle el beneficio de la duda.

Zach apartó la mirada.

—A lo mejor sigo deseando que cambie.

—Sí, o puede que sigas deseando que hubiera sido el hermano que nunca tuviste.

Zach se volvió hacia ella, y dijo con tono firme:

—Pase lo que pase, el martes por la noche iremos a la casa.

—¿Aunque Donahue no venga?

Él asintió.

—Tendremos que hablar con Miguel, para intentar convencerlo de que no interfiera.

—Después de lo que le pasó a su mujer, no creo que eso sea un problema.

Elizabeth se pasó toda la mañana del lunes en su despacho. Se sentía bastante bien, aparte del persistente dolor de cabeza y de un cierto malestar general. Les dijo a Michael y a Terry que la habían asaltado en el callejón que había detrás de su casa, pero como no tenía pruebas de la autoría del ataque, no mencionó que creía que Carson había sido el responsable.

Los dos insistieron en que fuera a la policía a poner una denuncia, pero ella les aseguró que ya les había contado todo lo sucedido a los dos agentes que habían ido a verla al hospital. De todas formas, teniendo en cuenta lo que Zach y ella iban a hacer a la noche siguiente, era probable que tuvieran que hablar con las autoridades en un futuro cercano... lo quisieran o no.

Tras volver a llenar su taza de café, volvió a su despacho y se sentó a esperar a Carol Hickman, la chica de doce años que creía que el final lógico de toda cita era el asiento trasero del chico de turno. Carol llegó a la hora acordada, y se pasaron la hora siguiente hablando y haciendo progresos con su autoestima, que era la base del problema.

La siguiente sesión de Elizabeth fue con Emilio Mendoza, pero cuando le tocó el turno a Richard Long, el hombre no apareció. Al parecer, había pasado el fin de semana entre rejas porque su mujer lo había denunciado por maltrato, aunque había salido bajo fianza. Elizabeth sabía que como profesional no debería sentir nada por el hecho de que la mujer hubiera tenido al fin la valentía de presentar cargos, pero lo cierto era que como persona se alegraba inmensamente.

Mientras ella trabajaba en su despacho, Zach lo hacía a larga distancia desde su apartamento. Representaba a varios de los integrantes de la demanda conjunta contra la temociamina que llevaba el bufete, y quería mantenerse en contacto con ellos. Además, tenía que hacer varias llamadas, incluyendo un par de conferencias con Jon Noble y con los representantes del bufete de la parte contraria.

—Tengo un montón de cosas que hacer para mantenerme ocupado hasta que llegue Donahue —le había dicho a Liz al acompañarla a su coche—. ¿Estás segura de que te sientes bastante bien para trabajar?, quizás fuera mejor que te quedaras en casa un día más.

—Zach, estoy bien, sólo me duele un poco la cabeza.

Él le había acariciado la mejilla con ternura, con la mirada fija en el rostro de ella, y después se había dado la vuelta.

—Llámame si hay alguna novedad —le había dicho por encima del hombro—, nos vemos esta tarde.

Ella había puesto en marcha el coche, pero no se había ido hasta que él había entrado en el apartamento.

Sabía que a Zach le pasaba algo, y se le había encogido el estómago al preguntarse qué podía ser.

Elizabeth llegó bastante tarde a su casa. Como ni siquiera había podido darse un respiro para comer, y sabía que no tendría tiempo de preparar la cena si Sam y Ben Donahue iban a llegar a las siete, había parado en un restaurante chino y había comprado comida para llevar, así que eran ya las seis cuando entró en el garaje.

Al entrar en la casa por la puerta trasera se encontró a Zach paseándose nervioso en la cocina, esperándola con una expresión cargada de preocupación. La tensión de su cuerpo se relajó un poco cuando la vio, pero el alivio fue sustituido de inmediato por un enfado monumental.

—¿Dónde demonios estabas?

Sorprendida por su tono de voz, Elizabeth le enseño la bolsa de comida.

—Me he parado a comprar algo de comida china, he pensado que sería una buena idea si Sam y Donahue van a venir a las siete.

Zach agarró la bolsa y la puso encima de la mesa.

—¿Por qué no has contestado al móvil? Pensé... tuve miedo de que... temí que te hubiera pasado algo.

Elizabeth se habría enfadado de no haber notado un extraño matiz en su voz, un miedo inconfundible. Era obvio que Zach lo había pasado mal, que había creído que quizás le había pasado algo malo.

—Estoy bien, te habría llamado si hubiera sabido que te preocuparías. Ni siquiera me he dado cuenta de que me sonaba el móvil —dejó el bolso sobre la mesa, sacó el móvil y comprobó la pantalla—. No sé, supongo que tiene poca batería.

Zach la miró, y cuando sus ojos se encontraron Elizabeth vio el brillo de preocupación en su mirada, y algo más... algo mucho más profundo, que hizo que el corazón se le acelerara, lleno de esperanza.

Él la agarró de los hombros, la apretó contra su pecho y la besó apasionadamente.

—No vuelvas a asustarme así —susurró con voz ronca.

Elizabeth se puso de puntillas y le devolvió el beso.

—No volveré a hacerlo, te lo prometo.

Zach se apartó de ella, fue hacia la ventana y miró hacia fuera, hacia el aparcamiento.

—No sé, Liz. No creo que pueda hacer esto.

—¿El qué?

Él se volvió hacia ella lentamente, y le dijo con voz suave:

—Amar así a alguien, dejar que me importe tanto. Yo no soy así.

Ella se acercó a él, y posó la palma de la mano con ternura en su mejilla.

—Creo que eres exactamente así, y que eso es lo que te asusta tanto.

Zach no contestó y ella lo besó de nuevo, disfrutando de la respuesta apasionada de él, de su deseo creciente, de la sensación de su miembro henchido contra su cuerpo.

El teléfono empezó a sonar, y el hechizo se rompió.

Tras una última mirada, Zach fue a contestar. Era Sam, que llamaba para confirmar la cita, y mientras ellos hablaban Elizabeth empezó a sacar de la bolsa la comida que había comprado, aunque ya no tenía hambre.

Recordó las palabras de Zach, el tono de inseguridad en su voz, y el miedo a perderlo le revolvió el estómago.

Estaba enamorada de él, y creía que él sentía lo mismo por ella, pero la verdadera cuestión era si aquello importaba realmente... y cuánto le dolería si él optaba por volver a su solitaria existencia en vez de elegir una vida a su lado.

Sam Marston llegó puntualmente a las siete de la tarde con Ben Donahue. Después de las presentaciones, Elizabeth sugirió:

—¿Por qué no vamos a la cocina?, podemos sentarnos a la mesa y tomar algo para refrescarnos.

—Sam me ha contado un poco por encima lo que os pasa —dijo Donahue, mientras entraban en la cocina.

Elizabeth empezó a llenar unos vasos con té frío, pero él optó por una cerveza y tomó un largo trago antes de continuar diciendo:

—Parece una locura, pero la verdad es que estoy muy intrigado —era un hombre de unos treinta años, alto, rubio y atractivo, y según Sam Marston estaba soltero.

Ben llevaba sólo tres años en San Pico. A los dos años de estar allí, había recibido un disparo en acto de servicio y le habían obligado a retirarse, lo que según Zach era la razón de que hubiera accedido a hablar con ellos.

—No sabe gran cosa de mi hermano o de mí, así que seguramente esperará a formarse una opinión sin prejuicios —había dicho.

Donahue probó la verdad de aquellas palabras al escuchar sin parpadear la historia más descabellada que jamás hubiera oído. Elizabeth y Zach le explicaron, punto por punto, cómo habían llegado a la conclusión de que la pequeña Carrie Ann Whitt podía estar enterrada bajo la casa amarilla.

—Trabajamos a partir de conjeturas —le dijo Zach—. Pensamos que, si María Santiago tenía razón y había un fantasma... aunque ninguno de los dos se lo creía, claro... entonces debía de ser alguien que hubiera muerto en la casa, una niña pequeña según la descripción de María.

—No encontramos ninguna mención a la muerte de una niña —intervino Elizabeth—, pero descubrimos que hace unos treinta años vivió en la casa una pareja que años después de marcharse había asesinado a una niña en Fresno.

—Fue un crimen brutal —dijo Zach—. Tanto la mujer como el marido fueron condenados, y al tipo lo ejecutaron.

—Increíble...

Elizabeth bebió un trago de té.

—Pero Holly Ives, la niña de Fresno, no encajaba con la descripción que María nos había dado del fantasma, y además Holly vivía a muchos kilómetros de distancia.

—Pero pensasteis que había alguna conexión, ¿no? —dijo Ben.

—Exacto —dijo Zach—. Después de leer información sobre la pareja, y de hablar con gente relacionada con el caso, pensamos que alguien tan depravado como ellos... que a lo mejor habían cometido más crímenes, que era posible que hubieran matado a otra niña cuando vivían en San Pico.

Donahue se echó hacia delante en la silla.

—¿Creéis que eran un par de asesinos en serie?

—Los policías con los que hablamos dijeron que era muy posible, pero que nunca habían podido relacionarlos con ningún otro asesinato cometido en el valle.

—Aun así, pensasteis que valía la pena comprobarlo.
—Sí. Contraté a Ian Murphy, un investigador privado, para que echara un vistazo en Los Ángeles. Después de todo, si habían secuestrado a otra niña y no era del valle, el sitio más cercano era la ciudad.

Ben dejó su cerveza sobre la mesa.

—No me digas que Murphy encontró a una víctima que coincidía con la descripción del fantasma.

—Es increíble, ¿verdad? Y por si fuera poco, la niña desapareció en la época en que los Martínez aún vivían en la casa.

—No puedo creerlo.

Zach se reclinó en la silla y dijo con ironía:

—¿Qué persona en su sano juicio se lo creería?

—Ben, yo también la vi —dijo Elizabeth—, yo también vi el fantasma de una niña.

—Vale, de acuerdo —dijo Ben, levantando una mano tranquilizadora—. Llegados a ese punto, supongo que disteis por hecho que vuestro fantasma era la niña que había desaparecido en Los Ángeles. ¿Qué hicisteis después?

—Hablamos con uno de los agentes que había trabajado en el caso del secuestro —dijo Zach—. Está retirado, se llama Danny McKay. El hombre se acordaba de Carrie Ann Whitt, incluso nos describió la ropa que llevaba puesta el día que desapareció.

—Debe de tener buena memoria. ¿Cómo iba vestida?

—Con un vestido de fiesta —dijo Elizabeth—. Llevaba un peto rosa, como el de la niña que se apareció en la habitación de María... la secuestraron el día de su cumpleaños, por eso a McKay se le había quedado grabado en la memoria.

Donahue se levantó de la silla, con la cerveza en la mano.

—Esto es una locura —dijo.

—¿A nosotros nos lo vas a decir? —contestó Elizabeth.

—En esa casa está pasando algo —dijo Zach—. Es algo peligroso, y tenemos que descubrir si ella está allí, si ésa es la clave.

—¿Por qué estáis tan seguros de que la encontraréis allí?, aunque fuera cierto que esa pareja la asesinó, pudieron enterrarla en cualquier parte.

—En eso tienes razón —Zach apuró el vaso de té frío, y lo dejó sobre la mesa—. Pero los Martínez enterraron a Holly Ives en el sótano de su casa en Fresno, así que...

—¡Madre de Dios!

—Exacto —dijo Zach—. Holly fue torturada, violada y estrangulada. Fue un asesinato terrible, brutal, la clase de muerte que según la información que he leído puede conducir a que un espíritu permanezca en el lugar del crimen.

—Pero me habéis dicho que no mataron a Holly en San Pico.

—No, pero creemos que Carrie Ann pudo ser asesinada aquí —dijo Elizabeth—. Por eso necesitamos tu ayuda.

Ben volvió a sentarse en la silla, con los nudillos pálidos alrededor de la botella.

—Ni siquiera puedo creérmelo —masculló.

Elizabeth posó una mano sobre la de él.

—Tenemos que saber si lo que sospechamos es cierto, Ben.

Él la miró durante unos segundos, y después se volvió hacia Zach.

—Aunque parece una locura, creo que empiezo a encontrarle sentido a lo que decís.

—Entonces, ¿vas a ayudarnos?

—Como Sam me dijo cuando habló conmigo, está claro que no podéis acudir a la policía sin más, así que no tenéis otra opción que buscarla vosotros mismos.

—Exacto, no hay ninguna otra opción —dijo Zach.

El rostro de Ben se iluminó con una lenta sonrisa.

—En ese caso, supongo que vamos a tener que ponernos a cavar.

Sam también sonrió, pero los labios de Zach apenas se movieron ligeramente.

Elizabeth pensó en aquella angelical niñita rubia y en lo que pudo haberle pasado, y fue incapaz de sonreír lo más mínimo.

Elizabeth fue a su despacho el martes por la mañana, mientras Zach se quedaba en el apartamento para hacer unas llamadas. Estaba cada vez más distante, como si nunca se hubiera preocupado por ella, como si jamás hubieran hablado de amor, como si sólo fueran amigos y nada más.

Aunque ella lo había deseado, la noche anterior no habían hecho el amor; de hecho, Zach apenas la había tocado desde el ataque. Elizabeth se repetía una y otra vez que sólo estaba esperando a que se le curaran las heridas, pero sabía que no era cierto. Zach tenía miedo de lo que sentía por ella, de lo que pasaría si se dejaba llevar por sus sentimientos. Ella estaba decidida a hablar con él, a sacarlo todo a la luz, pero no había podido encontrar el momento oportuno.

Cuando el teléfono de su despacho sonó poco antes del mediodía, descolgó y se sorprendió al oír la voz profunda de Zach. El sonido la recorrió como una caricia, excitó hasta la última de sus terminaciones nerviosas, y Elizabeth volvió a pensar en lo mucho que había llegado a amar a aquel hombre.

En los últimos días había tenido mucho tiempo para pensar, y siempre que lo hacía, recordaba la mirada de

Zach cuando había abierto los ojos en la sala de Urgencias y lo había pillado observándola.

Él le había dicho que la quería, y al pensar en aquel momento Elizabeth sabía que era cierto, porque lo había visto escrito claramente en su rostro. Él la quería, y ella le correspondía.

Finalmente, había tomado una decisión: aunque él intentara con todas sus fuerzas convencerse de que su relación no podía funcionar, ella no iba renunciar a lo que tenían juntos.

Al menos, no sin luchar antes con uñas y dientes.

—Me acaban de llamar del bufete —le dijo él al teléfono—. Al parecer, el doctor Marvin fue a ver al juez asignado al caso de mi padre, y le dijo que era urgente que la operación se hiciera cuanto antes, porque las probabilidades de éxito disminuyen con cada día que pasa. El juez ha accedido a que haya una vista el jueves por la mañana.

Elizabeth notó en su voz un optimismo que llevaba días sin aparecer.

—Estás sonriendo, lo noto. ¿Qué pasa?

—El juez... se llama Hank Alexander, y era el mejor amigo de mi padre.

—¡Dios mío! ¿No se supone que tiene que recusar si tiene algún tipo de relación con una de las partes?

—No creo que lo haga. Si conoce a mi padre tanto como creo, sabe que querría que lo operaran, así que supongo que se ocupará del caso.

—Zach, espero que sea así, de verdad.

Él se aclaró la garganta.

—Bueno, tengo que irme. Estoy trabajando en un informe que tengo que acabar cuanto antes, y tengo que hacer varias cosas antes de que lleguen Sam y Ben.

—Vale, nos vemos en mi casa.

—Sí... hasta esta noche —dijo él con voz suave.

Elizabeth colgó el teléfono, mientras se preguntaba a

qué se debía el extraño matiz que había oído en su voz, como una especie de anhelo. Rogó que él también lo hubiera notado, que se diera cuenta de que su relación podía funcionar. A lo mejor incluso decidía que la quería lo suficiente para quedarse.

Elizabeth creía firmemente que, si Zach decidía adquirir alguna vez un compromiso, jamás lo rompería.

Él no estaba en su casa cuando ella llegó. Fue a cambiarse de ropa, y después de ponerse unos vaqueros y una camisa blanca muy usada se recogió el pelo en una coleta y fue a por un vaso de té frío.

Zach llegó unos minutos después, con una bolsa de papel que dejó encima de la mesa de la cocina.

—Te he traído un bocadillo, pensé que no tendrías ganas de ponerte a cocinar —le dijo.

Elizabeth abrió la bolsa, y echó un vistazo al interior.

—Es de pavo con queso, espero que te guste.

Ella asintió, aunque no tenía hambre. La sola idea de la noche que les esperaba hacía que le doliera el estómago.

—¿Dónde está el tuyo?

—No tengo hambre, puede que después coma cualquier cosa.

Elizabeth cerró la bolsa, y la dejó a un lado.

—Creo que yo también lo dejaré para luego.

Sam y Ben Donahue llegaron a la casa de Elizabeth a las siete y diez.

—Gracias por venir —les dijo Zach mientras les estrechaba la mano.

Fueron a la cocina, y Elizabeth les sirvió un poco de té frío; cuando le ofreció una cerveza a Ben, él declinó la oferta con una sonrisa.

—Creo que será mejor que no beba nada de alcohol esta noche —dijo.

Se sentaron alrededor de la mesa de la cocina, y empezaron a hablar sobre la casa y sobre la mejor manera de enfocar la búsqueda. Zach les mostró una cuadrícula que había hecho en el ordenador, para poder ir controlando el progreso que hacían, y mencionó el agujero en un lateral que sería el punto de entrada.

—He comprado unas lámparas pequeñas, podremos ponerlas con unos alargadores. Allí abajo va a estar muy oscuro, necesitaremos toda la luz posible para ver lo que estamos haciendo.

—Tengo un par de palas de mango corto en el coche —dijo Ben.

—Entonces tendremos de sobra, porque yo también he comprado varias —Zach apuró su vaso de té, y añadió—: y también tengo un par de cubos, por si necesitamos quitar de en medio algo de tierra.

—Yo he traído algo que pensé que podría ayudar —dijo Sam—, un detector de metales que me ha prestado un amigo.

—Perfecto —dijo Zach—. Puede que encuentre algo interesante.

Siguieron hablando, acabando de ultimar todos los detalles, y cuando terminaron ya estaba oscureciendo.

—Es hora de irnos —dijo Zach, mientras enrollaba la cuadrícula y la aseguraba con una goma—. Pero tendremos que hablar con Miguel antes de empezar a cavar; pensé en acercarme ayer noche, pero no quería darle tiempo a que cambiara de idea o a que le dijera algo a Carson.

—¿Qué pasa si no nos da permiso? —le preguntó Ben.

—Nos lo dará, no va a tener más remedio.

La noche era oscura, iluminada sólo por un resquicio de luna, y la pequeña casita se levantaba en medio de la espesa negrura. Su aspecto no difería del de miles de construcciones similares, pero Elizabeth se estremeció.

—A lo mejor Miguel no está en casa —dijo, al ver que las ventanas de la sala de estar permanecían a oscuras.

—Por su bien espero que no sea así, porque le llamé para avisarle de que veníamos a hablar con él.

—Suele irse muy temprano a trabajar, puede que ya se haya acostado.

—¿Realmente crees que está ahí dentro? —le preguntó Ben.

Habían ido todos en el todoterreno de Zach, y lo había dejado aparcado junto al garaje hasta el momento de sacar las herramientas.

—Quedaos aquí, iré a echar un vistazo.

—Iré contigo —dijo Elizabeth.

Subieron juntos las escaleras del porche, y Zach la miró brevemente antes de llamar a la puerta. Elizabeth oyó la voz de alguien soltando imprecaciones dentro de la casa y el sonido de unos pasos que se acercaban, y entonces la luz del porche se encendió y abrieron la puerta.

Miguel Santiago estaba en el umbral, aunque ella no lo reconoció en un primer momento. Tenía la ropa arrugada y sucia, su pelo era una masa enredada alrededor de su cabeza, y sus ojos parecían vacíos y hundidos. Bajo la suave luz que llegaba desde el interior, Elizabeth notó la extraña palidez de su piel y su reacción airada al darse cuenta de quién había ido a verlo.

—Perdona si te he despertado —dijo Zach, mientras se ponía delante de ella para escudarla.

Al ver la mirada enloquecida en los ojos de Miguel, Elizabeth se sintió agradecida por aquel gesto protector, e incluso retrocedió un poco más.

—No estaba durmiendo —dijo el hombre, aunque parecía que llevaba días durmiendo sin cambiarse siquiera de ropa.

—Miguel, tenemos que hablar contigo.

—¿De qué?

Zach avanzó hacia el interior de la casa, sin darle al otro hombre otra opción más que retroceder y entrar. Zach encendió la lámpara de la sala de estar, mientras Elizabeth entraba tras ellos después de apagar la luz del porche y de cerrar la puerta.

—Tenemos que buscar algo en tu casa, y queremos hacerlo esta noche —dijo Zach.

Durante los siguientes minutos, le explicó pacientemente a Miguel que creían que se había cometido un asesinato en la antigua casa que había habido en aquel mismo sitio años atrás, que habían investigado y habían descubierto la desaparición de una niña que concordaba con la descripción que María había dado del fantasma, y que era posible que una pareja que había vivido en la antigua vivienda la hubiera asesinado. Finalmente, le explicó que creían que podrían encontrar el cuerpo de la pequeña enterrado debajo de la casa.

—Miguel, aquí está pasando algo, algo que no tiene explicación —le dijo Elizabeth con voz suave—. Seguro que tú también te has dado cuenta, seguro que has notado algo raro.

Miguel apartó la mirada y dijo con voz tensa:

—Yo nunca he visto un fantasma.

—Creemos que visita a María por el bebé —le dijo Zach.

—El fantasma está intentando avisarla de que vuestro hijo corre peligro —añadió Elizabeth.

Miguel parecía confuso, sin saber cómo tomarse todo aquello, así que ella lo tomó de la mano y le dijo:

—Miguel, mírate. Últimamente estás irreconocible, te enfadas por cualquier cosa y bebes demasiado, y estoy segura de que la culpa es de la casa. Sea lo que sea lo que hay aquí, te está afectando y hace que te comportes así. Tenemos que encontrar la forma de detenerlo, hay que encontrar a la niña; si lo hacemos, puede que todo esto acabe.

Por primera vez, Miguel pareció entender lo que le estaban diciendo.

—Mi mujer cree que hay un fantasma... y yo estoy irreconocible —bajó la mirada hacia su ropa sucia y arrugada, como si hasta aquel momento no se hubiera dado cuenta de su estado, y finalmente dijo–: hagan lo que sea necesario.

–Gracias –dijo Elizabeth.

Mientras Zach iba a la puerta a decirles a Sam y a Ben que ya podían empezar a sacar el material y que después se llevaran el todoterreno a cierta distancia para que quedara fuera de la vista, Elizabeth intentó reconfortar con palabras de ánimo a Miguel.

–Todo va a salir bien, ya lo verás. Sólo tenemos que descubrir la verdad.

Él asintió, con expresión de resignación... quizás incluso de alivio.

–¿Qué van a hacer?

Zach volvió en aquel momento, y le dijo:

–Accederemos a la parte inferior de la casa por el hueco lateral. Tenemos linternas y palas, y seguiremos una pauta para asegurarnos de cubrir todo el terreno. Puede que necesitemos más de una noche.

–Hay otro acceso, por un agujero en el suelo del ropero del dormitorio –dijo Miguel.

–Perfecto.

Utilizaron las dos entradas, y empezaron a bajar el equipo para la iluminación y varios alargadores reforzados. Cubrieron la entrada lateral con un enorme cartón, para que la luz no pudiera verse desde fuera, y después bajaron las palas, los cubos y el detector de metales de Sam por el agujero del dormitorio.

Cuando todo estuvo listo, Zach agarró la cuadrícula que había hecho y bajó por el agujero, seguido de Sam y de Ben.

–Yo también voy –dijo Elizabeth–. Hay palas para todos.

Bajó detrás de los hombres, y tomó una de las palas mientras permanecía un poco encorvada para no golpearse la cabeza. Afortunadamente, el mango corto hacía que la herramienta fuera menos pesada y más manejable.

—No hace falta que tú también caves —le dijo Zach—. Había pensado que podrías quedarte con Miguel, para asegurarte de que está bien.

—Quiero ayudar —dijo ella con voz firme.

Él empezó a protestar, pero se lo pensó mejor al ver la mirada fulminante que ella le lanzó.

—El espacio tiene poca altura —refunfuñó Ben—. Menos mal que la casa no es demasiado grande.

Zach iluminó la extensión de tierra bajo la casa con una linterna. Como la construcción tenía cuatro años, no estaba demasiado mal... sólo había algunas telarañas en las vigas, y algún que otro bicho corriendo a refugiarse en las sombras.

Elizabeth se subió el cuello de la camisa, y se negó a pensar en qué otras cosas podrían estar acechando en la oscuridad.

—El suelo está bastante húmedo —dijo, al notarlo bajo sus pies—. ¿Cómo puede ser?

Zach enfocó la linterna hacia la manguera que entraba por el agujero de acceso en el lateral de la casa, y sonrió de oreja a oreja. Bajo la luz tenue y el juego de sombras, sus facciones parecían distorsionadas y le daban un aspecto demoníaco.

—Me acerqué por aquí ayer y abrí la manguera mientras Miguel estaba trabajando, y esta mañana he venido a moverla para que regara otra zona. Acabo de apagarla. Supuse que sería más fácil cavar con la tierra húmeda.

—Buena idea —sonrió Ben.

Sam encendió el detector de metales, cuyo mango alcanzaba casi las tablas del suelo de la casa, y empezó a hacer un barrido del suelo moviéndose encorvado, como un cangrejo.

Habían decidido cavar aproximadamente medio metro

en cada zona delimitada por la cuadrícula, y después pasar por allí el detector de metales. Como no había demasiado espacio para poder ir amontonando la tierra, si no encontraban nada después de pasar el detector habían decidido volver a cubrir cada agujero antes de pasar al siguiente.

Cuando Sam acabó con la pasada inicial del detector, después de encontrar varios clavos oxidados y una moneda datada en 1947, empezaron a cavar.

Intentando adivinar la localización más probable de una posible tumba, Ben y Sam empezaron en el centro de la parte suroeste de la casa para ir avanzando hacia fuera, mientras Elizabeth y Zach empezaban en el centro de la parte sureste.

Sólo llevaban varios minutos trabajando, cuando Miguel bajó por la obertura del dormitorio.

–He decidido echarles una mano. Si hay un cuerpo, les ayudaré a encontrarlo –parecía más despejado, menos distraído, e incluso se había peinado.

–Genial, nos vendrá bien un poco de ayuda –dijo Zach, antes de darle una pala.

No tardaron en descubrir lo ciertas que eran esas palabras. Elizabeth sentía que se le iba a partir la espalda por tener que trabajar en aquella incómoda postura encorvada, y ya le empezaban a doler las manos.

Zach señalizó con cordel el cuadrado de terreno en el que iban a trabajar, que abarcaba parte de los cimientos de la casa, e iluminó con una de las linternas el perímetro cubierto de cemento.

–Parece que usaron los cimientos antiguos, en vez de poner unos nuevos... al menos donde pudieron. La vieja casa era un poco más grande, así que la tumba puede estar fuera del terreno cubierto por la nueva, pero esta zona abarca la sección principal de las dos. Partiremos de la base de que es la zona más probable.

Aunque debajo de la casa el ambiente era más fresco

que en el exterior, no tardaron en empezar a sudar. Cavar en el terreno húmedo era duro, pero todos estaban decididos a no dejar ni un centímetro sin explorar.

Al cabo de una hora de trabajo se tomaron un descanso, subieron a la casa y fueron directos a la nevera portátil llena de refrescos que Elizabeth había tenido la previsión de llevar.

—Cómo me alegro de que hayas traído esto —dijo Sam, antes de beberse media lata de Gatorade de golpe.

Zach abrió una lata de Coca-cola light y se la dio a Elizabeth, que dio un buen trago antes de volver a pasársela. Él acabó la lata, y le preguntó:

—¿Cómo tienes las manos?

Ella bajó la mirada hacia ellas, y no pudo evitar hacer una mueca de dolor al notar que ya se le estaban formando ampollas.

—No demasiado bien.

—Todos hemos traído guantes, a lo mejor Miguel tiene unos de sobra que pueda dejarte.

—Sí, tengo unos guantes de jardinería que María suele ponerse, le encanta su jardín. Voy a buscarlos.

La voz de Miguel tenía un matiz tan melancólico, que Elizabeth sintió que se le formaba un nudo en la garganta. Aquella familia necesitaba ayuda, y rogó que esa noche pudieran dársela.

Volvieron al trabajo en cuanto Miguel volvió con los guantes. Zach y ella acababan de completar otra zona de la cuadrícula infructuosamente, cuando oyeron una profunda voz que llegaba desde la casa. Unos segundos después, Raúl Santiago bajó por el agujero del dormitorio.

—Por favor, no os enfadéis, pero Pete y yo hemos venido a ayudar... si os parece bien.

Sam fue hacia los chicos, caminando como un pato con aquella incómoda postura medio agachada.

—Maldita sea, ¿cómo os habéis enterado de lo que estábamos haciendo?

—Te oí hablar con Zach por teléfono. Volveremos a la granja si queréis, pero ésta es la casa de mi hermana. Tenemos espaldas fuertes, y de verdad que nos gustaría ayudar.

Sam soltó un suspiro carente de rencor, y quizás hasta un poco aliviado. El trabajo que estaban llevando a cabo era muy duro, y cualquier ayuda era de agradecer.

—Voy a llamar a la granja, para avisarles de que estáis con Zach y conmigo —les dio su pala, y añadió—: queréis trabajar, así que ya podéis empezar.

—Gracias, Sam —sonrió Raúl.

—Ya veremos si cuando lleves un rato cavando te sientes tan agradecido —dijo Sam, antes de subir por el agujero.

Zach le quitó la pala a Elizabeth.

—Tómate un descanso, Pete cavará un rato en tu lugar.

Pete sonrió al agarrar la pala. El chico, que era el mejor amigo de Raúl, era más bajo y delgado que él y tenía los ojos oscuros y una sonrisa afable. Su pelo negro y corto estaba peinado de punta con un corte a la moda y cuidado, ya que los estilos radicales no estaban permitidos en Visión Juvenil.

Elizabeth no pudo evitar suspirar de alivio para sus adentros cuando Zach le quitó la pala. Le dolían las manos y sentía una hilera de sudor entre los pechos, era obvio que no estaba acostumbrada al trabajo físico. Decidió que volvería a cavar al cabo de un rato.

Fueron trabajando por turnos, cuatro personas cada vez, trabajando en dos zonas de la cuadrícula mientras los demás descansaban o aprovechaban para tomar algo fresco. Cuando las latas se acabaron, tuvieron que contentarse con agua, aunque les sabía a gloria después de un rato de aquel trabajo duro y polvoriento.

A medianoche, empezaron a desmoralizarse un poco.

Habían comprobado casi toda la mitad superior de la cuadrícula, pero no habían encontrado nada interesante. Cada vez que acababan de hacer un agujero, Sam pasaba el detector por la zona con la esperanza de encontrar alguna pista, pero las veces que el instrumento había sonado había sido a causa de algún que otro clavo que había quedado enterrado.

Miguel parecía ser el que trabajaba más duro de todos. Se negaba en redondo a que lo sustituyeran, y cavaba sin descanso como un poseso.

La idea ponía un poco nerviosa a Elizabeth, que no dejaba de ver una imagen de Jack Nicholson en *El resplandor*. De un momento a otro, esperaba que se volviera hacia ella y sonriera como un lunático, pero él se limitó a seguir cavando.

—Tienes que descansar un poco —le dijo Zach.

—Aún no.

Miguel siguió dando una palada tras otra, y cuando el agujero cuadrado estuvo acabado, Sam pasó el detector de metales. Al pasar por la esquina izquierda la máquina empezó a pitar, y la atención de todos se centró allí de inmediato.

—Voy a por el rastrillo de mano y la paleta —dijo Zach.

Cuando volvió con las herramientas al cabo de varios segundos, se metió en el agujero y empezó a apartar con cuidado la tierra. Fuera lo que fuese lo que habían encontrado, estaba enterrado a bastante profundidad, así que cavó un poco con la paleta antes de volver a usar el rastrillo. Oyeron un ligero tintineo y Zach acabó de desenterrar una pieza de metal, aunque no supo decir de qué se trataba.

Fue hacia las lámparas, y la puso a la luz para poder verlo bien.

—Parece una especie de medallón, puede que sea una medalla militar o algo así.

—¿Puedes leer la inscripción? —le preguntó Sam.

—No, parece que está en otro idioma.

Ben fue a echar un vistazo.

—Sí, creo que es algo militar. Comentaste que la vieja casa se había construido durante la guerra, ¿no?
—Sí.
Fuera lo que fuese, no parecía una pista para encontrar el cuerpo que buscaban, así que dejaron la medalla a un lado y volvieron al trabajo, cansados y desmoralizados.

El calor y lo estrecho del espacio finalmente hicieron mella en Zach, y con un suspiro se quitó la camisa. Le dolía la espalda por la incómoda postura encorvada en la que tenía que trabajar, y tenía la cara, el cuello y el torso cubiertos de sudor. Había sabido que intentar encontrar el cuerpo de un fantasma era una idea descabellada, pero después de las últimas semanas realmente había creído que encontrarían a Carrie Ann Whitt enterrada bajo la casa.

Soltó una palabrota para sus adentros, se dijo que era un idiota y un crédulo. Los fantasmas no existían, todo había sido una extraña cadena de coincidencias. Tenía a media docena de personas rompiéndose la espalda, y ¿para qué?

Seguro que para nada.

Sacó otra palada de tierra. Con tanta gente trabajando, ya habían cubierto más de tres cuartos de los cuadrados de la cuadrícula que había trazado en su ordenador. Todos estaban acalorados, sudorosos y cansados, todos deseaban acabar de una vez, pero nadie iba a darse por vencido hasta haber cubierto cada centímetro de terreno bajo la casa.

Estaba trabajando otra vez con Liz, aunque habían discutido al respecto. No quería que ella estuviera allí abajo, dejándose la piel por una búsqueda inútil. No entendía cómo había podido convencerse de que allí había un cadáver.

—Oye, Zach, ¿qué es ese olor tan raro? —dijo Sam, mientras miraba a su alrededor con expresión extrañada y olisqueaba el aire.

Entonces fue cuando Zach lo notó. No era el hedor inconfundible de un cuerpo en putrefacción... al fin y al cabo, un cadáver de treinta y seis años ya se habría descompuesto a esas alturas... sino un olor penetrante, pegajoso, y tan nauseabundo que sintió que la bilis le subía por la garganta.

—Son rosas... —dijo Liz, mientras lo miraba con un incipiente brillo de temor en los ojos.

—Es algo que apesta —dijo Ben—. Como un montón de abono en descomposición, pero mucho peor. Y es asquerosamente dulzón.

Miguel soltó un extraño sonido gutural y dijo:

—Lo he olido antes.

Zach también, la noche que había ido a la casa con Liz.

—A lo mejor están haciendo algo para preparar el Festival de la Rosa, empieza la semana que viene —sugirió Sam con voz esperanzada.

Liz lo miró, y negó con la cabeza.

—Está aquí... —su mirada recorrió el terreno bajo la casa, y añadió—: el olor surge... cuando ella aparece.

Ignorando aquel olor nauseabundo y la convicción que resonaba en la voz de Liz, Zach metió la pala en la tierra, más irritado que nunca. Sin embargo, en vez de hundirse en el terreno, la herramienta encontró un obstáculo.

Volvió a intentarlo, más suavemente, y notó que había un objeto bajo la pala.

—¿Has encontrado algo? —le preguntó Sam.

El hombre fue de inmediato hacia él, mientras Zach se metía en el agujero de casi medio metro de profundidad que había estado a punto de acabar.

—Pásame el rastrillo y la paleta.

Zach se arrodilló en la tierra y agarró las herramientas

que Sam le alargaba, mientras los demás iban hacia él y se agrupaban alrededor del agujero. Liz se había quedado inmóvil, y su palidez era visible bajo la tenue luz.

Raúl colocó una de las lámparas para que iluminara de lleno el agujero, y Zach empezó a cavar cuidadosamente con la paleta alrededor de la zona donde había notado el objeto, y después utilizó el rastrillo para apartar algo de tierra.

—Qué raro, ¿cómo es posible que haga tanto frío? —comentó Ben, mientras miraba a su alrededor.

Zach sintió que se le ponía la carne de gallina al recordar la noche que había pasado en la casa, y empezó a sentirse tan inquieto como Liz. Alrededor del hoyo no hacía sólo frío, sino que la temperatura era gélida, pero él lo ignoró y siguió intentando desenterrar lo que había allí.

—¿Puedes ver lo que es? —le preguntó Raúl, que tampoco parecía demasiado tranquilo.

—No, aún no.

Pero poco a poco el objeto empezó a aparecer, algo oscuro que parecía un trozo de cuero corroído. Había algo debajo.

—Dadme el cepillo —dijo Zach.

Pete fue a buscarlo, y al poco volvió y se lo dio. Arrodillados con las manos en el suelo alrededor del agujero, todos observaron con expectación mientras Zach utilizaba la paleta, el rastrillo y el cepillo para ir sacando a la luz lo que había enterrado.

—¿Qué es? —le preguntó Ben.

Haciendo caso omiso del frío gélido que lo envolvía, Zach ahondó un poco más, apartó la tierra a un lado y desenterró una pieza metálica cuadrada superpuesta a algo que parecía un trozo de cuero negro podrido.

—Parece una especie de hebilla —dijo.

—Oh, Dios, es la hebilla de un zapato —dijo Elizabeth, con la mirada fija en el trozo de metal.

En ese momento, Zach supo con una certeza absoluta lo que acababan de encontrar.

—El día que desapareció... —dijo Liz—, Carrie Ann llevaba... —tragó con dificultad, y consiguió decir—: llevaba un par de zapatitos negros de cuero. Supongo que ésa es la hebilla de uno de ellos.

Zach cavó un poco más, y fue revelando poco a poco lo que todos sabían ya que había bajo la tierra. El zapato se había descompuesto casi por completo bajo el efecto del tiempo y de los insectos, pero quedaba lo suficiente para reconocer lo que había sido. Al apartar algo más de arena quedó expuesto el primer atisbo de un hueso, y oyó la exclamación ahogada de Liz.

Inalcanzable durante todos aquellos años, protegido debajo de la casa de los animales y del tiempo, el cuerpo estaría más o menos como había sido depositado en la sencilla tumba. A pesar de que la mayor parte de la ropa se habría podrido y no quedaría ningún resto de carne, los huesos permanecerían en la posición inicial.

Zach se detuvo en cuanto apareció el hueso del tobillo, apartó con cuidado un poco más de tierra y expuso una tibia. Los huesos eran más pequeños que los de un adulto, de modo que sólo podían pertenecer a un niño.

—Ben, creo que es hora de llamar a las autoridades, ¿no?

Ben asintió con expresión muy seria; como todos los demás, estaba deseando marcharse.

—Voy a llamar ahora mismo —dijo, mientras se apresuraba a subir a la casa.

Lo dejaron todo tal y como estaba. Raúl y Pete siguieron de inmediato a Ben, pero cuando estaban a punto de llegar al orificio de salida que daba a la casa, Raúl se detuvo.

—¿Oís eso?, parece un tren.

—No puede ser —dijo Sam—. La línea lleva años abandonada, ni siquiera hay vías.

La linterna que Miguel tenía en la mano empezó a temblar.

—Viene algunas noches... siempre a esta hora más o menos. Va por la vía que no está.

—Yo me voy de aquí —dijo Pete. Subió a toda prisa por el agujero, con Raúl pisándole los talones.

Zach agarró su camisa, y al ponérsela se dio cuenta de que la temperatura había vuelto a la normalidad. Cuando le tomó la mano a Liz para ayudarla a subir, sintió el temblor que la sacudía, y al volverse hacia ella vio que tenía los ojos llenos de lágrimas.

—Es hora de irnos, amor —le dijo con suavidad. Estaba tan ansioso por salir de allí como los chicos.

Liz miró hacia la fosa, y admitió:

—Sabía que estaría aquí... lo sabía... pero recé por estar equivocada.

Zach le dio un ligero apretón en la mano.

—Cielo, ya ha pasado todo. Si es Carrie Ann, por fin podrá ir a casa.

Liz asintió, y las lágrimas empezaron a deslizarse por sus mejillas. Zach la ayudó a subir a la casa, y subió tras ella.

Aunque le dolía pensar en aquella niña asesinada y en su madre, en aquel momento lo único en lo que podía pensar era en cómo iban a poder explicarle todo aquello a la policía.

Los diez minutos que estuvieron esperando hasta que apareció la policía parecieron horas. Elizabeth no pudo dejar de pasearse nerviosamente de un lado a otro de la sala de estar, hasta que por fin oyeron el sonido de las sirenas y dos coches patrulla se detuvieron frente a la casa. Cuando Zach y Ben fueron a recibir a los agentes, ella esperó ansiosa junto a la puerta.

–Gracias por venir –le dijo Ben a Bill Morgan, el sheriff del condado.

Morgan era alto, y su pelo rubio veteado de plata hacía que pareciera aún más pálido que Ben. Era un hombre grande y fornido, y a nadie le habría sorprendido que tuviera ascendencia vikinga.

–Me han llamado a casa, para que viniera cuanto antes –dijo.

–Lo siento –dijo Ben.

–No pasa nada, para eso me pagan.

Habían decidido que fuera Ben el que hablara primero con el sheriff, ya que había formado parte de las fuerzas del orden y tanto Zach como Elizabeth esperaban que la historia pareciera más creíble si era él el que explicaba su hallazgo.

–Será mejor que vayamos a la cocina –le dijo Morgan a

Ben. Se volvió hacia Zach, y le dijo–: hablaré con ustedes dos en unos minutos.

La elección de Morgan como sheriff del condado de San Pico era reciente, y hasta el momento el hombre tenía una buena reputación; sin embargo, cuando volvió a la sala de estar fue obvio que le resultaba muy difícil creerse la historia de Ben. Fijó su atención en Zach, y le dijo:

–Donahue me ha contado lo que pasa a grandes rasgos. Creo que es toda una chifladura, pero como parece que hay un cadáver debajo de la casa... –buscando una confirmación, lanzó una mirada a uno de sus ayudantes, que acababa de volver de inspeccionar el espacio donde habían estado cavando.

–Es verdad, hay un cuerpo. Es demasiado pequeño para ser un adulto, pero no hay duda de que es humano. Yo diría que lleva ahí bastante tiempo.

Morgan asintió, sacó una pequeña libreta del bolsillo de su camisa, y después de abrirla volvió a centrar su atención en Zach.

–Bueno, parece que Ben decía la verdad, así que... supongo que tendré que oír su historia.

Zach miró a Elizabeth por un momento, como si no supiera muy bien por dónde empezar, y finalmente empezó a contar de nuevo toda la historia.

–Como su ayudante ha dicho, el cuerpo lleva ahí bastante tiempo... de hecho, creemos que lo enterraron en los años sesenta. Supongo que Ben le habrá hablado de los Martínez, la pareja que asesinó a una niña en Fresno, ¿no?

–Sí. Según me ha dicho, cree que podían ser unos asesinos en serie, y que es posible que mataran a la víctima que han encontrado debajo de la casa.

–Por lo que hemos descubierto, es muy probable. Creemos que la víctima puede ser Carrie Ann Whitt, una niña que fue secuestrada de su casa en 1969.

Mientras Zach hablaba, Morgan iba tomando nota de todos los datos.

—El año que Carrie Ann desapareció, los Martínez vivían en la antigua casa que estaba en este mismo lugar en aquel entonces. Por cierto, si se confirma que el cuerpo fue enterrado cuando nosotros pensamos, quedará claro que ninguno de nosotros pudo tener nada que ver con el crimen, ya que ni siquiera habíamos nacido.

—Tiene razón, sheriff —apostilló Elizabeth—. Nosotros nos involucramos en todo esto porque la señora Santiago empezó a tener problemas.

—¿Tienen los Santiago algún tipo de relación con los Martínez? A lo mejor sus padres los conocían y pudieron contarles lo del cuerpo, o algo así.

—Sólo tienen unos cuantos familiares, y viven más hacia el norte —contestó Elizabeth—. Además, sus padres ni siquiera vivían en el condado por aquel entonces.

El sheriff anotó aquello con una expresión poco convencida, y dijo:

—Así que ustedes llegaron a la conclusión de que a la señora que vive aquí la visitaba de vez en cuando un fantasma.

—Sé que es difícil de creer —le dijo Elizabeth—, y al principio nosotros tampoco pensamos que pudiese ser verdad, pero entonces empezamos a investigar y acabamos encontrando el cuerpo.

Morgan se rascó la cabeza y empezó a decir algo, pero lo distrajo la llegada del perito forense y de su equipo.

—El cuerpo está debajo de la casa. Hay un acceso en el ropero del dormitorio y otra en el exterior, en el lado norte de la vivienda.

Morgan señaló en dirección a la habitación, y cuando los hombres fueron hacia allí él volvió a centrarse en Zach y en Liz.

—Si lo que me han contado se confirma, y los huesos pertenecen a Carrie Ann Whitt, entonces estamos hablando de secuestro y tendremos que llamar a los federales.

Zach asintió.

—Necesito que lo escriban todo... cómo llegaron a la conclusión de que la niña estaba enterrada aquí, con quién hablaron, todo lo que ha pasado hasta esta noche. Y no quiero que salgan de la ciudad hasta que las cosas se aclaren.

Zach lanzó una mirada fugaz a Elizabeth, y ella deseó no alegrarse tanto al saber que él no tenía más remedio que quedarse. Claro que la vista para el caso de la operación de su padre era el jueves, así que aunque se fuera a Los Ángeles, tendría que volver para entonces.

—¿Ha acabado con nosotros? —le preguntó Zach a Morgan.

—Tengo que hablar con los demás para que me cuenten su versión de los hechos, pero en cuanto acabe podrán irse a casa. Como ya les he dicho, tendrán que quedarse por la zona, porque seguramente tendré que hacerles algunas preguntas más.

Intentando no pensar en cuáles podrían ser aquellas preguntas, Zach asintió y posó una mano en la cintura de Liz, para llevarla hasta el sofá a esperar a que Morgan hablara con Raúl, Pete, Sam y Miguel.

No habían hecho más que sentarse, cuando la puerta se abrió de golpe y Carson entró como una exhalación en la casa. Al ver a Zach se paró en seco delante del sofá, con una mirada gélida.

—¿Qué demonios está pasando aquí?

El sheriff Morgan, que en ese momento estaba hablando con Miguel, se volvió y dijo con calma:

—Buenas noches, Carson. Supongo que habrás oído las sirenas, la verdad es que me alegro de que hayas venido.

Zach observó a su hermano, que tenía el rostro enrojecido. Sus matones no habían conseguido mantenerlos apartados de la casa, y a Carson no le gustaba que sus órdenes no se cumplieran.

−¿Qué está pasando, Bill? Esta casa está en los terrenos de Granjas Harcourt, así que tengo derecho a saberlo.

−Iba a pasar a verte a primera hora de la mañana. Ésta es tu propiedad, así que tienes que saber que desde este momento es la escena de un crimen.

−¿De qué estás hablando?, ¿le ha hecho algo Santiago a su mujer?

Zach se preguntó si Carson también habría notado los cambios en el comportamiento del supervisor en las últimas semanas, aunque dudaba que prestara tanta atención a uno de sus trabajadores.

−No, nada de eso. Tu hermano y sus amigos han encontrado un cuerpo debajo de la casa.

Carson palideció de golpe.

−¿Han... han asesinado a alguien?

−Tranquilízate, parece que pasó hace mucho tiempo... unos treinta o cuarenta años, puede que más. Según tu hermano y la señorita Conners, es posible que los culpables ya tuvieran su merecido.

Carson recuperó algo de color, aunque aún parecía conmocionado.

−Ya veo −se limitó a decir.

−Esperamos que cooperes con nosotros.

−Por supuesto, eso no hay ni que decirlo.

Carson no miró ni a Zach ni a Liz, pero era obvio que estaba furioso. Su reino había sido invadido porque sus matones no habían podido mantenerlos alejados de allí, y se veía obligado a aceptar las consecuencias.

Zach pensó que su hermano parecía a punto de estallar.

−Los Santiago necesitarán un sitio donde quedarse hasta que esto se solucione −comentó Morgan.

−El motel Easy 8 es el más cercano, pueden quedarse allí hasta que acabes con lo que tengas que hacer en la casa.

Los gastos de su estancia correrán al cargo de Granjas Harcourt.

Liz se levantó de un salto del sofá.

—Tendrán que quedarse en el motel hasta que nazca el bebé. María no puede enfrentarse a todo esto en este momento, falta muy poco para el parto.

—De acuerdo, pueden quedarse hasta que nazca el bebé —dijo Carson entre dientes.

Apenas capaz de ocultar lo furioso que estaba, Carson habló con el sheriff unos minutos más, y después se fue sin decir una palabra ni a Zach ni a Liz.

—Mi hermano no parece demasiado contento —comentó él.

—Y que lo digas —dijo Liz.

Cuando Sam, Raúl y Pete acabaron por fin sus declaraciones, les dieron permiso para marcharse. Los ayudantes del sheriff acercaron a Sam y a los chicos a Visión Juvenil, y Zach y Liz llevaron a Ben en el todoterreno hasta su coche, que había dejado en el aparcamiento de la casa de Liz.

Cuando por fin estuvieron solos, Elizabeth se sentó con cansancio en el sofá.

—Aún no acabo de creerme que Carrie Ann estuviera allí, tal y como supusimos.

Zach pensó que aquella noche ella había mostrado una gran fortaleza. No sólo había exigido que la dejaran hacer su parte del trabajo, a pesar de estar tan cansada que apenas se había tenido en pie, sino que además había mantenido la compostura cuando habían encontrado aquellos restos, aun cuando era obvio que había sido un duro golpe para ella.

—Ha sido una noche surrealista —dijo Zach—. El pitido del tren, el repugnante olor a rosas, el cuerpo del fantasma... creo que los Santiago no deberían volver nunca a esa casa.

—Estoy de acuerdo.

Liz apartó la mirada de él y la fijó en la ventana, a pesar

de que las cortinas estaban echadas y que estaba demasiado oscuro para ver nada. Cuando se volvió de nuevo hacia él, tenía los ojos llenos de lágrimas.

—No puedo dejar de pensar en Paula Whitt. No puedo ni imaginarme lo que va a sentir al enterarse de que su pequeña fue asesinada, que es posible que la torturaran y la violaran.

Zach se sentó junto a ella y la abrazó. Parecía tan cansada, tan agotada emocionalmente... deseó no haber permitido que los acompañara, aunque ella se habría negado en redondo a quedarse atrás.

—Aún no es seguro del todo que sea ella, ni siquiera sabemos si los huesos son de una niña o de un niño, si fue víctima de un crimen o murió de otra forma. Tendrán que tomar una muestra de ADN de la madre y ver si hay concordancia con el del cuerpo, y eso puede tardar meses. A menos que encuentren otra prueba contundente, ésa es la única manera de saber con certeza si es Carrie.

—Es ella, estoy segura —dijo Elizabeth, mientras se apoyaba en su hombro.

Zach se limitó a abrazarla mientras la sentía temblar y llorar en silencio. Tenía la corazonada de que ella tenía razón, que todas las extrañas coincidencias con las que se habían ido encontrando no eran nada casuales, y que la prueba de ADN confirmaría que los huesos pertenecían a Carrie Ann Whitt.

Finalmente, la tomó de la barbilla y la obligó a mirarlo.

—Si es ella, si realmente es Carrie Ann, entonces por fin podrá descansar en paz. Y después de tantos años preguntándose lo que le ocurrió, su madre podrá dejar el pasado atrás y seguir con su vida.

Liz asintió, presionó la mejilla contra la suya, y Zach sintió la suave caricia de su glorioso pelo y la calidez de sus senos contra su torso. Llevaba días deseándola, pero esa noche no podía pensar siquiera en el sexo.

—Ha sido una noche muy larga, ¿por qué no vas a darte una buena ducha? Yo me daré una después, los dos estamos cubiertos de sudor y suciedad.

Liz asintió, y se levantó pesadamente del sofá. Empezó a alejarse, pero entonces se volvió y alargó una mano hacia él.

—Ven conmigo —le pidió.

Sus miradas se encontraron, y Zach pensó que sus ojos tenían el tono de azul más hermoso que había visto en su vida.

—Zach, esta noche te necesito. Hazme el amor.

Él no había estado pensando en el sexo, pero no había dejado de pensar en hacerle el amor desde que habían entrado en el apartamento. Ella había dicho que lo necesitaba, pero Zach sabía que él la necesitaba a ella aún más.

Deslizó una mano en su pelo, recorrió su mandíbula con el pulgar y le levantó la cabeza ligeramente para besarla. Sus bocas se encontraron, y cuando Zach sintió que sus suaves labios temblaban bajo los suyos, profundizó la caricia.

Al apartarse de ella, vio que tenía lágrimas en las mejillas, pero Liz no dijo nada y lo llevó al dormitorio, donde ambos se desnudaron antes de ir al cuarto de baño. Liz abrió el grifo de la ducha, y al entrar juntos la calidez del agua los envolvió.

Se enjabonaron en silencio, se enjuagaron bajo el chorro de agua y volvieron a enjabonarse. Zach adoraba su cuerpo, sus pechos plenos y su cintura estrecha, sus piernas torneadas y la mata de vello oscuro que había entre ellas. La besó con pasión, cubrió sus senos con la boca, empezó a acariciarla, y le habría hecho el amor allí mismo si el agua no hubiera empezado a enfriarse.

Salieron de la ducha y se secaron el uno al otro, y Zach la llevó en brazos a la habitación. Hicieron el amor lentamente, dando y recibiendo placer hasta que ambos alcanzaron un clímax explosivo. Después él la tumbó contra su cuerpo en medio de la cama, le apartó el pelo de la cara y la contempló mientras ella cerraba los ojos y se quedaba dormida.

«La quiero», pensó en silencio. La amaba, y se preguntó si ella le correspondía.

Sus sentimientos hacia ella se hacían más profundos con cada día que pasaba, y sabía que cuanto más se quedara, el riesgo de perderse a sí mismo se incrementaba.

Zach se preguntó si sería capaz de encontrar el valor necesario para marcharse.

Las preguntas parecían no acabarse nunca. El sheriff les había dicho que no llamarían al FBI hasta que se hubieran reunido y valorado todos los datos, y se hubiera decidido que concordaban con la historia que le habían contado.

El cuerpo había sido extraído de debajo de la casa, y tras determinarse que no era el de un adulto, se le había tomado una muestra de ADN a Paula Whitt Simmons. Sólo había que esperar a que la compararan con la muestra del cuerpo encontrado, pero debido a la saturación que había en el laboratorio, podrían pasar semanas o incluso meses hasta que se supieran los resultados.

Elizabeth se sorprendió al enterarse de que el sheriff Morgan había decidido que el forense pasara una cámara de infrarrojos por el terreno que había debajo de la casa, para realizar una búsqueda más exhaustiva.

–Sabemos que los Martínez asesinaron a una niña en Fresno, y si mataron a la víctima que ustedes encontraron debajo de la casa, es posible que haya más cuerpos enterrados.

Elizabeth había sentido un escalofrío al pensar en aquella posibilidad.

Aun así, no pudo evitar pensar que, si hubieran tenido un instrumento parecido, la búsqueda habría sido mucho más fácil. Según Morgan, la cámara de infrarrojos podía detectar la presencia de un cuerpo descompuesto de hasta cien años de antigüedad.

El miércoles por la mañana fue a ver a María, que había sido dada de alta en el hospital y se alojaba en una pequeña pero limpia habitación del motel Easy 8.

—¿Cómo te encuentras? —le preguntó.

María, que estaba sentada en la cama, se arregló la almohada y se sentó un poco más cómoda antes de decir:

—Mucho mejor. El médico dice que tengo que guardar reposo absoluto hasta que nazca el niño, así que supongo que no importa que tengamos que quedarnos en la habitación de un motel.

—Me alegro de que estés aquí, creo que es mejor que no vuelvas a la casa... al menos hasta que hayas dado a luz.

—Sé lo que pasó, que la encontraron. Miguel me lo ha contado todo mientras veníamos del hospital, me ha dicho que encontraste a la niña que venía a avisarme del peligro.

—La encontramos entre todos. En la policía aún no están seguros, pero creen que es Carrie Ann Whitt, una niña que fue secuestrada en 1969. Hablamos con su madre cuando investigamos sobre la casa —Liz consiguió esbozar una sonrisa, pero no era nada fácil al recordar los pequeños huesos que habían yacido en aquella tumba bajo la casa—. La mujer nos dijo que a la niña le encantaban los niños pequeños, sobre todo los bebés.

Y Consuela Martínez había perdido en la cárcel el hijo que esperaba. Liz pensó que quizás había querido reemplazarlo con el bebé de María; después de todo lo que había pasado, cualquier cosa parecía posible.

—Era un ángel —dijo María—, un ángel que volvió a la tierra para protegerme —sus ojos se llenaron de lágrimas, y añadió—: es horrible pensar lo que aquellas terribles personas le hicieron, pensar que asesinaron a una niñita tan hermosa.

Elizabeth sintió un terrible escozor en sus propios ojos.

—No puedo ni imaginar cómo alguien puede ser capaz de hacerle algo así a una niña —respiró hondo para intentar calmarse, soltó el aire despacio, y admitió—: aún no sabemos a ciencia cierta que es ella, probablemente tardemos un tiempo en estar seguros, pero en cuanto el sheriff sepa algo te lo diré.

—Crees que... ahora que ya la habéis encontrado... ¿crees que podrá descansar en paz?

Elizabeth le tomó la mano con firmeza.

—Sí. Cuando por fin esté en casa, creo que encontrará el camino al cielo.

—Sí, yo también lo creo, lo deseo con todo mi corazón.

—Yo también —dijo Elizabeth con suavidad. Apartó la mirada, y tragó el doloroso nudo que le obstruía la garganta.

El jueves por la mañana, mientras se reunían pruebas y la búsqueda exhaustiva se ponía en marcha, Zach tenía que ir a la vista en la que se decidiría si su padre podría someterse a la operación que necesitaba con tanta urgencia. Había contratado para que lo representara a Luis Montez, un abogado de la zona muy respetado, pero quería estar allí.

—¿Quieres que vaya contigo? —le preguntó Elizabeth—. A lo mejor podría testificar a favor de tu padre.

—Gracias por el ofrecimiento, pero tú sólo lo has visto un par de veces, y no creo que sirviera de nada. Tienes trabajo en tu despacho, y además, esto es problema mío, algo que sólo nos incumbe a mi padre y a mí.

Pero los problemas de Zach se habían convertido en problemas suyos, y Elizabeth deseó poder hacérselo entender.

—¿Vas a llevarlo al juzgado?

—El juez ha pedido que esté allí, tengo la impresión de

que ha sido una sugerencia del doctor Marvin. Con un poco de suerte, el juez Alexander verá al hombre que mi padre es hoy día y recordará a la persona que fue... que podría volver a ser.

—Buena suerte, espero de verdad que todo salga bien.

Zach se inclinó hacia ella y la besó con ternura.

—Gracias, amor. Yo también lo espero.

Elizabeth se fue a trabajar, pero le resultó muy difícil concentrarse. Esperó ansiosa la llamada que la informara del resultado de la vista, pero cada vez que sonaba el teléfono se trataba de algún asunto relacionado con el trabajo.

A las once aún seguía sin saber nada, y cuando ya no pudo aguantarlo más agarró su bolso y salió de su despacho. En el juzgado tendrían que hacer una pausa para comer, así que aprovecharía para ver a Zach cuando saliera de la sala. Quería estar a su lado si las cosas no salían bien.

—¿Adónde vas? —le preguntó Terry desde detrás del mostrador de recepción.

—A Mason. Volveré después de comer.

—No te olvides que tienes una cita a las dos. Angel Sanduski, la mujer a la que le han quitado la custodia de sus cinco hijos.

—No te preocupes, estaré de vuelta a esa hora.

Elizabeth se fue antes de que Terry pudiera añadir algo más, y salió corriendo hacia su Acura. Mason estaba a unos cincuenta y cinco kilómetros, y tendría que buscar un sitio donde aparcar cuando llegara allí.

Dentro del coche hacía un calor abrasador, a pesar de que había dejado un pequeño resquicio abierto en las cuatro ventanillas, y del cartón reflectante plateado que había puesto en el parabrisas. Las temperaturas seguían siendo muy altas en San Pico a pesar de que ya estaban en septiembre, y el aire acondicionado tardó unos minutos en conseguir enfriar un poco el interior del coche.

Al llegar a Mason, Elizabeth dio gracias a Dios al encontrar un espacio libre cerca de la entrada del juzgado, y se apresuró a aparcar. Era un edificio moderno, con el techo plano y cuadrado, que se había construido después de que un terremoto dañara gran parte de la ciudad en los años cincuenta.

Le preguntó al recepcionista dónde estaba programada la vista celebrada por el juez Alexander, y después de recibir indicaciones se dirigió hacia las escaleras para subir a la segunda planta. Adelantó a varias personas que la precedían por el pasillo, y finalmente encontró la sala que buscaba y se sentó en un largo banco de madera que había junto a la puerta.

A las doce menos diez, las puertas se abrieron y vio salir a Carson con el rostro sonrojado de rabia, seguido por un hombre trajeado con un maletín de cuero que ella supuso que sería su abogado. Carson llamó al desconocido incompetente y estúpido, y ambos se perdieron de vista al empezar a bajar las escaleras.

Elizabeth sonrió. Las cosas no parecían ir como Carson habría deseado, y eso sólo podía significar buenas noticias para Zach.

Finalmente, Zach salió de la sala empujando la silla de ruedas de su padre, y al ver su sonrisa radiante Elizabeth supo con total certeza que las cosas iban bien.

—¡Zach!

Él levantó la mirada, y cuando la vio dejó a su padre con un hombre que llevaba un traje oscuro, que Elizabeth supuso que debía de ser su abogado, y fue hacia ella.

—¡Hola! —la saludó él, mientras le daba un fuerte abrazo de bienvenida—. ¿Qué haces aquí?, no hacía falta que te molestaras en venir.

—Quería estar aquí... por si las cosas no iban bien.

—En ese caso te podrías haber ahorrado el viaje, porque el juez ha accedido a nuestra petición —dijo él, con una gran sonrisa—. Ha nombrado custodio de los asuntos relacionados con la salud de mi padre a un abogado de aquí, un tal Maurice Whitman, y ya le ha pedido que empiece con los trámites para la operación.

—¡Zach, es fantástico!

—Te agradezco de verdad que hayas venido, Liz —dijo, con un brillo indescifrable en los ojos.

En aquel momento Montez llegó junto a ellos con Fletcher, y Zach hizo las presentaciones.

—Papá, ¿te acuerdas de la señorita Conners? Fue a verte a Willow Glen.

El hombre levantó la mirada hacia ella, y frunció el ceño.

—¿Has venido a... pagarle la fianza? No servirá de nada, el condenado siempre está... metido en problemas. Estoy hasta las narices de tener que sentarme en las salas de los juzgados, es hora de que crezca... de que aprenda a comportarse. A lo mejor pasar un par de años en la cárcel le irá bien.

—No ha venido a pagarme ninguna fianza, papá —dijo Zach, un poco sonrojado—. Tú y yo hemos venido a arreglar un asunto de negocios, ¿te acuerdas?

Fletcher Harcourt parecía desorientado, y no contestó.

En aquel momento, el doctor Marvin salió de la sala. Estaba impecablemente peinado, y su expresión cálida y sonriente revelaba que estaba muy contento con el resultado de la vista.

—Hola, Elizabeth.

—Me alegra volver a verlo, doctor Marvin.

—Supongo que ya te habrás enterado de la noticia, ¿no?

—Sí, felicidades.

Él se volvió hacia Zach, y le dijo:

—Creo que deberíamos hacerlo cuanto antes. El doctor Steiner había programado provisionalmente la operación para el lunes por la mañana, para que tuvieras tiempo de ingresar a Fletcher en el hospital si te concedían la petición.

–Van a operarlo en el centro médico de UCLA –le explicó Zach a Liz–. Sus instalaciones figuran entre las mejores del país, y además están bastante cerca de mi apartamento, así que podré estar cerca de él mientras se recupera.

–Es fantástico –dijo ella con sinceridad.

Aun así, no pudo evitar pensar en lo mucho que iba a echarlo de menos cuando él regresara a su casa. Aunque había parecido alegrarse al verla, ella no acababa de tenerlas todas consigo. Había notado cierta reserva creciente en su actitud que no auguraba nada bueno, y sintió una punzada en el pecho al preguntarse si aquél era el principio del fin.

Al salir del juzgado, Zach se llevó a su padre a Willow Glen y ella volvió a su despacho. La tarde fue siguiendo su curso, y al acabar la sesión con Angela Sandini, la mujer cuyo alcoholismo le había costado la custodia de sus cinco hijos, Terry la llamó por el interfono.

–Ha venido a verte el sheriff Morgan –le dijo.

Elizabeth no había ni acabado de levantarse de la silla cuando él entró y le dijo sin más:

–Tengo que hablar con usted.

Elizabeth notó su expresión grave y se alarmó.

–Dios mío... ¡no me diga que ha encontrado el cuerpo de otra niña!

–No, hemos encontrado el cuerpo de un hombre... y el cadáver es relativamente reciente.

33

Las preguntas volvieron a empezar, aunque se trataba de un asunto totalmente diferente, ya que al parecer la víctima había fallecido en los últimos cinco años. El sheriff interrogó a Elizabeth, Miguel, Sam, Ben y a los chicos, y Zach tuvo que soportar un intenso escrutinio a causa de su historial delictivo y por el hecho de que el terreno pertenecía a su familia. Incluso Carson fue interrogado.

—Desearía haber podido ver la expresión en la cara de mi hermano —dijo Zach—. Como si no bastara con un cuerpo, ahora aparece otro. No creo que esto ayude mucho a sus aspiraciones políticas.

—Supongo que eso era lo que le preocupaba.

—Sí, supongo que sí, aunque he empezado a plantearme algunas preguntas.

—¿Qué preguntas?

—Pues si él sabía de antemano que encontraríamos algo debajo de la casa y si por eso estaba tan decidido a no dejar que nos acercáramos.

Elizabeth miró por la ventana de su apartamento, y comentó:

—Es difícil creerse todo lo que está pasando.

—Sí, ya lo sé —dijo Zach.

Aunque tardarían semanas en tener los resultados de las

pruebas de ADN, el viernes por la tarde supieron con seguridad que los huesos que habían encontrado pertenecían a Carrie Ann Whitt. Con la ayuda de la madre de la niña, el sheriff Morgan había descubierto que el dentista de la familia seguía en activo, y habían podido localizar la ficha dental de la pequeña.

Poco tiempo después, le habían notificado a Paula Whitt Simmons que los restos encontrados eran sin lugar a dudas los de su hija.

—Paula, lo siento muchísimo —le dijo Elizabeth—. No puedo ni imaginar lo que debes de sentir en este momento.

—Al menos ya sé lo que le pasó —dijo la mujer, con un gran cansancio y un dolor que llegaba al alma—. A pesar de lo terrible que es, se ha acabado. Cuando Carrie Ann llegue a casa, cuando sea enterrada en el sitio que le pertenece, podrá descansar en paz.

—Eso me dijo Zach, pero ¿cómo te encuentras?, ¿serás capaz de dejar todo esto atrás?

—Podré recuperar algo de tranquilidad. Siempre he intentado ocultárselo a mi marido y a mis hijas, pero no ha pasado ni un solo día en el que no pensara en ella, en el que no me preguntara dónde estaba... y rezara para que estuviera bien. Ahora mi niña podrá descansar, y yo sabré siempre dónde encontrarla.

A pesar del enorme nudo que tenía en la garganta, Elizabeth consiguió decir:

—Cuídate mucho, Paula.

—Gracias por todo.

Se había acabado. Habían encontrado a Carrie Ann, y pronto la enterrarían para que pudiera descansar. Elizabeth creía que con el misterio resuelto se acabarían los problemas en la casa, pero había surgido otro enigma por desentrañar.

Al parecer, cuarenta años después se había cometido

otro crimen... y Elizabeth se preguntaba quién sería el hombre que habían encontrado bajo la casa.

El fin de semana llegó y pareció pasar volando. Era domingo por la mañana, y Zach estaba sentado junto a la puerta, listo para marcharse. Llevaba unos días inquieto y nervioso, ansioso por ir a recoger a su padre y poner rumbo a Los Ángeles, y cada vez se mostraba más distante con ella. Parecía intentar apartarse como al principio de su relación, y la noche anterior ni siquiera habían hecho el amor.

—Bueno, supongo que es hora de que me vaya —dijo él, mientras miraba hacia la puerta como un conejo a punto de salir huyendo.

—Sí, supongo que sí.

Zach agarró las llaves de su coche de encima de la mesita del café, y Elizabeth comentó:

—Me gustaría ir al hospital mañana a hacerte compañía durante la operación. El viaje no es demasiado largo, y no quiero que tengas que pasar por algo así tú solo.

Él empezó a juguetear con las llaves.

—No te preocupes, te llamaré en cuanto salga del quirófano.

—¿Estás seguro de que no quieres que vaya?

—Ya te he dicho que no te preocupes.

—No te olvides de llamarme.

Él se acercó a ella, y le rozó los labios con los suyos con gesto ausente.

—Lo haré, te lo prometo.

A Elizabeth le dolía que estuviera tan ansioso por marcharse... y que no quisiera que ella estuviera a su lado durante la operación de su padre. Era obvio por qué no la quería allí.

«Está huyendo», pensó para sí. «No puede soportar estar

tan unido a alguien». Cuando lo vio levantar su bolsa de viaje, Elizabeth sintió una terrible punzada de angustia en el corazón.

—Supongo que ya nos veremos —dijo, con un entusiasmo forzado.

Zach se limitó a asentir, y dijo:

—Te llamaré en cuanto salga del quirófano.

Ella intentó sonreír, pero no lo consiguió. Le ardían los ojos y maldijo en silencio, porque no quería que él la viera llorar. Zach abrió la puerta, pero durante unos segundos interminables permaneció allí de pie, mirando hacia la calle con la mandíbula ligeramente apretada. Finalmente salió, y cerró la puerta tras de sí.

Elizabeth se quedó allí, en medio del silencio, con la mirada fija en el lugar donde él había estado y un doloroso nudo en el corazón. Lo quería tanto... había sabido que involucrarse con él era una equivocación, pero como la polilla atraída por la luz, había sido incapaz de resistirse.

Temblorosa, respiró hondo y le dio la espalda a la puerta mientras ignoraba el sonido del todoterreno alejándose en la distancia. Le resultaba insoportable la idea de perderlo, de renunciar a aquella chispa especial que jamás había sentido por ningún otro hombre.

Sin embargo, había decidido una cosa: si Zach no quería estar con ella, entonces ella tampoco quería saber nada de él. No quería estar con un hombre incapaz de comprometerse, alguien en quien no podría confiar para que estuviera a su lado cuando lo necesitara. Se había casado con un tipo así, y sabía que era mucho mejor estar sola.

Aun así, hubiera deseado estar en el hospital durante la operación. Existía la posibilidad de que las cosas se torcieran, y Zach quedaría devastado si le pasaba algo a su padre. Pero si él no la quería allí, no iba a entrometerse en su vida. Zach se estaba alejando de ella, y Elizabeth se dijo que cuanto antes, mejor.

Sin embargo, no consiguió convencerse de ello.

Con su padre sentado a su lado y la silla de ruedas en el portaequipajes, Zach fue directo al centro médico de UCLA en Westwood. Tenía que rellenar un montón de formularios antes de que lo ingresaran, y después había que hacerle unas pruebas antes de la operación.

Zach había hablado con el sheriff el sábado, y Morgan le había dado permiso para que regresara a Los Ángeles.

—Estaré en el hospital, en el bufete o en mi apartamento —le había prometido—. Y me aseguraré de llevar el móvil siempre.

—Asegúrese de estar localizable —había insistido Morgan.

Zach no lo culpaba por querer mantenerlo controlado; al fin y al cabo, se habían encontrado dos cuerpos debajo de la casa de los Santiago... enterrados con unos treinta años de diferencia. El simple hecho ya era algo asombroso, pero además el forense había dictaminado que la muerte de la segunda víctima tampoco había sido por causas naturales.

—Tiene un agujero de bala en el cráneo —le había dicho Morgan—, y además la cabeza tiene una hendidura que parece provocada por un objeto contundente.

—Entonces, parece que le dieron un golpe en la cabeza y después lo remataron de un tiro, ¿no?

—De momento no hay nada seguro, pero yo creo que eso fue lo que pasó.

—¿Hay alguna posibilidad de concretar un poco más la fecha de su muerte?

—¿Por qué?

—La casa que hay ahora se construyó hace cuatro años, y si recuerdo bien, tardaron unos ocho meses en acabarla.

Para entonces no quedaba ni rastro de la antigua vivienda, así que habría sido fácil acceder a la zona de los cimientos, y además nadie se habría extrañado de que el suelo pareciera removido. Habría sido una buena forma de deshacerse de un cadáver.

–Buena idea, tendré que investigarlo. ¿Cuándo volverá usted a San Pico?

Zach no había sabido qué contestar. Cuando su padre se hubiera recuperado lo suficiente, lo llevarían a su apartamento en ambulancia, y una vez allí él querría estar a su lado el mayor tiempo posible. Además, su vuelta a Los Ángeles le daba la oportunidad perfecta para llevar a cabo su ruptura con Elizabeth.

La sola idea hizo que se le encogiera el corazón, pero se dijo que era algo que tenía que pasar antes o después. No era justo para ninguno de los dos seguir así, como si existiera la posibilidad de que la relación llegara a ser algo más, como si pudiera incluso acabar en matrimonio. Él no era capaz de comprometerse así, sólo se había estado engañando a sí mismo. Era hora de renunciar a ella, y de devolver la normalidad a su vida.

Se repitió aquello una y otra vez en el viaje de vuelta a Los Ángeles, decidido a convencerse de que era verdad, mientras intentaba ignorar el agudo dolor en su corazón.

Era domingo por la tarde. Zach se había ido a Los Ángeles con su padre, y el Festival de la Rosa que se celebraba anualmente en San Pico había dado comienzo.

Aunque Elizabeth siempre había disfrutado de aquella festividad, ese año no tenía ganas de ir. Nadie había hecho ningún comentario al respecto, pero sospechaba que Carrie Ann había sido asesinada durante el festival, ya que era la única explicación posible para el abrumador olor a rosas que siempre acompañaba las apariciones de la niña.

Suponía que nunca lo sabría con certeza, pero como en cualquier caso no soportaba la idea de ir, se pasó la tarde poniéndose al día con el papeleo del trabajo mientras intentaba no pensar en Zach.

Él no la llamó esa noche, aunque ella no había esperado que lo hiciera.

El lunes fue a su despacho, y aunque intentó no pensar en la intervención quirúrgica, no pudo evitar preocuparse por Fletcher Harcourt, por lo que le pasaría a Zach si la operación no curaba a su padre... o algo peor. Él parecía capaz de encender y apagar sus emociones a voluntad, pero ella no era así.

Cuando Terry la avisó al fin por el interfono de que Zach estaba al teléfono, respiró hondo y descolgó.

—¿Liz? Hola, soy Zach.

—Estaba preocupada, ¿cómo va?

—Papá ya ha salido del quirófano, está en cuidados intensivos y de momento parece que todo ha ido genial.

Elizabeth oyó el alivio en su voz. Aunque él jamás había hecho ningún comentario al respecto, sabía que le había aterrorizado la posibilidad de que su padre muriera por su culpa.

—Me alegro muchísimo, Zach.

—El doctor Steiner dice que aún no está fuera de peligro, pero que la operación ha ido según lo previsto. Hasta dentro de un par de semanas no sabrán lo efectiva que ha sido, pero creen que poco a poco irá recobrando la memoria y las funciones motoras.

—¿Cuándo le darán el alta?

—Tendrá que quedarse en el hospital diez días por lo menos, y después volverá a Willow Glen hasta que se haya recuperado del todo.

Elizabeth quiso preguntarle si él volvería a San Pico con su padre, pero no quería oírlo vacilar, no quería sufrir el dolor de ese momento.

—Bueno, me alegro de que todo haya salido tan bien —le dijo con falsa alegría—. Rezaré para que se recupere.

Hubo un largo silencio en la línea. Zach no mencionó cuándo iba a ir a verla, no le dijo que la echaba de menos.

—Gracias, Liz —dijo con suavidad.

Colgó sin más, y Elizabeth se quedó con el teléfono pegado a la oreja.

Con una mano temblorosa, volvió a dejarlo en su lugar. Tenía un dolor insoportable en el pecho, y le ardía la garganta.

«Tienes que dejar que se vaya», se dijo. Zach no quería una vida junto a ella, no la necesitaba. No era de los que se comprometían.

Era algo que había sabido desde el principio, se había dicho una y otra vez que aquello era inevitable con un hombre como él, pero aun así se alegró de que la puerta de su despacho estuviera cerrada para poder apoyar la cabeza en la mesa y dejar que fluyeran las lágrimas.

No oyó la suave llamada a la puerta, ni que su amiga entraba en la habitación.

—¡Liz! Cariño, por favor, no llores.

Elizabeth levantó la cabeza de golpe, y vio a Gwen mirándola con preocupación desde el otro lado de la mesa.

—Venga, no puede ser tan grave. ¿Qué ha pasado?

Elizabeth respiró hondo mientras intentaba recomponerse, y agradeció al cielo que su visita fuera Gwen y no alguna de las personas a las que asesoraba.

—Algo de lo que tú ya me habías avisado —le dijo—. Zach me está dejando a un lado, creo que quiere terminar con nuestra relación. Me he involucrado demasiado, y ahora estoy pagando el precio.

Gwen le tomó la mano por encima de la mesa.

—Oye, todos tenemos nuestras debilidades pecaminosas. A mí me gusta el helado de Häagen-Dazs, y a ti te van los chicos malos.

Elizabeth consiguió esbozar una sonrisa, sacó un pañuelo de papel de un cajón y se secó los ojos.

—No es sólo lo de Zach, es todo lo que está pasando últimamente. Han sido unas semanas de locos.

—Sí, he leído algo en el periódico, por eso he venido a verte. En el artículo no se entraba en detalles sobre la niña que Zach y tú encontrasteis debajo de la casa... sólo ponía que llevaba desaparecida unos treinta años. Por lo que tengo entendido, parece que la policía cree que la pareja responsable es la que asesinó a otra niña varios años después.

—Sí.

—¿Y qué pasa con el segundo cuerpo que han encontrado? Es increíble, ¿verdad?

—La verdad es que sí, y lo más sorprendente es que los mataron con treinta años de diferencia. Aunque después de pasar una noche en esa casa, no es tan difícil de creer.

—¿Qué quieres decir?, ¿crees que la casa en sí tuvo algo que ver?

—Hace un mes me habría echado a reír ante una idea así, pero ahora no sé qué decirte. En ese sitio hay algo malvado, Gwen.

—Nunca he creído en fantasmas, pero nunca se sabe —dijo ella, con un estremecimiento.

—Aún no han identificado al segundo cuerpo, pero no encaja con la descripción de ninguna persona desaparecida en la zona durante los últimos años. El sheriff Morgan dice que es posible que nunca lleguen a averiguar de quién se trata.

—Parece que te ha mantenido muy bien informada.

—Estoy segura de que no me cuenta todo lo que sabe, pero supongo que piensa que Zach y yo tenemos derecho a estar al tanto de lo que pasa.

—¿Crees que sospecha de él? Después de todo, Zach tiene antecedentes penales y vivió en esa granja durante mucho tiempo.

—Zach vivía en Los Ángeles cuando ese hombre fue asesinado; además, si lo hubiera hecho él, después no habría conducido a la policía hasta el lugar donde estaba enterrado el cuerpo.

—Sí, es verdad. Por cierto, Carson ha estado haciendo un montón de declaraciones, su foto sale en primera plana.

—Carson siempre ha sido capaz de tergiversar las cosas a su favor, así que está aprovechando todo esto para impulsar su candidatura política.

—Ya verás como superarás lo de Zach, sólo necesitas un poco de tiempo —le dijo Gwen, con una sonrisa tranquilizadora.

—Sé que acabaré superándolo; después de todo, me recuperé de lo de Brian y acabé alegrándome de haberme deshecho de él.

Sin embargo, Elizabeth dudaba que la historia se repitiera con Zach. No creía poder encontrar a otro hombre con el que se complementara tan bien, que pareciera ser su otra mitad.

—Bueno, tengo que irme. Sólo he venido a ver cómo estabas.

—No te preocupes por mí, estoy bien. Supongo que es sólo una reacción de estrés por todo lo que ha pasado. Gracias por venir, eres una amiga fantástica.

—Llámame si te sientes deprimida.

—Vale.

—Cuídate, Liz.

Ella asintió, sabiendo que lo haría y que olvidaría a Zachary Harcourt... con el tiempo.

Pero también sabía que el proceso sería largo.

Fletcher Harcourt fue dado de alta en el centro médico de UCLA diez días después de la operación, pero fueron los más largos de la vida de Zach. Aunque su padre iba mejorando, él iba cayendo en una depresión cada vez más profunda.

Cuando estaba en su apartamento, un lugar que en el pasado le había encantado y que había considerado como su refugio personal, lo sentía frío y vacío. Pensaba en el día que había llevado allí a Liz, le parecía verla de pie frente al ventanal de la sala de estar, recordaba la satisfacción que había sentido al tenerla durmiendo junto a él en su enorme cama.

Dormía solo cada noche, anhelando tenerla en sus brazos, y por la mañana esperaba verla al entrar en la cocina, aunque sabía que no la encontraría allí. Pensaba en ella incluso cuando estaba en su oficina, y tenía que obligarse a mantener las manos alejadas del teléfono.

«Estoy locamente enamorado de ella, la quiero desesperadamente».

Y estaba empezando a creer que era la clase de amor que sólo llegaba una vez en la vida.

Conforme los días iban pasando y su vida retomaba las mismas pautas de siempre, descubrió que cada vez se sentía más y más descontento.

Las mujeres que intentaban flirtear con él en el bar al que iba a tomar algo después del trabajo no le atraían lo más mínimo, y las ignoraba por completo. Un día había salido a navegar con su barco nuevo, el Devil May Care, para ver si se animaba un poco, pero el cálido y soleado día sólo había logrado que quisiera tener a alguien a su lado... y no a cualquiera, sino a una persona en concreto.

Incluso su trabajo parecía menos interesante que antes.

En los días siguientes a su regreso a Los Ángeles, no pudo dejar de darle vueltas a todo lo que había sucedido en San Pico. Pensó en Carrie Ann Whitt, que había muerto a los nueve años, en el hombre que había aparecido asesinado y enterrado debajo de la casa, y se dio cuenta de lo corta que podía llegar a ser la vida.

Empezó a preguntarse si realmente quería vivir solo el resto de sus días. Antes de conocer a Liz, la respuesta habría sido rotundamente afirmativa, ya que se había sentido muy a gusto en su soledad, pero durante aquellas semanas junto a ella había descubierto lo que se había estado perdiendo.

No podía dejar de pensar en ello, pero la cuestión seguía siendo si sería capaz de mantener un compromiso tan total como el que requería cambiar de vida.

Mientras intentaba encontrar respuesta a las dudas que lo atormentaban, condujo sin rumbo fijo hasta que el BMW pareció tomar la decisión por él y enfiló por la carretera que le llevaría a la casa de su madre en la ciudad de Culver.

Ya iba por la mitad de las escaleras del segundo piso cuando se dio cuenta de que no llevaba ningún regalo para ella, pero aun así llamó al timbre y se sorprendió al ver que estaba en casa.

—¡Hola, Zachary!, ¡entra!

Teresa, que llevaba unos pantalones negros ajustados y una camisa corta que no favorecían demasiado su figura rellenita, lo llevó a la cocina. Cuando los dos se sentaron en la mesa, Zach vio que su madre ya tenía un cigarrillo encendido en un cenicero.

—Bueno, ¿cómo está tu padre? —con el ceño fruncido, añadió—: no ha pasado nada malo, ¿verdad? Está bien, ¿no?

—Papá está genial, cada vez mejor.

Teresa tomó su cigarrillo medio consumido y le dio una larga calada.

—La verdad es que no estaba demasiado preocupada, ese viejo tozudo es demasiado duro para estirar la pata.

Zach la había llamado para contarle lo de la operación, y la había mantenido informada de la recuperación de Fletcher.

—¿No me has traído café?, ¿ni siquiera una caja de bombones? —lo miró con expresión pensativa, y finalmente dijo—: vale, dile a tu madre lo que te pasa.

Zach se reclinó en el respaldo de la silla con un movimiento brusco.

—¿Quieres saber lo que me pasa? Que me he enamorado, eso es lo que me pasa. Estoy enamorado, y me está matando.

Teresa levantó las cejas de golpe y entonces se echó a reír.

—¿Quién es la afortunada?, ¿por qué no estás feliz? Has tardado mucho en encontrar a alguien —sus ojos oscuros se abrieron aún más, y dijo con incredulidad—: no me digas que ella no te quiere, ninguna mujer con dos dedos de frente...

—No sé si me quiere o no, no se lo he preguntado. Estoy intentando romper la relación.

—¿Por qué?, ¿es que te ha puesto los cuernos?, porque si es así...

—Claro que no me ha puesto los cuernos, Liz sería incapaz de hacer algo así. Es una mujer muy especial, inteligente y divertida, es leal y muy valiente además de increíblemente sexy, y estoy loco por ella. Pero...

—¿Pero qué?

—Es de las que se casan, y no sé si soy capaz de comprometerme hasta ese punto.

—¿Por qué no? —le preguntó Teresa con suavidad, mientras le agarraba una mano—. Zach, nunca he podido entender por qué has sido tan solitario toda tu vida. Te llevas bien con la gente, pero al final siempre te apartas de los demás. Cuando eras niño solías aislarte, Zach, pero no tienes que vivir así toda tu vida.

Él miró por la ventana, pero el panorama se limitaba a la pared del edificio de al lado.

—Puede que no, no lo sé.

—Tienes que preguntarte lo que realmente quieres de la vida, y si la respuesta es que quieres estar con esa mujer, entonces ve a por ello. Tú no eres como tu padre... o como yo. Si le entregas tu corazón a una mujer, no la traicionarás jamás, eso es algo que sé con total seguridad.

Con una ligera sonrisa, Zach le preguntó:

—¿Cómo puedes estar tan segura de eso?

—Porque soy tu madre. Sé que nunca se me ha dado bien ocuparme de ti, pero sé que cuando haces una promesa la cumples, y creo que serías un marido estupendo para alguna mujer afortunada.

Zach la observó con atención, y vio algo en los ojos de su madre que entonces empezó a entender. A su extraña manera, ella lo quería.

Con una súbita determinación, echó hacia atrás la silla y se levantó.

—A veces me sorprendes muchísimo... mamá —la besó suavemente en la mejilla, y añadió—: pensaré en lo que me has dicho.

Sin embargo, Zach ya no necesitaba seguir pensando en nada más. Llevaba dos semanas en Los Ángeles, había soportado catorce largas noches en vela buscando la respuesta que en ese momento parecía tan clara. Sabía lo que quería, lo había sabido durante un tiempo, pero había tenido miedo de admitirlo.

Por desgracia, antes de llegar a aquella conclusión lo había embrollado todo y se había comportado como un idiota, y la cuestión había pasado a ser... ¿qué demonios iba a hacer para arreglar las cosas?

Cuando faltaban sólo unos minutos para que Elizabeth terminara el trabajo del día en su despacho, recibió la llamada de Miguel. Parecía frenético, pero había vuelto a ser el de siempre en los últimos días.

−Elizabeth, soy Miguel Santiago, te llamo desde el hospital. María... ¡María está de parto!

−¡Miguel, es fantástico! Estaba a punto de salir del trabajo, estaré ahí en cuanto pueda.

−No, no hace falta que te molestes, ya has hecho mucho por nosotros. Además, la señora García está aquí.

−Claro que voy, no tardo nada.

−Gracias, a María le va a hacer mucha ilusión saber que vas a acompañarnos −dijo él, claramente aliviado.

Elizabeth colgó, agarró el bolso y se apresuró a salir del despacho. Terry estaba hablando por teléfono en el mostrador de recepción, y cuando acabó la llamada la miró y comentó:

−Vaya, qué sonriente estás, ¿qué pasa?

−Voy al hospital de Mason, María Santiago se ha puesto de parto.

El doctor James salió de su consulta en aquel momento.

−Así que ya ha llegado el gran día, ¿eh?

Elizabeth sonrió de oreja a oreja. Estaba entusiasmada, y más que aliviada de que hubiera llegado el momento.

−Eso parece −dijo.

−Supongo que le debo una disculpa... aunque aún me cuesta lo mío creer en fantasmas. Me alegro de que al menos te tuviera a ti en todo esto.

—A veces llegué a pensar que me estaba volviendo un poco loca.

—Por cierto, Bárbara y yo ya hemos fijado la fecha de la boda, y lo más gracioso es que después de tantas dudas, estoy deseando que llegue el día.

Elizabeth pensó en Zach, y sintió que la atravesaba una punzada de dolor.

—Felicidades, supongo que cuando uno se da cuenta de lo que quiere realmente, todo encaja en su sitio.

—Exacto.

Elizabeth se obligó a sonreír y a apartar a Zach de su mente, y tras despedirse de Terry y de Michael, salió a toda prisa en busca de su coche.

Las carreteras estaban bastante transitadas a aquella hora del día, pero llegó a Mason en un tiempo récord. Una vez allí, se apresuró a ir al ala de maternidad, y encontró a Miguel paseándose nerviosamente de un lado a otro de la sala de espera. Había cambiado muchísimo desde la última vez que lo había visto; su pelo parecía limpio y cuidado, y su ropa estaba impecable.

—¡Elizabeth! Muchísimas gracias por venir.

—No me lo habría perdido por nada del mundo. ¿Dónde está?

—En la sala de partos.

—¿No quieres entrar con ella?

El rostro moreno de Miguel palideció.

—Preferiría quedarme aquí.

Elizabeth contuvo las ganas de sonreír. Miguel consideraba que dar a luz era cosa de mujeres, y que la tarea del hombre consistía en esperar y preocuparse.

—Te presento a la señora García —le dijo, señalando hacia la corpulenta mujer que estaba sentada en una de las sillas.

—Encantada de conocerla, señora —le dijo Elizabeth.

—Lo mismo digo. María me ha hablado mucho de usted —la señora García tenía el pelo blanco como la nieve y la piel muy morena y curtida. Llevaba un vestido floreado, unos zapatos de cuero marrones y unas medias cortas remangadas en los tobillos.

—¿Cómo está María? —le preguntó Elizabeth.

—Un poco nerviosa, pero es normal teniendo en cuenta que es primeriza.

Esperaron durante las tres horas siguientes, mientras bebían un par de tazas de café. De repente, una enfermera apareció en la puerta de la sala de espera.

—¿Señor Santiago?

Miguel se puso de pie de un salto.

—Sí, soy yo.

La mujer lo miró con una gran sonrisa, y anunció:

—¡Es un niño! Tiene usted un hijo, señor Santiago. Ha pesado tres kilos y medio.

Miguel soltó una exclamación de alegría.

—Felicidades —dijo Elizabeth, con una sonrisa tan enorme como la de la enfermera.

—¿Cuándo puedo entrar a verla? —preguntó Miguel.

—Tardaremos unos minutos en lavarla y arreglarla, vendré a buscarlo cuando terminemos.

Cuando por fin les permitieron entrar a verla, la encontraron incorporada en la cama, orgullosa con su hijo en los brazos. Todos se quedaron prendados del precioso bebé de pelo negro, y comentaron entre exclamaciones lo guapo que era.

Entonces María miró a Elizabeth, y su sonrisa se suavizó.

—Te debo la vida de mi hijo, lo tengo gracias al señor Zach y a ti.

—Me alegro de que pudiéramos ayudaros.

—Nadie me creía, pero vosotros dos sí —los ojos de María se llenaron de lágrimas—. Puede que mi hijo no estuviera aquí de no haber sido por vosotros, nunca olvidaré todo lo que habéis hecho para ayudarnos.

Elizabeth la tomó de la mano.

—Lo único que importa es que tienes un niño sano.

María asintió, se secó la cara y se volvió hacia su marido antes de que pudieran volver a formarse más lágrimas.

Elizabeth se quedó un rato con ellos, pero la enfermera fue a pedirles que se fueran para que tanto la madre como el hijo pudieran dormir.

Al salir del hospital, Elizabeth recordó las palabras de María. La joven había dicho que de no ser por ellos quizás su hijo no hubiera sobrevivido, y al recordar la fuerza maléfica que parecía residir en la casa, se preguntó si tenía razón.

Zach volvió a San Pico al día siguiente por la tarde. Su padre había llegado a la ciudad la semana anterior, y estaba bajo los cuidados del doctor Kenner y del equipo de enfermería de Willow Glen. Según los informes diarios que le mandaban, la recuperación de su padre iba muy bien, pero él quería comprobar por sí mismo los progresos que había hecho.

Además, quería hablar con Liz.

Había tenido días para pensar en ella y para plantearse su futuro, y no tenía ninguna duda de que quería compartir el resto de su vida con la mujer a la que amaba. Quería casarse con ella, tener hijos con ella, ser marido y padre.

Quería la familia que nunca había tenido.

Estaba enamorado de Liz, pero... ¿estaba ella enamorada de él? Y aunque fuera así, no sabía si ella se atrevería a aceptar a alguien como él, teniendo en cuenta su desastroso matrimonio y la forma en que él la había ignorado durante las dos últimas semanas.

Llegó a Willow Glen a última hora de la tarde, y decidió que iría a ver a Liz al día siguiente... si conseguía armarse de valor para hacerlo, claro. Mientras tanto intentaría encontrar las palabras adecuadas que harían que lo perdonase por haber salido corriendo.

Huir había parecido la mejor opción... en el pasado lo habría sido, pero ya no era el mismo hombre de antes. El problema sería convencer de ello a Liz, y se preguntó cómo podría convencerla de que nunca se arrepentiría si aceptaba casarse con él.

Lo haría al día siguiente, se repitió. Lo que necesitaba era un poco de tiempo. De momento tenía que pensar en su padre, así que entró en la residencia y después de firmar en el registro de entrada fue hacia su habitación.

Se sorprendió al encontrarlo sentado en una silla de ruedas delante de la tele. Aunque siempre había sido un hombre corpulento, antes de la operación había parecido frágil, y sin embargo en ese momento su postura era más erguida, sus hombros ya no parecían encorvados y su cuerpo entero parecía más fuerte. Cuando su padre notó su presencia y se volvió hacia él, Zach se dio cuenta de que estaba perfectamente afeitado y de que su pelo plateado, que en el pasado había sido rubio, estaba perfectamente peinado.

—Hola, papá. ¿Cómo estás?

—Muy bien... teniendo en cuenta las circunstancias —contestó Fletcher, sonriente.

—Siento no haber venido antes.

—No tienes que pedirme perdón por nada. El doctor Marvin me ha dicho que si no hubiera sido por ti no me habrían operado, y nunca sabrás lo mucho que te lo agradezco. Mira esto —alargó una mano, para demostrarle que ya no le temblaba como antes.

—Es genial, papá.

—Aún estoy bastante débil, y a veces me mareo un poco, pero es normal que a mi edad se tarde un poco en recuperarse del todo. Empiezo la terapia física el lunes, y el doctor cree que con el tiempo podré caminar yo solo.

Zach se limitó a asentir, mientras luchaba contra el nudo que se le había formado en la garganta. El doctor Marvin ya le había dicho lo mucho que estaba mejorando su padre, aunque no sabían lo rápida que sería la recuperación. Fletcher había estado un poco confuso los primeros días posteriores a la operación, pero según el médico eso era algo normal.

—¿Estás mejor de la memoria? —le preguntó, aunque aquello era algo que realmente no le importaba. Con todo lo que había conseguido mejorar su padre, la operación ya podía considerarse un gran éxito.

—Un poco mejor. El doctor me ha dicho que antes mezclaba el pasado con el presente, pero ahora ya no lo hago.

—Me alegro.

—Aún no puedo recordar demasiado de los últimos años, pero tengo como unos flashes de vez en cuando. No me acuerdo del accidente, pero el doctor dice que eso es algo bastante normal cuando hay una lesión grave en la cabeza, y que es probable que nunca llegue a recordar lo que pasó aquella noche.

Zach miró a su padre, y vio en sus ojos marrones con destellos dorados un brillo de inteligencia que en los últimos años había estado mucho más apagado.

—Me alegro de que las cosas vayan tan bien, papá.

—Quiero ir a casa, Zach.

Zach frunció el ceño. Había sabido que ese momento llegaría, pero había creído que aún era algo lejano. No quería que su padre se fuera de la residencia si no estaba lo suficientemente bien.

—¿Qué pasa con la terapia?, tienes que venir para ir haciéndola. ¿Qué opina el doctor Marvin de que te vayas tan pronto?

—Aún no se lo he preguntado, pero había pensado que podría contratar a un chófer para que me traiga a terapia cada día. Podría hacer algunos arreglos en la casa... no sé, adaptar el cuarto de baño para que sea apto para minusválidos, o algo así, y contratar a una enfermera de ésas que asisten a la gente en sus casas... pero sólo hasta que pueda volver a caminar.

Eso era exactamente lo que Zach había querido hacer después del accidente, porque había sabido que a su padre no le gustaría estar en una residencia, sin importar lo cómoda y acogedora que fuera.

—Sí, buena idea. Yo podría encargarme de todo, hacer las gestiones; además, puedes permitírtelo económicamente, porque Carson ha dirigido muy bien la granja... aunque no sé si le va a gustar tener que marcharse de la casa.

Fletcher frunció el ceño, y por un segundo su mirada pareció algo extraviada.

—¿Qué pasa? —le preguntó Zach.

Su padre sacudió la cabeza y dijo:

—Nada, a veces me siento un poco confundido. Le daré a este sitio un poco más de tiempo, pero no quiero quedarme ni un segundo más de lo necesario.

—No te culpo. ¿Le has dicho a Carson que quieres volver a casa?, el doctor Marvin me ha dicho que hoy ha venido a verte.

—Sí, ha estado aquí. Me ha dicho que siente haberse opuesto a la operación, que había creído que era demasiado arriesgada.

—Seguro que le preocupaba que te pasara algo.

—No le he dicho que quería irme, he preferido comentarlo antes contigo.

Zach se limitó a asentir, consciente de que su hermano se iba a poner hecho una furia. Pero eso no tenía ninguna importancia, ya que Carson no tenía las riendas de todo como hasta ese momento. Si Fletcher Harcourt quería volver a su casa, Zach iba a asegurarse de que sus deseos se cumplieran... le gustara a Carson o no.

Pero ya tendría tiempo para enfrentarse a aquellas cuestiones más adelante; de momento, estaba muy cansado, ya que se había levantado a las cinco de la mañana y el desesperante trayecto sorteando el intenso tráfico vespertino siempre le resultaba agotador. Estaba deseando ir a su habitación del Holiday Inn, y acostarse.

Se dijo que iría directo al hotel, que se metería en la cama e intentaría dormir algo, pero el coche parecía tener ideas propias y se vio conduciendo en una dirección muy diferente.

Elizabeth estaba en el cuarto de baño, preparándose para acostarse. Tenía la cara recién lavada, el pelo recogido en una coleta y se había puesto una bata corta de felpa.

Estuvo a punto de no oír el timbre de la puerta, pero al darse cuenta de que llamaban se apretó el cinturón de la bata y fue a abrir, preguntándose quién podía ser a aquellas horas.

Cuando echó una ojeada por la mirilla, se quedó atónita. Llevaba dos semanas llorando e intentando olvidarse de aquel hombre, así que por un segundo se planteó fingir que no estaba en casa; sin embargo, sabía que tendría que enfrentarse a él antes o después, así que ignoró el ritmo acelerado de su corazón y respiró hondo, descorrió el cerrojo y abrió la puerta.

—Hola, Liz.

Zach estaba increíblemente guapo, incluso con el pelo un poco revuelto y los pantalones arrugados.

—Hola.

Elizabeth no le invitó a entrar, ya que no estaba dispuesta a que él la empujara a la misma rutina que había tenido con Lisa Doyle. No iba a dejar que recurriera a ella cuando necesitara un poco de desahogo sexual, y que después volviera a su vida cotidiana como si nada.

—Zach, estaba a punto de acostarme. ¿Necesitas algo?

Él la recorrió con la mirada y la contempló con una extraña intensidad, como si estuviera intentando leerle los pensamientos, mientras ella hacía lo mismo.

—Tengo que hablar contigo. ¿Puedo pasar?

Los dedos de Elizabeth se tensaron en el pomo de la puerta.

—No creo que sea una buena idea. Los dos sabemos a qué has venido, y no pienso continuar donde lo dejamos. Y ahora, si querías algo más...

—Pues la verdad es que sí, y creo que sería mejor hablarlo dentro.

Ella no quería dejarlo entrar, no quería verlo. Las dos últimas semanas habían sido muy difíciles y no podría soportar más sufrimiento, y sabía que lo habría si Zach entraba en la casa.

—Zach, por favor...

—Es importante, Liz.

Ella respiró hondo y se apartó a un lado, mientras apretaba las manos contra la bata para que él no se diera cuenta de que le temblaban. Cuando él pasó junto a ella y entró en la sala de estar, Liz pensó que sus piernas parecían más largas, sus hombros más anchos, que estaba más guapo que nunca. Dios, Gwen tenía razón, le gustaban los chicos malos.

—Bueno, ¿qué pasa? —se obligó a ignorar la forma en que él la miraba, como si no pudiera apartar los ojos de ella.

—No vas a ponérmelo fácil, ¿verdad?

—¿Por qué tendría que hacerlo? Sé a lo que has venido.

—¿De verdad?

—Vale, muy bien, lo diré yo para ahorrarte el esfuerzo. «Siento haberme marchado así, me gustaría seguir viéndote los fines de semana... ya sabes, cuando me pase por la ciudad». La respuesta es que no me interesa, y si no te importa, me gustaría poder dormir un poco.

Zach la miró y negó con la cabeza.

—Eso no es lo que he venido a decirte. He venido a decirte que te quiero, y que me gustaría saber si tú me quieres a mí.

Ella se quedó de piedra, porque era lo último que esperaba oír.

—¿Qué... qué has dicho?

—Que te quiero. La pregunta es, ¿me quieres tú?

¿Él la quería? Era algo que ya había dicho con anterioridad, y ella lo había creído; sin embargo, sus sentimientos por ella no habían impedido que se marchara. Pero lo que más la sorprendía era que Zach no supiera lo que sentía por él.

—Zach, claro que te quiero, te quiero mucho. Pero eso no cambia nada.

—Puede que sí, que lo cambie todo —la llevó al sofá, y ambos se sentaron—. Metí la pata hasta el fondo marchándome como lo hice, pero no podía pensar con claridad. Todo parecía muy confuso, y la verdad es que tenía mucho miedo. Pero en las dos semanas que he estado lejos de ti he tenido tiempo de aclararme las ideas.

Elizabeth sentía que el corazón le martilleaba en el pecho. Zach estaba muy serio, y era obvio que aquello era muy importante para él. A lo mejor era verdad que la quería, aunque fuera a su manera, pero aquello ya no era suficiente para ella. Ya no.

—Zach, por favor, no vuelvas a hacerme esto.

—Estoy enamorado de ti, Liz. Locamente enamorado. Y estoy hablando de la clase de amor que es para siempre. Quiero casarme contigo, que tengamos hijos, que estemos juntos el resto de nuestras vidas.

Ella se quedó sin aliento. Se lo había imaginado diciéndole aquellas palabras, pero nunca había creído que su sueño pudiera hacerse realidad. Las lágrimas que había estado intentando contener inundaron sus ojos.

—Zach...

Él posó una mano en su mejilla, y le dijo:

—Me has dicho que me quieres, pero tengo que saber si me amas lo suficiente para perdonarme. Sé que te he hecho daño, y necesito que me digas si me quieres lo bastante para mirar en mi corazón y saber con una certeza absoluta que puedes confiar en mí, que nunca volveré a hacerte sufrir.

Las lágrimas empezaron a correr por las mejillas de Liz. ¿Que si lo quería lo suficiente?, lo quería tanto que moriría por él, pero confiar en él... eso era algo muy distinto.

Zach se levantó del sofá, hincó una rodilla en el suelo y le tomó una mano entre las suyas.

—Cásate conmigo, Liz. Si dices que sí, te prometo que nunca te arrepentirás.

—¿Estás seguro de que esto es lo que quieres?

—Nunca he estado tan seguro de algo en toda mi vida.

El rostro de ella se iluminó con una sonrisa radiante.

—Entonces sí, me casaré contigo. Debes de tener esto muy pensado, o no estarías aquí. No me propondrías algo así si tuvieras la más mínima duda. Me casaré contigo, Zachary Harcourt... y te prometo que nunca te arrepentirás.

35

Elizabeth decidió hacer novillos en el trabajo, y Zach y ella se pasaron el día en la cama. Estaban enamorados. Sus sentimientos por fin habían salido a la luz, y ambos se sentían liberados.

—Estoy deseando decírselo a mi padre —dijo Zach. Miró su reloj, y añadió—: sólo son las cinco, ¿qué te parece si vamos a Willow Glen a darle la noticia?

—¿Estás seguro?

—Claro que sí. Hoy es viernes, si pasamos por la tienda y compramos provisiones, no tendremos que salir de la casa en todo el fin de semana.

Elizabeth sonrió al ver la calidez de sus ojos, la mezcla de deseo y amor. Al parecer, en las dos últimas semanas Zach se había dado cuenta de lo que realmente quería... a ella.

Sentía que era la mujer más afortunada de la tierra.

Llegaron a la residencia a las seis, y fueron a la habitación de Fletcher Harcourt tomados de la mano. Al entrar se lo encontraron viendo la tele en la silla de ruedas, y Elizabeth pensó que parecía un hombre totalmente diferente.

—Papá, ¿te acuerdas de Liz?

Fletcher la observó un momento con expresión pensativa, y entonces sonrió.

—Te vi en el juzgado.

La primera vez que había ido a verlo ya se había dado cuenta de que era atractivo, pero en ese momento pudo intuir la poderosa presencia que debía de haber sido en su día.

—Me alegro de volver a verlo, señor Harcourt.

Zach la tomó de la mano, y las cejas plateadas de su padre se arquearon.

—Supongo que os conocéis desde hace algún tiempo, ¿no?

—Liz es asesora familiar. Aunque nos conocimos hace años, volvimos a encontrarnos en Visión Juvenil hace unos meses... pero creo que he estado esperándola toda mi vida.

—Suena prometedor. No estarás diciéndome que el Lobo Solitario está pensando por fin en sentar la cabeza, ¿verdad?

Zach se llevó sus manos entrelazadas a los labios.

—Vamos a casarnos, papá. Liz ha cometido la locura de aceptar, y yo no voy a dejar que se eche atrás.

—Felicidades. ¿Cuándo es la boda? —dijo Fletcher, con una sonrisa amplia y sincera.

—Yo querría que fuera mañana mismo, pero Liz quiere algo más personal que una visita al juzgado.

—Será algo pequeño y privado, y queremos que usted asista.

Fletcher levantó una mano con pulso firme, y Zach la agarró.

—Me alegro mucho por ti, hijo.

—Aún no hemos decidido dónde vamos a vivir. No creo en los matrimonios a distancia, y estaba pensando en aceptar la oferta de Jon Noble, y dirigir las oficinas que el bufete va a abrir en San Francisco. No creo que a Liz le cueste demasiado encontrar un trabajo allí, y es una buena opción, al menos hasta que tengamos hijos.

—Qué noticia tan buena, me habéis dado una ilusión de cara al futuro, una razón de peso para recuperarme y salir de aquí.

En aquel momento, la sombra de una persona apareció en la puerta.

—¿De qué estás hablando?, no estarás pensando en irte de Willow Glen, ¿verdad? Es demasiado pronto.

Zach miró a su hermano, y dijo:

—Hola, Carson. Llegas justo a tiempo para enterarte de la noticia.

—¿Qué noticia?

—Liz y yo vamos a casarnos.

Los labios de Carson se tensaron en una fina línea.

—Vaya, qué notición —miró a Elizabeth, y le dijo con una sonrisita fría y burlona—: ¿cuánto tiempo crees que va a quedarse contigo después de la ceremonia? No creerás que esto va a durar más de un año, ¿verdad?

En vez de la incertidumbre que Carson pretendía despertar en ella, Elizabeth sintió una enorme indignación.

—No conoces a tu hermano, Carson. Nunca lo has conocido.

Fletcher Harcourt, que había enrojecido al oír las palabras de su hijo mayor, dijo:

—Siempre has estado celoso de tu hermano. Esperaba que se te pasara cuando maduraras, pero nunca fue así —miró a Carson, frunció el ceño y algo pareció relampaguear en sus ojos.

—¿Qué pasa, papá? —le preguntó Zach.

—No lo sé, tengo algo en el fondo de la cabeza... está ahí, pero no acabo de... —sacudió la cabeza, como si quisiera aclarársela, atrapar algún recuerdo distante—. Creo que es algo importante, pero no sé lo que es.

—No te preocupes, tarde o temprano acabarás acordándote.

Fletcher siguió intentando recordar, arrastrar a la superficie aquel pensamiento escondido que se negaba a salir.

—Tómatelo con calma —le dijo Carson—. El pasado no importa, es mejor que te centres en el futuro.

Fletcher miró a su hijo mayor, y sus ojos se ensancharon de golpe.

—¡Dios mío, ya me acuerdo!, ¡me acuerdo de lo que pasó la noche del accidente! —se incorporó bruscamente en la silla, y miró a Carson como si fuera un fantasma—. Te oí... te oí hablar por teléfono. Los dos estábamos en el piso de arriba de la casa, en nuestras habitaciones, y no sabía que la línea estaba ocupada. Cuando descolgué el teléfono, oí la voz de Jake Benson.

—Es imposible que te acuerdes de eso —le dijo Carson, con voz tensa—. El médico dijo que las posibilidades de que te acordaras del accidente eran de una entre mil, porque el golpe en la cabeza había sido muy fuerte.

—¿Ah, sí?, pues me acuerdo de que Jack te pidió dinero, y que te dijo que si no le pagabas, me contaría la verdad sobre el accidente de coche que mandó a Zach a la cárcel. Te dijo que si no le dabas otros cincuenta mil, me diría lo que había pasado... que eras tú el que conducía el coche aquella noche, que fuiste tú el que invadió el carril contrario y el que mató a aquel hombre. ¡No fue Zach, sino tú!

Zach miró a su hermano, que se había quedado blanco como la nieve.

—¿Eras tú el que conducía aquella noche?, ¿el que mató al hombre?

—No podéis hacerle caso, no sabe lo que dice. Aún... aún está recuperándose de la operación.

—¡No me vengas con ésas!, ¡papá sabe perfectamente lo que está diciendo!

—Sí... le dijiste a Benson que viniera a casa a por el dinero —Fletcher se levantó de la silla con piernas temblorosas, y señaló a Carson—. Cuando él llegó, yo te dije lo que había oído... ¡Jake estaba en la puerta, y tú me empujaste por las escaleras!

De repente, todas las piezas del rompecabezas encajaron en su sitio. Carson no había querido que operaran a su padre porque tenía miedo de que recordara lo que había pasado aquella noche.
Zach miró a su hermano, y entendió algo más.
—Hijo de... ¡tú le mataste!, ¡asesinaste a Jake Benson y lo enterraste debajo de la casa!
—¡Estás loco!, ¡tan loco como el viejo!
—Mentiste hace años, y vuelves a hacerlo ahora. No habías bebido nada aquella noche, así que seguramente se habría considerado un simple accidente sin más, pero preferiste mandar a un inocente a la cárcel antes que manchar tu preciosa reputación.
—¡Eso no es verdad!
—¿Ah, sí? Me mandaste a la cárcel, pero ahí no se acabó la cosa, ¿verdad? Jake sabía lo que había pasado, y empezó a chantajearte. Me pregunto cuánto llegaste a pagarle hasta que lo mataste hace cuatro años.
—¡No le pagué nada!, no estás diciendo más que tonterías.
—Por eso no querías que estuviéramos husmeando por la casa de los Santiago. Tenías miedo de que alguien acabara encontrando el cuerpo de Jake, que es exactamente lo que pasó.
—Benson se fue de la ciudad, consiguió un trabajo en otro sitio.
—¿Ah, sí?, ¿dónde?
—No lo sé.
—Sabes perfectamente bien adónde fue, porque tú lo

pusiste allí. Sabías que nadie se daría cuenta de su desaparición, porque no tenía familia. Era sólo un trabajador temporal, un tipo que iba de un lado a otro, así que preferiste matarlo a arriesgarte a que contara la verdad sobre el accidente y sobre lo que le habías hecho a papá. Era mejor matarlo a que siguiera sacándote dinero.

Carson empezó a decir algo, pero no consiguió pronunciar palabra. Sin más, se volvió y salió corriendo de la habitación.

Zach echó a correr tras él, lo alcanzó al doblar la esquina, se lanzó contra él y lo derribó.

—¡Quítate de encima!

Carson rodó sobre su espalda para intentar escapar, pero Zach lo agarró por la pechera de la camisa. Cuando Carson empezó a forcejear, Zach echó hacia atrás el puño delante de la cara de su hermano, pero no le golpeó.

—Déjalo ya, Carson. El juego se ha terminado —apretó aún más el puño en un gesto amenazador, y añadió—: soy mucho mejor en esto que tú, así que será mejor que aceptes que esta vez no vas a salirte con la tuya.

Carson pareció indeciso durante unos segundos, pero finalmente dejó caer la cabeza sobre la alfombra. Zach le soltó la camisa, y se levantó lentamente.

—Llama a la policía —le dijo a la recepcionista, que los estaba mirando con los ojos muy abiertos al final del pasillo—. Diles que Carson Harcourt tiene algo que contarles —bajó la vista hacia su hermano, y le preguntó—: ¿verdad que sí, Carson?

Carson asintió, y Zach se apartó un par de pasos de él. Aunque su hermano intentara huir, no tenía ningún sitio en el que refugiarse, pero al ver la expresión de su rostro se dio cuenta de que ya estaba planeando su estrategia, intentando pensar en la forma de salir de aquello.

—Ya veremos cómo te las arreglas, buena suerte —le dijo.

—Esto no acaba aquí —espetó Carson.

—Estás muy equivocado. Se acabó.

Zach se giró y empezó a alejarse de su hermano. Cuando vio que Liz empezaba a correr hacia él desde el otro extremo del pasillo, salió a su encuentro y la tomó en sus brazos.

Epílogo

Fletcher Harcourt estaba sentado en el escritorio de su despacho. Aún utilizaba una silla de ruedas para desplazarse de un sitio a otro, pero durante las sesiones de terapia era capaz de caminar por los andadores de aluminio. La recuperación de su cuerpo era lenta, pero su cerebro parecía funcionar bien. Todavía no podía recordar todo lo que había pasado en los años posteriores al accidente, pero su recuerdo más vivo parecía ser el de la noche que lo habían empujado por las escaleras.

Fletcher intentó dejar de pensar en su hijo y en aquel terrible momento que estaría grabado para siempre en su cabeza. Se inclinó en su vieja silla giratoria de roble, que había estado guardada en uno de los almacenes de la granja, y disfrutó del placer de estar de vuelta en casa, sentado tras el escritorio en el que había trabajado durante más de treinta años.

La casa había cambiado, ya que Carson la había redecorado de arriba abajo, pero tenía que admitir que había hecho un buen trabajo. Aunque para su gusto era un estilo demasiado formal, las habitaciones eran acogedoras y se iba acostumbrando a los cambios.

Además, aún quedaban muchos cambios por llegar.

Desde que había vuelto a casa, había tenido tiempo para

pensar, y había reflexionado sobre la vida que había llevado, lo egoísta que había sido a lo largo de los años. Nunca había pensado ni en su mujer ni en sus hijos, y siempre había hecho lo que había querido sin importarle si hacía daño a alguien.

Constance llevaba muerta más de una década, así que no podía hacer nada por ella; Teresa estaba felizmente casada, y tenía a Zach para cuidarla; y Carson se pasaría los próximos años en la cárcel, aunque no estaría encerrado tanto tiempo como sin duda se merecía.

Su hijo se había declarado culpable de homicidio, había aducido que Jake Benson y él se habían peleado, que Jake había sacado una pistola y que él había conseguido arrebatársela y que le había disparado en defensa propia. Según él, después se había asustado, así que había enterrado el cadáver en los cimientos de la casa que se estaba construyendo en la granja.

Tanto Zach como él se habían negado a testificar en contra de Carson, y no habían mencionado el accidente de coche que había mandado a Zach a la cárcel. Al fin y al cabo, eran su hermano y su padre, y seguramente ambos habrían cometido perjurio si hubieran sido citados a declarar. De todas maneras, a Carson siempre se le había dado bien camelarse a la gente.

Fletcher le había conseguido a su hijo un abogado muy caro de Los Ángeles, que había conseguido reducir la pena impuesta. Si tenía un buen comportamiento en la cárcel, era probable que Carson saliera en un par de años.

No parecía justo, pero Fletcher había hecho lo que creía correcto. Al fin y al cabo, seguía siendo su hijo.

—Hola, papá.

Levantó la cabeza, y vio a su hijo pequeño de pie en la puerta, rodeando con el brazo a la joven con la que iba a casarse el domingo por la tarde. Era muy guapa, con aquel pelo caoba y los ojos azules. Zach había encontrado por fin una mujer que podía hacerlo feliz, y ella había conseguido un hombre de valía.

—Dijiste que querías vernos —dijo Zach, con expresión de preocupación.

—Sí, pasad.

Zach hizo que Elizabeth lo precediera, y después de acercarle una silla, él se sentó en la que había junto al escritorio.

—Os pedí que vinierais porque quería enseñaros algo. ¿Tienes la medalla que te pedí que trajeras?, ¿la que encontrasteis debajo de la casa?

—Sí, aquí la tengo —Zach se sacó del bolsillo la vieja medalla oxidada, y la dejó sobre el escritorio de Fletcher.

Él la tomó y la examinó.

—¿Os habéis fijado en esta inscripción de la parte frontal?

—Intentamos leerla la noche que la encontramos, pero no pudimos descifrar lo que pone.

—Eso es porque está escrito en alemán.

—¿En alemán? —Liz agarró la medalla, y la miró con atención—. Ben Donahue dijo que parecía una medalla militar, así que pensamos que a lo mejor alguien la trajo de la guerra.

—Bueno, en cierta manera eso es lo que pasó.

Fletcher abrió el cajón inferior del escritorio. Le había pedido a Isabel, el ama de llaves, que rebuscara en su vieja habitación del piso superior en busca de una caja que tenía allí guardada. Al regresar de Willow Glen se había instalado en uno de los dormitorios del primer piso, y ella le había ayudado a trasladar sus cosas.

Isabel era una joven amable, así que le había pedido que siguiera en su empleo de ama de llaves y ella había accedido. Era agradable tener a alguien más en la casa.

Fletcher sacó la caja metálica del cajón, la dejó sobre el escritorio y levantó la tapa. Dentro había un montón de viejos recortes de periódico, amarillentos por el paso del tiempo. Los sacó de la caja y dijo:

—He estado pensando en la casa para los supervisores, y también en ésta en la que estamos. Veréis... investigué un poco sobre la pareja que asesinó a las niñas. El sheriff Morgan dice que eran personas normales antes de secuestrar a la primera pequeña, que no tenían ni siquiera una multa... y entonces se mudaron a la casa gris.

—¿Qué estás insinuando, papá? —dijo Zach.

—Me explicaste que la casa pareció cambiar a Miguel Santiago, ¿verdad?

—Eso es verdad —dijo Liz—. Era diferente antes de que empezara a pasar todo aquello en la granja, y ahora ya ha vuelto a ser como antes. Por cierto, muchas gracias por darles otra casa donde vivir.

Fletcher entendía que la pareja tuviera miedo de vivir en aquel sitio; era normal, después de que se encontraran dos cuerpos debajo.

—Empecé a pensar en Carson... en cómo era posible que ese niño al que yo había criado hubiera podido asesinar a un hombre como lo hizo. Aún me cuesta imaginármelo. Y eso hizo que pensara aún más —empujó el montón de recortes hacia Zach, y le hizo un gesto a Elizabeth para que se acercara.

Zach levantó una hoja amarillenta, y comentó:

—Son del *Newspress* de San Pico. Parece que se publicaron durante la Segunda Guerra Mundial, porque todos datan de los años cuarenta.

—Sí. No sé si te lo habré comentado alguna vez, hace tanto tiempo... yo no era más que un niño. No recuerdo gran cosa de la guerra, pero mi padre a veces hablaba del tema.

Zach y Liz empezaron a leer los artículos por encima. Zach fue el primero en acabar, y dijo:

—Dice que entre 1941 y 1945, el gobierno creó campos

de prisioneros de guerra por todo el valle de San Joaquín, y que uno de ellos estaba en San Pico.

—Exacto. De hecho, el campo estaba justo en esta propiedad. En aquellos tiempos era un campo de trabajos forzados, porque el gobierno necesitaba un sitio seguro donde retener a los prisioneros alemanes hasta que acabara la guerra.

—Creo que mi profesor de historia del instituto lo mencionó —comentó Liz—. Pero parecía algo tan lejano, que no presté demasiada atención.

—Mi padre era muy patriota, así que dejó que el gobierno utilizara el terreno. Por desgracia, según lo que me dijo, acabó con los peores prisioneros. Los soldados alemanes que trajeron aquí eran miembros de la Gestapo y de las SS... hombres de la peor calaña. Algunos de ellos eran responsables de la masacre de Varsovia de 1941.

—Me temo que la historia no es mi punto fuerte —dijo Zach.

—Yo leí sobre lo que pasó —dijo Fletcher—. Fue en una pequeña ciudad llamada Jedwabne... los nazis obligaron a mil seiscientas personas a que entraran en un granero, y le prendieron fuego —miró a Elizabeth, y vio que había palidecido—. Perdona, pero eso fue lo que pasó, y así eran los hombres que vinieron. Según mi padre, eran seres malvados. Cuando la guerra acabó, enviaron a los soldados de vuelta a Alemania, pero no sé lo que fue de ellos. Mi padre echó abajo los edificios y tiendas de campaña temporales donde habían vivido, y construyó la casa gris en su lugar.

Liz se inclinó ligeramente hacia él.

—¿Cree... cree que a lo mejor fue entonces cuando empezó todo esto?

—Exacto. Supongo que podría decirse que últimamente he estado pensando mucho en lo que es la maldad, en la naturaleza de la bestia, si existe tal cosa. Me parece que, desde la guerra, aquí han estado pasando una serie de cosas realmente terribles, y puede que sea posible que... que si el mal es lo suficientemente fuerte, sea capaz de permanecer aunque el portador ya no esté.

—Eso parece algo increíble —dijo Zach.

—Puede que sí, pero después de todo lo que ha pasado aquí...

—Tienes razón.

—En fin, he decidido cerrar esta sección de la granja, y trasladar a los trabajadores a otra zona de la propiedad. Las casas de los supervisores son viejas y necesitan reparaciones, así que voy a echarlas abajo y a construirles otras viviendas en otro sitio.

Zach lo miró sin hacer ningún comentario.

—Supongo que crees que estoy loco —siguió diciendo Fletcher—, a lo mejor piensas que tu hermano tenía razón sobre mí.

Liz le tomó la mano y dijo:

—Yo no creo que esté loco. Estuve en esa casa, y sentí el mal que reside en ella. Creo que lo que va a hacer es una gran idea.

—Yo también lo creo —dijo Zach con voz suave.

Fletcher Harcourt asintió. A lo mejor a las personas con una gran fuerza de voluntad no les afectaban las fuerzas del mal, o a lo mejor podían sobreponerse a ellas. Quizás aquélla fuera la razón de que hubiera perdido sólo a un hijo, y no a los dos.

O a lo mejor todo aquello no eran más que tonterías.

Miró a su hijo pequeño, y a la mujer que pronto sería su esposa. Pensó en el espíritu de la niña que había ido a advertir a María del mal que aún existía en la casa años después de su muerte.

Fuera cual fuese la verdad, todos iban a empezar desde cero.

Ya era hora.

Nota de la autora

Aunque los personajes y la historia son pura ficción, este relato está basado en un incidente que sucedió realmente en el verano de 1995 en una pequeña ciudad del valle de San Joaquín. A lo largo de aquel verano, una pareja hispana vio en repetidas ocasiones a una niña a los pies de su cama. Más tarde, se descubriría que en 1961 una niña que vivía en aquella casa había sido secuestrada por un hombre y por su mujer embarazada, y que la habían violado y asesinado brutalmente.

La aparición advirtió a la joven que el hijo que llevaba en su vientre moriría si no se iba de allí, pero como la pareja no pudo trasladarse se quedó en la casa, y el bebé murió estrangulado por el cordón umbilical.

Durante la Segunda Guerra Mundial, el lugar había sido un campo de prisioneros nazis.

Títulos publicados en Top Novel

Atrapado por sus besos — Stephanie Laurens
Corazones heridos — Diana Palmer
Sin aliento — Alex Kava
La noche del mirlo — Heather Graham
Escándalo — Candace Camp
Placeres furtivos — Linda Howard
Fruta prohibida — Erica Spindler
Escándalo y pasión — Stephanie Laurens
Juego sin nombre — Nora Roberts
Cazador de almas — Alex Kava
La huérfana — Stella Cameron
Un velo de misterio — Candace Camp
Emma y yo — Elisabeth Flock
Nunca duermas con extraños — Heather Graham
Pasiones culpables — Linda Howard
Sombras en el desierto — Shannon Drake
Reencuentro — Nora Roberts
Mentiras en el paraíso — Jayne Ann Krentz
Sueños de medianoche — Diana Palmer
Trampa de amor - Stephanie Laurens
Resplandor secreto - Sandra Brown
Una mujer independiente - Candace Camp
En mundos distintos - Linda Howard
Por encima de todo - Elaine Coffman
El premio - Brenda Joyce

www.ingramcontent.com/pod-product-compliance
Lightning Source LLC
LaVergne TN
LVHW030332070526
838199LV00067B/6242